時間的壓力

增订版

夏立君 著

译林出版社

图书在版编目（CIP）数据

时间的压力 / 夏立君著. -- 增订版. -- 南京 : 译林出版社, 2025. 8. -- ISBN 978-7-5753-0762-8

I. I267

中国国家版本馆CIP数据核字第2025M1D945号

时间的压力（增订版）　夏立君 / 著

责任编辑　侯擎昊
装帧设计　吴　悠
校　　对　王　敏　梅　娟
责任印制　闻媛媛

出版发行　译林出版社
地　　址　南京市湖南路 1 号 A 楼
邮　　箱　yilin@yilin.com
网　　址　www.yilin.com
市场热线　025-86633278
排　　版　南京展望文化发展有限公司
印　　刷　苏州工业园区美柯乐制版印务有限责任公司
开　　本　850 毫米 × 1168 毫米　1/32
印　　张　12.125
插　　页　2
版　　次　2025 年 8 月第 1 版
印　　次　2025 年 8 月第 1 次印刷
书　　号　ISBN 978-7-5753-0762-8
定　　价　49.00 元

曲终人不见，

江上数峰青。

——（唐）钱起

目录

序：时间在呼吸 /1

引言 /1

屈　原：第一个独唱的灵魂 /1
曹　操：说曹操曹操到 /23
陶渊明：那一团幽隐的光明 /54
李　白：忽然来了个李太白 /92
司马迁：在肉身与灵魂之间 /184
李　斯：失落的家园 /210
商　鞅：历史深处的那块木头 /237

李　陵：冰雪里的灵魂 /261
夏完淳：少年的绝唱 /268

丝路说 /289
废墟说 /308
一匹受伤的马 /325
一个人的仪式 /336
溯流而上 /344

后记 /365

增订版后记：我见青山多妩媚 /368

序：时间在呼吸

贾梦玮

夏立君的历史人物系列散文《时间的压力》给了我强烈而持久的阅读体验。它干净利索，剥皮见骨，时有水落石出之效，通情而又达理，读来简捷畅快，而又时时让人警醒，颇费思量。

为了《时间的压力》，夏立君积累了几十年。他五十岁后始能专心于写作，耗时多年，也就写成了《时间的压力》一部书，常常一文竟需耗时半年甚至一年。写这样的文章，没有相当学养是不行的。这样的作家，可说是学者型作家了。当然，夏立君追求的是文学表达。他把时间差不多都用于钻故纸堆了。这年头谁还能花多年的时间才写一本书啊。“当作家越晚越好”，这话用在夏立君身上是合适的。像《时间的压力》这样的书，年轻时还真的写不了。它真的需要作家上升到一定的高度，能与古人平视，能体贴、对话，甚至能做古人诤友。

有两个大得没法再大的尺度笼罩着这组文章：时间，人性。时间没有重量，却有压力，它淡漠冷酷却又生机勃勃，永远上演着摧毁与诞生的游戏。古人就在我们的对面。他们不再掩饰自己，不会回避我们的眼神，而我们却常常对他们视而不见或者是不敢正视。没有人能够不承受历史的风霜。观察历史，思量古人，擦亮时间这面镜子，还是为了反观自身。夏立君提出了一个“时间单元”概念。读其作品，你分明感到，那时间不仅是有压力的，亦是在深沉呼吸的。“白头宫女在，闲坐说玄宗。”时光如此慷慨又无情，它让每一个人都能变成有闲说玄宗资格的“白头宫女”。在时间单元的转换里，你若有能力将古人作为审美对象，亦应能将自己置于那个时间单元。《时间的压力》给了我们生动的在场感。我从中“看见”了古人的生动眉眼，自己也在历史的场域中随古人挣扎、浮沉。

对古人付出“同情的理解”，作者做到了。这又涉及另一尺度：人性。

人类史极其漫长，人类竟然从兽成人，其性质变化何等巨大。但若检视最近数千年这一“时间单元”，则令人顿生感慨：人性变化何其缓慢？将商鞅、屈原、司马迁等人的人性比之今人，难说有质的变化。不必说更小的时间单元了。这正是“后之视今亦犹今之视昔”得以成立的人性基础，亦是今人理解古人、古人理解更古者的人性基础。

贴着人性写，这往往是对小说家的要求。难道有不需“贴着人性写”的文章吗？关键是能否养成“贴着人性写”的能力。

夏立君一再把自己放进一个一个“时间单元”里，从那头钻进故纸堆，又从这头钻了出来。疼痛感淋漓满纸。古人之痛，今人之痛，化为一个痛。

夏立君笔下古人无不形神毕肖。他的判断是理性与情感的深度交织——怜悯李斯，崇敬司马迁、屈原，喜欢曹操、陶渊明、李白，警惕商鞅、韩非。历史在颤抖，时间在呼吸，人性在挣扎。我喜欢这样有大局有细节、点面结合、人性丰沛的文章。难用“批判传统”或“弘扬传统”等概念来评判这文章。作者的“自以为是”与深度反省同在。文章皆长，却不觉其长。这是沉重而有大趣味的文章，这是能将大视野落到根子上、天空笼罩大地的雄文。作者在场，古人才能在场。中国优秀散文的胸襟，从一开始就是伟岸、恣肆、浑厚的。在先秦诸子那里，在司马迁那里，散文所呈现的，就是世界，就是宇宙，就是苍茫又曲折细腻的人心。《时间的压力》在趋向宏大的同时，亦向哲思境界及人性深度迈进。

2016年至2017年，《钟山》两次以头条加按语的方式推出夏立君历史人物系列散文，计七篇十四万字。这些文章组成《时间的压力》书稿主干。以此力度推出同一作者散文，在我刊尚属首次。是《时间的压力》给了我巨大的压力与动力，不能不如此。如今，能为自己编发过的作品作序，可谓幸事。当初决意作为重点稿使用，就不禁对这文章的下一步去向产生想象。《时间的压力》肯定是要出书的，且肯定是一本品质不俗的书。既如此，何不借此延伸一下我的编辑之乐呢。我主动联络该书的出版，只是想再跟踪一下，观察一下：作家成长不能没有“时间的压力”，作品生命力也要靠“时间的压力”来验证。

2017 年 11 月 10 日

序言作者系《钟山》主编

引言

一

五十岁前后，我深感恐慌与焦虑：再也不能低水平重复自己了。尽可能从工作中撤退一下，以求能专心读写。我确信，阅读深度决定写作深度。为避免浅阅读，循着以往的读写路子，拟了一个有点野心的五年读写规划：选择近二十位自先秦至明清的代表性文人，深入研读，每人写篇长文。原计划三个月左右读写一人，可是实际每一人皆耗时半年甚至更久，时间少了就是不行。桌边书换了一堆又一堆，五年光阴竟转瞬而逝，仅成文数篇，不足二十万字。篇幅长短亦悬殊，李白篇达五万字了。读写至明清人物时，似略具一点自以为是的贯通感了。文章大多由《钟山》刊发，《书屋》《光明日报》等亦有少量选载。

对嵇康、王阳明、李贽、黄宗羲等古人，皆已作了程度不等的研读，却总是难以凝结成文，只好放下，仅研读李贽费时就达半年。交此书稿时，我最大遗憾是未完成“李贽篇”。好在读书目的算是达到了。另有列入计划的辛弃疾、曹雪芹、蒲松龄、龚自珍等数位未及展开研读，留待将来吧。要对这些古人有一个像样研读且能成文，按我这老牛破车水平，至少再需五年。时间真是令人恐惧。

二

这部书稿实质上是以至此为止的一生之力完成的。

人是唯一有历史与精神记忆的物种。对强化自我认识来说，历史往往比现实更有用、更易用。古人能照应呵护我的生存。他们以稳定真实的面目朝向我，他们再也不会扯起半缕面纱掩饰自己。无数雄伟有趣的古人施大恩于我，却不求一丝回报，不给我添加一丝与活人打交道的麻烦。商鞅、李斯等我对之大放厥词的古人，亦无法加害于我。若觉得某种历史顽症又回来了，那大约只能是活人捣鬼了。

历史之所以是一本苍茫大书，根源于人性是一本苍茫大书。读史，就应当是读这两本大书。

时常深感无以回报抚养自己的传统，在此我且将理解传统养育出的杰出古人，当作一种回报吧。我确信，养育出什么样的人物，就是什么样的传统。我确信，对传统，不应是膜拜，亦不应是虚无。有伟大的人，没有完美的人；有伟大的传统，没有完美的传统。都说传统在反弹，让什么东西反弹，警惕什么东西会反弹，这无疑是时代大课题。

三

时间看上去无始无终。有始有终的永远是时间局部。事物只能存在于某个或长或短的“时间单元”里。肉眼所见所有生灵，几乎全都是一副“激动”样子。植物的生长、枯萎过程，也会给人这一感觉。所有事物似乎都明白一件事：时间有限。

我想糊涂点活着，深刻点存在。世上有这等便宜事否？我倒希望能处在一个适度焦虑状态，以免生命在麻木中悄悄溜走。我只恐惧时间。

自 2016 年始，我养成一新习惯：坚持冷水浴。以冷水浇腿脚，浇胸腹，浇头顶，浇背。我彻底明白为何会有“冷水浇背”这词了。冷水浇背与浇其他部位大异其趣。只有浇背才会令你感到——那股冷气如冰如石，猛然亲近到了你的骨髓、你的神经。

一位作家或诗人，理应是一个有自我革新愿望的人，一个对精神麻木保持警惕的人。

活着，或许免不了需朦胧糊涂些。但若入麻木之境，再冷的水也不管用了。

夏立君

2017 年 11 月 9 日

屈原：第一个独唱的灵魂

屈原留给历史的最后表情是委屈。

屈原被委屈了。历史完全承认这一点。

诗圣杜甫、诗仙李白，圣仙之上就是神。中国的诗神是屈原。一个人、一个诗人，具有了近似宗教的意义。他那巨大的存在，从帝王到平民都难以忽视。在民间，他的确具有准神祇意义，人们却将他区别于任何神，百姓对他不求不拜，只以一个独特的节日来纪念他，纪念这个受了大委屈的人。

满腔忠贞、满腹委屈的屈原，行吟泽畔，行吟于遍生橘树的楚国，走进历史深处，走进一个水汽淋漓的节日。

这个节日就是端阳节。

端阳节在屈原之前早就存在。在古代，端阳被视为一个可怕的时刻。按夏历，五月初五正处在小满与夏至之间，此时阳气极盛，疫病也最易流行。古人即取忌讳方式称五月为恶月，五月五日更被视为恶月中的恶日。这一天出生的婴儿甚至都不被允许存活。战国四君子之一的齐国孟尝君，就因生于此日，差点被父亲扔掉。东晋名将王猛在这一天生有一孙，王猛的豪气非同一般，不但拒绝他人将孙子送出去的主张，还为其取名“镇恶”。王镇恶后亦成为一代名将。直到明清，民间仍保持这一天不汲水、不迁居、不曝床席等习俗。在古代，人们曾将端阳节先后附丽于介之推、伍子胥、屈原，并最终固定在屈原身上。三位古人全都性格奇崛、正气凛冽，且皆死于非命。这个日子不可能与一个世俗意义上的“好命”之人联系在一起。古人从来不把这一天看作平常日子，其投注的感情可想而知。我很怀疑屈原死于端阳节这一说法。我想，人们以之纪念屈原，最早必含有以正人镇邪恶求吉祥之意。

从历史角度来看，民众将情感投向哪个人，还真不是宣传教育的结果。

一

帝子降兮北渚，目眇眇兮愁予。

袅袅兮秋风，洞庭波兮木叶下。

——《湘夫人》

这是屈赋楚辞《湘夫人》首段。不看注释，不求甚解，仅轻轻吟诵，异样的天籁般的美感即无边无际扑面而来：生命如花，神灵如云，草木情深，人神相依。这与《诗经》给你的人间烟火气太不相同了。这一切是怎么来的，根源何在？

屈原（约公元前340—约前278），名平，字原，先后忠事楚怀王、楚顷襄王，秦破楚都后投汨罗江而死。他创立了“楚辞”这一文体，《离骚》等二十五篇被视为屈赋楚辞。

在远古，南方文化发育迟于北方，荆楚曾长期遭受华夏文明的歧视与征伐。第一部诗歌总集《诗经》“国风”未采录楚风，原因或许就在这里。至战国末期，楚文化已相当发达，形成与北方并驾齐驱之势，但文化边界却仍是清晰的。《诗经》记录了黄河流域的文明形态。在《诗经》里，不论是庙堂颂歌，还是田野风咏，都情感质朴、少想象。那是稷麦气息，那是有时温馨、有时呛人的人间烟火。而这时的楚地却仍是神话沃野，巫风弥漫，人神共处。作为楚国北部人的老子、庄子，正可看作南北过渡的代表，少了些质朴，多了些想象与浪漫。长江岸边的屈原则纯是南人了。屈原带着植物气息，带着湿地沼泽气息，从另一个方向来了。那牵挂与哀愁，温热与伤感，具有多么醒目的强度啊。

屈子来了。他之来，不是为了加入已有的合唱，而是开始了独唱，开始了水汽淋漓、芳香扑鼻、凄美绝艳的独唱。似乎没有任何征兆，任何铺垫，中国第一位独立诗人横空出世，大放悲声，哽咽难抑，草木为之生情，风云为之变色，神灵为之驱遣。《离骚》《天问》《哀郢》《怀沙》……一章章吟完，投江自尽。屈子死了，楚国亡了。屈子投江激起的这轮涟漪，渐漾渐大，很快，屈子便化为中国文化史上一根最敏感的神经。

吟诗，以诗为交际工具，曾是《诗经》时代的日常生活。“不读《诗》，无以言。”（孔子语）那是一个诗像工具一样被普遍使用的时代，却并无独立诗人。屈子来了，这实在非同寻常。

楚辞形式上与《诗经》迥异，句式、篇幅不拘长短，随物赋形，曲尽幽情，诗的表现力得到大解放。孔门诗教：“怨而不怒，哀而不伤。”屈子却是又怨又怒，气吞声悲，肝肠寸断，大哀极伤。以北方诸子作品为标准衡量，屈赋真可谓不伦不类，不经不典，可正因如此，屈赋才具备了自为经典的品格。《离骚》是中国乃至世界文学史上最早最辉煌的抒情诗篇之一，亦成为中国文学的重要源头。从此中国文人的伤感有了深度，有了参照，从此《诗经》《离骚》并峙，进而风骚并称，成为文学的代名词。

春秋战国是华夏文明走向成熟的时代，是思想哲学的自觉时代，思潮激荡且主流已显。这一大潮中的楚文化却仍保持青春气象，狂热、纯洁、生猛，并具原始气息。屈原是这一文化的集大成者，又是它的极端代表。诸子之文皆可视为文学作品，但文学是以寄生状态存在。屈原的横空出世，标志着中国文学自觉时代的到来。屈原带着源自南方沃野的新鲜血液，猛然楔入华夏文明腹地。

中国第一个独唱的诗魂痛哭登场——行吟泽畔，颜色憔悴，八方有灵，四顾茫然，“东一句，西一句，天上一句，天下一句”（刘熙载《艺概》评《离骚》语），自言自语，绵绵无尽。

他似乎将我们带离了历史、生活现场，进入一个似真似幻、婉转浩瀚、芳菲迷离、匪夷所思的世界。而这一切竟是因为他承受着超常的现实重压——君昏国危，党人跳梁，朝政日非，宫阙日远，他一再被疏被逐，无助绝望日甚一日。

二

长太息以掩涕兮，哀民生之多艰。

——《离骚》

亦余心之所善兮，虽九死其犹未悔！

——《离骚》

路漫漫其修远兮，吾将上下而求索。

——《离骚》

《离骚》作于屈原初被怀王疏远或第一次流放之后。忧心如焚，缠绵悱恻，辞意哀伤而志气宏放。这时的屈原希望未灭，心存幻想，切盼怀王悔悟，让他重回郢都，为国效力。这数句诗，将屈原人格的主要特征、困境意识表达得很充分。

屈原陷入困境，源于楚国陷入困境。

屈原出身楚国贵族，主要活动于楚怀王时期。怀王为太子时，屈原曾长期侍读。怀王即位后，屈原深得其倚重，位为左徒、三闾大夫。“博闻强志，明于治乱，娴于辞令，入则与王图议国事，以出号令；出则接遇宾客，应对诸侯。”（《史记·屈原贾生列传》）屈原仪表出众，风度翩翩。古人是迷信相貌的。相貌或许是命运的一种形式。才华和相貌都会引起他人的嫉恨。屈原在作品中屡屡诉说他为嫉恨所困。

正当中国实现大一统前夕，迅速崛起的秦国，雄踞西北，虎视鹰瞵，有野心有实力有动作。对六国来说，存亡是逼到眼前的现实。“国际关系”错综复杂。有能力抗衡秦国的是齐、楚，齐国在政治上已显颓势，楚国疆域更广更富庶。“横则秦帝，纵则楚王。”天下不归秦，则归楚。实际上，秦国完成大一统之前，楚国先完成了南方的统一。

六国从未有过真正成功的合纵，秦国的连横动作却每每奏效。

已是风声鹤唳的局面。天下大势，屈原看得分明。他的焦虑紧张，由来已久。屈原始终力主联齐抗秦。他屡次出使齐国，都是为了同一目的。可是他的主张与奋斗却一再受挫，楚国逐步陷入为秦摆布状态。屈原亦渐被疏远，直至被流放。楚怀王三十年（前 299 年），怀王应邀赴武关会盟时被秦扣押，三年后客死异国。楚顷襄王二十一年（前 278 年），秦将白起攻破郢都。据记载，此时屈原绝望，赋《怀沙》，投汨罗江自沉。

春秋战国之诸子百家，早就认可天下必将重新归于一统，形成“新天下”。天下重于国家，是诸子的共识。到战国时，“邦无定交，士无定主”，客卿制盛行，纵横家走俏，朝秦暮楚竟无关人的品质评价。士子们有空前的活动与选择空间。在一个爱国感情相对稀薄的时代，屈原却把自己与楚国命运紧紧绑在一起。

不断有后人这样发问：凭屈原之才，何国不容？何不弃楚而去？屈原不是不明白，而是做不到。屈原并非不认可诸子的天下观，但天下即使不是由楚来统一，也至少要长久保存楚国，这是屈原政治、思想、情感的主旨与底线。他融合吸收以儒为主的诸子思想，称道尧舜禹汤，主张仁政，其主导思想是北方的，情感文化却是南方的楚国的。作为楚贵族，世代与国家关联极深，本人一度成为政坛中心人物。这一切，决定屈原必然自觉把个人出处与祖国命运绑在一起。楚国如为人吞灭，在他是不能接受的。举目天下，无处能给他安身立命之感。不是天下不能，是他不能。若能朝秦暮楚，人间必无此屈原。这是解读屈赋，理解屈原异乎寻常情感的基础。

没有任何一部作品能像《离骚》这样，将个人情感、政治际遇、国家命运结合为一体。所谓长歌当哭，《离骚》是也。自成天籁，“自铸伟辞”（刘勰语），《离骚》是也。

“不有屈原，岂见《离骚》？”（刘勰语）没有楚国，亦难见屈原。楚国，屈原，《离骚》，三者可互印互证。“楚，大国也。其亡也，以屈原鸣。”（韩愈《送盘谷序》）楚国之有屈原，不是偶然的。各国亡了就亡了，很快便尘埃落定，唯楚国国亡而“魂魄”在。“楚虽三户，亡秦必楚。”楚人在怀王客死之时就喊出这一口号。六国中为何楚国、楚人特别能“记仇”，特别怀念故国？除了战国末天下大势这一外部原因外，恐怕文化上的相对独立应是其深层内因。不能不承认，战国七雄中，楚国文化面貌最鲜明最独特。历史果然应验。反秦斗争中，楚人最为踊跃，陈涉首事，以“张楚”为号，项梁从民间找到楚怀王的孙子重新立为“楚怀王”。汉高祖刘邦曾为项梁部下，还写过楚辞《大风歌》。新兴汉朝对包括屈原在内的楚人表示了特别的尊重。

陟升皇之赫戏兮，忽临睨夫旧乡。
仆夫悲余马怀兮，蜷局顾而不行。
——《离骚》

《离骚》收篇于一场白日梦般的飞升远游。这类似庄子的《逍遥游》。可是当屈原从天界一瞥见故乡，天上的快乐等一切都不复存在，只有故乡，只有魂牵梦萦的故乡。《逍遥游》在想象中完成了对现实的超越，屈原却总是重重地坠落在地。从天空坠落，是屈赋楚辞中一再出现的意象。屈原那里有中国最早最沉重的乡愁。屈原之乡，不是一山一水一村一城，而是苍茫的遍生橘树的楚国。

三

后皇嘉树，橘徕服兮。
受命不迁，生南国兮。
深固难徙，更壹志兮。

绿叶素荣，纷其可喜兮。

——《橘颂》

世溷浊莫吾知，人心不可谓兮。

知死不可让，愿勿爱兮。

明告君子，吾将以为类兮。

——《怀沙》

屈子的人生，从明媚《橘颂》欢快出发，至黑暗《怀沙》痛苦而止。

屈赋楚辞，除《橘颂》《国殇》等数章外，大多篇什皆示人以众芳芜秽、日暮途穷之强烈意象，《怀沙》则是无路可走后的绝命辞。屈原对死亡有长久的预谋，死之意愿贯穿于疏远流放全过程。对屈子来说，死是他最后可以使用的工具。“明告君子”中的君子指商代投水自尽的彭咸。在《离骚》等作品中屈原先后七次郑重述及这位古贤，《离骚》最后两句决绝地说：“国无人莫我知兮，又何怀乎故都！既莫足与为美政兮，吾将从彭咸之所居！”意思很明白：我必会效法彭咸。这个时候，他尚在壮年。屈子是作为自觉的牺牲者，走上祭坛的。

《橘颂》被视为屈原最早作品。屈原正当青春，受到与他同样年轻的怀王重用。屈原以遍生楚国凌冬不凋的橘树自喻，扎根祖国，自信豪迈，阳光明媚，与天地、诸神、君王及社会融洽和谐，显露出强烈的使命感。《橘颂》表明，屈子是一赤子，楚国的赤子。赤子面临相对单纯的局面时会如鱼得水，能按他既有的人格结构勇猛精进。当局面复杂化、异己化，则必会陷入困境。屈原此后的人生正是如此。他把赤子人格坚持到人生终点。

《橘颂》已显露屈原好修求美、自高自贤的端倪。同时，屈原有执着的“美政”理想，希望辅佐君王成为尧舜般的圣王。既深深地爱惜自己，又殷切地期待君王与朝廷，这可视为屈原赤子人格的核心内容。不能实现的爱惜和期待，最终只能是悲剧与毁灭。

至《离骚》，这一人格特征更加突出。《离骚》开篇赞美自己的出身和生辰后，接着一再申述对美质修能的不懈追求，一再表明对时光飞逝的焦虑。他的根本愿望，就是为怀王、为楚国尽力，并能确立个人“修名”。可是，随着楚国政局的恶化，屈原越是坚持此人格追求，与楚王及朝中党人的对峙便越紧张。怨恨怀王的同时，他强烈谴责党人：“惟夫党人之偷乐兮，路幽昧以险隘。”国家即将倾覆的可怕局面就在眼前，“恐皇舆之败绩”便成为屈原心头时时悬着的噩梦。

注重修身、自高自贤、以道自任，傲视王侯至少是平视王侯，包括孔、孟在内的先秦诸子皆有此气象，只是程度、风貌各不相同。这是那个时代足以令千古唏嘘的特征。屈原正具此气象。《离骚》开篇介绍完自己后，即豪迈地说：“乘骐骥以驰骋兮，来吾道夫先路！”为王者师的气度十足。屈原总是比他人更执着，也更极端。屈原一再申明：“亦余心之所善兮，虽九死其犹未悔！”——我是不可改变的，宁愿死。屈原与楚王及党人，难以调和是必然的。

失意臣子屈原只能无路可走。越是绝望，越是把唯一希望投向君王。长期以来，他一直企图以心目中的圣王尺度引导塑造楚王。屈原的“恋君情结”是强烈的，君却不恋他。屈赋中处处交织着对怀王极恋又深怨之情。忠君如用情的屈原，所向往追求的君臣关系，类似于亲密无间的“情人”关系。忠君是他永远无法醒来的梦魇。忠极则恋，恋极则怨，恋与怨正是一体之两面。人最强烈的感情是爱情，虽然未必能持久。当其他感情达到一定强度时，亦会呈现“疑似爱情”的状态。屈原这种“疑似爱情”既强烈又持久，堪称亘古一人。屈赋中屈原反复开始他上天下地的“求女”征程，无不以失望、失败而告终。但是，屈原却将自己的“单相思”义无反顾地进行到底，大约令正宗爱情也望尘莫及了。面向君王的这一“婢妾心态”，有深刻的政治及心理原因。忧患极深、心事绝大的“失恋臣子”屈原，就这样把浩瀚无际的诗意、至微至巨的意象，与匪夷所思的“疑似爱情”融汇在了一起。真是难煞了一代又一代解骚者。

后世文人臣子，特别乐于营造“求女”这一借喻意象的传统，不能简单以为是对屈原“求女”意象的效法。以婢妾心态对君王绝非屈原发明。只要存在绝对权力，臣民对君王产生婢妾心态就毫不奇怪。极而言之，只要有人被赋予能决定你一切的权力，你就极有可能以婢妾心态款待他。多少人灵魂早就跪下了，却并不自知。屈原以婢妾式的诚挚劝楚王，但他从未完全跪着。屈原的救国愿望，只能寄托于最高统治者。忠君是绝望中的希望。摆脱婢妾心态其实很容易：缓释爱国之情，出走他国。出走或投靠他国，是当时士人的寻常选择。而屈原总是不寻常。

当代有些学者，以现代心理学、病理学解读屈原，时有令人耳目一新之发明。但不把屈原放在楚国，放在那个时代，只就屈赋中的一鳞半爪，就得出屈原是恋物癖、同性恋、双性恋、易装癖、精神病患者等结论，实在比《天问》更具“想象力”。屈原长期身处逆境，备受磨难，身心俱疲，丧失健康，时常陷入病痛或神思恍惚状态，是可以肯定的，其诗文之恣肆、迷狂、瑰异风貌应当与之深度相关。就是说，某种程度的精神异常在促使屈原精神能量的爆发、创作能力的强化上，必定起了作用。但屈子坚贞人格始终未曾分裂崩溃，心智未曾瞀乱失序，也是可以肯定的。屈赋为证。《怀沙》表明，屈原投水之前，彻底绝望，同时高度清醒。他之从容就死，就剩下捍卫人格或殉道、殉国这一作用了。屈子之死是屈子经营最久、用情最深的一首诗。

屈原的“天”塌了。

《天问》系屈原晚年之作。全诗一百七十二问，疑至何处，问至何处，只问不答，问就是答。全诗不讲文采，不事修饰，问天问地，问古问今，问他这痛苦的此生。屈原似乎是在宣布他曾有的“天”塌了，类似尼采宣布“上帝死了”。尼采疯了，屈原赋《怀沙》后投水了。令屈原成为疯子的压力，比让尼采成为疯子的压力或许更大，但屈原没有疯。葬自己于楚国水土，屈原最终只能做此事了。《怀沙》，有情屈子留给无情世界的绝命辞；死，绝望屈子唱给深情自我的歌。

四

屈原既放，游于江潭，行吟泽畔，颜色憔悴，形容枯槁。渔父见而问之曰："子非三闾大夫与！何故至于斯？"

屈原曰："举世皆浊我独清，众人皆醉我独醒，是以见放。"渔父曰："圣人不凝滞于物，而能与世推移。世人皆浊，何不淈其泥而扬其波？众人皆醉，何不餔其糟而歠其醨？何故深思高举，自令放为？"屈原曰："吾闻之，新沐者必弹冠，新浴者必振衣；安能以身之察察，受物之汶汶者乎？宁赴湘流，葬于江鱼之腹中。安能以皓皓之白，而蒙世俗之尘埃乎！"

渔父莞尔而笑，鼓枻而去。歌曰："沧浪之水清兮，可以濯吾缨；沧浪之水浊兮，可以濯吾足。"遂去，不复与言。

——《渔父》

每个民族都有令人言说不尽的话题人物，屈原就是一个。并且，屈原刚死或未死之时，大约就是这种话题人物了。

《渔父》在楚辞里别具异趣。作者不详。应是屈原之后一位具有道家精神的楚辞作者所为，是最早透露屈原社会反响信息的文章。司马迁把《渔父》录入《屈原贾生列传》，以佐证自己对屈原的评价。

《渔父》极具戏剧性，殊堪玩味，就似在泽畔上演了一幕二人短剧。屈原和渔父皆亲切可感，只是作者反而让渔父显示了精神能量上的优越。《渔父》可能是屈子投水后，楚人对屈原最早的解读。

这一短剧极富张力，是两种道德精神的冲突与映照。在渔父那里，这世界固然不怎么美妙，却是个可以将就可以和光同尘的地方。屈原则是西西弗斯式的反抗荒谬世界的荒谬英雄。“渔父”是明白这一点的。旷达的渔父，执着的屈原，他们与其说是为了说服对方，不如说是各自进行了抒情式陈述。《渔父》可看作对屈原内在矛盾的文学表达。这一矛盾在《离骚》等作品中皆有表现。莞尔而笑的渔父扬长而去，枯槁憔悴的屈原葬身鱼腹。

屈原不仅醒目地存在过，重要的是他的存在一直深刻影响着后世。屈子之魂扩张了中国人的文化视野和情感深度。

王孝伯言：名士不必须奇才，但使常得无事，痛饮酒，熟读《离骚》，便可称名士。

——《世说新语·任诞》

王孝伯是东晋末不成器的一个人物，《世说新语》的作者在这儿使用了反讽笔法，从中却正可见屈原在士林的影响。自汉代始，读骚解屈就被士林视为高品位精神活动。可是，解屈常常伴随曲解。《离骚》就是供给中国士人的一坛烈酒，有人痛饮，有人浅尝，有人不屑，有人干脆将这坛酒一脚踢翻。

汉武帝令淮南王刘安编撰《离骚传》。“旦受诏，日食时上。”(《汉书·淮南王传》) 可见刘安早就将《离骚》烂熟于心。司马迁在《史记·屈原贾生列传》中引用刘安所论：“《国风》好色而不淫，《小雅》怨诽而不乱。若《离骚》者，可谓兼之矣。……推此志也，虽与日月争光可也。”司马迁完全继承刘安论点，并进一步评说：“信而见疑，忠而被谤，能无怨乎？屈平之作离骚，盖自怨生也。”诚恳肯定屈原应该怨，屈赋产生于怨。刘安、司马迁是最早对屈原作出高度评价的人。

此后，围绕屈原，历代文人或褒或贬，或爱或恶，对垒分明，直至现当代。

西汉初贾谊、西汉末扬雄皆为有名辞赋家，都激赏屈原品格及作品，同时痛惜其遭遇，责其未能离楚，全身远害，致遭蝼蚁之辈欺凌。

东汉班固，青年时激赏屈原。自中年奉诏修史后，一改先前立场，激烈反对刘安、司马迁观点，在《离骚序》等文中全面否定屈原，指责屈原“露才扬己”“怨主刺上”“非明智之器”，《离骚》不合儒家“法度”。班固观点的逆转可视为“屁股决定脑袋”的古代版本。

东汉末王逸的《楚辞章句》是《楚辞》最早注本，对后世影响甚大。王逸反对班固所有观点，视屈原为标准儒家门徒。为此，王逸不惜削足适履。例如，他这样解释《天问》：“何不言问天？天尊不可问，故曰天问也。”“天问”这种命题方式，在屈赋及诸子著作中甚为普遍，屈赋中尚有《橘颂》《国殇》

等。重要的是，王逸的解读有违《天问》主旨。《天问》正是昊天之下“日暮途穷”的屈原，对“天”的激烈发难。

班固与王逸观点针锋相对，其思想却并无本质不同。董仲舒“罢黜百家，独尊儒术”建议为汉武帝推行后，儒教迅速三纲五常化。班固因感到实在很难把屈原当儒家门徒对待，干脆“打倒屈原”。王逸则煞费苦心“解屈”，务必将屈原修饰成标准儒家门徒。

汉唐之间是漫长的乱世。历仕梁、北齐、北周、隋四朝的颜之推，在其《颜氏家训·文章篇》中，历数几十位“轻薄”文人，屈原首当其冲：“自古文人，多陷轻薄：屈原扬才露己，显暴君过……”颜之推自叹“三为亡国之人”，朝秦暮楚，却皆为“忠臣”，腾挪躲闪，竟得善终。念此惊魂一生，必有深刻“心得体会”。如此评价屈原，可谓发自肺腑。

自唐代始，统治者不断加封屈原，意欲将其打扮成忠君道德神。体制塑造适合它所需要偶像的冲动是强烈的。南宋理学家朱熹作《楚辞集注》，努力把君臣大义从屈赋里读出来，无视屈赋显露的冲天怨气、如梦似狂的精神状态，将“怨”全解读为“忠”，以屈原作孔门太庙之牺牲。元、明、清诸朝，对屈原或褒或贬，并无超出前代新意。闪光点却是有的。明末清初思想家王夫之将“忠君”解读为“忠国”，将忠一人扩展为忠一国。同期的金圣叹否定屈原“忠孝著书”说，立屈原“忧患著书”说，亦是将屈原的道德坚守与文学品质往更开阔境界推进。二人同历明亡之痛，眼光毒辣，迥异于俗儒，属非常之人的非常之见。

皇权时代，围绕屈原的论争，少有艺术批评意味，多有政治道德纠缠。根源在于，皇权专制二千年一贯制，了无新意。

那些真正的诗人、文学家对屈原是何心态？刘安、司马迁之后，贾谊、扬雄、李白、杜甫、柳宗元、辛弃疾、苏轼等皆厚爱屈原。他们甚少参与论争，只是把屈赋精髓融入血液，融入诗文。“文章憎命达，魑魅喜人过。应共冤魂语，投诗赠汨罗。”（杜甫《天末怀李白》）在杜甫想象中，遭遇冤屈奔波湖湘的李白会写诗投入汨罗江，与屈子之魂惺惺相惜。“正声何微茫，哀怨起骚人。”（李白《古风》其一）真正的诗人，他们的确容易对屈原产生惺惺相惜之情。

诗人中也有憎恶屈原的。中唐诗人孟郊有《旅次湘沅有怀灵均》一诗，其对屈原评价之劣可说绝无仅有：“名参君子场，行为小人儒。”“死为不吊鬼，生作猜谤徒。”“怀沙灭其性，孝行焉能俱？”“如今圣明朝，养育无羁孤。”简直类同诅咒，连屈原自杀亦被视为不孝。真是令人瞠目。上纲上线式的大批判，古人亦懂。上纲上线的作用就是，让本不搭界的意思搭上关系后，会有特别惊悚的效果。诗最后歌颂“吾皇圣明”，社会福利好得很。一个很有成就的诗人，为何如此仇视屈原？孟郊又有《登科后》一诗：“昔日龌龊不足夸，今朝放荡思无涯。春风得意马蹄疾，一日看尽长安花。”瞧，这个人，登科后狂喜至此。孟郊为“苦吟派”诗人代表，功名心重却半生困顿，大约永存一个“朝为田舍郎，暮登天子堂”式的梦想，精神人格之苍白干枯由此诗可见一斑。已成标准“小人儒”，却完全不自知。孟郊的心态，就是完全建立在一己功名基础上的彻底婢妾心态。

围绕屈原，古代文人似可站成数列。一列：刘安、司马迁、贾谊、李白、杜甫、王夫之、金圣叹等。二列：班固、颜之推、孟郊等。三列：王逸、朱熹等。他们对屈原态度分别为：高度肯定或大部分肯定、基本否定或全盘否定、高度肯定或基本肯定但曲解之。第三列虽只列出二人，实际追随者却是一支浩荡大军，一支拿“艺术”比附政治的大军。推敲一下三列人物的思想、情感、个性及文化取向，大有趣味。

对屈原的解读，至梁启超、王国维等现代学者，始基本摆脱皇权阴影，置于现代理性阳光之下。可是，时至今日，屈原仍然可以继续被扭曲、被涂抹。

一位诗人，如果能有让历代读者百读不厌的价值，那么他一定具备可以让读者“自我发现”的功能。解说不尽的屈原，就像一面镜子，文人或非文人都可以拿来照一照自己。有人照见面具，有人照见肝胆，还有人照见的不知是什么。

五

惟郢路之辽远兮，魂一夕而九逝。

——《抽思》

屈原之后，随着以儒为主、儒释道融合格局的形成，中国士人的人格、情绪得到驯化、平衡，少有屈原式的悲剧英雄了。

屈原代表了人类困境的一种类型。一颗无半点杂质的灵魂，受到彻底排斥与摧折。“魂一夕而九逝。”屈原说，在流放地，他的梦魂一夜奔往郢都“九次”。用“忠君爱国恨党人”来概括屈原的精神世界，应该无大错。君、国、党人、屈原，形成一个无解的困境。他那“一夕而九逝”之魂，想的是存国，存国，还是存国。忠君？他不能不忠君，国家存亡系于君王一身。君昏国危是逼到眼前的现实。他对君的忠、恋、怨、愤，即婢妾心态，全部根源于此。

屈子的悲剧深刻又彻底。可以说，悲剧成全了屈原。当然，这是今天的解读，而非屈原的自觉。屈原是自觉的牺牲者，而非自觉的诗人、自觉的文化创造者。这与前面所说“屈原标志着中国文学自觉时代的到来”并不矛盾。所谓“自觉时代”，是后世的历史的认可，屈原并无这种自觉。屈原追求的是楚国统一天下、楚国常存以及个人成就“修名”这一“喜剧”，而不是做“伟大诗人”。人，不论伟大还是渺小，自觉进入历史的可能性极小。

读到余秋雨解说屈原的文章《诗人是什么》，文中有此一说：

> 在后世看来，当时真正与“国家”贴得比较近的，反倒是秦国，因为正是它将统一中国，产生严格意义上的国家观念，形成梁启超所说的“中国之中国”。我们怎么可以把中国在统一过程中遇到的对峙性诉求，反而说成是“爱国”呢？
>
> 有人也许会辩解，这只是反映了楚国当时当地的观念。

但是，把屈原说成是“爱国”的是现代人。现代人怎么可以不知道，作为诗人的屈原早已不是当时当地的了。把速朽性因素和永恒性因素搓捏成一团，把局部性因素和普遍性因素硬扯在一起，而且总是把速朽性、局部性的因素抬得更高，这就是很多文化研究者的误区。

寻常老百姓比他们好得多，每年端午节为了纪念屈原包粽子、划龙舟的时候，完全不分地域。不管是当时被楚国侵略过的地方，还是把楚国灭亡的地方，都在纪念。当年的“国界”，早就被诗句打通，根本不存在政治爱恨了。

作者将多种莫名其妙因素“搓捏成一团”，文意看似曲折，实则甚明白：秦亡楚，楚速朽了局部化了，“政治爱恨”化为尘烟，所以屈原爱国说很荒谬无道理。这一思路如成立，人类将难以找到“爱国者”。宋亡于元，版图扩张了不少，国界也被打通了，该也算“对峙性诉求”？与作者高见恰恰相反，“现代人怎么可以不知道”？——具体的国家、朝代、党人往往是速朽的，真正的爱国精神却不会速朽。试问：古今中外哪一位爱国者形象不是在某种“对峙”中确立的呢？屈赋楚辞的每个字，都浸透着屈原钟爱楚国的血泪。屈原正是因此才超出了“当时当地”，成了中国的、世界的。屈原不论生于何国，如果他抱持那种精神，进行了那样的创作，不论其国家存亡，他都一定是伟大不朽的。或者说，与楚对峙的其他诸国，若出现了屈原式人物，历史照样尊敬他。再说，屈原爱国说怎么是始自“现代”

呢？自汉至明清皆说屈原忠君爱国。君权时代，忠君爱国难以区分。王夫之干脆将屈原忠君说换成忠国说。

真正的文化一定是从泥土里、血液骨髓里生长出来的，不是嘴皮子吧嗒出来的。屈原无“文化”，头脑很清醒，爱楚恨党人，一点不含糊。“政治爱恨”一定是具体的时代的，现实中的“国界”也一定不是诗句所能打通的。“诗句打通国界”只能当一句诗来看。不可否认，屈原“爱国说”，有后世包括现代人附会堆垒的成分，这是许多古人共同的命运。但他爱楚国却是无法否认的。从余氏话中自然可推出又一层匪夷所思的高见：我并不否认屈原爱楚国，但爱楚国能说是爱国乎哉？如屈原爱的是后来统一了天下的强秦，其爱国说才能立得住脚。呜呼哀哉！爱国与否竟然也以“成则为王，败则为寇”这一江湖原则来判断，似乎又难以用走入“误区”来理解了。

可以批评屈原的愚忠、婢妾心态，可以惋惜屈原没有诸子的达观，但一个中庸玲珑、朝秦暮楚、蹀躞有术的屈原，一定不可能完成任何意义上的文化创造。现实困境里的屈原，强烈向往的一定不是靠写诗“打通国界”留名青史，甚至也不是文化创造，而是存国、存国、存国。屈原巨大的文学文化价值，是后世的历史的认可，若以这一认可来否认屈原为爱国者，或认为若承认屈原为爱国者就贬低了屈原的文化价值，这无疑极端荒谬。屈赋楚辞的文化激情，与其爱楚国之情密不可分，这两者在历史、在现实中，皆不构成普遍性因素与局部性因素的关系。将其这样划分，不但不是理性思维，直接就是没有常识，不通情理。屈原显然扮演不来“文化蹀躞家”角色，蹀躞于齐兮，蹀躞于鲁，蹀躞于秦兮，蹀躞于楚……

婢妾心态，曾遍布历史，遍布朝野，当然亦可以遍布现实。给你一个婢妾环境，你就有可能为婢为妾。甚至，已经有不必为婢为妾之路可走了，而有人却仍甘愿甚至努力争取为婢为妾为奴。

“学成文武艺，货与帝王家。”自古士人，心头想的大多不过是把自己卖出去，交易即使成功，在重重黑幕后面坐庄的却永远是帝王。唐太宗看到新进士子鱼贯而入，兴奋地说：“天下英雄尽入吾彀中矣！”他的潜台词应该包括：我终于可以让这些“英雄”为婢为妾了。皇权下的交易从不会以平等为原则。

婢妾心态，这一定不是屈原与生俱来的。

数千年间，屈原给了我们极宝贵的文化营养。这种营养不可或缺。可是，数千年间，王逸、朱熹们反复欣赏玩味并企图加以利用的，实际上是屈原的婢妾心态，以婢妾心态为主体人格的人看到的全是婢妾心态。婢妾心态不是屈原的主体人格，是屈原人格被扭曲掉的那一部分。婢妾心态为屈原走上自杀之路加了一把劲。屈子自杀，他该是想把那婢妾心态也杀掉吧。

屈平词赋悬日月，楚王台榭空山丘。

——李白《江上吟》

李白这诗，榔头一样敲下来。在现实中总是吃败仗的诗人，又用诗句打了一个“胜仗”。

曹操：说曹操曹操到

曹操可说是中国文化里幽灵味最足的人物。

“说曹操曹操到。”

没有哪位国人不知这句俗语。每个人大约都经历过此种情景：大家正谈论着一个不在场的人，那人恰巧来到了。这时，有人可能就会来上一句：说曹操曹操到。每次使用这句俗语的情景必定是独特的，不可重复的。重复的只有“曹操”这个概念。俗语中的“曹操”，不能换成其他任何一位古人。只有曹操具备这种可以无处不在的幽灵气、诡谲气。

为何是曹操？

历史中真实的曹操（155—220），集豪侠气、英雄气、文人气、帝王气、江湖气、奸雄气于一身，是一个非常复杂的人物。可是，他进入了被简化的过程，最后被简化为彻头彻尾的白脸小丑。吊诡的是，他又总是十分有趣。白脸奸臣曹操一出场，空间似乎就被一下子放大了。我们似乎需要一个永远心怀鬼胎的曹操，以证明我们没有心怀鬼胎。

“对酒当歌，人生几何。譬如朝露，去日苦多……”曹操说人生如朝露一般脆弱短暂可怜。曹操这滴朝露落下来已一千八百年了。这相当于曹操六十六岁人生长度的二十七倍。这滴朝露到底有些特别，它落下来，砸进历史，牵动一代又一代人的神经，一直曼延至我们。

生当非常之世的曹操，把自己打造成现实和历史中一种巨大存在的曹操，遵循的路径肯定不是简化。他与时代的深度关联，与后世世道人心的异样纠葛，在中国历史上堪称别具一格。

曹操“述志”

曹操登场时，举目皆是末世景象，庞大汉朝正崩溃为风波诡谲的江湖碎片，一个悲惨世界。汉灵帝死去那年（189 年），袁绍起兵，董卓进京，外戚、宦官同时瓦解，血污狼藉之后，汉朝廷唯遗一副残破躯壳。

曹操很早就横身站了出来。面对这个苍黄的世界，曹操要找一个怎样的立足点？

很多年之后，用了无数心计之后，打了无数仗、杀了无数人之后，曹操统一了北方，做了汉丞相。

在这个额外野心、额外企图疯狂滋生的时代，在这个杀戮主义横行的时代，曹操十分惊险地活了下来，并站到了高处。这个不易结束的乱世，真是一个展示人性的大舞台。在普遍的生存恐惧压迫下，人人让心灵成为黑洞。担心他人不择手段，所以我要不择手段；担心他人先下手为强，所以我要先下手为强。曹操手段残忍不落人后，否则一百个曹操也会被其他枭雄或准枭雄搞掉。

建安十五年（210年），曹操五十六岁，起兵作战已二十余年，“挟天子而令诸侯”已十五年，做丞相已近三年，赤壁大败已两年余，“天下三分”局面此时已形成，统一梦想更加渺茫。政敌攻击他为汉贼，内部拥汉派亦心存狐疑，还有很多人巴望他赶快称帝。曹操整理他此时此地心事，创作了此人此生最长“公文”——《述志令》（又名《让县自明本志令》）。曹操已成为这样一个人物：他的心事，就是天下事。天下有窥测曹操心事的欲望，曹操亦需向天下交代。

述志令（有删节）

孤始举孝廉，年少，自以本非岩穴知名之士，恐为海内人之所见凡愚，欲为一郡守，好作政教，以建立名誉，使世士明知之；故在济南，始除残去秽，平心选举，违忤诸常侍。以为强豪所忿，恐致家祸，故以病还。

去官之后，年纪尚少，顾视同岁（指同年被举为孝廉者）中，年有五十，未名为老。内自图之，从此却去二十年，待天下清，乃与同岁中始举者等耳。故以四时归乡里，于谯东五十里筑精舍，欲秋夏读书，冬春射猎，求底下之地，欲以泥水自蔽，绝宾客往来之望。然不能得如意。

后征为都尉，迁典军校尉，意遂更欲为国家讨贼立功，欲望封侯作征西将军，然后题墓道言“汉故征西将军曹侯之墓”，此其志也。……后领兖州，破降黄巾三十万众。……身为宰相，人臣之贵已极，意望已过矣。今孤言此，若为自大，欲人言尽，故无讳耳。设使国家无有孤，不知当几人称帝，几人称王！

或者人见孤强盛，又性不信天命之事，恐私心相评，言有不逊之志，妄相忖度，每用耿耿。齐桓、晋文所以垂称至今日者，以其兵势广大，犹能奉事周室也。《论语》云：“三分天下有其二，以服事殷，周之德可谓至德矣。”夫能以大事小也。……然欲孤便尔委捐所典兵众，以还执事，归就武平侯国，实不可也。何者？诚恐己离兵为人所祸也。既为子孙计，又己败则国家倾危，是以不得慕虚名而处实祸，此所不得为也。前朝恩封三子为侯，固辞不受，今更欲受之，非欲复以为荣，欲以为外援，为万安计。

孤闻介推之避晋封，申胥之逃楚赏，未尝不舍书而叹，有以自省也。奉国威灵，仗钺征伐，推弱以克强，处小而禽大。意之所图，动无违事，心之所虑，何向不济，遂荡平天下，不辱主命。可谓天助汉室，非人力也。然封兼四县，食户三万，何德堪之！江湖未静，不可让位；至于邑土，可得而辞。今上还阳夏、柘、苦三县户二万，但食武平万户，且以分损谤议，少减孤之责也。

理解《述志令》，要从曹操出身说起。

大人物往往有大困局。曹操的第一个深刻困局是其出身。

曹操父亲曹嵩，是大宦官曹腾的养子。宦官的社会声望比外戚更为低下，不论其权势多么煊赫，社会舆论都永远视之为令人不齿的“浊流”。曹操如系一平庸之人，必安于享用父祖的余荫，无意也无能计较出身的不光荣。可是，曹操对这一出身相当敏感。曹操自二十岁被推举为孝廉，接着不论任洛阳北部尉，任议郎，还是任济南相，皆采取不避险恶与宦官势力对抗的态度。这样做，需要勇气，需要正气，也需要远见。既要成功地表达自己，要站出来，站到醒目之处，还要保证人生航船不致倾覆。曹操在人格和政治上都成熟很早。

青年曹操带有理想主义色彩，这和任何时代的青年一样。

青年曹操心目中，早就有一个他期待成为的曹操，并愿意为之奋斗。在曹操的坚持请求下，清议名士许劭说出了他对曹操的评价：“子治世之能臣，乱世之奸雄。”（《三国志·武帝纪》注引孙盛《异同杂语》）曹操报之以大笑。许劭的话似褒似贬，大有深意。一言似能说尽曹操正反两面，托出一个“潜在曹操”，点中曹操本人亦模糊的“潜意识”。对此，曹操只好报以大笑。生命早期的这番大笑，是一次在后来时光里不断有回音的大笑。这一大笑表明，曹操有能力让“他的曹操”在世上站住。——曹操很早就接纳了“曹操”，青年曹操灵魂里已有一个深邃又复杂的曹操。他将要用全部勇气，主动、生动地回应这一个杀机重重、血光弥漫的世界。

曹操能基本冲破“出身”这一困局了。“挟天子”是他主动或被动进入的另一个更大困局：对天下，他是口含天宪的第一汉臣；对汉室，他是具有最大可能性的篡位者。这是一个关联更加深广的困局。曹操破拆此困局的唯一途径，就是统一天下。天下统一了，劲敌消灭了，做汉臣，做“周文王”，还是废汉自立做皇帝，那就要看曹操的“意志”了。无奈，曹操终身不“自由”。

曹操已登至高处，但未完成他所期望的自己。面对这一切，曹操的确需要这篇《述志令》。

《述志令》系露布天下公告，却堪称千古奇文。有人视为通篇谎言，有人视为完全真话。这都有违《述志令》的真实意蕴。《述志令》是“曹操水平”的政治宣言与外交辞令。在这王纲解纽之季，社会呈一种怪异状态的“三国环境”式言论自由。曹操不会糊涂狂妄到欲以一文尽欺天下。《述志令》有着傲慢的谦虚，霸气的辞让，心事重重的诚恳。《述志令》里的曹操，是一个有怕有爱亦有担当有胸襟的曹操，是自信又无奈的曹操。曹操知道自己的无奈，别具一格的是，他自信世人对他亦无奈。

《述志令》上半部分（开头至“几人称王”)，曹操自述大半生心事与遭际，类似一低调自传。曹操最想说的话却是这个：“设使国家无有孤，不知当几人称帝，几人称王！”这话榔头一样敲下来，由低调一下子转为高音。

这话有深远的历史、现实背景。

秦始皇奇迹般把无边江山拿在了手中。始皇宣布：历史终结了，终结于他嬴姓一家，终结于他一人。这大约是人类历史上最早的“历史终结论”。出乎始皇意料，历史毫无终结之意，他要传之万世的皇位，他还没焐热的无限江山，竟然迅速又血腥地转移给了下家。从此，后世帝王再无人敢像始皇那样企图终结历史了。可是，历史终结论不露痕迹地转化为“道德终结论”——谋反是天下第一罪，篡位是天下第一恶。皇位成为天下第一“禁脔”。与统治者的愿望相反，第一禁脔，极易成为第一诱惑，这不难理解。“皇帝轮流做，明日到我家。”皇位总须安放在江山上。“打江山”就成为这方人类眼中的最大事业。“江山梦”一直是国人第一大梦。我儿时与小伙伴玩的一个游戏，名为“打江山”。刘邦就以打下的江山为无量家产，向其老子炫耀。按说，有资格做江山梦的人是极少的。问题的复杂性在于，每当天下骚乱，皇位动摇，江山梦马上就会被激活，甚至马上就会冒出不止一个穷凶极恶的“皇帝”。你的“天”塌了，我的“天”要接班。天下就是不乏有这种胆量的人。并且，谁把皇座抢到手，谁就抢占了道德高地，谁就有权解释“君权神授”。184 年，以“苍天已死，黄天当立”为口号的黄巾起义爆发，标志着大崩溃的到来，标志着禁脔的异香一下子弥漫天地。乱世既释放大批“过把瘾就死”的蟊贼，也催生满腔救世情怀的英雄豪杰。

建安元年（196 年），在腥风血雨中壮大起来的曹操接受毛玠建议，成功迎献帝至许县，立许为都，开始“挟天子以令诸侯”的新篇章。曹操捞起汉室这片风雨飘摇中的浮木，让献帝成为生命安全有保障的傀儡。

曹操在军事上、生活上犯了不少严重错误，屡次差点丧命。但在事关皇位问题上却向来谨慎。怎样对待皇位当然是最大的政治。曹操羽翼渐丰后，成为各种势力拉拢对象。中平五年（188年），王芬等谋废立之事，约结曹操，曹操严正拒绝。第二年，董卓擅立献帝，任曹操为骁骑校尉，曹操隐姓埋名逃跑。191年，袁绍谋废立之事，拉曹操，曹操严正拒绝。这类事，参与一次，就可能彻底失去未来。在曹操眼里，董卓之流，是无未来之人。他知道他要走很远的路，并且知道他能走很远的路。

献帝可以天天象征性地“上班”了。这多少能给天下一些安慰。袁术却按捺不住称帝野心，迫不及待称帝了，却旋即为曹操所败。更多的称帝可能，亦为曹操所抑制。所以，《述志令》中那话，曹操是要天下来感受来掂量的：我现在这个样子，是时势造成；我没什么野心，却是保存国家（汉朝）、稳定天下的重器。

有无野心，野心大小，当然不能全听曹操的。《述志令》下文，完全以“忠”为陈述主题。

曹操历数自己心目中的榜样：齐桓公、晋文公、周文王、乐毅、蒙恬。他们皆是被天下人赞赏的忠义圣贤或英雄。曹操以前三位古人皆“兵势广大”却忠事其主来自况，以后两者表明自己累世忠良。众所周知，齐桓公、晋文公后来称霸了，周文王不代商，其子武王却代商了。这三个“榜样”可真有力量。历史上更多的是名将重臣死于功高震主，比如蒙恬。曹操赞赏蒙恬，但蒙恬的悲惨命运却是曹操一定要避免的。曹操后面说道：“意之所图，动无违事，心之所虑，何向不济……”没有我曹操想办而办不成的事，我的目的总是能够实现。这是明明白白在敲打震慑天下了。曹操有亮剑能力，有亮剑欲望与必要，当然可以亮剑了。这与当今世界普遍的耀武扬威行为，基于同样的人性与国家性格。

曹操说，我不放弃兵众，是因为首先考虑子孙及身家性命，而这又与国家安危相连。又说：“江湖未静，不可让位……”曹操不说为了国家不顾身家性命。他知道人家不信。话说到这分上，真话假话，可以见仁见智，诚恳坦率，却难以轻易否认。但就深邃复杂的曹操来讲，他显示给世界的，仍然只是冰山一角。

已成霸主的曹操，期望成为一个什么样的曹操？

曹操常宣示以周文王、周公为人生榜样。他们一个是圣人圣王，一个是有“元圣”之称的贤臣。曹操的自我期许是清楚的：有生之年做汉室“周公”，身后则期望成为“周文王”。在这一选择中，现实妥协，道德自律，自身期许，都包含其中了。周文王姬昌纵横捭阖开疆拓土，为周朝奠基，却不代商。

《述志令》面上主旨是陈述“忠”，深层动机是向天下向这个血腥江湖表明自己的巨大存在。但曹操不能无视皇权道德紧箍咒。清楚这个时代，明白自身的能量和局限。这就是曹操。

曹操的态度或许可以这样说：我本人至死不称帝，就对得起汉室，对得起天下，对得起历史了。曹操有俯视皇位的胸襟，皇位并非曹操的最高追求，不像董卓之流只知做皇位大梦，“圣人圣王”才是他的理想。这是曹操的过人之处，亦表明他的人格，骨子里是儒家人格，忠孝是他没法突破也不想突破的大网。而历史并不买账。圣人圣王注定当不成，小丑却与之纠缠不休。

《述志令》表明，曹操不是圣人，却有圣人追求。以当代眼光看，圣人追求或许不值得肯定，但却是曹操雄伟气象的来源之一。曹操以《述志令》向当世喊话，那时该有不少人能听懂。后来，听不懂了，无人听或拒绝听了。未来社会塞给人们一个完全与《述志令》中的曹操无关的曹操。

小丑与圣人

曹操之世，社会已彻底丛林化。这个丛林并非始自曹操，而是在汉末乃至在汉中后期就形成了。丛林，自然就实行弱肉强食的丛林法则。道德的招牌幌子味更浓厚了。

曹操的圣人圣王情结，不仅流露在《述志令》中。

曹操死前一年，孙权来信自贬为臣，劝曹操称帝，曹操营垒内也有大股势力盼他赶快称帝。他把孙权的信向部下公开，说：“是儿欲踞吾著炉火上邪！”（《三国志·武帝纪》注引《魏略》）身边的人却不屈不挠，已经说成曹公不称帝天理难容了。

豁上身家性命追随的主子不肯称帝，导致他们也做不成名正言顺的功臣、名臣及忠臣了。曹操这样打消他们的念头：“若天命在吾，吾为周文王矣。”(《三国志·武帝纪》注引《魏氏春秋》)曹操的意思是明白的：称帝之事让子孙去做吧。对刘姓汉室来说，曹操这主意难道不算“不逊之志”？曹操对来自献帝周围哪怕十分微弱的反抗，都予以血腥镇压，不但董承、吉本、魏讽等图谋反曹者被斩杀无遗，连皇后、皇子、贵妃亦照杀不误。为曹操“打工”的献帝，难道会认为曹操并无“不逊之志”？

曹操一直斗志昂扬，企图一战定乾坤，无奈赤壁之战后已无此可能。谁打仗最厉害，谁就能赢得统一和平，谁就是潜在的开国之君。曹操能看透，孙、刘等不会看不透。除了孔融、荀彧这类憨直士人能真正心存汉室，试想枭雄们是以何种眼光、何种心情打量江山与皇位？枭雄们之所以皆惦记那个名存实亡的汉室，原因在于不论皇冠以何种方式降临，总是来自汉室。刘备既有帝室之胄这一金字招牌，似乎怎么折腾都不会被当作乱臣贼子，但令他激动不已奋斗不止，不惜脸皮一厚再厚的根本动力，还是自己做皇帝这一美好前景。孙权无牌可打，就盼着有人率先称帝，他好搭一搭顺风船。

风口浪尖上的那个枭雄，只能是曹操。

曹操的“圣人追求”实在是玄之又玄。在皇权道德的天罗地网里，曹操注定成为一个大怪胎。

历史基本按照曹操的设想推进了。曹操死后，汉室与曹魏之间，通过上演一场煞有介事、高尚到似乎不感天动地就誓不罢休的禅让剧完成易代。曹丕登上帝座，像周武王追尊其父为周文王一样，追尊曹操为魏武帝。刘备、孙权相继“问心无愧”地称帝。据记载，曹丕在劝进的汹涌浪潮前，面对帝位，仍然诚惶诚恐。他靠一而再，再而三的辞让表演，来掩饰内在的道德恐慌。孔子奠定了在道德上仰望并效法尧舜等古圣王的传统，曹氏父子或许以为自己就是这么做的。他们把戏做足，羞羞答答弄了个帝位，后世却视他们既无尧舜禅让的高尚，更无汤武革命的光荣。

曹丕主导的禅让或许难免虚伪，但多少有些政治协商意味。不杀人、不杀前朝皇帝，这是不小的功德。可是皇权道德最痛恨最恐惧的，正是曹氏父子导演的这种羞羞答答的“禅让”。皇权道德只认打江山抢江山。刀把子里面出皇帝。你打得越狠，越有说服力，越有合法性。反之，则无合法性或合法性不足。陈胜、吴广是帝王公开的敌人，曹操则是帝王挥之不去的噩梦。“只要提起曹操，皇帝们就会感到自己的皇冠有滚落地下的危险。”（翦伯赞语）这大约有点出乎曹操预料。

对以江山为家业的帝王来说，最悲惨最可怕的事当然是易代。董仲舒的君权神授理论，冠冕堂皇得很，骨子里却与“成则为王败则为寇”同构。用之于易代，就成了得天下是天命，失天下亦是天命。假若曹操打仗更凶一些，手段更狠一些，统一了天下，索性夺了帝位，并传祚足够久，后世恐怕还得照例给这位“开国之君”奉献颂歌。就有勇、有谋、有趣、有文化来讲，皇权时代大约还没有哪位“开国之君”能与曹操相媲美呢。皇权作为专制权，其道德系统会随时调整自己承认强权。强权有时候就等于“天命”。刀把子能出皇帝，就能出“天命”。

曹操成为小丑，似乎是历史宿命。

道德路径越来越僵化狭窄。

宋朝之前，对曹操的褒贬，基本尊重历史事实。《三国志》作者陈寿给出的“可谓非常之人，超世之杰”这一评价，得到广泛认可。唐人称曹操为“曹公”，评价甚高。至南宋，偏安局面令统治者气虚胆怯，无力打量天下，便视蜀汉为正统，视曹魏为篡逆。帝王们越是感觉到自己苟延残喘的状态，曹操便越是一个噩梦。到明清，皇权体制更趋僵硬腐朽，随着《三国演义》及三国戏的流行，一个彻头彻尾的小丑曹操，便代替了真实的曹操。

与其说《三国演义》反映了三国时代生活本质，不如说呈现的是作为皇权末世的明清社会生活本质。它曾是说书人的底本。所以，它除了要政治正确，还要有足够的娱乐价值，以保证说书人贡献薄技而不触犯时忌，还能稳住听众屁股赚取几个铜板。骂曹操就是政治正确。明清特别是清代，普遍的奴才已形成。奴才即使什么也没有，却有“忠”。这是足以傲视“奸臣”曹操的本钱。越是奴才，越需要某种道德优越感。

罗贯中欲表忠孝节义为充塞天地之道德价值，刘备、曹操为其正负两极。不过，读《三国演义》，从曹操奸诈里常读出可爱，乃至读出忠厚，从刘备忠厚里却常读出虚伪。鲁迅看得分明：“欲显刘备之长厚而似伪，状诸葛之多智而近妖……”（《中国小说史略》）罗贯中在塑造刘备等“高大全”典型时，显出较强的外在操控性，在塑造奸诈的曹操时，有时则不知不觉进入自由创造境界。奸诈的曹操，却成了面具相对较少的人。谁能说明白刘备、孙权等人的真面目？罗贯中可能自己都意识不到，他其实是喜欢曹操的，在曹操身上，他的非凡创作才能得到了淋漓尽致的发挥。

清朝统治者对各类小说，大多是取排斥乃至禁绝态度，唯对《三国演义》例外。不仅如此，清朝统治者还命大臣将小说改编成长达一百二十出，名为《鼎峙春秋》的连台本戏。戏中“尊刘贬曹”成为绝对理念，曹操成了与历史事实甚少关联的漫画式固定丑角。以异族入主中原的清廷，对“篡逆”格外神经过敏，既怕天下视自己为篡逆，又要防范针对自己的潜在“篡逆”势力，特别需要一股忠孝节义的混沌气氛。

一个僵硬腐朽的容器，难以装下鲜活伟岸的灵魂。简单奴化的头脑，无法感受深邃的事物。补天需要英雄，娱乐需要小丑。一个未经丑化的曹操，是缺乏娱乐价值的。既然无力仰见大英雄的光辉，就把英雄简化丑化到能给奴才带来娱乐。无环境无条件养成较高精神境界的芸芸众生，在《三国演义》及三国戏营造的忠孝节义浓厚烟幕里昏沉度日，只有这样才能体会出“太平犬”的幸福生活。皇权体制为求自己的长治久安，把人们拉入一个庞大的道德泥淖，当然不许谁站在泥淖之外。道德路径越狭窄，越热衷于树立榜样、塑造小丑。曹操被选择成为道德谱系中的首位丑角，不难理解。不选曹操，选谁呢？

一个深邃雄伟的曹操，最终成了小丑曹操。这固然可视为曹操的悲哀，但又并非曹操的悲哀，而是一个更广泛的悲哀。

作为诗人的曹操

有一个杀人不眨眼的枭雄曹操，有一个忧郁、冥想、深情、柔软的诗人曹操。

“对酒当歌，人生几何？譬如朝露，去日苦多。”

苍苔落叶的无边悲凉。

“月明星稀，乌鹊南飞。绕树三匝，何枝可依？”

柔若无骨的缱绻深情。

“东临碣石，以观沧海。水何澹澹，山岛竦峙。”

一个广漠无垠的风云宇宙。

与异常险恶的现实疆场对应，曹操有一个苍茫广阔的精神疆场。曹操是诗人文人悲壮自觉第一声。

在这个文化气质转变生成的时代，曹操成为转变风气第一人。超群绝伦的诗才，生长于末世。曹操及建安文人面对的是一个血腥荒原。世界溃败至难以收拾，其间却有勃勃生机，这生机凝结成风神特异的建安风骨。曹操或许是建安风骨里那根最硬、最有味道的骨头。乱世沉重，人命危浅，忧生伤世，刺激强烈，由此导致建安文学触景伤情的悲歌气质。那里有志在千里的慷慨，亦不乏乐极生悲的虚无。曹操以寥寥二十余首诗，登临审美顶峰，我们从中能读出那个时代的万语千言。

曹操显然无意与任何人比诗才，他经营的任何一件事都比写诗重要，却又是天然的文人领袖。豪杰的热情，王者的霸气，诗人的逸气，生成一种前所未有的审美大气象，大格局。不论曹操曾经操纵了多少不可告人的阴谋，其灵魂的诗情画意却完全可以大白于天下。

东临碣石，以观沧海。
水何澹澹，山岛竦峙。
树木丛生，百草丰茂。
秋风萧瑟，洪波涌起。
日月之行，若出其中；
星汉灿烂，若出其里。
幸甚至哉，歌以咏志。
——《步出夏门行·观沧海》

建安十二年（207年）秋，五十三岁的曹操带兵北征乌桓，得胜回师途中创作了《步出夏门行》组诗，此为其一。征途迢遥，战事残酷。初夏出征，十一月才回到邺城。回想起远征的种种险恶，曹操不禁后怕。他做出了一个特别举动：赏赐了那些出征前极力劝他取消此次行动的人。

诗人在刀丛里滚来滚去，诗中却似乎没有一丝战争的影子。

几行诗便容纳了一个风云宇宙，一个与这宇宙相吐纳的生命。中国古人少有写海诗文。古人走到海边就沉默了。曹操站在碣石山顶，他望大海，望日月星辰的出没，他还努力看那看不到的一切。在沧海宇宙面前，谁还能以霸主、枭雄自居呢？可是，不是霸主，谁又能吟得出这样的诗呢？

有一个不停征战杀伐的曹操，还有一个爱山爱水观沧海的曹操。诗句直白劲健，跳跃顿挫，浩荡雄浑，山海似巨灵，诗人若赤子。曹操以朦胧而宏大的宇宙为生命尺度，无须雕琢，娓娓道来，即力抵千钧。曹操的生命激情，弥漫沧海宇宙。

“秋风萧瑟，洪波涌起。”易读出他胸藏雄师百万，难读出他面对沧海宇宙的冥想、忧郁。这是曹操的秋风，没有凄凉的秋风，又凄凉到无边无际的秋风。

神龟虽寿，犹有竟时；
腾蛇乘雾，终为土灰。
老骥伏枥，志在千里；
烈士暮年，壮心不已。
盈缩之期，不但在天；
养怡之福，可得永年。
幸甚至哉，歌以咏志。
——《步出夏门行·龟虽寿》

东晋大将军王敦，酒后辄吟诵“老骥伏枥，志在千里……”以如意击打唾壶为节，壶口尽缺。稍有文化的国人，亦无人不知这诗句。这诗句成为一代又一代烈士打磨生命强度的砺石。

曹操早就视自己为侥幸活着的人。五十三岁的曹操又把自己视为暮年之人。暮年之人却是一位烈士（勇于担当、奋斗不息之士）。此时的曹操，不能不审视自己那盛极而衰的生命。生命如此虚妄，神龟腾蛇亦终归为土为尘。生命又是多么真实，如握在手中的一件兵器。把那生命利剑使用一次，再使用一次。自三十五岁起兵讨董卓，至此作战近二十年，战事无岁无之。还有许多仗要打，这把生命利剑，使用寿命可要尽量长啊。

“烈士多悲心，小人偷自闲。”（曹植《杂诗》）“烈士”是曹氏父子皆喜用的词语。举目当世，曹植大约找不到比父亲曹操更标准的烈士了。“君子多苦心，所愁不但一。”（曹丕《善哉行》）曹操之心，就是苦心加悲心，就是烈士之心加诗人之心。上哪里去找无苦无悲的生命？曹操所愁的不止一件事啊。“不戚年往，忧世不治。”（曹操《秋胡行》）救世，对英雄是一种永恒的诱惑，可是生命却一定有一个为土为灰的宿命。

曹操要往生命这件宿命容器里，装进去一些什么？

对酒当歌，人生几何！譬如朝露，去日苦多。
慨当以慷，忧思难忘。何以解忧？唯有杜康。
青青子衿，悠悠我心。但为君故，沉吟至今。
呦呦鹿鸣，食野之苹。我有嘉宾，鼓瑟吹笙。
明明如月，何时可掇。忧从中来，不可断绝。

越陌度阡，枉用相存。契阔谈讌，心念旧恩。
月明星稀，乌鹊南飞。绕树三匝，何枝可依？
山不厌高，海不厌深。周公吐哺，天下归心。

——《短歌行》

此诗作于建安十三年（208年），赤壁之战期间或战后。

诗中的曹操，生命的饱满，情怀的慷慨、壮烈、温柔、忧伤，达于极致。《观沧海》里的曹操，尚站在沧海宇宙的对面。《短歌行》里的曹操，已与日月山河宇宙同在。

全诗一喜一忧，一扬一抑，似断似续，若徐若急，茫茫而来，令人瞠目。气魄之雄浑，意境之深邃，千古难觅其匹。不难感受到诗句背后那巨大能量和超凡意志力。

人生苦短的感叹千古所同，曹操的感叹却浑如霹雳一声：人生越短越要抓紧呀。美酒欢歌，朝露人生；忧思不绝，酒入愁肠。可是，您那青色衣领，时时浮现在我心中梦中……来吧，来吧，贤士英雄，让我们为天下，为这朝露般的人生而奋斗吧。

曹操诗大多有一个“光明的尾巴”，一个“干部姿态”。此诗亦不例外，似有狗尾续貂之嫌，但又是曹操真实的生命姿态。不论有多么浓烈的诗情，“政治功利”却永远是他的头等大事。以汪洋恣肆的醉意开始，却不能不以清醒结束。水落石出，曹公亮相。——写诗是一件多么微末之事啊，政治家、将军、枭雄，才是我本色。我就是想“把自己的人搞得多多的，把敌人的人搞得少少的”。

渴求贤才是曹操诗文重要主题。曹操与士人之间的关系能从更深层次反映出其英雄、枭雄本质，而这一本质与他的诗人本质又并行不悖。

号令天下的曹操，孤独深情的曹操，寻寻觅觅的曹操，权杖、屠刀、诗笔俱在手的曹操，对士人来说实在魅力无穷。不肯向乱世屈服、不肯埋没此生的广大士人，不约而同地把目光投向了曹操。

权力枢纽若有求才之心，必能同时成为人才枢纽。才子谋士真来了不少。曹操的军前帐下，人才之盛，特别是文人之盛，其他枭雄霸主难以相比。如把视野延伸至曹丕、曹植，那就只好承认，帝王之家与文人集团关系如此密切，千古唯此一例。在这个凄怆的乱世，“何枝可依”正是士人共通的生存困境。在“挟天子”的曹操那里，士人却能获得一个怪异的生存空间：为曹操出力，可有效命汉室的名分；真心效命汉室者，又不得不受曹操羁縻与控制。

权杖可以化为剑杖，诗笔可以换作屠刀。曹操能量大，“挟天子”造成的困局亦大。这一困局，必化为曹操的内在矛盾。曹操的精神疆域，会与士人发生部分交集，但他人难以涉足的荒原却是无边无际的。曹诗的巨大张力魅力，亦可由此解释。

孤独的曹操，苍茫的诗人，杀人不眨眼或流着泪杀人的刽子手。角色的转换既系于曹操一己灵魂，更系于天下势力的消长。这一只大困兽，其骚动不安的爪牙，总需有人承受。

建安十二年，曹操与孔融关系恶化。曹操让路粹代笔与孔融信，末尾数句这样说："孤为人臣，进不能风化海内，退不能建德和人。然抚养战士，杀身为国，破浮华交会之士，计有余矣。"曹操明示孔融：对你这类"浮华交会之士"，我动一动小拇指就可以解决问题了。刀把子在手的曹操，仍在以最大耐心与孔融文斗。孔融曾为北海相，在兵溃势穷之后，不得不于建安元年投附曹操。孔融是天下大名士，又有孔子二十二代孙这一光荣头衔，投曹既可有汉臣名义，又自然成为许都士人领袖。刚刚"挟天子"的曹操，也需要名士点缀。双方互具利用价值。孔融一度这样寄希望于曹操："瞻望关东可哀，梦想曹公归来。"（孔融《六言诗》）孔融的梦想不久即破灭。汉室仅是曹操排布天下大局的一个棋子，却是孔融全部。当孔融明白不能指望曹操恢复汉室后，就对曹极尽讥笑戏弄，与曹操玩幽默。现当代挺曹派，不断有人说孔融言行近似胡闹，这未免看轻了孔融。以孔融对士人对天下的影响力，其讥嘲态度有化庄严为滑稽之效，必然削弱曹操能量的发挥。孔融不自量力倒是真的。这亦是许多士人通病。就像权力有大小一样，幽默权亦是有大小的。孔融是文学家玩政治，有多么力不从心，他自己亦不清楚。曹操是政治家玩文学，将文学家玩弄于股掌亦游刃有余。孔融动作幅度太大了。本意让你做个招牌，不合作倒也罢了，完全可放你一马，竟还跟我老曹叫板，煽惑人心。

建安十三年，赤壁之战前夕，曹操下令杀掉孔融并夷族。已经坐大的曹操，早视孔融为异己力量了。显然，孔融表面上死于自己的"态度"，根本原因是死于自己的影响力。

东汉道德教化及选拔官员方式，养成了士人极端好名风气。许多士人不惜以怪异言行邀名，甚至不惜一死。孔融极欣赏的祢衡，可算一例。祢衡最乐于侮慢权贵，到哪儿骂到哪儿。来到曹营，照例亵辱曹操。曹操哭笑不得，将其礼送至刘表处。同一原因，刘表又将其送至黄祖处。黄祖脾气大，很快将二十六岁的愤青祢衡杀了。祢衡或许患有青春躁狂症。祢衡传世大言是：大儿孔文举（孔融），小儿杨德祖（杨修）。以大言自抬自，实在省力。古今皆不乏爱好此道者。无奈，虚假的大胸襟，一戳即破。这一点亦是古今相同。对祢衡之死，有曹操借刀杀人一说，这显然是栽赃。曹操的灵魂疆域，与孔融等士人会略有交集，与祢衡却完全不搭界。祢衡分明在另一个世界里做梦，那个世界是什么他自己也未必清楚。曹操不可能为一个无斤两的愤青动太多心思。曹操可以杀人不眨眼，但杀人要杀得有价值。不到撕破脸皮时，决不去撕破；到了撕破脸皮时，则不怕露出骨头。曹操对孔融是这样，对其他士人也是这样。

曹操杀死或逼死的名士、谋略家，还有杨修、荀彧、崔琰、娄圭、边让等，皆为当世之杰。对他们的死，古今报以同情的同时，也责骂曹操嗜杀。人们大多以他们罪不至死为同情理由。其实，不是罪的问题。他们何罪之有？一人一种具体死因，大原因则是天下势力消长与曹操困局中的挣扎奋斗。如果对曹操谋划大局足以形成妨碍，他是不怕动刀锯的。王纲解纽大局下的各路枭雄或准枭雄，比大一统皇帝有更方便的杀人权。在这个丛林食物链上，曹操已是猛兽。任何猛兽，都有自己的容忍限度。孔融为北海相有兵有权时，亦杀人不眨眼呢。孔融亦是诗人。

官渡之战获胜，从袁绍处缴获一批许都及曹营中人给袁绍的信。这可是整肃“叛徒、内奸”的第一手材料。曹操下令焚之。曹操说：“当绍之强，孤犹不能自保，而况众人乎！”（《三国志》注引《魏氏春秋》）这一非常之举，无大胸襟者不能为。杀人能解决一些问题，但还有更多问题需要超人胸襟才能解决。

放下诗笔，拿起屠刀；放下屠刀，拿起诗笔。这就是曹操。在救世或抢天下的英雄枭雄眼里，人、人命有时不过就是个砝码。“白骨露于野，千里无鸡鸣。生民百遗一，念之断人肠。”（曹操《蒿里行》）诗句写尽了乱世的悲惨、凄凉。想到曹操为报杀父之仇攻打徐州陶谦时，一次就滥杀无辜百姓数万（一说数十万），似乎可以怀疑曹操这诗句的真诚。可是，有复仇能力的曹操，自然竭尽全力复仇。在人口就是生产力的时代，消灭人口就是破坏生产力。发布大屠杀令的曹操，是万恶的屠夫；吟诗的曹操，就是“赤子”。那诗首先把曹操自己感动了。以假情写出真诗，或以假诗感动他人，是人类不可能完成的任务。

“青青子衿，悠悠我心。但为君故，沉吟至今。”这等诗句对士人不可能没有感召力。而被这诗句招引来的士人，又完全有可能死在曹操屠刀下。

有情诗人，无情屠夫。曹操的千年孤独。

大雨落幽燕，白浪滔天，秦皇岛外打鱼船。一片汪洋都不见，知向谁边？

往事越千年，魏武挥鞭，东临碣石有遗篇。萧瑟秋风今又是，换了人间。

——毛泽东《浪淘沙·北戴河》

一千七百多年后，在曹操北征乌桓的老路上，走来了一位不以狭隘道德眼光评价曹操的大诗人。“我还是喜欢曹操的诗。气魄雄伟，慷慨悲凉，是真男子，大手笔。”（毛泽东语，转引自《书屋》2016年第5期第35页）两条中华汉子似隔千年而唱和。豪气霸气，何其神似，诗意茫茫，如出一辙。“魏武挥鞭”，鞭挞天下，可又常陷鞭长莫及之困境。若论诗才，两位诗人则堪称伯仲。毛泽东诗笔横扫千年，“大雨落幽燕……”一落笔便似触及宇宙边缘。这诗句，曹操若读了亦会叫绝。

曹操之死

人生的冬天不由分说来到了曹操门前。

“造化之陶物，莫不有终期。”（曹操《精列》）游仙诗在曹诗中所占比例不小，《精列》即其一。诗中表达了对仙人、长寿的向往和人生苦短的无奈。曹操不幻想永生，却希望死神的来访尽量晚一些。这既是出于求生本能，也是出于他对这个世界的“操心”。

曹操一生，“操心”真是不轻。就连他的性命，不光他自己时时惦记，还有许多人惦记。战场上自然是险情不断，坐在家中竟也要防备蓄谋深远的暗箭。“梦中杀人”固然出于演义，曹操一直瞪大眼睛看紧自己的性命却是事实。现在是死神自己前来，他却能做到完全心平气和地缴械。曹操死得应当算有水平。

嗅一嗅曹操身上的存在论气息。

存在主义哲学用死来印证说明生，以死为前提和背景赋予并激发出存在的意义。“未知生，焉知死。”这是孔子对死亡问题的答复。“未知死，焉知生。”这是海德格尔对死生的思考路径。所谓“存在先于本质”“向死而生”“自己如何可能”“自由选择”，被认为是存在论精义。让“死气”逼出“生机”，尽最大可能在死前成为自己，并负责地“自由选择”，付出有价值的“操心”。

生当非常之世、承受非常生存的曹操，以烈士自诩的曹操，应当说不乏“向死而生”的气度。试看处在生机渐尽、死气弥漫之际的曹操，其最后的操心和选择。

对曹操来说，死亡一直是个问题，但现在却是最大、最后的问题。能吟诵“烈士暮年，壮心不已”，是因为离死亡还有较远的距离。现在，手中时光已不多，死神已不时在身前身后狞笑。曹操大约老是不由自主地想象这几件事物：他那座墓、他寝于其中的尸骸、相关的其他事物。

建安二十五年（220 年）正月，曹操临终前颁布《遗令》：

吾夜半觉小不佳，至明日饮粥汗出，服当归汤。

吾在军中持法是也。至于小忿怒，大过失，不当效也。天下尚未安定，未得遵古也。吾有头病，自先著帻。吾死之后，持大服如存时，勿遗。百官当临殿中者，十五举音（吊丧限哭十五声），葬毕便除服；其将兵屯戍者，皆不得离屯部；有司各率乃职。敛以时服，葬于邺之西冈上，与西门豹祠相近。无藏金玉珠宝。

吾婢妾与伎人皆勤苦，使著铜雀台，善待之。于台堂上安六尺床，施繐帐，朝晡设脯糒之属。月旦十五日，自朝至午，辄向帐中作伎乐。汝等时时登铜雀台，望吾西陵墓田。余香可分与诸夫人，不命祭。诸舍中无所为，可学作组履卖也。吾历官所得绶，皆著藏中。吾余衣裘，可别为一藏。不能者，兄弟可共分之。

死神已在额间耳际呼啸了。最后的时刻到了。他在一分一寸地感受着死神对生命阵地的深入占领。一生险象环生的曹操，正在幸运地“亲自”体会死亡。

曹操在颁布《遗令》前一年多，已颁发一简短《终令》。《终令》对死亡尚存展望意味，是一种笼统安排，《遗令》则进入细节。《遗令》第一节，曹操仍在耐心品味最后的生存。第二节的各种安排，如葬仪不必遵古礼、死后穿着务必如生时等，都不出常规，“无藏金玉珠宝”这一要求，在曹操从前颁布的其他令文中已有严厉强调。引人注目的是第三节。头等大事是禅代，曹操不提；死后权力布置无疑也极重要，曹操不提……无数大事，全都不提。他细细安排的竟然是婢妾歌伎、分香卖履，以及几件绶带旧衣。这与叱咤风云的英雄似乎太不相称。

最早见到此《遗令》的，是西晋文学家陆机。陆机在曹操去世不久，无意中于宫内秘阁发现《遗令》。陆机览此《遗令》，不胜感慨，写下长文《吊魏武帝文》。他赞扬曹操为旷世英雄，却对他临终操心的都是些琐屑家务甚感惋惜与愤懑。苏轼在《孔北海赞》中褒孔融、贬曹操，说曹操临死“留连妾妇，分香卖履，区处衣物，平生奸伪，死见真性”，判定曹操一生诡诈，至死方显露卑琐真性。不光陆机、苏轼，还有众多古人，即使承认曹操是英雄，也认为《遗令》暴露了曹操的卑琐。“临难不惧，谈笑就死”，才应是公认的英雄本色。这是苏轼们的共识。

曹操的这种安排，可真是能令“英雄”大跌眼镜：要让婢妾们居于铜雀台，在正堂设灵帐，供奉食物，每月初一、十五这两天，自朝至午，面向灵帐歌舞；婢妾们要经常登上铜雀台，望向我西陵墓田。

奄奄一息之际，曹操把生和死放在一起作最后的玩味。天高地迥，荒丘墓田，春光秋色，晨晖夕阴，美姬们歌喉温婉，目光流盼。曹操要在死的绝对黑暗里，布置生的明媚与歌声。

可是那美女的目光即使望向墓田，那情还会为老曹你那僵尸而生吗？好一个儿女情长的曹操，好一个为自己作最后操心的曹操。

苏轼等讥其卑琐，似乎不无道理。不过，我们应做更深一层的理解。这是曹操水平的自恋，是至死都未放弃的自恋。曹操奄奄一息之际，尚存顽强的自恋能力。自恋不是健全的自我、健全的个性，但又与之密切相关。个性越是趋向完美，越可能有适度的自恋自爱。皇权道德总是最大程度地取消自我及个性，而健全的自我与个性，不可避免伴随适度的自恋自爱。因此，已经处于权力巅峰的曹操，却顽强表达自恋，实在可视为难得的人性闪光。建安风骨，个性鲜明；魏晋风度，顾盼自雄。魏晋人物的突出特征，正是有自恋有个性。两晋品藻人物风气大盛，正是自恋的转化升华。想一下曹植、嵇康、阮籍等人的自恋吧。嵇康正是既倔强，又温柔。建安风骨、魏晋风度无不导源于曹操。

可以想见，曹操对死深思熟虑已甚久。天下呢？他与“天下”搏斗了一生，现在他把天下轻轻放在了一边。曹操实在生得顽强，死得温柔——天下局面已经如此，我已尽力，行将就木之人对天下放心不放心已无意义。但我的婢妾、我的死却不能不安排。我不这样安排，即使我的儿子们也不会这样安排的。虽说神龟腾蛇终为土灰，可是有情之生至无情之死，总得有个过渡吧？生之孤独我知，死之孤独难言。地下总比地上寂寞。我这是免得已死曹操怨恨生时曹操啊。

曹操对死后所余香料（或香篆）、衣服等旧物品的安排，亦十分耐人寻味。在人类物质匮乏的时代，大英雄临终之际是如此珍惜物力的。或许还有言外之意：我使用过的旧物，不应随意糟蹋。

这是曹操对自我存在的怜悯，也是其慷慨刚健生命精神的最后温柔闪光：我英雄了一生，临死不必再倔强。

“打开灯，我不想摸黑回家。”这是美国现代作家欧·亨利的濒死遗言。曹操亦知道那路肯定是黑的，但他要最后明媚一下。

可拿曹操祭老友桥玄之事来理解曹操。建安七年（202年），曹操率军队来到家乡谯县，亲自撰文祭祀对其有知遇之恩的老友桥玄。此时桥玄去世已二十年了。祭文追忆生时情谊，颂赞死者德行，这都平常。不平常的是曹操竟将桥玄生时玩笑话写入祭文。桥玄曾笑对曹操说：我死之后，你路过我墓，如不拿一斗酒一只鸡来祭奠我，车走过去三步，肚子痛可别怪我！曹操祭文中感叹：“非至亲之笃好，胡肯为此辞乎？”对桥玄的态度，就是活人曹操对死人曹操的态度。

陆机、苏轼皆堪称天才，但其精神深邃复杂程度，与曹操却不是一个等级。没有一个深邃深情的灵魂，不会有此《遗令》。曹操的无情足以令人瞠目，其深情亦超乎寻常。

在这个无比苍黄的时代，无数人既难以实现生存的价值，更难以品味死亡，曹操却清醒地安排自己的死，死在自己想要的细节里。死得倔强易，死得温柔难。麻木混沌如阿Q，糊涂至死到来时尚能嗫嚅：“过了二十年又是一个……”曹操以《遗令》安排自己的谢幕演出，以《遗令》对自己实施临终关怀。死得如此从容有细节，实在少见。

曹操至死，都在进行他的可能的“自由选择”。他知趣地不去安排“天下”，他知道安排了也无用，他知道历史不会“终结”。在人难以成为人、自己难以成为自己的环境里，曹操尽最大可能成为人，成为自己。他严令不要任何贵重殉葬品，这一点就超出所有帝王。

曹操以一篇《遗令》，小心翼翼深情伤感地告别这个他为之奋斗了一生的世界。他的《遗令》把惊涛骇浪般的生存，化为涓涓细流式的温柔尾声。

尾　声

儿时，在沂蒙山腹地那个闭塞村庄里，我常听见母亲这样笑骂父亲“你这个奸雄”或“你这个奸臣”。中国百姓都知道，奸雄、奸臣无特指时，就是指曹操。笑骂里会有贬斥，也会有爱有崇拜。有时也能听见其他妇女这样笑骂自己男人。双方如果真生气了，打架了，有恨有仇了，一般就不这样骂了，就代之以“国骂”或其他更加令人不堪的骂。只有几岁的我就已经知道，奸雄、奸臣就是曹操。曹操“很忙”，却没有漏掉这个闭塞的村庄。“说曹操曹操到。”你不说曹操，曹操也到。每一个传统中国妇女心里，竟都有一个奸雄，一个可爱的奸雄——她们的丈夫或其他与她们有重要关联的男人。小丑曹操真是深入人心啊。人心中活泼的东西竟是如此顽固，统治者的诡计，在活泼的人心面前似乎失灵。

一个横槊赋诗的曹操，一个怆然流涕的曹操，一个时动杀机的曹操，都是曹操，唯有小丑曹操不是曹操。牟宗三有哲学三气质之说，即：要有汉子气；要有逸气；要有“原始的宇宙悲怀”。曹操就是一条有逸气有宇宙悲怀的正宗中华汉子，一条容纳了最多复杂性的中华汉子。曹操的灵魂是汉末乱世里一颗最有趣的灵魂。

历史深处那些遥远的罪恶，仍会来到我们中间。曹操的罪恶，就是我们的罪恶。曹操的伟岸，却未必是我们的伟岸。“说曹操曹操到。”曹操是一面镜子，一面人性镜子。人人皆可从他身上实现某种折射。曹操在你的生命之外，似乎也完全可以在你的生命之内。曹操成了人人皆可意会、人人皆可颔首一笑的“熟悉的陌生人”。

陶渊明：那一团幽隐的光明

采菊东篱下，悠然见南山。

——《饮酒》其五

在文学史文化史上，陶渊明的形象似乎已被这两句诗定格。陶渊明就是这两句诗，这两句诗就是陶渊明。人们愿意相信，确实有一个悠然、洒脱、静穆、无忧的陶渊明存在。

竹篱边，菊花旁，一杯酒，一张琴，一位安静无忧的诗人，没有来路的荒凉，没有前方的迷茫，没有灵魂深处的孤独挣扎。自古以来，无数吟咏描绘陶渊明的诗文与绘画，呈现的往往就是这一意象或场景。人们不约而同地认定诗人已经这样并始终这样。

这是不可能的。人是不可能轻易抵达静穆境界的，更不可能永远静穆。

陶渊明经常会有咬紧牙关的时刻。

这是人类的中古时代，中国的魏晋时期的末世。公元400年前后，中国处于一个漫长乱世的极端状态。社会进一步趋向碎片化、丛林化。建安风骨已是风骨无存，魏晋风度亦风光不再。士人皆成惊弓之鸟，诗文无不热衷于浮艳藻饰，士风、文风萎靡至极。这个时代少有伟人，陶渊明却是一个。在其生年，他以最平凡甚至是最卑微的面貌呈现自己。

众人纷纷往一个方向去了，陶渊明独自去了另一个方向。他在田园里将人生坚持到了终点。猛兽们在丛林里咆哮，田园之鹿卧于树荫。田园里的人生里虽有安全有喜悦，但更多的是荒凉，是孤独。所以，他时时需要一杯酒的支援与搭救。他没有想到也不会想到，在他之后，他的田园竟沿着他选择的方向，进入历史，走向未来，来到我们中间。他的田园产生了无限丰富的意义。

屈原歌哭无端苍茫无际，他把命豁出去了；李白大喊大叫飞扬跋扈，他把心脏挂到胸膛外面了；苏东坡喋喋不休泉源万斛，他把“满肚皮不合时宜”化作一腔豪气了。陶渊明呢？他隐忍内观自言自语：我只想过我一个人的日子。

这看上去是一个很奇怪的现象：陶渊明完全不存赢取世人喝彩的愿望，实际上在其生年亦无半句喝彩声，但其“自言自语”却一再穿越时空，抵达一代又一代人的内心。魏晋风度退潮后，沉淀下来的一颗最有价值的珍珠是陶渊明。他已近似一粒文化“元种”。

陶渊明给中国文化额外增加了一个灵魂——田园魂。陶渊明之前，这个灵魂若隐若现，陶渊明把它显化了，让它成为幽灵。只要是幽灵，就有一再现身的能力。

所以，这个幽灵来到了今天，来到了我们中间。

前生是一棵树

陶渊明这样的隐士，是用不让社会感到太疼的方式去反抗社会。

陶渊明喜欢植物，喜欢各种树。树不会让任何生灵感到疼。“连林人不觉，独树众乃奇。”（《饮酒》其八）陶渊明想象自己就是这棵树，一棵甘愿孤独，保持耿介的树。

以曹魏开其端的篡位方式，不断被后续者以更极端的方式效法。社会这一巨灵，时常陷入疼痛难忍、发疯抓狂的状态。说不定什么时候，就会冒出个有足够力量篡位的枭雄或莽汉。江山能打则打，可篡即篡，最寻常方式是打篡结合。被皇权体制捧上天的“忠”，早已是一种稀薄的情感。晋宋之际及南朝，又是皇权政治最卑劣破碎时刻，统治者连块遮羞布也挂不住了，君臣互残，同室操戈，乃家常便饭。

生命既然可以不必完全系于某个人或某种外在事物，就有了向其他方向发展之可能。“晋人向外发现了自然，向内发现了自己的深情。”（宗白华语）这个漫长的乱世，却又成为皇权史上士人个性闪光的非凡时代。不过，士人张扬个性并无体制保障，高压之下缝隙之中的闪光，常常是凄厉之光。“魏晋之际，天下多故，名士少有全者。”（《晋书·阮籍传》）先有曹操杀孔融，接着何晏、嵇康、潘岳、陆机、陆云、郭璞等名士，皆死于形形色色屠刀之下。无道的社会，危险的生存，使士人的生命表达呈现出诡谲乃至病态风貌，士人行状每每类似现代“行为艺术”。他们自恋又易活得不耐烦，惜命养生又易纵酒，重个性又易颓唐无状甚至人格瓦解。不肯屈服的嵇康，有刚肠热血又有极深自恋，以奇文《与山巨源绝交书》挑战社会，无异于在玩命。刘伶乘鹿车抱酒而饮，使人荷锸而随，说：“死便埋我。”诸如此类。应当承认，匪夷所思的表演背后，暗含对生命尊严的追求。表演虽达于极致，却终究难以摆脱社会与自我的双重奴役。

陶渊明身上有他们的影子，又似乎和所有人都不同。不乏刚肠，却不像嵇康那样刀头舐血；嗜酒，却不似刘伶那般颓唐。

有的人，他的名字似乎就有强烈宿命意味。陶渊明、陶潜，他不叫这名字又叫什么呢？

陶渊明（365—427），字元亮，别号五柳先生，晚年更名潜。避开剑戟，避开人群，避开他人目光，潜退至最低处，做渊中鱼，林中鸟，甚至成为一棵树，一株庄稼。这就是陶渊明。陶渊明、陶潜，一代又一代士人念一遍这名字，就好像是会晤一次幽灵，又似对自己的一次抚慰。

把自己视为一棵树，大约是中国文学里的第一次。一篇《五柳先生传》，自恋意味是有的，但多么健康自然，潇洒有趣。

先生不知何许人也，亦不详其姓字，宅边有五柳树，因以为号焉。闲静少言，不慕荣利。好读书，不求甚解；每有会意，便欣然忘食。性嗜酒，家贫不能常得。亲旧知其如此，或置酒而招之。造饮辄尽，期在必醉；既醉而退，曾不吝情去留。环堵萧然，不蔽风日。短褐穿结，箪瓢屡空，晏如也。常著文章自娱，颇示己志。忘怀得失，以此自终。

赞曰：黔娄之妻有言："不戚戚于贫贱，不汲汲于富贵。"其言兹若人之俦乎？酣觞赋诗，以乐其志，无怀氏之民欤？葛天氏之民欤？

"五柳先生"是陶渊明的自我意象。陶渊明说：这是应是之我，我就该是这个样子。写作时间在公元406年，即彻底归隐第二年。上一年年底，陶渊明辞去只干了三个月的彭泽令，结束了十余年忽仕忽隐、仕隐不定的彷徨生涯，从此彻底归隐，回到他名为"园田居"的居所。从上一年到今年，从江湖到田园，陶渊明已差不多整顿好身心，开始了另一种生活。在一个好天气里，陶渊明面对堂前的五棵柳树，若有所思，会心之处，不禁悠然而笑。

这一年，陶子四十二岁了。嵇康在比这个年龄还小两岁时被人杀掉了，后世的李白在这个年龄趾高气扬地踏入皇宫。这个年龄，对饱经磨砺又有丰富心灵生活的陶渊明来说，正是人生一个制高点，有了一个审视与展望的宽广时空。

柳树是五棵，不是四棵，也不是六棵七棵。这个人只能叫五柳先生。他还有大大小小五个儿子。儿子们总爱在树下顽皮。在陶子眼里，那五棵柳树也是他的孩子。

陶子望着那个叫“陶渊明”的人，觉得此时此刻那人有些味道，就为他写了这篇小传《五柳先生传》。陶子对“五柳先生”说：“你就这样吧，你就按这个样子去过日子吧。”陶子是陶渊明的旁观者，对话者。自言自语，与自己对话，是陶渊明由来已久的癖好。他的每一诗每一文，都是这种对话。没有形诸文字的对话可就更多了。陶子对自己这样观想的时候，忽然就会有灵魂出窍之感。他似乎已经看见了一个幽灵。这或许类似庄周梦蝶。陶子喜欢这个时候的陶渊明，愉悦自足，心无挂碍，一片澄明，茫茫然与宇宙冥一。

如果说陶渊明品格的核心是“任真自得”，那么《五柳先生传》就是这一诗性人品的形象化。“尝著《五柳先生传》以自况”“时人谓之实录”（沈约《宋书·陶潜传》）。这位五柳先生，诗意盎然，洒脱飘逸，时人却视为自况、实录。饶有趣味。那样一个人，在一心一意娱乐自己，却好似是在敲打自己的骨头。他的心情经常是柔软的，他的骨头却不软。他的快乐、他的“任真自得”，正根源于他骨头的坚硬。《五柳先生传》就像是这样一块坚硬的骨头，在唱一首婉转悠扬的歌。

文章不足二百字，却连用九个“不”。把九个“不”一一标出后，我第一次感到“不”这个字的形状是如此怪异有味。对这个世界，五柳先生说了一连串“不”，却并非剑拔弩张地说出来。令陶子憎恶的人或事物很多，陶子却不会去写一封“绝交书”。

“先生不知何许人也，亦不详其姓字。”如此开篇，何“实录”之有？渊明独特姿态也。在这个门阀壁垒森严的时代，我什么都没有，我什么都不标举。我退到最低处，退到柳树下，泥水自闭，却是为了不仰视任何一个人。何名号之有？这的确又是实录，陶子心态实录。喋喋不休的人们，互相奉承有多么厉害，互相蔑视就会有多么严重。正是因为人人皆索求高人一等，索求名号耀眼，所以所有的灵魂都在他人面前跪着。

“闲静少言，不慕荣利。”远离互相奉承，就是远离互相蔑视。陶渊明去世后，小他近二十岁的朋友颜延之作《陶征士诔》，深情悼念他。文中有此语：“在众不失其寡，处言每见其默。”古人解读陶渊明，没有比这话更好的了。我甚至认为，颜延之对陶渊明的理解，比陶渊明对自己的理解更到位更深入，更能准确彰显出陶渊明的独特存在。陶渊明每次到众人那里去，都迫切希望立即逃离，而在众声喧哗时，他的“默”又“无声胜有声”。在他人眼里，陶子该是极寡淡无味吧。找不出历史里还有哪位古人，曾用类似的话去评价过另一位古人。晚年陶渊明这样宽解自己的孤独：“知音苟不存，已矣何所悲。”（《咏贫士》）——即使平生无一知己，亦不必视为可悲。这是极高远极放旷境界。我们知道，大孤独者鲁迅尚感慨“人生得一知己足矣”。可是，有颜延之在，陶子不能说无一知己了。我们今天看陶渊明，觉得他是孤峰独绝，其实他不是孤立的。魏晋这个悲惨乱世，却有逼人向自我认知走、向存在深处走的非凡之处。陶渊明是证明，颜延之亦是证明。颜延之的话有沟通古今的力量，千载之后读之，仍不能不令人戚戚然。颜延之与同代人一样，都犯了忽视陶渊明诗文价值的错误，但有此一文，有此话，就足证颜延之人性的丰富。

“好读书，不求甚解；每有会意，便欣然忘食。”这话前半截每为人所乐用。用于自己，大半是一种自谦的骄傲：不要小看我，我好读书，我读书不少。用于他人，则免不了调侃讥讽之意了。对渊明来说，自谦自傲都不是，调侃自己的味道或许有，要义却仍是“任真自得”。不偏执，不拘泥，通达自适，方能深入堂奥，臻于“会意”秘境。若寻章摘句，一穿凿即失其本旨。读书之弊，只在不得要领。会意之时，神往之际，则“欣然忘食”，不是痛苦的“废寝忘食”。“初极狭，才通人。复行数十步，豁然开朗。”（《桃花源记》）桃花源秘境洞开，这好像是在说陶子读书之境界。“好读书，不求甚解”，陶子得意之言也。若把这话看作陶子读书潦草，可真应了那句话：痴人面前说不得梦。

“性嗜酒，家贫不能常得”“既醉而退，曾不吝情去留”。酒，陶子离不开酒，肉身需要酒，灵魂更需要酒。陶子近似酒仙，但有人可能会视之为酒鬼吧。陶子解决之道是，喝醉了我就自觉从人家退出来，不在意人家留与不留。不为五斗米折腰的陶子，会不会为了酒而对某位乡邻面露讨好之色呢？有可能吧。——我陶子这可是求酒，不是求官，求功，求名，求财。

“环堵萧然，不蔽风日”“不戚戚于贫贱，不汲汲于富贵”。我对付穷的办法，就是恪守孔门“君子固穷”之道，就是照黔娄之妻的话去做。隐士黔娄家徒四壁，穷困以终，黔娄之妻不但不抱怨，还对人用“不戚戚于贫贱，不汲汲于富贵”赞扬丈夫。陶子之妻有没有黔娄之妻的境界呢？管他有没有，我陶渊明认同黔娄之妻。我向往的是做无怀氏之民、葛天氏之民。

你看，《五柳先生传》多像一个人的自言自语：我就是这样一个人。你知道不知道没关系。我自己知道，我知道自己。我宁愿是一棵树，一只鸟，一尾鱼。

在这佛教风行时代，陶渊明不信佛，不信前生与来世，却从鱼鸟树木间去见证自己。我们的前生的前生，不就是鱼鸟树木吗？陶子所努力的，就是要把自己还给自然，还给宇宙啊。同时，也就是把自己还给自己。

对渊明来说，与自己对话，比与世界对话更重要。而与自己对话只要足够真诚，竟然就是与世界对话。隔着一千六百年岁月，我们回望品读渊明，会加倍感受到这一点：诗人在这个悲惨末世里的自言自语，穿透时空，来到了我们这里。

陶渊明终生在进行着一场“生命审美”实践。晋人不约而同地投入一场“生命审美”运动，直接把个体生命的气质、形象、语言、行为等当作审美对象。在相当程度上，人们把“忠”转向了自身。这可真是中国皇权史上的奇迹。纵观晋之后千年皇权社会，这的确可视为绝响。所谓魏晋风度，“生命审美”是核心。如果他人没这样说过，就算是我的“私见”。陶渊明是魏晋生命审美的成功典型，或许可看作唯一典型。《世说新语》是集中展现晋人生命审美情怀的著作，可惜，其中竟无丝毫渊明消息。整整一代人乃至数代人，忽略了一颗最有趣的灵魂。

陶渊明在静观树的时候，或许会听见一棵树在喊自己的名字。陶渊明的前生或许是一棵树吧。他不关注佛教意义上的前生，他关注自然。他希望自己像一棵树那样缓慢、静穆、自然。大地上有很多树，其中一棵远远地独立天地之间。

《五柳先生传》塑造了这样一棵树。陶子向往这一形象，他以这一形象自律自娱，他努力保持这一形象，但他不是所有时候都是这一形象。他自舐伤口的时候多着呢。若从来没经历过惊涛骇浪，哪里能体会光风霁月。他有许多痛苦，但他无疑摆脱了奴役状态。

陶之前，有自传，但无此种自传；陶之后，有类似自传却难免效颦之嫌。这样一棵树的自然状态，怎么是他人能模仿来的呢？

到这棵厚朴仁德的大树下站一站吧。这棵树乍一看一点伤疤都没留下。可是，世上无一点伤疤的大树是不会有的。这篇《五柳先生传》，正可看作退却至田园的陶子，对伤口的自舐。

公元 405 年的一次退却

归去来兮，田园将芜胡不归！

——《归去来兮辞》（并序）

中国的读书人大约无人不知这声长唤。

《归去来兮辞》开篇这声长唤，深深触动千百年来的士人情怀，其意蕴已成为士人精神一个新的组成部分。这声长唤，从来非主流，非强音，但却以其柔韧之力响彻陶渊明后的历史。时至今日，这声长唤仍在回荡。有时，是更强劲的回荡。这声长唤，是对喧嚣骚动人心的提醒。

这声长唤，陶渊明用一生力气喊出，并用一生努力去捍卫。公元405年（晋安帝义熙元年）十一月，陶渊明自免彭泽令，赋《归去来兮辞》，经历了五仕五隐，最终彻底归隐。这一年陶渊明四十一岁。至六十三岁去世，陶渊明在田园里坚守了二十二年。

巨大的振幅算是结束了，而生活、生存不可能是静止的。敏感深情的诗人更是如此。《归去来兮辞》，多么像一颗伤痕累累的童心的吟唱。

归去来兮！田园将芜胡不归？既自以心为形役，奚惆怅而独悲！悟已往之不谏，知来者之可追。实迷途其未远，觉今是而昨非。舟遥遥以轻飏，风飘飘而吹衣。问征夫以前路，恨晨光之熹微。

乃瞻衡宇，载欣载奔。僮仆欢迎，稚子候门。三径就荒，松菊犹存。携幼入室，有酒盈樽。引壶觞以自酌，眄庭柯以怡颜。倚南窗以寄傲，审容膝之易安。园日涉以成趣，门虽设而常关。策扶老以流憩，时矫首而遐观。云无心以出岫，鸟倦飞而知还。景翳翳以将入，抚孤松而盘桓。

归去来兮！请息交以绝游。世与我而相违，复驾言兮焉求？悦亲戚之情话，乐琴书以消忧。农人告余以春及，将有事于西畴。或命巾车，或棹孤舟。既窈窕以寻壑，亦崎岖而经丘。木欣欣以向荣，泉涓涓而始流。善万物之得时，感吾生之行休。

已矣乎！寓形宇内复几时，曷不委心任去留？胡为乎遑遑欲何之？富贵非吾愿，帝乡不可期。怀良辰以孤往，或植杖而耘耔。登东皋以舒啸，临清流而赋诗。聊乘化以归尽，乐夫天命复奚疑！

读《归去来兮辞》，文中那乍脱牢笼的不寻常喜悦，我们不能不为之感动。同时，我们往往会有意无意忽略掉更隐秘更深层的东西。你看，隐忧及虚无感，总是紧随喜悦而至：“既自以心为形役，奚惆怅而独悲？”“景翳翳以将入，抚孤松而盘桓。”“善万物之得时，感吾生之行休！”……

其实，开篇的第一声长唤，其主旨就不能仅当作喜悦来看。

皇权时代，不管被动还是主动，失去官职都绝非等闲之事。若陶渊明从来就视仕途功名如粪土，就不会有五仕五隐的漫长徘徊。“少年罕人事，游好在六经。”“如何绝世下，六籍无一亲！”（《饮酒》）在其他诗文中，渊明也一再申明，他以孔子为宗师，以六经为人生准则。他对当下世道无人亲近儒家经典，深感痛恨与无奈，并认为这是社会溃败根源。他时常歌颂隐士，牵挂田园，但他理想人生状态却是功成身退——先成就一番功名，再退归田园做“任真自得”的隐士。这是渊明以儒家为主位、兼容道释的思想所决定的，当然亦有家族激励这一渊源因素。曾祖父陶侃是晋室大功臣，外祖父孟嘉在仕途的出色表现亦令他神往。就在上一年（404 年）五月，不可一世的桓玄被杀，新兴的刘裕势力向他招手。陶子心动了。这一年陶渊明四十岁，因母丧丁忧在家已数年。四十岁，可真是个令人惶恐不安的年纪。这又根源于孔子。“先师遗训，余岂云坠。四十无闻，斯不足畏。脂我名车，策我名骥。千里虽遥，孰敢不至！”(《荣木》) 孔子有言：“四十五十而无闻焉，斯亦不足畏也已。”(《论语 · 子罕》) 孔子这话，敲打中国士人数千年，当然不会漏掉陶渊明。他决计再次踏上充满危险的仕途。他在心里对自己说：再委屈自己一回，或许能斩获点功名回来。一个对功名跃跃欲试急不可耐的陶子，似乎是陌生的。其实不然。没有功名永远是士人心病。陶子未能免俗。他需要功名来安慰此生，而求功名正是遵循先师孔子遗训。他一再热情歌颂的汉代先贤疏广、疏受，正是功成身退榜样。陶渊明屡次踏上仕途，是一种反复的试探与努力。但他最终彻底绝望了。

《归去来兮辞》有篇不短的序。序中，他把自己求官原因概括为“余家贫，耕植不足以自给”，辞官原因概括为“质性自然，非矫厉所得；饥冻虽切，违己交病”，辞官直接因由又是“程氏妹”丧。本来还巴望着等官田这一季庄稼熟了再辞官，等不及了，奔丧要紧。陶子一粒官粮也没吃到。这些话都是真实的，但又都是面上可以说一说的话。专制无道社会共同特征是，最真实最重要的话是不能说的。

《宋书 · 陶潜传》这样说陶渊明辞官原因：督邮要来，属吏向渊明交代应穿戴整齐见上司，陶渊明竟说，我不能为五斗米折腰向乡里小儿，当即辞官。这就更文学更有诗意了。已在仕途折腾了四五趟的陶渊明，竟连见上司都不肯。这似乎不太可能，不符合常识。这一细节在渊明诗文中不见任何消息。古往今来，人们却皆喜欢这一细节。即使实有其事，也非辞官直接原因，而是渊明打定辞官主意后的率性行为。中国古史中的人物传记，修饰与塑造是常态。这不用多言。

政治上的进退出处，对任何一位士人都是大事，不会因陶渊明的个性而有本质不同。渊明的彻底归隐，是自身矛盾与社会矛盾交互作用的结果。仕于乱世，尾随“枭雄”，率性渊明，恐惧难免，苦况可知。归隐之后的漫长岁月里，陶渊明念及前半生，还时时心有余悸。

> 矰缴奚施，已卷安劳！
>
> ——《归鸟》
>
> 四体诚乃疲，庶无异患干。
>
> ——《庚戌岁九月中于西田获早稻》
>
> 丈夫志四海，我愿不知老。
>
> 亲戚共一处，子孙还相保。
>
> ——《杂诗》
>
> 密网裁而鱼骇，宏罗制而鸟惊。
>
> 彼达人之善觉，乃逃禄而归耕。
>
> ——《感士不遇赋》

这几则诗句，全都表达了逃离仕途安全归隐后的庆幸与欣慰：活着，自己与亲人皆无性命之忧，多么好啊！

罗网与鸟，是魏晋士人常用意象。首则节录可译为：你布置的箭镞罗网无用了，我已收敛翅膀，落至低处。这一心情渊明时有流露。世道如此，谁不是惊弓之鸟呢？五次出仕的危险曲折经历，令渊明最终明白，他不但不可能斩获功名，连性命都已陷入朝不虑夕的境地。在与朋友的赠答诗中，他常常不忘告诫对方保重性命。仕隐的反复中，陶渊明对世道、对生存的虚无感、恐惧感越来越强烈。奔波仕途，不但不能斩获功名，还搭上性命，那可真是太糟了。他怕“死”，又非一般意义上的贪生怕死，他唯恐来不及“活”就死去。他还担忧连累家人，导致“覆巢无完卵”。他所向往的“活”，是这个世道所不能提供的，更是仕途中不可能有的。只有果断撤退，才有可能活出自己想要的“活”。这需要勇气与道德力量。

皇权末世必定高度丛林化，弱肉强食的丛林法则会主宰一切。汉末时，曹操等丛林枭雄，就获得了比大一统皇帝更方便的杀人权。被曹操杀掉的名士孔融，在手握重权时竟亦曾杀人不眨眼。司马氏以比曹氏更露骨更惨烈手段篡魏，晋末丛林分外血腥亦在情理之中。陶渊明的出仕总有试探意味，每次出仕时间都不长。公元 399 年至 401 年，陶渊明一直供职桓玄幕。401 年冬，渊明因母丧丁忧脱离桓玄而家居。虽仅三个年头，却是出仕时间最长的一次。403 年十二月，一直以匡扶晋室面目示人的桓玄，迫不及待地称帝了，五个月后即兵败身死。渊明因丁忧家居，侥幸避开了这一险恶旋涡。若渊明一直效命桓玄，恐怕不但不会有后来新兴势力的召唤，大约还免不了某种形式的可怕清算。桓玄死了，轮到刘裕把自己打扮成兴复晋室的英雄了。渊明不禁对天下再生希望，并再生功名热望。只是，他很快就会感受到丛林的无情。丛林里，有狮虎等猛兽，有狐狸有鼠辈，还有鹿与野兔。渊明这种野兔级别人物，如果不保持对丛林法则的敏感，那就太危险了。野兔的生存路径别无选择，一是自觉保持沉默，二是随时准备退却逃跑。404 年夏天，渊明入刘裕幕，不足一年，到第二年三月就转入刘敬宣幕。这时，刘敬宣向刘裕自求解职。刘敬宣之父刘牢之在桓玄势盛时降桓玄，不久又谋讨桓玄，事败后自缢身亡。刘敬宣已经成为猛兽级人物，对进退却极为小心，自求解职即出于自保。大约就在此时，渊明趁机脱离刘敬宣幕，转求边缘职位彭泽令，并旋即去职。彭泽令这一职位显然比其他职位更易摆脱。渊明应当有一个对自己退却的设计。刘敬宣后来被自己的部下杀害。在丛林里，谨慎亦常常无法避祸。

“平安着陆”的陶渊明心生巨大喜悦。我们从《归去来兮辞》中感受到的喜悦，就是这种喜悦。此后，在田园里，他始终做不到无视未能斩获功名，此生无功名的现实，并视之为愧对祖先及子孙后裔的憾事，但绝无再求功名之念了。他要活着，离开所有人，所有热闹，活出他的理由和仁德。渊明先后仕于桓玄和刘裕的事实，既有他的诗文为证，亦为古今学者特别是当代学者一再揭明。不少古人对此却往往加以回避或修饰。原因在于，陶渊明当世及死后较长时间虽默默无闻，后来却声名大振，成为士人的某种人格楷模，在把“忠”视为天字第一号道德的人看来，“忠”在陶渊明身上自然不能缺席。其实，自从曹魏政权把忠这一面纱撕破，后来的晋及南北朝，将皇位篡来篡去的统治者，实在难以拿忠做幌子了。刘裕比桓玄等枭雄有耐心得多，到 420 年始篡晋建宋。427 年去世的陶渊明，却既无明显晋遗民情结，当然更谈不上有作为刘宋新朝臣民的半点喜悦。对社会的无道，他深深憎恶，对皇室，他又基本取漠然态度。“身在江湖，心存魏阙”是不得志士人心理常态，渊明内心可说无此麻烦。梁启超《陶渊明》一文中就说，把陶看作忠于哪一家，那是看低了他。但陶渊明是多么“忠诚”的人啊。

陶渊明对生命的忠诚，以极质朴方式进行表达。他拒绝道家求长生的诱惑，不接受佛门高僧的召唤，不抛弃亲人遁入山林。他的确时常需要一杯酒的支持，但不纵酒不佯狂不颓废，他追求在不离世俗中脱俗。田园是他表达生命忠诚的最好处所，唯一处所。“结庐在人境，而无车马喧。问君何能尔，心远地自偏。采菊东篱下，悠然见南山。”（《饮酒》其五）这首诗作于其五十三岁，归隐已十二年，可称为陶子田园诗巅峰之作。诗里有一个独一无二的陶子，浑然静穆的陶子，非凡的陶子。但这是陶渊明的巅峰状态瞬间状态，而非日常状态。

日常状态的陶子常常难以静穆，他有太多的纠结、酸楚、痛苦。人之立世，必有其主位思想，主位人格。陶子主位思想为儒，主位人格却是隐。这二者的融合就是那颗非凡又亲切的

“田园魂”。肉身需地址，灵魂要家园。田园意味着自然、自由、自足、避世。唯有田园能安顿陶子的肉身与灵魂。之所以有这次彻底撤退，是因为他的灵魂从前亦从未离开过田园。

久游恋所生，如何淹在兹。
静念园林好，人间良可辞。
——《庚子岁五月中从都还阻风于规林二首》其二
商歌非吾事，依依在耦耕。
投冠旋旧墟，不为好爵萦。
——《辛丑岁七月赴假还江陵夜行涂口》
目倦川途异，心念山泽居。
望云惭高鸟，临水愧游鱼。
——《始作镇军参军经曲阿》
伊余何为者，勉励从兹役。
一形似有制，素襟不可易。
园田日梦想，安得久离析？
——《乙巳岁三月为建威参军使都经钱溪》

这些诗皆作于四十一岁前出仕行役途中。陶子对“做官”真是不敬业呀。不念官命在身，念念不忘的却是田园、田园，是赶快扔掉这顶萦拘我的官帽，去做那高鸟与游鱼。他把田园之外的社会称作“人间”，为了田园，他可轻辞这“人间”。陶子总是强烈地意识到，他的出仕是被动的、无奈的、暂时的，每次出仕都如蜻蜓点水。归田园则是宿命的、根本的，他之不能离开田园，就像鱼儿不能离开水。陶子的田园，具有“非人间”气息。

渊明一生大部分时间在田园，虽屡次出仕，合起来也不过数年光景，四十一岁赋《归去来兮辞》之后，则再没离开田园。那么，生活在田园中的陶子该是满足、喜悦、静穆的吧？并非如此。

> 寝迹衡门下，邈与世相绝。
> 顾盼莫谁知，荆扉昼常闭。
> ……
> 劲气侵襟袖，箪瓢谢屡设。
> 萧索空宇中，了无一可悦！
> ——《癸卯岁十二月中作与从弟敬远》
> 感物愿及时，每恨靡所挥。
> 悠悠待秋稼，寥落将赊迟。
> 逸想不可淹，猖狂独长悲！
> ——《和胡西曹示顾贼曹》

这两例是彻底归隐前丁忧家居时的作品。

那个时候，安静的田园，常闭的柴门，就常常令陶子苦不堪言了。三十九岁这年年末，孤独、寂寞、贫穷一齐来到陶子的田园。“萧索空宇中，了无一可悦！”你听，寂寞丝丝有声，孤独铮铮作响啊。转眼来到了四十岁，恶劣的情绪仍然存在，并且又出现了一个相当严重的情况：陶子无酒可饮了。对陶子来说，饮酒是一件大事，无酒则是一件更大的事。无酒是一种危机，乃至一种绝望。“每恨靡所挥。”陶子说到饮酒，总爱用“挥”这个字。陶子大多数时候都是一人独饮。真好饮者必喜独饮。我们似乎可以这样想象陶子独饮的样子：他总是没必要地大幅度挥动那只沉默无辜的酒杯。用一杯酒热情款待自己，这是陶渊明式的奢侈。现在，穷到无酒可挥了，这如何是好？那就“猖狂独长悲”吧。他的“猖狂”只有自己能看见。要知道，陶子性格是内敛温和的，在人前的言行是不会有什么“幅度”的。

田园里的陶子，常常就是那样躁动不安的。

再看彻底归隐之后。

流幻百年中，寒暑日相推。
常恐大化尽，气力不及衰。
拨置且莫念，一觞聊可挥。
——《还旧居》，时陶子五十三岁

风来入房户，夜中枕席冷。
气变悟时易，不眠知夕永。
欲言无予和，挥杯劝孤影。
日月掷人去，有志不获骋。
念此怀悲凄，终晓不能静。
——《杂诗》，时陶子五十岁

夏日长抱饥，寒夜无被眠。

造夕思鸡鸣，及晨愿乌迁。

——《怨诗楚调示庞主簿邓治中》，时陶子五十四岁

倾壶绝馀沥，窥灶不见烟。

……

何以慰吾怀？赖古多此贤。

——《咏贫士》其二，时陶子六十二岁

仅录数例。除首例咏大化无常、担忧生年不永之外，其余皆言及贫困。第二例还特别言及有志难伸功业无成的悲哀。陶子另有不少诗文亦言及此。彻底归隐后，渊明的贫困逐步加重，诗人如实记录了下来，读之令人心酸莫名。儒家情怀与无功名之憾，求道之志与贫穷之苦，大化将尽与来不及“活”就死去的忧思，在世俗中实现超俗的愿望，构成陶子田园生存的巨大压力及张力。这是陶子的痛苦所在，也是其魅力所在。

单纯从数量来讲，陶子诗文写田园之乐总体多于写田园之苦。这是事实。不必列举。这两者共存于陶子身上。这两者不能互相否定。反对的是那种把陶子僵化为“采菊东篱下……”的状态。《饮酒》其五，达到了与自然与宇宙冥一之境。那种纯然的静穆和谐、难以言喻的喜悦，是瞬间体验，既不可能长久，亦难以复制。按照马斯洛理论，只有极少数修为境界特别高的人，才有可能产生那一巅峰体验。

人们往往易见陶子的淡泊宁静，而漠视陶子的孤独、耿介、

酸楚、躁动。我们不能因为喜欢一个静穆的陶渊明，就无视他的矛盾痛苦。孤松寒柏的耿介之气弥漫陶子一生。鲁迅就说陶渊明并非“浑身静穆”，也有“金刚怒目”的一面。淡泊澄明怎么来的？一腔热血酿成。“君子死知己，提剑出燕京。”（《咏荆轲》）英雄与隐者之间的距离或许最短。“隐者多是带气负性之人为之。陶欲有为而不能者也。”（朱熹语）此语能见道，亦可证朱熹并非只是一副理学家面孔，亦有趣。在朱熹眼里，陶子正是另一种豪杰。“世上没有一个人能够有持久的宁静。”（叔本华语）这话是符合人性本相的。豪杰亦不例外。越是心智平庸者，对孤独的耐受力越有限。具特操者，会有较强耐受孤独的能力，但亦非无限。陶子亦不例外。幻影般完全静穆的陶子，是不存在的。

四十一岁时的这场退却，是陶子人生的一个坐标。

我低至泥土低至草根，却可以心雄万夫。有耿介之节，方有淡泊之怀。踏过了荆棘之路的陶子，方能到达他的精神“桃花源”。

他为人类做了一个梦

由田园抵达“桃花源”，是陶渊明的必然。

陶渊明由“人间”决绝退却至田园。这颗田园魂没有止步于田园。他那颗追求生长的灵魂，常常需咬紧牙关。身在仕途，

“口腹自役”的生存令人厌恶；回归田园，回归陶子视为安身立命之所的田园，这颗田园魂却又不时逸出田园。从追求存在深度这一维度来说，似乎是归宿的田园，仍只能视为陶渊明的一个人生驿站。

陶子的田园之路是忠诚于生命之路，是荆棘之路，而非安逸之路。再深的贫穷，我都愿意忍受，只是为了活出自己的“活”。人生这杯苦酒，我情愿独自品尝。

从外在的东西看，退却到泥土草根的陶子，关注丰歉、带月荷锄的陶子，把酒话桑麻的陶子，与农人无异。但他本质上显然不是农人。他的精神疆域，也非有限田园能够容纳。他辞别“人间”，却无法离开这个无道的世间。他一再回望历史，呼唤先贤，也一再打量品味死亡，企图张望死后及未来。一个人若对生麻木敷衍，不可能具备这种精神驱力与能量。

存在的孤独是必然的。区别在于是主动孤独还是被动孤独。人们体验到的孤独几乎全为“被动孤独”，是不得不孤独。而渊明是主动孤独，他主动接纳这份孤独人生。最有价值的文化创造，常由主动孤独者来完成。热闹喧嚣，往往离价值的距离最远。老子、庄子、司马迁、陶渊明、曹雪芹、鲁迅等，皆可视为主动孤独者。其中，陶渊明或许更典型，也更亲切可感。一颗闹哄哄的灵魂里，难以生长高品质的事物。“闻多素心人，乐与数晨夕。”（《移居》）陶子得知有一些“素心人”在那个地方居住，就把家搬过去了。“素心”就是守拙之心、自求孤独之心吧。“桃花源”这方净土，只有一颗“素心”才能发现。

"桃花源"这个概念，在中国可谓妇孺皆知。《桃花源记》则似乎是一篇能够永远生长的文章。

晋太元中，武陵人捕鱼为业。缘溪行，忘路之远近。忽逢桃花林，夹岸数百步，中无杂树，芳草鲜美，落英缤纷。渔人甚异之。复前行，欲穷其林。

林尽水源，便得一山，山有小口，仿佛若有光。便舍船，从口入。初极狭，才通人。复行数十步，豁然开朗。土地平旷，屋舍俨然，有良田、美池、桑竹之属。阡陌交通，鸡犬相闻。其中往来种作，男女衣着，悉如外人。黄发垂髫，并怡然自乐。

见渔人，乃大惊，问所从来。具答之。便要还家，设酒杀鸡作食。村中闻有此人，咸来问讯。自云先世避秦时乱，率妻子邑人来此绝境，不复出焉，遂与外人间隔。问今是何世，乃不知有汉，无论魏晋。此人一一为具言所闻，皆叹惋。余人各复延至其家，皆出酒食。停数日，辞去。此中人语云："不足为外人道也。"

既出，得其船，便扶向路，处处志之。及郡下，诣太守，说如此。太守即遣人随其往，寻向所志，遂迷，不复得路。

南阳刘子骥，高尚士也，闻之，欣然规往。未果，寻病终，后遂无问津者。

自古至今，人们不但争论陶渊明笔下的桃花源是人间还是仙境，还争论桃花源是在南方还是在北方。大有胶柱鼓瑟之嫌。其实不必争论。“桃花源”是从陶子灵魂疆域生长出来的，唯有陶子能让它生长。它显然是一个既非人间又非仙境的“乌有之乡”。

人间，田园，桃花源，画出了陶子灵魂生长的轨迹。

晋太元中、渔人、太守、刘子骥等，你看，陶渊明言之凿凿，分明是在呈现真实事件、真实时空，可是，他同时告诉你：那一切并不存在。

太元是东晋孝武帝年号，去陶子写此文仅二十年。渔人，朝代更迭里的草民、顺民，皇权体系中一个最小的纳税单位。太守，统治者序列中的一员。刘子骥，实有其人并甚有名望，桓玄叔父桓冲曾请他做长史，固辞不受，一直乡居。起初，渔人一派天真，先“忘路之远近”，再“舍船”，一“忘”一“舍”，在完全无目的且完全不动心机前提下，忽然到达了桃花源。“土地平旷，屋舍俨然”“黄发垂髫，并怡然自乐”。渔人所见如此。桃花源人虽已历数百年，对暴政的恐惧却如基因一样代代相传。乍见渔人，桃花源人的惊讶程度远胜渔人乍见桃花源人。面对忽然而至又将离去的渔人，桃花源人作此小心嘱咐：“不足为外人道也。”渔人转脸就辜负了桃花源人，无半点负疚心理，离开时沿途“志之”，并马上报官。这是由渔人作为顺民的“工具性”所决定的，其天真具有暂时性。太守立即派人去寻桃花源，作为向导的渔人竟连亲手所做记号都找不到了。“寻向所志，遂迷，不复得路。”渔人与统治者，丧失天真，不能

“忘”、不能“舍”，寻桃花源必定是南辕北辙。故事到此完全可以结束了。陶子却不肯结束。“高尚士”刘子骥可视为与陶渊明同类人物，或许能找到桃花源。陶子向往并创造了这个“桃花源”，诗笔一挥又让这个刘子骥动心动念去寻找。“未果，寻病终。后遂无问津者。”陶子把渔人已眼见之、足踏之、饮其水、啖其鸡的桃花源凌空架虚，悬于乌有之乡，极逼真又极空灵。抱着寻找桃花源这一目的，从人间出发的任何人，都只能空手而归。陶子就是这么安排的。陶子真是厉害。

陶子说得明白，这个美丽新世界是他心中的梦幻泡影。心中有桃花源，世间无桃花源。它在人间，又不在人间。它不是人间，却比人间更具人性、人道。无意求之而得之，有意求之则踪影尽失。似乎是完全纪实，却又是彻底的浪漫。真即是幻，幻即是真，非真非幻，非幻非真。作者喜悦乎？苦闷乎？迷惘乎？渊明这是在开一个什么玩笑？

陶子做了一个大梦，借此发出此生最深长最有意味的一声叹息。人性、人道、人与人、人与自然，若如桃花源呈现出的那样就好了，人间却偏偏不那样，偏偏截然相反。人间与桃花源，是两个不能沟通的世界。桃花源拒绝沟通，害怕沟通。这竟然是桃花源存在的前提。桃花源人从一开始就明白这一点。

人间—田园—桃花源，这是陶子用生命串联起来的一个非凡的意义领域，形成陶渊明人生求索、生命审美的广阔天地。依从生命中那份“天真”的召唤，陶渊明从他厌恶的“人间”退却至田园。田园的美好、艰辛与孤独，他都咀嚼品味过了。

肉身需地址，灵魂无疆界。田园不是他人生的终点，这颗“田园魂”常常飞升至他心中的桃花源。

桃花源人侥幸地逃离了暴政，并从此逃离了残酷的克隆一般的朝代更迭，进入了一个无统治者无王税的“田园”新时空。陶子及芸芸众生，却不可能有这种幸运。桃花源人“不知有汉，无论魏晋”。以如此口吻提及故晋，可证陶渊明对晋的眷恋即使有，亦相当有限。陶子无半点愤青式表达，批判性却甚彻底。

中国古代，找不出哪篇文章比此文更富张力。

《桃花源记》是《桃花源诗》的序，却远比诗有名，诗反而像是对序的注解。“春蚕收长丝，秋熟靡王税。荒路暧交通，鸡犬互鸣吠。”“奇踪隐五百,一朝敞神界。淳薄既异源，旋复还幽蔽。”彼岸与此岸，理想与现实，桃花源与人间，一淳一薄，尖锐对立，虽灵光乍现，却只能迅速“幽蔽”。桃花源人压根就不相信外面会有“好”的人间。诗如此结尾：“借问游方士，焉测尘嚣外。愿言蹑轻风，高举寻吾契。”陶子并不愿他人陷入“迷魂阵”，说得极明白：桃花源在尘嚣之外，从人间出发焉能抵达？我陶子只盼踏着这一缕清风，去寻觅那与我灵魂契合的事物——桃花源就是我的虚构，不是非虚构，它只在我心灵世界里。不少注家把“寻吾契”注解为寻觅世间桃花源，那不成了陶子自打耳光吗？在闭塞的古代，小规模的治外之地并非罕见，但皆非陶子笔下的桃花源。陶子这一幻想、理想必有所本，但他把“所本”也虚化、幻化了。在漫长的田园生活中，在对生命的审视与感悟里，在与生存的艰辛抗争中，陶子灵魂已到达存在澄明之境。《桃花源记》是陶渊明的一次精神远足，灵魂放飞。在这样一个悲惨人间，在他安静寂寞的田园里，他知道自己的喜悦、苦闷与迷惘。他向往桃花源人自由、自然的人性，亦理解渔人及太守的卑陋心机。桃花源自求“幽蔽”，正如陶渊明之自我退却。桃花源是陶渊明深邃灵魂不容侵犯的象征。表面上是此世弃我，本质上是我弃此世。

陶渊明之后，吟咏唱和桃花源成为历久不衰的文化现象。找不出哪篇古文，受到过如此热烈追捧。古代，不仅仅是士人，统治者乃至皇帝本人，对桃花源式“治”外之地亦常心生向往。古史中这种消息不绝如缕。乾隆皇帝就写有数首咏桃花源诗。陶子的桃花源，对统治者的人性、非工具性一面，竟然亦形成一种检验召唤。不管是什么人，只要他会念及桃花源，即可证其尚未被彻底工具化，尚存对非工具性的向往。历代吟咏桃花源之作，可谓汗牛充栋，激我最深者乃王安石《桃源行》。“儿孙生长与世隔，虽有父子无君臣。”“重华一去宁复得，天下纷纷经几秦。”重华（舜）之世不可再现也，秦政非秦一代而终也，桃源梦千古大幻梦也。王安石诗境界阔大，思理邃密，深得陶子旨趣，不愧为政治家诗人。

幽蔽的可望而不可即的桃花源，却打通了人类的某种美好情感。古今中外不断有哲学家思想家在幻想好的人类生活。从柏拉图的《理想国》，到托马斯·莫尔的“乌托邦”，再到圣西门、傅立叶、欧文的“空想社会主义”，可证对美好社会的向往，是人类前行的永恒动力。梁启超则把桃花源称为“东方世界的‘乌托邦’”。桃花源有儒家《礼记》“大同世界”影子，亦有老子“小国寡民”痕迹，但又与它们根本不同。陶子把桃花源人声气口吻呈现给了我们，看上去那是一个可以诗意栖居的美丽新世界。桃花源比所有长篇大论的“乌托邦”都有诗意，也更似梦幻泡影。陶渊明并不存为社会开药方之想。面对永远充满苦难的现实，自古至今，自以为手中有灵丹妙药的人真是太多了。

桃花源，这个妇孺皆知的概念，是陶渊明贡献给我们的。妇孺皆知，可不是一件简单事。桃花源，明明是陶渊明之梦，至今却仍在拨动我们的心弦。

它的意义仍在生长。

人类是个怀乡团

久在樊笼里，复得返自然。

——《归园田居》其一

啸傲东轩下，聊复得此生。

——《饮酒》其七

陶子田园生活的精髓，就是“返自然”“得此生”。《归园田居》写于归隐第二年，《饮酒》则写在归隐十年之后。“得此生”之感的获得真是来之不易。爱田园，源于爱自然；爱自然，源于爱自由；能够自然、自由，才会有“得此生”之感，才能活在我向往的“活”里。可是，田园里的自由却近乎泥水自闭式的自由。陶子常需咬紧牙关，对抗孤独、寂寞、贫穷；陶子需要一个比田园更加广大深厚的灵魂。他最终拥有了这样一个灵魂。

存在主义哲学家海德格尔，十分迷恋早他百年的诗人荷尔德林，《荷尔德林诗的阐释》是他《存在与时间》之后的重要著作。他的著名演讲《人，诗意地栖居》，就以荷尔德林诗句为题。荷尔德林正是一位有强烈怀乡、田园情结的诗人。海德格尔视荷尔德林诗作昭示着“存在之澄明”。他在阐释荷尔德林《返乡——致亲人》一诗时说：“通过欢悦的明朗者，它照亮人类的心灵，使得人类的心情对田野、城镇、家园的真谛洞开；通过高超的明朗者，它首先让幽暗的深渊张开而得到澄明。倘若没有澄明，深渊又会是什么呢？”（见《荷尔德林诗的阐释》）老实讲，我对海德格尔这些话，亦如对海德格尔一切话一样，似懂非懂。但我似乎总会从中读懂、读出另外的东西。他在阐释荷尔德林，我却分明感到是在阐释他所不知道的中国诗人陶渊明，或其他相关的东西。

海德格尔以晦涩难解著称，他极力去阐释或许永远无法阐释明白的“存在”。但他却能实现“阐释的深度”。以此来理解陶渊明，时有豁然开朗之感。伟大又易知易懂无疑是好的，伟大却难知难懂的东西，有时也会具有别开生面之效。所以，我不避赶时髦之嫌，勉强用之。魏晋那股瑰异的生命审美思潮，是能够与当代存在主义哲学相通的。陶渊明又堪称代表。

海德格尔与陶渊明相通之处，除了自然、田园，还有“死”。海德格尔前所未有地把死从生存中突出出来，以对死之“亲”之“畏”来逼出“生机”。“向死而生的意义是：当你无限接近死亡，才能深切体会生的意义。”（见《存在与时间》）生很少具备进行哲学思考的必要，死却是最重要的哲学问题。存在主义哲学把死作为“动力”置入生，破除生存的虚幻、虚妄。陶渊明正是一位深度关注死亡的诗人，他始终把“死”悬置于生存之中，去抵抗生存的庸俗、苟且。陶渊明“畏”死，又嘱咐自己不要“怕”。渊明一生，可视为一场“向死而生”的实践。

今我不为乐，知有来岁不？

——《酬刘柴桑》

常恐大化尽，气力不及衰。

——《还旧居》

家为逆旅舍，我如当去客。

——《杂诗》其七

纵浪大化中，不喜亦不惧。

应尽便须尽，无复独多虑。

——《神释》

肴案盈我前，亲旧哭我傍。

欲语口无音，欲视目无光。

昔在高堂寝，今宿荒草乡。

——《拟挽歌辞》

不封不树，日月遂过。匪贵前誉，孰重后歌。

人生实难，死如之何？呜呼哀哉！

——《自祭文》

“任真自然”的生存追求，使渊明深知，物之兴替、人之生死，乃宇宙大化，他既情愿纵浪大化，又唯恐来不及活出自己的“活”。要自己勿“多虑”，正因有所虑。《拟挽歌辞》一心一意悬想自己死时、死后情境。此诗并非作于死亡来临之际，而是较早。荒诞未来时，我先荒诞着，无幽默处，我偏偏幽他一默。《自祭文》作于去世前两个月，总结感慨一生，兼具遗嘱意味，同时还有将卸下生存重负之释然。

他要求不起坟不栽树。这自然是纵浪大化的情怀。最后仍是对存在终极的追问：生之艰辛我已亲历亲尝，“死”又如何呢？渊明当然知道，这是个既不求人答、亦无答案的问题。至死还在思考死的渊明，对死显然已非“畏”。渊明是个不肯敷衍此生者，不肯随波逐流者。“聊复得此生”——此生总算在我手中了。《自祭文》又说：“余今斯化，可以无恨。”可以说，在艰辛备尝、顽强抗争之后，渊明得以在静穆澄明之境中辞别人间。虽然带有“精神胜利法”意味，仍可说是获得了基本的胜利。如此人间如此世道，人还能如何呢？他的灵魂或许能够前往他的“桃花源”。

一条命，一颗心，一杯酒，一辈子，一片尘，几番喜，几番忧，了却生，了却恨，已知生，再问死。孔子说“未知生，焉知死”。对死，陶子显然比孔子较真。可谓“向死而生”乎？孔子有担荷引领天下气度，生命能量外向，陶子则盯紧自己这条命，生命能量内向。孔子行走在春秋辽阔大地上，天下虽扰攘不已，士人却斗志昂扬，因为并无霸主敢随便对士人动刀锯。陶子这只丛林野兔，在凄风苦雨中退却至田园一隅，把这条命翻来覆去打量。陶子使用这条命，让这条命脱尽工具性，实现了生命存在的深度、生命审美的深度。这只敏感深情的野兔，远离喧嚣的世界，倾听天籁，倾听自己的心跳之音。越是不可一世的枭雄，往往越是难以实现存在之真，存在之深度。人生荒谬，行尸走肉。许多人物看上去身姿伟岸，却不过是行尸走肉的生存，瞬间就会腐烂溃败，血污狼藉。

中国古代最能表达存在深度的文学作品，大约只能是陶渊明诗文和《红楼梦》。贾宝玉彻底“不器”，完全不具备贾政所希望体制所需要的工具性。贾宝玉天生痴绝，乃一不可“驯化”之赤子，其非工具性并非出于自觉。陶渊明非工具性的实现，则根源于自然加自觉。非工具性与存在深度具有密切相关性。后世对陶渊明的景慕，正是对其所实现的非工具性及存在深度的呼应。

陶渊明之后，唱和陶渊明成为千年不绝奇观。被唱和如此之多之久，历史上并无第二人。

陶渊明开创了田园诗，后世竞相效仿。王维、孟浩然、韦应物等诗人，都写出了大量优秀田园诗，与陶子相比，却大多似城里人在说乡下事。他们既无渊明之身世遭遇，更无长达数十年的亲耕经历。陶之田园诗是心灵自然流露，如清风如天籁。更深层原因是，陶渊明已臻于“立德”境界。自古就有人指责渊明是“自了汉”。这没错，渊明的确是不得不走上了“自了汉”之路。奇迹在于，他在此路上可说实现了“立德”境界。达则兼济、穷则独善，是孟子所标榜士人应世之道。追求独善，又是魏晋士人的普遍风尚。但无人能达渊明境界。或许，数千年间唯陶子一人。渊明是独善其身的极致。放弃立功，亦无意于立言，其诗文远离时尚，只为自娱，在当世毫无影响，立德境界却在近似自然状态中实现了。所立之德就是：追求人性的自然、自由、澄明。渊明所立此德，无违其深厚仁德，却有反工具性之潜质潜能，能启发存在感，能指向未来。显然，这不是皇权推崇之德，但皇权有时亦对之略示尊重。杀隐士这一极端行为，朱元璋干得较多。江山打下来了，朱皇帝发布诏令：“率土之滨，莫非王臣。寰中士大夫不为君用，是自外其教者，诛其身而没其家，不为之过。”在此诏令下，姚涧、王谟、夏伯启等却不肯出山做官，最终被诛杀，并籍没全家。明清时代，皇权臻末世，奴化达顶峰。如石头可以奴化，统治者大约连江山上的石头也不肯放过。

士人喜欢陶渊明有多深，其反工具性愿望即有多强。

对陶渊明的景慕，至宋代达顶峰，士大夫“嗜陶”成为普遍风尚。其中，以苏轼、辛弃疾为杰出代表。二人同为豪放派词人，一为大才子，一为才子兼英雄，遭遇皆曲折异常，登高望远，识破机关，却只能无奈悲叹。才子的豪放，英雄的豪放，不约而同折服于陶子这位隐士的“豪放”。

苏轼天纵之才，磅礴浩瀚，蔚为大观，饱受磨难，却愈老愈真。自五十七岁起极度迷恋渊明，一直到六十六岁去世，念念不忘是渊明。六百年前的“自了汉”渊明，竟成为苏轼晚年巨大精神安慰，其和陶诗达一百零九首，几乎把陶子作品和了一遍。“然吾于渊明，岂独好其诗也哉？如其为人，实有感焉。”（苏轼《与苏辙书》）“醉中了了梦中醒。只渊明，是前生。”（苏轼《江城子》）欲做渊明而不得，梦中醒中不能忘，以至于视渊明为自己“前生”。“长恨此身非我有，何时忘却营营？”（苏轼《临江仙》）苏轼所恨者，正是恨不能摆脱工具性也。求真求自然，苏轼亦似渊明，但澄明之境、仁德之厚显然有所不逮。在摆脱工具性的决绝上，亦乏渊明勇气。苏轼一再沦落，却始终不曾去官。形格势禁，去官恐于生存不利。豪放如苏轼，亦不敢对生存不计功利，无法实现渊明的存在深度。皇权无缝隙，仕途之外再无路可走。这差不多是古代士人的共同处境。

辛弃疾作品中对渊明的吟咏追和，达九十余处，仅次于苏轼。“千载后，百篇存，更无一字不清真。若教王谢诸郎在，未抵柴桑陌上尘。”（辛弃疾《鹧鸪天》）在辛弃疾眼里，晋朝当年王导、谢安等巨族诸公，还抵不上渊明故里柴桑陌之尘土呢。

后世文人追慕古代同类，如苏、辛这般持久深切，文学史尚无足以与之媲美的先例。有苏、辛这等异代知音，渊明可以告慰于九泉了。

苏、辛主位人格乃积极用世者。似乎淡泊的渊明，却最能打动他们的才子情、英雄魂。渊明的柔软、自然，正是从不屈的热血刚肠中生长出来的。越是真才子、大英雄，其自然自由之我越是难以被彻底压抑取消。景慕渊明，正是对自然自由之我的深情呼唤，对工具之我的反抗。皇权时代无数士人，皆承受过欲为“自了汉”而不得的痛苦。人们喜欢渊明，其文化、心理原因就在这里。渊明不朽的原因亦在此。

普遍的怀乡情结、田园情结，正源于自然、自由之我。故乡、田园的深层意蕴正是自然、自由这一人类根性。

真正的诗人，几乎无不怀乡——诗人是个怀乡团。放大视野看，怀乡者不只是诗人，历史上，广大士人亦普遍怀乡——士人是个怀乡团。可是，怀乡者群体还要广大得多。蚂蚁般丛集蜗居在楼群丛林里的现代都市人，如能面对一片原汁原味的田园，竟如面对一个熟悉的奇迹。那田园为何看上去如此喜悦？那田园为何恍然如我一个睽违太久的“家”？那田园为何如我的一个梦？那田园为何如我的前生？无他，只因田园正是人类的根性所在——人类是个怀乡团。

人类经历了漫长的采集、狩猎、游牧历史，始到达以耕种为特征的田园。田园让人类第一次生根。田园的根性，让人类从动荡野蛮的生存，进入相对安静质朴的生存，人类文明开始进入快速创造积累的时代。千百万年的积淀，已使田园成为人类的文化基因。普遍的怀乡，正是这一基因的投射。田园，是人类创造的“人化自然”，或曰第二自然。田园的根系关联着大自然，关联着山河大地、天空宇宙，当然亦关联着人的自然、自由本性。陶渊明汇聚升华了人类的田园情感，成为负载这一情感的符号或曰幽灵。

人类是个怀乡团。陶渊明有个田园魂。

尾　声

一百七十二年前的美国，二十八岁的梭罗提着一柄斧子来到瓦尔登湖边，砍树筑室独居。两年后，又回“人间”打理他那“铅笔制造厂”去了。《瓦尔登湖》一书，记载了他这一段生活经历与感悟。与陶渊明回归之路的漫长、沉重、执着相比，梭罗的回归自然，有兴之所至浅尝辄止意味。当今稍有财力者，似乎都可那么做一下。陶渊明的哲思诗意有梭罗所不及处，梭罗在当今世界的影响却似乎远超陶渊明。在中国，读《瓦尔登湖》者就可能多于读陶渊明者。我甚至恶意地认为，梭罗安排这一段生活，固然根源于自由自然这一生命本性的驱使，是不是也是为了写出《瓦尔登湖》这本书啊？梭罗即使如此，也不是什么错。现当代写作者，创作而不与名利挂钩，倒是稀罕的。陶渊明却不是这样。

今日之世界，真是一个新世界，可是却远非美丽新世界。大自然从未遇到“现代人类”这一劲敌。从溪流到海洋，从土地到天空，无不呈现出败坏之相。雾霾以幕天席地之势，从容不迫地围剿人类。有没有“制空权”，真是太不一样了。人类再嚣张，不如雾霾嚣张。在这样的时候，陶渊明的影子竟然会朦胧浮空，重现人间。

梭罗与陶渊明，相隔一千多年岁月，分处地球两边，文化背景迥异，深入田园程度不同，但都是人类回归田园的代表，都是对人类“诗意栖居”理想的实践。

人充满劳绩，但还
诗意地栖居于这块大地之上。
——荷尔德林《人，诗意地栖居》

“诗意地栖居”，没有比陶渊明更适合承受这句话的诗人了。忧勤一生，诗意一生，痛苦一生，亦“任真”一生。这就是陶渊明。这一生，竟然亦可以是无数人的一生。为何，无数人会念叨陶渊明？为何，无数人认为自己的生命里该有一个陶渊明？

得意时想到陶渊明，那是念及人生的限度；失意时想到陶渊明，那是寻求生存的慰藉。

田园，是人类最初的诗意，也是永恒的诗意。陶渊明站在田园里，望自己，望人类，望宇宙。陶渊明站成了一个精神坐标。陶渊明是一笔能够不断生发意义的遗产。

那一团幽隐的光明，能照见我们生活的另一面。幽灵有分量有压力，以一种温柔又韧性的声音，提醒着我们的生活或我们的存在。

李白：忽然来了个李太白

李白的生命里充满了“忽然”。

李白喜欢使用忽、忽然等词。李白带着一脸梦幻般的“忽然”神情，降临到公元8世纪的人间，降临到醉意醺醺的大唐。

李白喜欢的生活该是这样的：忽然山花开了，忽然有人提酒来了，忽然来了一个美人，忽然皇帝非常想念他……

> 春风尔来为阿谁，蝴蝶忽然满芳草。
>
> ——《山人劝酒》

行动迟缓的蝴蝶，一见到李白就不一样了。在李白的世界里，一缕风，一杯酒，一朵花，一条命，广漠时空下的一切事物皆激动不已变动不居。

烈士击玉壶，壮心惜暮年。

三杯拂剑舞秋月，忽然高咏涕泗涟。

——《玉壶吟》

这个满脑子英雄烈士的诗人，却总是心血来潮。拂剑高歌之际，忽又涕泗涟涟了。惆怅是位永远的不速之客，它总是忽然到达，打击一下这个充满期待、不得安宁的生命。

李白的每一句诗似乎都是忽然而来，都在写忽然，又都在写忽然之中的殷切期待。在李白那儿，人生的本质就是忽然啊。

天才一定是某种程度上的忽然。李白则是一个纯粹的天才，彻底的忽然。他忽然就来了，忽然就走了。其难以复制的个性，其修辞表达上卓尔不群纵横捭阖气象，根源于何等造化？

李白是从哪儿来的？李白到来的方向的确与众人不一样。

李白从另一个方向来了

李白时代的诗人普遍有一种旺盛的期待心情。期待的对象，可以是功业、地位，也可以是友情、美酒、美人、美景。

盛唐国势强大似汉武帝之大汉，思想文化的开明则又过之。尊儒、信佛、崇道，基本呈并行不悖状态，一元政治却容纳了多元文化，是皇权史上极少的意识形态宽容。历史走过了魏晋南北朝这一幽深隧道，步入豁然开朗新天地，一个极富魅力的皇权盛世到来了！汉武帝驱动大汉向天下四方张牙舞爪，大唐亦乐于耀武扬威。取士任官首重诗文之才，皇权史上唯唐朝立此标准。背后是自信且信任人性的大唐风度。“天子方从谏，朝廷无忌讳。”（白居易《初授拾遗》）少忌讳、不神经过敏，这无疑是士人胸胆开张的前提。日常生存少言论禁忌无性命之忧，似乎是一个很低的门槛。对照魏晋士人普遍的生存恐惧，就知这一门槛有多么重要了。似乎是为了对得住这个非凡时代，反抗平庸，崇拜英雄，向往异域，期待奇迹，成为盛唐士人的普遍精神风貌。广袤江山上无数诗人如鲜花怒放，引吭高歌，造就出皇权史上独一无二、多姿多彩的诗国大唐。

带着“诗稿”上路，是唐士人的普遍生活情景。将古诗的交际功能发挥到极致的，无疑是唐士人。他们视诗才为立身之本，但诗才诗名只有转化成官阶功名，才算修成正果。唐士人见人却拿不出诗稿的窘迫，大约就如今人囊中羞涩的感觉吧。

在这场浩大诗人盛宴里，最醒目主角就是那个李太白。

李白出生之时（701 年），盛唐即将来临。李白出生地为中亚碎叶城（今吉尔吉斯斯坦境内）。李白家族于隋末自陇西成纪“窜”居中亚。不避艰难到如此遥远之地谋生存，必有不一般原因。李白五岁时，父亲李客率领这个在西域度过约百年的家族，又“逃归”大唐蜀地。这真是一个不可思议的家族。家族百年之间两次长征，每次征程耗时都需一年乃至数年。启程时五岁的李白，到蜀地后该已六七岁了。在牛车马背上，在举步皆为异域、异族的天地间，颠簸万里、数百个日夜，这样的长旅对孩童李白意味着什么？

小时不识月，呼作白玉盘。

又疑瑶台镜，飞在青云端。

——《古朗月行》

这轮月，该是碎叶城之月吧。这个谜一般的不惧万里漂泊的家族，无意中用足够遥远的距离，足够长的时间，让一个天才儿童养成了一颗漂泊万里的灵魂。漂泊一生的李白，成年后的所有旅行，论距离却没有一次超过儿时的长征。

李白相信，他来到人间是有大用处大使命的。中国古史里早就确立了这样的传统——大人物、特殊人物，其孕育及诞生必伴随异象。皇权系统里，大人物有天然的神性、神秘性。李白未能免俗。李白说，他出生那一刻，就异于常人了。“惊姜之夕，长庚入梦，故生而名白，以太白字之。”（李阳冰《草堂集序》）长庚即太白金星。李白病重时，将诗文托付给他称为族叔的李阳冰。这话必定源自李白自述。李白一生自视极高，以至于有自觉或不自觉地自我神化倾向。如此自述不奇怪。按常规，为李白命名者必为李白之父或祖父。若如此，仅此命名细节，即可令人对李白父祖的精神面貌产生想象。当然，我们其实无法排除长大后的李白为自己更名、命名的可能。若是前者，自述是转述长辈之言，若是后者，自述则出于李白“编撰”。要知道，李白的身世是个谜。父、祖、李白本人，都有可能对家族、身世加以“编撰”。

天才是痛苦的别名。我并不容易相信，一个天才的降临，需要布置如此久远如此神秘的原因。巨大才华，超凡逸气，是因为有一颗带有神意的种子。这对吗？中国人自古就乐于这样“编撰”。

李白呈现给世人的精神与肉身，的确非同寻常。李白的超级粉丝魏颢，追踪行迹飘忽的李白数千里，终于追上了。李白形貌给魏颢不小冲击：“眸子炯然，哆如饿虎，或时束带，风流蕴藉。”（魏颢《李翰林集序》）造物主待李白不薄，给他一具优美飘逸的肉身，这是李白倾倒他人的第一件利器。仪表是有宿命意味的，至少是宿命里的第一件宝贵礼物。“哆如饿虎”，你想象一下吧。魏颢眼前的李白，该是期待的、好奇的，灵敏的、骚动的，且时露饕餮攫取眼神的。

我屡次来到敦煌莫高窟，面对窟壁上形貌生动又诡谲的胡人形貌，忽然就想到了魏颢笔下的李白。莫高窟中不少胡人画像，就出自唐代画师之手。李白家族在碎叶百年，拒绝胡人之血是不可能的。李白或许是半个胡儿。

与李白身世、家族有关的一切全是谜，连姓氏都是一个谜。李阳冰《草堂集序》里说，李白祖上谪居“条支”（唐西域地名），不得不改变姓与名。举家逃归于蜀后，“复指李树而生伯阳”。“伯阳”是道教为老子李耳所起别名，此处代指李白。范传正《李公新墓碑》里说，李家在隋末窜于碎叶，不得不“隐易姓名”，李白降生时，父指院中李树复李姓。两说皆关联老子，两说皆表明李白家族并非一直姓李，迟至李白出生才“复”

李姓。祖出鲜卑的唐皇室，得天下后将原属陇西狄道的李氏，穿凿附会为陇西成纪李氏，并将老子奉为始祖。道教神化老子，说老子出生即开口说话，自指李树为名。李白的出生竟也与李树与老子有不解之缘。李白的出生竟也貌似老子的出生。李白既说祖上为陇西成纪李氏，与皇族挂上了钩，家族好不容易自西域东返，却不回故地，而是远适西蜀。耐人寻味。“半个胡儿”的李白极为热衷于古人攀附光荣远祖的传统，与得天下后李唐皇室一样，把祖先追附到老子及汉将军李广。这真是中国特色的祖先崇拜与虚妄。

对于家世，李白诗文中提及并不少，却只说光辉远祖，讳言近亲，措辞闪烁，疑窦丛生。家族屡经长距离迁徙后，原有关系摆脱净尽，似乎具备了攀附光荣远祖的自由空间。当世近亲，却不好信口雌黄。李家这个“李姓”，是如李阳冰、范传正所说失而复得的“复姓”，还是其他方式（比如相当普遍的“冒姓”）得之，都是至今无法下定论的问题。李白不姓李，或李家到李白时才开始姓李，至少是一种可能。

李白的前世今生竟然一片茫然。这在宗法伦理意识深重的社会里，煞是奇怪，亦是一个大问题。

坦率光明又大言不惭的李白，却有不得不讳莫如深的家世。李白出蜀后终身不返蜀，不见至亲，几乎不提至亲。父名李客，类似代号或诨名。李白是因不知道无法说清，还是不能说清、不敢说清？李白难道对他三四代之内的家世会不清楚吗？从常识来讲，似乎不可能。只能理解为，李白为了让某个方面明亮，只能让另一方面隐晦不明。李阳冰、魏颢是能从李白那儿获取信息的同世人，范传正是与李白有通家旧谊且能接触李白孙女的近世人，他们全都无法说清李白家世。原因只能在李白这儿。当然，联想到为尊者讳传统，他们亦极有可能帮李白成全忌讳。

好像李白不把自身家世弄成一锅粥，就不肯罢休。

似乎来路不明的李白，奇迹般降临人间。他不是从天上来的，但也不是从我们身边土坷垃里来的。

“谪仙人”却不得不拖着极深俗根。

李白对功名一直是迫不及待的。将家族攀附上皇室，无疑是对猎取功名之路的重要铺垫。若身世对此行动有妨碍，讳莫如深就不奇怪了。他显然有一个被体制所排斥的身世背景，或许还有其他深隐的忌讳。李白不具备“合法臣民”资格，至少亦是一种可能。

“李白是应运而生的时代产儿。”（李长之语）这话无疑是对的。但李白的异禀、李白的巨大才气，与社会规范却形成不小冲撞。广大士人都沿着体制规定的路径跋涉，李白却是一副一人站在对面的姿态。

李白在盛唐里纳闷：属于我的猎物为何总是不来？

李白的身世是一个谜团，只有商贾之子这一身份是清楚明白的。这却是李白猎取功名的第一障碍。因系当世当身，对此李白无法掩饰忌讳。不断有人说，天才李白不屑于参加循规蹈矩的科举。这是无视大唐规矩的想当然。贱商是古老传统。唐朝亦不例外。商贾之家无权涉足唐朝最重要晋升之阶：进士科考试。李白的商贾之子身份与李白的功名热望，形成强烈悖谬。大唐的伟大及有趣之处在于，它在科举之外尚留有其他晋升通道。如果你诗名足够大，你有可能省略所有环节，脱颖而出。历史上过往从未有这样的朝代：皇帝们往往自己写诗，并对士人的诗才有浓厚兴趣。这无疑会激发李白无穷无尽的想象：他要与贱民身份切割，只能寄希望于非凡诗才了。

李白的诗人人格、超凡激情，无疑与此深度关联。

这个心血来潮的李白，这个异质混成并瞬时怒放的天才，需要一个心血来潮的人间，这个人间里最好还有一位心血来潮的皇帝。可是，人间与皇帝只可能偶尔心血来潮一下。大唐江山虽然有些醉意，但总不似李白那样醉得完全彻底。

李白比时代更单纯更明朗，可是他的混沌，他的悖论式的异质，亦是无与伦比的。皇权时代，似乎没有谁比李白表达出更多的个性，可称为“李白现象”了。屈原、李斯、司马迁、陶渊明、苏轼等，都只表现了个性的一个方面或数个方面，而李白是立体的。不能说李白更伟大，只能说李白更自然更本色，表达出了更丰富的个性、人性。

李白是侠客、求仙者、浪子、酒徒，李白是道家的、儒家的、佛家的、纵横家的、杂家的。

李白是忽然的、即兴的、自发的、冲动的，李白是大言不惭的、神经质的、近乎本能的、心血来潮的。

李白是简单的、坦率的、积极的、颓废的、混沌的、清澈的，李白是飘逸的、庸俗的、执着的、放旷的、自负的、狂欢的、空虚的。

李白是神圣的、卑琐的、多元的、两极性的、分裂的、缺失的，李白既要酒要肉，又要餐霞饮露。

李白是一位英雄，一位斗士，一位梦想家，一名牢骚大王，甚至是一个“弃妇”“怨女”。

……

把这么多词堆积在李白身上，是一件多么荒唐之事呀！可又似乎并不荒唐。若换作古今任何一个人，一定是一件荒唐事了。李白个性极鲜明，却又好像是无数人的集合。

李白总是追求迅速到达真实的快乐，可是殷勤前来的往往是虚妄与痛苦。他渴望奇遇、奇迹、奇勋，渴望一下子圆满，可是迎来的却往往是深重的难堪与缺失。

> 李白从另一个方向来了，大地、高山、冰川、骏马、胡姬，全化为他的精神马队。他不在意中原已有的温柔敦厚、细腻空灵，纵笔横扫，狂飙突进，给大唐诗坛注入西域骑士的剽悍与纯粹，令所有骚人墨客为之一惊。洞庭烟波，赤壁风云，蜀道猿啼，浩荡江河，一下子飞扬起来。

这是我《在西域读李白》一文中的话，文气颇有些轻狂。文章写于十八年前，其时我生活在西域旧地——古老的绿洲城市喀什噶尔，那儿离李白生身之地已不太遥远。十八年前，我还算年轻。十八年后，我已基本老矣。

李白却是个永远混沌着的赤子，永远的青春少年。

李白“应运而生”，却拒绝成长成熟。这或许是他终身只能无奈做诗人的奥秘。

我们读李白，读的永远是他的单纯与猛烈，他的生命，他的青春。

青年时读李白，李白能让你明白什么是青春。

中年时读李白，李白能让你延迟青春的脚步。

老年时读李白，李白能让你重温青春的幻影。

没有人能拥有永远的青春，而李白是所有中国人不老的青春。

李白来了，中国就成了李白来过的中国。

李白的月亮出来了

大唐有一场烈日下的浩大露天演出，主角当然是皇上，他是人间的太阳。

大唐还有一场缱绻的月光晚会，主角无疑应是李白。

> 春江潮水连海平，海上明月共潮生。
> 滟滟随波千万里，何处春江无月明。
> ——张若虚《春江花月夜》

若以早李白数十年的张若虚这首诗为开场白，大唐月光晚会开幕已很久了，只是气氛略显朦胧。

轮着李白看月亮了。

李白登场了，月光晚会一下子明朗起来。

“举杯邀明月……”（《月下独酌》）这个李白，在人间已找不到能陪他喝酒的人了。

一句诗里有三种事物：酒、月、李白。小时候，这诗令我们那些乡间少年感到十分有趣好玩，能激发我们的游戏欲望。以瓦片为杯，举杯邀月，曾是我们的游戏。随着年龄的增长，对李白的情感变得复杂起来。现在，对这诗感受更多的是酸酸辣辣。大漂泊者李白，似乎需要永远处在告别与接见状态。李白不能忍受一个陈旧下来的李白。李白能轻易离开父母、妻孥、皇上，似乎能离开所有人及事物。但李白亦有离不开的事物。俗世间事物，李白离不开酒；宇宙间事物，李白离不开月亮。

酒，醉酒，能令李白感觉到一个忽然新鲜、忽然有趣的李白。月亮呢？

月亮在远古就成为中国人崇拜喜爱的对象。星光遥远渺茫，太阳难以逼视。月亮是宇宙间唯一袒露自己的天体。她亘古永在，又盈虚消长，高不可攀，又近在咫尺。她缺而复圆、逝而复生，似在演示或模拟宇宙再造。与太阳崇拜不同，明月崇拜是亲切的、温馨的。中国的月神总是一位柔情缱绻且牵挂、亲近人类的女神。“嫦娥奔月”“吴刚伐桂”等古老故事，以月亮为载体，表达了对于爱情、对于人性的期待或绝望。

若说我们是最钟情于月亮的民族，李白就是把这一钟情心理表达得最透彻的诗人。

床前明月光，疑是地上霜。
举头望明月，低头思故乡。
——《静夜思》

罗帏舒卷，似有人开。
明月直入，无心可猜。
雄剑挂壁，时时龙鸣。
不断犀象，绣涩苔生。
——《独漉篇》

仙人垂两足，桂树何团团。
白兔捣药成，问言与谁餐？
蟾蜍蚀圆影，大明夜已残。
——《古朗月行》

李白的月亮出来了。

月亮似宇宙里的一位最具诗意的漂泊者，她一出现，宇宙就成了一个大写意的宇宙。她理应要求一位人间漂泊者的呼应。当李白望向月亮，那月亮恍然就成了李白外逸的灵魂。在醉酒的月夜，这两位漂泊者就拥抱在一起了。拥抱是暂时的，漂泊却是永恒的。

透明赤子李白在月光下变得更透明了。中国孩子背诵的第一首诗，大多是《静夜思》。古诗里找不出比这更单纯明朗、更大众化的诗了。不仅是故乡，不仅是乡愁。它触动人类的诗意栖居幻想，还有更幽微的情思。那是单纯透明的深邃。不论是孩子，是青年，还是白发老者，都会在这首诗里变得柔软深情。李白的月亮令你抬头，亦令你低头。写这首诗时的李白，似乎可以是孩提的李白，又可以是白发老者的李白。

月色之下，天地化为浩荡朦胧的一派景象。人在月光世界里的喜悦忧伤会特别真实。宇宙通过月亮，向李白靠近再靠近。“眸子炯然，哆如饿虎”，魏颢看到的该是白日里李白的眼神与形态。月色宇宙里，李白就柔和了，喧嚣的灵魂就基本安静了，忧思、幽思却有了意味与深度。月亮，映照着一个安静的李白，亦映照着一个承载着此生此世沧桑的李白。

在白日，李白飞扬跋扈昂首狂歌；在月色下，李白低回缠绵幽思深情。李白需要在月光里安静下来，治愈白日里的创伤。

月亮是亲近人类的最遥远的自然，又是将李白过渡给宇宙的津梁。太阳宇宙是炽烈排他的，月光宇宙是幽隐柔情的。天、太阳、天子，对中国人来说，是只能膜拜不能亲近的。承受了刺目庄严父性白日的人，正需要亲切阴柔的母性月夜。月亮的出现总是一如既往，对李白却永远是一件新鲜的不平凡的事情。月光下，李白就变得新鲜无比。

明月出天山，苍茫云海间。
长风几万里，吹度玉门关。
——《关山月》

长安一片月，万户捣衣声。

秋风吹不尽，总是玉关情。

——《子夜吴歌》

月下沉吟久不归，古来相接眼中稀。

——《金陵城西楼月下吟》

只今唯有西江月，曾照吴王宫里人。

——《苏台览古》

今人不见古时月，今月曾经照古人。
古人今人若流水，共看明月皆如此。

——《把酒问月》

李白的月亮出来了。

李白一再置身于月光“压”向人间那一情景里。月色减轻了大地与宇宙的分量，亦减轻了诗人的肉身重量，一切皆卸下白日里的依附、沉重、紧张。朦胧空幻宇宙成可触可亲的质感宇宙，无情宇宙成多情宇宙。李白肉身到不了天空，借助月色，苍茫诗魂却能站到宇宙任一角落或以任一角落为支点。李白看见了月亮，看见了宇宙，看见了今人，看见了古人，看见了他人，看见了自己，看见了有限无奈生存，看见了无限无情永恒。

李白向月亮打开他的灵魂宇宙，月色宇宙也变得迷幻醉态意味深长。两个宇宙高度逼近契合，两个宇宙融汇为一个审美宇宙。

出世入世的矛盾，造成李白巨大的精神震荡，月色让李白暂时释放松开自己。皇权士人往往以儒为主心骨，但这骨又偏软懦，需来几分阳刚之侠气，侠又太执着，需稀释几分出世的仙道之气。李白仙道之气的浓烈，远超一般士人。李白那里，月亮是宇宙间最具仙气灵气的物象。这一物象，化为李白诗魂里最重要的意象。这意象成为建造李白透明美学大厦的主要材料。

并没有一种学问叫月光美学，月光美却是存在的。似乎只能存在于愿望中的美好事物或情形，却似能在月光下呈现。月光是看得见的音乐。优美音乐那难以言喻的流动、细腻、缱绻，在月色下都能感受到。李白在大唐月色里且歌且舞，演绎属于他的月光美学。

李白自负深，才气雄，格局大，混沌又复杂，却无不以月光式的皎洁为底色。李白的美学是透明的美学。

花间一壶酒，独酌无相亲。
举杯邀明月，对影成三人。
月既不解饮，影徒随我身。
暂伴月将影，行乐须及春。
我歌月徘徊，我舞影零乱。
醒时同交欢，醉后各分散。
永结无情游，相期邈云汉。
——《月下独酌》

李白的月亮出来了。

月亮出来了，不能没有酒。李白的咏月，常常就是“醉月”。月之于李白，正如菊之于陶渊明。“采菊东篱下，悠然见南山。”（陶渊明《饮酒》其五）身边菊花令陶渊明悠然意远，苍穹之月令李白恍然突破有限生存，游移超凡世界。

李白千首诗作中，咏月诗竟达三百余首。李白“醉月”诗中，《月下独酌》则堪称逸品、神品。有了月亮，有了酒，漂泊者李白才能漂泊至宇宙最深处，亦漂泊至灵魂最深处。李白认真隆重地布置起一场又一场一个人的月光晚会。

“花间一壶酒，独酌无相亲。”花，开放与凋落，瞬间明艳与永恒寂灭；酒，沉醉与清醒，短暂解脱与长久无奈。这诗真是过于完美了。

白日里傲岸的李白，月色下便到达生命最真实境地。

李白认真起来了。“举杯邀明月，对影成三人。”这个“寂寞的超人”（李长之语），把一人喝成了三人，把一人独酌喝成了三人月光晚会。这是多么美又是多么寂寞的晚会呀。想象李白且歌且舞且举杯的情景吧。天地一片沉寂，寂寞铮铮有声。李白把自己留在这一片月色里，玩味自己的孤独。只要有好月色，李白的心情从来不会太坏。李白只恨不能醉得彻底。李白又明白，在他醉后，一切都会归于沉寂，他唤起的这个月光晚会，瞬间将化为乌有。“永结无情游，相期邈云汉。”情到极处的李白，向往的却是无情（“忘情”）。

此情此景里的李白，该会想到陶渊明。说李白这诗源于陶渊明，亦无不可。“欲言无予和，挥杯劝孤影。”（陶渊明《杂诗》其二）酒是李白与陶渊明都离不开的事物。与李白举杯邀月不同，陶渊明饮酒情景是这样的：一室之内，一人独坐，孤影只杯，口中念念有词，田园寂寂无声，陶渊明似乎毫无必要地大幅度挥动手中酒杯。他们的共同点是：他们总是看见自己的影子，不能无视自己的影子。“影子”有哲学意味了。庄子那里，不但有影，还有影之影。影之影名叫“罔两”。一人一影的生存，才是最本质的生存啊。李白与陶子皆深知这一生存况味。

《月下独酌》里的李白，是一个强烈的风流自赏的李白。李白怜月，月怜李白，实质都是李白怜李白。“朗笑明月，时眠落花。”（《早春于江夏送蔡十还家云梦序》）风流自赏或自恋，是李白一生未易的心理状态。“唯愿当歌对酒时，月光长照金樽里。”（《把酒问月》）这一心理，在“醉月”时会彻底敞开。

“谁是心里藏着镜子的人呢？谁肯赤着脚踏过他的一生？”（周梦蝶《菩提树下》）还能是谁呀？李白吧。李白不自觉地在心里藏下了一面永恒的镜子，这镜子就是明月。李白会经常离开他自己很远很远，远得都看不到他自己了。唯有明月能让李白重新接近自己。李白不光赤脚，还把心脏挂到胸膛外面。镜子、影子、赤脚，李白就这样走过此世此生。

> 且就洞庭赊月色，将船买酒白云边。
>
> ——《陪族叔刑部侍郎晔及中书贾舍人至游洞庭湖五首》其二
>
> 清风朗月不用一钱买，玉山自倒非人推。
>
> ——《襄阳歌》
>
> 俱怀逸兴壮思飞，欲上青天览明月。
>
> ——《宣州谢朓楼饯别校书叔云》

我寄愁心与明月，随风直到夜郎西。

——《闻王昌龄左迁龙标遥有此寄》

我有万古宅，嵩阳玉女峰。

长留一片月，挂在东溪松。

——《送杨山人归嵩山》

李白的月亮出来了。

月亮的清、幽、奇、幻、温馨、遥远、神秘，既易给人安慰，又易令人惆怅。皇权时代士人极少可能有一对一的爱情体验。士人与自然山水关系，却可能呈现“疑似情人”状态。李白最具典型性。月亮就是李白最为钟情的大自然情人。这位大自然情人好商量。“赊月色”“揽明月”“寄愁心”“留一片月”等等，皆无不可。这么好的月色却不费一钱，我李太白偏要赊她月色一方。这就是与大自然这一情人打情骂俏了。李白在天体中觅知音，他似乎觅到了知音。

月亮属于所有人。诗意月亮却首先属于东方，属于中国，属于李白。李白的感觉是这样的：一个李白，一个月亮，一个宇宙，这三者同在。在李白的幻想里，他这位谪仙人，从宇宙从天上来到人间，就是以月为筏的。

李白深情凝视吟咏过的月亮，就有了从前不曾有的东西。

李白若能复活，该是在月色最好的某个时刻复活。

当我们认真读李白月光诗的时候，李白就近似复活了。

我们竟然可这样说：李白来过之后，月亮就不是从前的月亮了。没有哪个民族赋予月亮如此多的情愫，这很大程度上要感激李白。

深情月是中国月，深情月是李白月。

飞扬跋扈为谁雄

大唐江山上忽然来了这样一个人，他是超人，是大鹏，他将一飞冲天，一鸣惊人。这个人不是别人，是李白。不是别人这样想，是李白自己这样想。

纪叟黄泉里，还应酿老春。
夜台无李白，沽酒与何人？
——《哭宣城善酿纪叟》

李白是自己的偶像。李白说：你看，阴阳之间，站着一位对老朋友一往情深、重情重义的李白。李白除了常在诗中自呼李白，还大量使用第一人称。没有哪个诗人作品中会使用如此多的我、余、吾等。每个人或许都放不下自己，李白则一刻也放不下自己。

李白初出蜀，在江夏巧遇道教大师司马承祯。司马承祯称白有“仙风道骨”，这无疑触动了李白神经。李白的自我期待正是如此。这好似近二十年后“谪仙人”称号的预演。青春郁勃的李白，一气呵成《大鹏遇希有鸟赋》。李白眼里，只有大鹏李白与希有鸟司马承祯，能惺惺相惜。李白中年重写此赋，干脆更名为《大鹏赋》。大鹏“怒无所搏，雄无所争”“块视三山，杯观五湖”，不可一世，舍我其谁。《大鹏赋》尽显大言不惭、高论峥嵘李白本色。

青年李白另有一首干谒诗极有名。

大鹏一日同风起，扶摇直上九万里。
假令风歇时下来，犹能簸却沧溟水。
世人见我恒殊调，闻余大言皆冷笑。
宣父犹能畏后生，丈夫未可轻年少。
——《上李邕》

李白知自己好大言，易招致世人嘲笑，却绝无“以后谦虚点”这种自律念头。李白弃世前以短章《临路歌》诀别人间：“大鹏飞兮振八裔，中天摧兮力不济。”大鹏永远是大鹏，只是未能完成自己而已。大鹏意识伴随李白一生。李白在大唐江山上永远以一个调门一路高歌。他要求从皇帝到所有权贵都须视他为大鹏，待他为上宾。

这显然是不现实的。永远视李白为大鹏的，只有李白自己。李白绝对信任自己，不理会他人对他是否信任。

唐士人都是积极分子，李白格外积极。当然，李白的积极又极易转化为“消极”。

秋来相顾尚飘蓬，未就丹砂愧葛洪。

痛饮狂歌空度日，飞扬跋扈为谁雄。

——杜甫《赠李白》

杜甫写李白及写给李白的诗，每一首都动心动肺。此诗作于公元 745 年秋，李白刚被“赐金放还”，李杜初识，二人度过一段漫游齐鲁的美好时光。李白显然给了杜甫此世此生他人无法施加的强刺激。三十四岁诗名未著的杜甫，面对四十五岁诗国“大哥大”李白，仰慕尊崇之余，不禁感慨万端扼腕长叹：哎呀，这个李白，这个李白，你看看这个李白呀。杜甫既折服于李白雄奇傲岸之气，又对其存在状态发出意味深长诘问。儒家情怀浓厚的杜甫，有明确奉献对象，所谓“致君尧舜上”，人生最高理想是让君主成为史上最好君主。李白痛饮狂歌、飞扬跋扈，为了什么，奉献对象为何呢？心雄万夫，称雄的途径又何在？杜甫之问，是不求回答亦无须回答的。以李白那心态，亦绝不会对杜甫的诘问认真反省思考。小李白十一岁的杜甫，已具超人智慧与胸襟。他对李白显然能崇拜能怜惜，能俯视能包容，能同情能理解。年轻的杜甫反而好像比李白年长成熟很多。

李白为谁雄？他为自己雄，为自己的生命、生存、生活而歌而雄。我们但见妄想多、欲望多、精力旺盛的李白，满世界乱跑。他极少在一个地方安住。他情深似海，波涛汹涌，但他的情又很少长久投注在某人某物上。或者说，他是他自己永恒的“情人”。

李白的痛苦在于，这个世界并不是为李白一人量身定做的。所以他的痛苦是无解的痛苦。不要指望李白会接受教训。李白想的永远是教训这个世界，教训他人。

奈何天地间，而作隐沦客。

——《送岑征君归鸣皋山》

大道如青天，我独不得出。

——《行路难》

我本不弃世，世人自弃我。

——《送蔡山人》

不甘沦落，却沦落再沦落。大鹏永远都是跃跃欲试姿态，却被捆住了翅膀。李白总是这样大叫：都是世界错了，他人错了。“安能摧眉折腰事权贵，使我不得开心颜。”（《梦游天姥吟留别》）这被视为李白代表性诗句。从热衷功名高位来讲，他的脱俗忘机是假象；从干谒不止来讲，他的蔑视权贵亦是假象。“假象”却是至真至纯李白的制造，李白特色的真相。潦倒实在出于无奈，至死都渴望权贵援手。蔑视功名又梦想功名，蔑视权贵又干谒不止。李白就是这么干的。

李白以自己为奇货，他有自抬身价的强烈愿望。李白的滑稽之处、令人瞠目之处，只能联系其至死不渝的大鹏意识这一青春梦想来理解。受挫的青春梦想，一再化为李白的生命狂叫、狂笑。

二十四岁“仗剑去国，辞亲远游”，满怀功名热望的李白，迫切地要把理想变成现实。不知不觉，已打发掉数年书剑飘零的日子。二十七岁这年，李白在安陆攀上一门高亲，娶故相许圉师孙女，生活暂时安定下来。李白的功名追求有了双重责任：扶正自家门庭，并给岳家门庭增光。李白这次婚姻实质是入赘名门。这类婚姻在唐并不罕见。名门招赘寒门才子，意在放长线钓大鱼，指望才子发迹光耀门庭。这年，李白精心撰成《代寿山答孟少府移文书》。李白是这种口气："近者逸人李白自峨眉而来，尔其天为容，道为貌，不屈己，不干人，巢、由以来，一人而已。"若说不屈己是李白本色，不干谒却与事实不符。这文章本身就属干谒文。把自己摆在"千古一人"高位，李白一点都不心虚。"申管、晏之谈，谋帝王之术。奋其智能，愿为辅弼，使寰区大定，海县清一。事君之道成，荣亲之义毕，然后与陶朱、留侯，浮五湖，戏沧州，不足为难矣。"——我为帝王师才华有余，做一做宰辅亦不难。等辅佐过皇帝、光耀过门庭之后，我就退隐江湖，潇洒度日月矣。

这好像不是在对一人说话，而是对天下对全宇宙说话。大鹏的高言，自然该有一个宏大对象来倾听。

过了数年，又有《上安州裴长史书》。文章从道德到才华大力表扬自己一番后，以这种口气结尾："若赫然作威，加以大怒，不许门下，逐之长途，白即膝行于前，再拜而去，西入秦海，一观国风，永辞君侯，黄鹄举矣。何王公大人之门，不可以弹长剑乎？"——裴大人若将我李太白拒之门外，我将西入秦海（指长安），远走高飞。裴大人你想想孟尝君门前冯谖弹剑作歌之典吧。李白简直不无威胁了：我李白必有非凡未来，裴大人您今日若草率待我，将来会悔之莫及的。此时，李白陷入某种难堪的是非纠缠，此文兼有请裴长史解脱自己之意。

李白名气最大干谒文是《与韩荆州书》，时年三十四。李白上书前已见过韩荆州，对人家却施以“长揖”这一平辈相见之礼。按世俗规矩，这当然是犯忌的。李白明知对方是权贵，却先以“长揖”揖之，杀杀你威风再说，免得你小看我。干谒书中竟又把是否容纳李白的“长揖”，当作对对方胸襟的检验了。“幸愿开张心颜，不以长揖见拒。必若接之以高宴，纵之以清谈，请日试万言，倚马可待。”——您想必不会因我的长揖而拒绝见我。我的才华需一场高级宴会，一场放纵清谈，请给我日试万言、倚马可待的机会。“而君侯何惜阶前盈尺之地，不使白扬眉吐气，激昂青云耶？”——我李太白已来到您门前，这正是您成为伯乐留名千载的大好时机呀。这与《上安州裴长史书》口气，如出一辙了。

多年以后，李白仍会念及韩荆州。“高冠佩雄剑，长揖韩荆州。”（《忆襄阳旧游赠马少府巨》）这是拿他长揖韩荆州这一举动，来炫耀烘托自己的大鹏形象。

李白为何如此？仅从追求实现目的这一角度言，李白为何不能略具城府、略示谦逊？让对方知你是个既有才华又知进退的后生，让对方舒服滋润一点，不是更易推进你下一步的干谒吗？让权势在握者，去赏识荐举一个在他面前耀武扬威的人，对被干谒者的要求未免太不切实际。

反复研读李白，我不能不说，李白对他人特别是对权贵小看自己，怀有先入为主的戒备与恐惧——李白早就生成了一种“预防蔑视”的强烈心理机制，并顽固伴随其终生。

“预防蔑视”心态，是李白身份自卑、才华自傲、功名焦虑等心理纠结综合作用下的一种结果，是一种主动出击的异常自尊表现。他清楚他有巴结权贵的迫切需要，但他把这一需要反转为蔑视乃至羞辱权贵，目的却是让权贵对他施以非同寻常的重视与礼遇。所以，他的傲岸是顽固的亦是脆弱的。这也是其焦虑愤激情绪强烈的根源。以这种状态去干谒权贵求取功名，差不多等同于南辕北辙。古人对这一李白特色的心理现象，不大可能理解到这一层。以现代心理学观之，是能有新解释的。在势利社会里，李白这种心理每个人都可能有，只是程度一般不会像李白这样强烈。

李白之蔑视权贵，就是如此。

我宿五松下，寂寥无所欢。
田家秋作苦，邻女夜舂寒。
跪进雕胡饭，月光明素盘。
令人惭漂母，三谢不能餐。
——《宿五松山下荀媪家》

面对底层人，李白就彻底放下他的“自尊紧张”“被蔑视恐惧”，呈现出“布衣诗人”极动人的一面。李白这类诗不少。在底层与权贵之间，诗人呈现出他个性的巨大张力与魅力。

李白不自觉地、宿命地捍卫着他那颗诗人的赤子之心。

李白用尽一切言行撑大放大自己，大展其自以为是的妩媚身段，亦不惜吹捧对方。他知道这是求人，不能不低头，可是他略低一低头，必定再千倍万倍地扬起头来，扬到云霄宇宙。无不可一世之实力，但不能少了不可一世之口气。固然豪气逼人，但恐怕权贵对之齿冷多于欣赏。历史里并无裴长史、韩荆州等权贵奖掖提携李白的任何消息。李白自己就老是说，他不断地听到世人的“冷笑”。

757年，李白五十七岁了，生命已入严冬，离弃世已不远。因贸然加入永王李璘阵营，始入狱，旋流放，经中丞宋若思等人搭救，方得赦免。好不容易捡回条老命，又生功名热望。李白自拟《为宋中丞自荐表》，幻想由宋若思向唐肃宗求官，仍是这种口气：“怀经济之才，抗巢、由之节，文可以变风俗，学可以究天人。”这时的李白，刚经受此生最严重失败，政治生命实际已被判死刑，活命已属侥幸。从前是年轻气盛，现在只能说是不肯泄气。

不能怨李白。皇权时代，士人无来自皇上的功名，则终身是布衣白丁。哪个士人不梦想由自己完成自身及家族后裔翻身大业啊。“君子疾没世而名不称焉。”（孔子语）追求功名是儒家正当事业，功名是士人联系家国的纽带。至死无功名，是令士人最痛心之事。“三十功名尘与土……”（岳飞《满江红》）掀天揭地的大英雄，亦为无功名而焦虑。“一生欲报主，百代期荣亲。”(《赠张相镐》）李白自然在皇权功业大网的笼罩之下。功名压力对任何士人都存在，对李白尤其沉重。

李白的初级人生目标就是：用他的名动天下的诗人桂冠，换取货真价实的功名高位。

“抽刀断水水更流，举杯消愁愁更愁”，“白发三千丈，缘愁似个长”。对这个世界的怒吼，李诗中俯拾即是。李白如此激越愤怒坐卧不宁，唯因皇帝没给他个大官做。无官即无功名。他漂泊四方，干谒不止，核心目标是求功名求官位。

有人说李白是儒士，有人说是道教徒，有人说是佛教徒。李白可说什么都是，也可说什么都不是。李白是思想简陋芜杂的天才，个性无限丰富的诗人。李白并无实质性叛逆思想，无真正的异端应有的思想深度与思考勇气。他的奇思异想不过是天才诗意的旁逸斜出，赤子的恣意歌哭。李白就是诗人李白。

皇权时代，不论士人表现出怎样复杂的思想，其主位思想基本为儒。这是由体制强大规定作用与个体生存需要决定的。李白亦不例外。抓住此点，似可较易解释古士人。揪住一鳞半爪诗文，就为作者思想归类，是不靠谱的方法。

“我本楚狂人，凤歌笑孔丘。”(《庐山谣寄卢侍御虚舟》）李白经常不把孔子当回事。“君看我才能，何似鲁仲尼？大圣犹不遇，小儒安足悲。”(《书怀赠南陵常赞府》）楚狂人又变成规规小儒了。皇权体制下，尊孔是政治正确。大唐一朝，鄙薄孔丘却不会犯错误。如此开朗，少忌讳，思想自由的皇朝时代，却未出像样的思想家。耐人寻味。士人或许是如此心态：天地如此开阔，生活如此美好，好好活吧，抓紧求取功名吧。他们懒得去思考。李白就是一个不肯思考，只想活得光鲜有味的典型。你可想象魏晋士人行走刀丛之中，拧着眉头冥思苦想的样子。

李白对道教亦情有独钟。他经过了道教的繁复“仪程”，领受“道箓”，成为正式在册道士。这与李白向往隐逸、神仙这一精神密切相关。道教是现世、功利的，追求享乐、养生、长生、成仙。李白想象中的神仙世界一定是一个非凡的华美纵情的世界，那里能实现毫无障碍的快乐。唐朝道教还与政治关系密切，不少道士精于“道教政治学”，频繁行走宫廷。这一切对既想及时行乐又热衷政治功名的李白，无疑会有极大魅力。李白吟诵或涉及学道求仙的诗竟达上百首。向往神仙世界，亦是时代风尚，只是李白分外迷狂而已。

“十五游神仙，仙游未曾歇。”（《感兴》）少年时代的李白，竟已开始他的求仙活动了，且终身不懈。“待吾尽节报明主，然后相携卧白云。”（《驾去温泉宫后赠杨山人》）这时李白供奉翰林。盼来了陪侍皇帝的机会，却随时准备遁入隐逸世界或神仙世界。“吾将营丹砂，永世与人别。”（《古风》其五）这时李白亦供奉翰林。

从功名之儒到超逸神仙，李白展开的生命愿欲是一个无底深渊。李白要活得过瘾，却绝不“过把瘾就死”，他要过瘾，再过瘾，直至成仙。

对陶渊明的态度，最能反映李白这一悖论式生存。陶渊明是李白的某种镜子和影子。李白经常念叨陶渊明。“功成拂衣去，归入武陵源。”（《登金陵冶城西北谢安墩》）“若待功成拂衣去，武陵桃花笑杀人。”（《当涂赵炎少府粉图山水歌》）李白呐喊，不论有功无功，我一定要效法陶渊明。“龌龊东篱下，渊明不足群。”（《九日登巴陵置酒望洞庭水军》）可是，五十五岁这年，李白入永王李璘幕，足踏险境，命悬一线，却以为正是功名唾手可得之时，竟然视陶渊明的隐居为龌龊不堪，不足为法了。这个透明又可恶的李白呀。

“天生我材必有用”，李白追求的有用当然是为皇帝所用。此俗世只有皇帝有资格用他。“君臣离合，亦各有数。岂使此人名扬宇宙而枯槁当年？”（《为宋中丞自荐表》）写诗，写出好诗，成为诗名动宇宙的大诗人，那可不是李白心目中的有用。成为姜尚、管仲、诸葛亮、谢安，那才算有用。“枯槁当年”——活在人间却当下枯槁，无高位、无功名、不风光，是李白最恐惧并极力反抗的结局。李白认为，这个世界给他高位、给他功名是天经地义的，并且要当场兑现，越早越好。

得到高位功名，成为诸葛亮、谢安之后又怎样呢？李白说：诸位放心，我去做鲁仲连。“齐有倜傥生，鲁连特高妙”“吾亦澹荡人，拂衣可同调”（《古风》其十）。鲁仲连是又一个李白以之映照自我的对象。立大功，却功成不居，让权贵折腰的齐人鲁仲连，是李白最完美的偶像。得到了功名，玩一把，再弃之如敝屣，连傲视王侯的资格都获得了，那才高级，那才有趣。成了鲁仲连之后又怎样呢？做隐士，成神仙，高蹈远举，餐霞饮露，神游八荒。李白一定要把他那自以为是的骄傲旗帜，举过头顶，举到天上，举到连自己也完全看不清楚的高度。

第一件东西还没到手，李白就在想象中把第二件第三件东西到手的快感先作为精神快餐享用了。

李白不光要成仙，还自视为佛徒乃至佛本身。

青莲居士谪仙人，酒肆藏名三十春。
湖州司马何须问，金粟如来是后身。
——《答湖州迦叶司马问白是何人》

有人问其身份，他就这样作答。

谪仙人、酒徒、金粟如来，他都是。生活多姿多彩，欲望清楚明白，政治上昏头昏脑、有胆无识。这就是李白。一会儿是“天子呼来不上船”的狂客，一会儿又是“忽复乘舟梦日边”的“臣妾”，一会儿是“五岳寻仙不辞远”的道徒，一会儿又成“会须一饮三百杯”的酒鬼……

李白的牵挂真是不少。浪子做派、侠客情怀、仙佛幻想、道士气度、儒者理想，李白一样不缺。这头大胃口饿虎，想吞下许多东西的饿虎，却只能永远眸子炯然、饥肠辘辘，奔波在大唐无限江山之上。

命运就是这么苛刻，让李白连初级目标也难以实现。

目标总是落空再落空，醉酒的瞬间反而成了真实。“即事已如梦，后来我谁身？”“仙人殊恍惚，未若醉中真。”（《拟古十二首》其三）人生如梦、存在虚无，成为李白永久的感慨。不用担心李白陷入完全彻底虚无。这个大唐赤子，他的注意力很快就会转移。好玩有趣的东西很多。一壶酒、一轮明月、一个美人、一个朋友、一树花、一座青山、一片水、一只蝴蝶，都会令李白忽然兴奋起来。李白总是这样想：得不到只是暂时现象。

有一天，来自朝廷的诏书忽然降临，李白一头闯入了皇宫。这才是一件符合李白个性的事。

皇宫，是权力的巅峰，是人间最大的秘密，是寄托李白俗世梦想最多的地方。李白想要的第一件东西就藏在那唯一的地方。那把金钥匙握在皇帝手中。

李白终于接近了他的青春梦想了，李白终于要发出他的生命狂笑了。

仰天大笑出门去

命运驱使李白在大唐江山漂泊再漂泊，倏忽间近二十年过去了。

天宝元年（742 年），四十一岁的“饿虎”李白，饥饿感越来越强了，没有块足够分量的肉不行了。“四十五十而无闻焉，斯亦不足畏也已”，孔子这话敲打士人数千年，当然不会放过李白。你看他那诗句，句句都要吃人。什么愁杀、恼杀、狂杀，还有喜杀、笑杀、妒杀、醉杀……饿虎吼出的就是这等诗句。饿极了，免不了出现焦虑、亢奋、歇斯底里等症状。

李白太需要吞下一份足够分量的功名了。自身、家族、妻族，皆如饥似渴虎视眈眈啊。关键是，功名这一低端目标不能到手，李白更高级的生命狂笑将无从展开呀。

忽然，宣李白进宫的诏书到来了。

让一头耐心极有限的饿虎蹭蹬这么久岁月，我不相信是为了让他体验狂欢。

白酒新熟山中归，黄鸡啄黍秋正肥。
呼童烹鸡酌白酒，儿女嬉笑牵人衣。
高歌取醉欲自慰，起舞落日争光辉。
游说万乘苦不早，著鞭跨马涉远道。
会稽愚妇轻买臣，余亦辞家西入秦。
仰天大笑出门去，我辈岂是蓬蒿人。

——《南陵别儿童入京》

一个平常的日子里，狂欢忽而降临。

白酒黄鸡，儿女嬉笑。不知李白费了多大劲，才控制住狂欢之情，让诗在相对平静中开头。

下面的情绪则如风鼓浪涌，难以自抑。李白情不自禁开骂了：那位鄙薄其未发达丈夫朱买臣的会稽愚妇，将要为她的愚陋短视行为而付出代价了！讨厌的愚妇，你向隅而泣吧。看来，李白承受来自身边“愚妇”的压力甚久了。题目中声明他只与“儿童”分别，“愚妇”竟连与他告别的资格都没有。放旷的李白，在家中的日子看来很久以来是难以飘逸的了。

青春梦想似乎要实现了，功名唾手可得，大唐要给我那个欠我很久的高位了。一步登天、一鸣惊人的大戏，就要开演了。身为“蓬蒿人”真是太久太久了。李白乐得像个发狂的孩子。仰天大笑啊，下巴都要笑掉了。李白怎么能平平常常地笑呢，只能这样笑，只能这样发出他的生命狂叫、狂笑。仰天大笑，憨态可掬，仙风道骨，俗不可耐。你看李白这副夸耀妻孥之前的尊容啊。李白的儿女，还有那个“愚妇”，面对乐不可支的李白，不知是何情态。

忽然念及杜甫。杜甫乍临喜事会怎样？“却看妻子愁何在，漫卷诗书喜欲狂。”（杜甫《闻官军收河南河北》）你看，杜甫为妻孥的喜悦而喜悦。好丈夫与坏丈夫的区别真是一目了然。嫁人要嫁杜甫，莫嫁李白。嫁李白，你将遭无穷之罪。若找情人，另当别论。“连太太也寻不到你。”（余光中《寻李白》）诗句比牛毛更软，活得比绣花还要雅致的当代诗人这样感慨。

十多年后，李白在庐山稀里糊涂接受永王李璘征召，老兵李白竟重燃猎取功名的热望，煞有介事“别内赴征”一番。“出门妻子强牵衣，问我西行几日归。归时倘佩黄金印，莫见苏秦不下机。”（《别内赴征》）在妻孥面前，与《南陵别儿童入京》一样，憨态十足，俗气十足，如此警告亲人：我获取巨大功名归来后，你们还敢小瞧我吗？

李白啊，作为半老男人，这场几乎能把你笑杀的狂笑来得有点晚了些，但你大约还是笑得太早了。

李白高调降临皇宫。李白永远高调。让李白低调些是不可能的。

李白以为自己就要一下子完成尘世的自己了。这一步跨得还真是有点大呀。

李白想不到，这一步就是此生高峰。高峰又是一个巨大的虚无。年龄足为李白祖父，行走宫廷达半个世纪的大诗人贺知章，乍见李白即惊呼其为“谪仙人”，解下腰间金龟换酒，豪饮一场。李白一生有两大得意之事，一为玄宗征召直入宫廷，二为贺知章冲口而出的“谪仙人”称号。前者呈现为过山车般的狂喜与失落，后者则是绑定终身的光荣“绳索”。李白对此称号钟爱万分，并终身感激贺知章。“谪仙人”成为李白再次确认超人自我的金字招牌。在此招牌的强烈暗示诱导下，李白原有的仙气、逸气、狂气得到强化再强化，本来就是短板的应世能力、政治能力被弱化再弱化。

皇宫，皇权俗世里最大的谜团。不只士子们对其神往不已，穷乡僻壤永远与皇宫无缘的芸芸众生，人人都会讲一些皇宫的神秘故事。人间的太阳、终极裁判、最大赐恩者降福者、天下所有税收的集纳者住在那儿。现在，这个遥远神秘的处所，向李白撩开了一角。

一边是神秘莫测的皇宫，一边是透明狂放的李白。没有什么力量，能帮李白克服这一片遥远的精神空间。

追求“直观快乐”（弗洛伊德《作家与白日梦》）的李白，举着“唯我独尊的自我”（同上）招牌的李白，以为皇宫应是个能令他更放旷、更自由、更快乐的地方。李白实际上仅把皇宫看作人生设计上这样一个阶段：那是他通往“仙界”的一个台阶。如能这样，皇上也愿意与李白进行身份交换。“仙宫两无从，人间久摧藏。”（《留别曹南群官之江南》）“仙”指求仙或仙界，“宫”指皇宫。诗写于去朝十年之后。李白感慨：求仙无成，宫廷又待不下去，只好无奈在人间受这无尽摧折。宫中李白与后来飘荡的李白，都不可能有对自己的反省。

自四十二岁到四十四岁，李白在宫中过了三个年头，实际只有一年半。李隆基以“赐金放还”这一优雅方式，将李白驱逐出宫。来到皇宫的李白，继续做他永远不醒的“白日梦”。以一场狂笑为先声步入宫廷，一切似已前定。李白，这个蠢蠢欲动的谪仙人，满腔功名热望的谪仙人，他不明白，他与皇宫之间永远隔着千山万水。

李白一直强烈妄想自己是政治天才，并迫切地证明确实是天才。李白以先秦策士鲁仲连、三国名臣诸葛亮、晋大英雄大名士谢安等为人生榜样，却绝无他们纵横捭阖的政治才能。若拿诸葛亮《隆中对》《出师表》等与李白干谒文对照，不仅政治智慧有霄壤之别，森严胸襟与躁狂个性亦对比鲜明。这是名儒名臣与名士狂士的区别。我时常纳闷于无一位古诗人似李白。一路想下来，感觉近代诗人龚自珍略有相似之处。已感受到现代文明冲激的龚自珍，天才早熟，诗文意气飞扬。其外祖父大学者段玉裁喜其英气，又虑其未来，作书“努力为名儒为名臣，勿愿为名士”以教戒之。后来的龚自珍当然令外祖父失望了。

无人这样教戒李白，有人教戒也必定无用。

大一统天下，不止策士无生存土壤，名士亦必定式微。而李白却竭力表达一种比策士、名士更大的派头，并要求与这派头相对应的高级待遇。

没有哪个朝代像大唐这样爱才子。唐士子有最大的张扬个性空间。这似乎是一个由官僚和诗人联合统治的社会。这么多诗人进入官僚系统，皇权社会唯此一朝。正是这种氛围让李白得以完成文学史上的另类景观。李白终身政治失意，所享受的才子尊荣在其他朝代难以想象。这是李白澎湃狂野诗情的社会根源，是李白进入皇宫的大背景。

玄宗喜欢初进宫的李白是真实可信的。据李阳冰《草堂集序》，玄宗“降辇步迎，如见绮皓，以七宝床赐食，御手调羹以饭之”，“问以国政，潜草诏诰”。在喜爱才子背景下，玄宗对诗名动天下的李白，不但喜欢甚至会有几分向往。位高权重者自然有不少顺手即可利用的优势，对名人摆出礼贤下士虚怀若谷姿态即其一。对官僚部下则一般不会亦不必如此。古今皆然。玄宗召见的是位名人，不是官僚体系中的一员。

李白辞世后，出现了“贵妃捧墨”“力士脱靴”等听来过瘾却匪夷所思的故事。照此渲染，李白所受宠遇，简直登峰造极；李白行走皇宫，简直如履平地。皇宫似乎真成了为李白量身定做，供其彻底展示非凡个性的大舞台。这样心血来潮与李白同频共振的皇宫不可能存在。这等情节，当时史料无消息，李阳冰、魏颢等同代人及稍后的范传正等皆未言及，但却进入了后来野史乃至正史。耐人寻味。古今一直在争论这情节的真实性。其实，李白早做了无言的回答——这些离奇故事在李白全部诗文中无半点消息。若有为李白添加无上光荣的如此情节，李白即使能拼命憋着在宫中不说，出宫后还不得张扬到宇宙里去呀。按李白大言不惭的个性，让他在宫中忍住不说都不可能。平揖了一下韩荆州，一生念念不忘，何况情节这么过瘾。

狂欢之后是深深的失落茫然。这是李白宿命。玄宗对李白是短暂喜欢，长久失望。玄宗眼里的李白“非廊庙器”（孟棨《本事诗·高逸》），不堪重用。宫中的李白很快就陷入尴尬无趣境地了。揣摩李白宫中诗，可以看出李白并非绝无收敛，但无疑与“政治成熟”尚有不小距离。李白政治上固然可称胆气非凡，却实在是有胆无识无才。

李白干谒不止，却唯有玄宗这个够格权贵一度高看李白，给了李白“试用期”。皇上省略一切环节，直接把一介布衣召进宫。这是多大的机遇，多高的起点。真是一个千古文人梦啊。唯李白梦想成真。对此，李白是感恩的。这时的玄宗，亦可称一代雄主。就看李白表现了。考虑到环境等因素，对一个人政治才能似乎较难下结论。但以此认可李白诗文中“怀才不遇”的无尽抱怨，亦太草率。一般政治所需要的理性、务实与灵活，李白哪一样分值都高不了，更遑论更高的政治智慧。与李林甫、高力士等权力猛兽过招，李白哪是对手。“心雄万夫”，诗文中吹吹无妨，现实中恐怕半夫也对付不了。当然，若“首席裁判”玄宗认准李白，其他猛兽亦无可奈何。可是，李白显然无“邀宠”“固宠”的素质。宫廷是皇权权力渊薮，又是人间最世故之所。李白世故能力实在太差了。

李白总算明白无法待下去了，自请出宫。玄宗顺水推舟，赐金放还。“赐金放还”，耐人寻味的“待遇”。赐金——皇帝拿出点钱太容易了；放还——召你前来是场误会，大唐江山甚为广袤，不缺你李太白尥蹄子的地方。玄宗获得了以游刃有余心态打发掉卓越才子的快感，李白的巨大失败竟也似乎有了某种面子。有几分幽默意味了。玄宗曾喜欢李白是事实，不堪重用的判断亦是正确的。对才子由器重观望到冷处理这一过程，可证此时玄宗尚能将这皇上当得甚明白。哪位皇上曾如此优雅地打发掉不拟使用的才子？这个风流天子，或许会从李白身上发现了自己的某种影子。同为有情有欲之人，李白那些能给贺知章、杜甫这等大唐才子强刺激的因素，不可能不刺激玄宗。除了至高无上的权力，李隆基比李白优越多少呢？大唐之“大”不是随便获得的。大唐皇上不懂得采用思想斗争改造之类手段。对李白来说，大约采用了也很难管用。皇上的行动，有对大唐才子具同情的理解这一因素。

金钱能解决的事皆小事，对皇帝来说尤其如此。大点的事动用官爵。再大的事动用刀剑。皇帝不缺钱亦不缺刀剑，而官帽特别是高级官帽是稀缺资源，是皇帝手里的最好礼物。李白就是奔这个来的。无奈，李白就是得不到。

“翰林供奉”类似一荣誉称号，与最低官阶都挂不上钩。

李白的生命热情、青春狂笑、名士派头，再加上“谪仙人”

这一高帽的猛烈发酵，他只能永远晕晕乎乎如踩云头。“拔剑四顾心茫然……”拔剑，四顾，心茫然。这个李白呀，把自己的心情形容得真是恰当生动啊。

进宫与出宫，忽然又茫然。

在谪仙斗篷之下

李白不得不回归漂泊江湖的旧生涯。

不过，这回多了顶“谪仙人”帽子，多了圈“赐金放还”这一不伦不类光环，多了一个“宫廷旧臣”背景。旧生涯又添新内涵了。

并不如意的短暂宫廷生活，却被出宫后的李白美化再美化，牵挂再牵挂。“一切过去了的，都将化为美好。”这句现代诗亦可用于李白。

遥望长安日，不见长安人。
长安宫阙九天上，此地曾经为近臣。
一朝复一朝，发白心不改。

——《单父东楼秋夜送族弟沈之秦》

客自长安来，还归长安去。
狂风吹我心，西挂咸阳树。

——《金乡送韦八之西京》

两诗皆作于东鲁。李白出宫不久。这颗心啊，还保留着宫廷的余温，一再涌起重回长安的热望。虽然被“赐金放还”了，李白却尚有心劲，以为那只是暂时受挫，他很快就会回来，更加骄傲地回来，重获圣眷，再蒙天恩。

鲁客向西笑，君门若梦中。
霜凋逐臣发，日忆明光宫。

——《鲁中送二从弟赴举之西京》

总为浮云能蔽日，长安不见使人愁。

——《登金陵凤凰台》

两诗分别作于出宫第三年、第四年，李白四十六岁、四十七岁，看这诗意，已分明是“白头宫女在，闲坐说玄宗”的味道了。宫阙日远的感觉越来越强烈了。

一去麒麟阁，遂将朝市乖。故交不过门，秋草日上阶。

——《书怀赠南陵常赞府》

十多年岁月已逝，李白五十六岁。李白已老，长安早成回不去的伤心地。门前冷落，孤独如蛇，寂寞如草，挥之不去。人一走，茶就凉。适合所有人。何况，给李白准备的那杯茶，本来温度就有限。

承恩初入银台门，著书独在金銮殿。
龙驹雕镫白玉鞍，象床绮食黄金盘。
当时笑我微贱者，却来请谒为交欢。
一朝谢病游江海，畴昔相知几人在？
前门长揖后门关，今日结交明日改。
——《赠从弟南平太守之遥》

这年李白五十九岁了，距弃世之时已不远。宫中生活却仍是此生无法逾越的最高光荣。可是，美好回味咋总关联如此多的世态炎凉？环绕你的势利小人咋如此之多？“当时笑我微贱者，却来请谒为交欢”，李太白呀，“翰林待诏”就算摆脱微贱了吗？你不是要为卿为相为帝王师吗？当时会有好多人巴结你这个“翰林待诏”吗？李白你太夸张了吧！欧阳修读到这诗，不禁恨恨：“宜其终身坎壈也。”（见陆游《老学庵笔记》）——你李白就该倒霉一辈子。失去的繁华越渲染越凄凉啊。受宠的日子实有限，失宠后的日子却是无限漫长。午夜梦回，有足够的时间咀嚼寂寞。李白你把这日子过成了啥？

李白前期多求人汲引之大言，后期频现求人接济之哀告。李白日子越过越差，处境越来越不妙了。处境变了，回忆中的往昔生活色调必亦随之改变。翰林待诏竟成了此生巍峨高峰。这符合心理逻辑。一直没有什么可吹嘘的，就逮着唯一可吹的这件事使劲吹。

长安那里有一个太阳，李白向人间索要的东西都在这个太阳手里，怎么能放下呢？“天子呼来不上船，自称臣是酒中仙。”（杜甫《饮中八仙歌》）杜甫太喜欢李白了。诗意美化是可以理解的。李白或许偶有醉后无法“侍从”皇上之事发生，而做梦都想登上“龙船”才是李白本质。无奈玄宗就是不让你再上船，换了新皇上更不可能让你上了。“闲来垂钓碧溪上，忽复乘舟梦日边。”（《行路难》）貌似放旷飘逸的灵魂，永远徘徊在魏阙之下。飞扬跋扈、纵酒高歌的漫长生涯里，始终没忘了悄悄向庙堂向太阳抛去一个个隔山隔水的媚眼。在“功名焦虑”的压迫纠缠中，“梦日边”这类梦，在李白一生中一定是个一再重复的梦。这个梦，也正是皇权士人千年不醒的梦。

对李白出宫原因，有各种说法。必定有多种直接的、具体的原因，根本原因却是李白只有顽固的诗人个性，无政治才能。

《玉壶吟》是李白写于宫中后期的重要诗作，此时他处境已相当不妙，忧谗畏讥心态极浓。“世人不识东方朔，大隐金门是谪仙。西施宜笑复宜颦，丑女效之徒累身。君王虽爱蛾眉好，无奈宫中妒杀人！”在这里，李白一是自比东方朔，二是深感陷入妒忌包围。

李白将汉武帝时的东方朔，视为生存参照。东方朔“隐于朝”这一飘逸形象，主要根源于后世士人的想象与美化。李白当然更是将其理想化了。

东方朔满腹经纶，却慎言安邦治国。他滑稽多智，善于自嘲，看情况必要时亦发发疯发发狂，有时还斗胆嘲弄一下虽重臣亦绝不敢嘲弄的皇上。班固称其为“依隐玩世”“滑稽之雄”

（班固《汉书》）。东方朔擅长察言观色，他拿捏得很准——以皇上开口笑为最高原则。只要皇上笑了，就不但安全，还可能会有好处。汉武帝刘彻将东方朔从“待诏公车”提拔为“待诏金马门”，低级弄臣熬成高级弄臣。刘彻有个癖好，喜欢以侏儒养马驾车，喜观侏儒为戏。看来，身高的巨大落差，竟产生了娱乐价值，给一代雄主带来不小乐子。东方朔曾不惜以激怒侏儒的方式，诱使皇上给自己提高待遇。入宫前的东方朔向皇上自荐时，极力突出自己身高优势。待供职宫中后，精神深处始终以“侏儒”把门：你是谁，你从哪里来，你能给宫廷给皇上提供什么他人提供不了的东西？他清楚，他能拿来讨好皇上的东西很有限。看到公孙弘、汲黯那类荣耀重臣，东方朔心有不平，但还是控制住了自己。只要你“谦虚”成侏儒，撒个泼打个滚也是安全的。李白进了皇宫，却不肯收敛改造自己，还要求权贵视己为超人，老作大鹏欲飞之状。与东方朔相比，这宫中李白近似政治白痴。

武帝喜侏儒，玄宗爱斗鸡。玄宗与武帝精神基本同构，李白与东方朔精神基本不同构。不自觉矮化为侏儒，金马门不是那么好隐的。

李白还常以蜀人司马相如为参照。李白亦将司马相如理想化了。

同为汉武帝刘彻的文学侍臣，司马相如宫廷地位远高于东方朔。自少至长，我曾屡次企图对司马相如那极尽夸饰铺排之能事的大赋一探究竟，感觉总是徒然受刑一场。司马相如的灵魂只能在那正确又暧昧、亢奋又空洞的吓人大赋里安身，无力跑到旷野，也难以进入他人灵魂。豪气干云大架子之下，燃烧的是一团莫名其妙的虚火。挠痒痒式的“微讽”精致点缀其间，又分明是挂文人羊头卖皇家狗肉。大赋的精神本质不是大，是小，是“侏儒”。

霸道权与幽默权基本一致。大人物的随意言行往往皆会被视为幽默得不得了，皆能引来阵阵喝彩。司马相如、东方朔之流，终身不敢亦不能摆脱精神侏儒状态。自觉的侏儒明白，以侏儒方式撒娇乃至发点狂皆无不可，但妄想自己是英雄，拥有随意幽默权，那就错了。若能进入自觉侏儒状态，是能被赏赐一些权力的，包括某种“发狂权”。

李白灵魂，漂泊旷野，遨游宇宙，在宫廷中必为异类。李白以为，玄宗最低也要给他司马相如、东方朔那般的宫中地位。这显然不可能。

因为李白不可改造，难以修成弄臣心态。不乏浪漫精神的玄宗，大约亦不想费劲把大唐最鲜亮的才子“弄”成弄臣。

唐人尚狂。大唐之大，于此亦可见一斑。可能出乎大多数人感觉，杜甫就相当狂。杜甫尚狂有渊源。杜甫有一个以狂闻名的狂祖父杜审言。大诗人杜审言因狂吃过不少苦头，却狂性不改。杜甫继承祖宗衣钵，自称“狂夫”，年老后竟发此狂言：“欲填沟壑唯疏放，自笑狂夫老更狂。”（杜甫《狂夫》）狂杜甫眼里，李白却是“佯狂”。“不见李生久，佯狂真可哀。世人皆欲杀，吾意独怜才。”（杜甫《不见》）这是杜甫写李白的最后一首诗。此时李白陷李璘案，离人生终点已不远了。

李白是真狂，真狂还不行，还需“佯狂”，狂上加夸张的狂，所以杜甫说“真可哀”。杜甫内在精神相对拘谨，其狂态倒有较多做样子的性质。

贺知章亦以狂闻名，晚年自号“四明狂客”。状元出身名满天下的贺知章，行走宫廷达半个世纪，皇室近侍，身居要职。他获得了朝野一致尊崇与喜爱。李白被逐出宫这年，八十六岁的贺知章因病自请度为道士，致仕还乡。玄宗及要人纷纷以诗赠别，皇太子率百官饯行。他算是最有福气的大唐诗人。贺的狂是圆融老辣、深谙世故的狂，是张扬自我不犯他人的狂，本质上亦是带几分侏儒自觉的狂。贺知章诗作呈现出柔和圆润的轻松气氛，表明他这个狂夫与环境达成了默契，与这个世界已是一团和气。之所以不忘张扬他的狂，是因他不甘与众人画等号。李白之狂，是深植骨髓的狂，是躁狂、轻狂乃至猖狂，是对他人不留情面的狂，有时亦是佯狂——李白一定要把他的狂再夸张表达百倍千倍。数年前，八十四岁的贺知章乍见李白，仿佛看见自己已逝的青春，发出“谪仙人”之叹。在政治考量之后，贺知章对李白是何看法，不得而知。在贺知章生前及死后，李白有赠贺、念贺之诗，而除“谪仙”这一称号，贺知章再未言及李白。这一老一少差不多同时出宫，他们各自按自己的禀赋去享用大唐天空下不一样的人生。

假设李白忽然“觉悟”了，死心塌地被改造为文学侍臣、弄臣，好多杰出诗篇我将无法读到了。感觉太可惜。李白绷着一根“诗人筋”走到底，这样的一生一世又太痛苦。

我不禁生此幻想：李太白，跟你商量个事，你能不能这样——政治上成熟那么一点点，个性改造得收敛那么一点点，紧一紧手脸，做个贺知章式的高官兼大诗人是可能的。大唐及皇上有这个容量啊。这样，你生存的诸多现实困境可迎刃而解，亦可享点俗世之福。甚至，你的政治理想会有一定程度的实现呢。

这当然只能是妄想了。

李白不可改造，这是李白的诗人宿命。李白无意无奈中实现了人格与文格的高度统一。

李白却是要反抗他这一宿命的。“吟诗作赋北窗里，万言不直一杯水。”（《答王十二寒夜独酌有怀》）吟诗作赋实在算不了什么。“遮莫姻亲连帝城，不如当身自簪缨。看取富贵眼前者，何用悠悠身后名。”（《少年行》）即使姻亲满帝都，也不如自己身居高位。若能获得眼前富贵，何必身后虚名？这是李白对时代青年的描绘，自己的影子及心思无疑包含在里面。李白具体诗文当然是有具体写作情景的。视当世当身荣华富贵比身后名重要，确实是李白心思。

李白到死也不能接受、不能明白，他这位谪仙，在政治上只能被视为次品或等外品。

他只好披着谪仙斗篷孤独飞翔了。

李白是三重孤儿：

被玄宗试用之后，李白虽未泄气，在政治上却再无希望了——李白为政治孤儿。

李白身世可疑。无史料证明家族中有一人在大唐略显体面。李白诗文却证明，他有无穷多的族兄、族弟、从叔、从侄，他们的来历无疑更加可疑。按李白行踪及情理揣测，大多不是他们来攀附李白，而是相反。可见，李白的漂泊不是绝无目标。李白总是拼命想抓住什么。李白不提父母，至死不返蜀，很少顾及妻孥，亦无与亲兄弟见面或与其他亲人打交道的消息——可否说李白为“人伦孤儿”？

李白诗风就似“忽然从天上来”，美学面貌独特。他当然有继承有效法，但古诗人无一人与之近似。李白之后，千年来竟无一人能够追随他。真可谓“前不见古人，后不见来者”——李白是美学孤儿。

大唐啊，造物主呀，为何送给我们这样一个孤儿？是谁怕这个孤儿不够纯粹？

庄子讲了一个“混沌”凿七窍的故事：

南海之帝名“倏”，北海之帝名“忽”，中央之帝名“混沌”。倏与忽在混沌的地盘相遇，混沌高规格招待了他们。倏与忽商量报答混沌，达成共识：人皆有耳目等七窍，用来视听食息，独混沌帝没有，我们帮他开通。日凿一窍，七天后混沌死了。

庄子语境里，七窍未开的“混沌”就是自然天真，开其七窍就是破坏自然天真。

逼李白开窍的力量那么巨大，李白却始终不开窍。是谁怕诗人不够“混沌”吗？

张爱玲有句话：“人都是住在他的衣服里。”李白住在哪里？——李白住在他的谪仙斗篷之下，住在他的大言与妄想里，住在他不可改造的天真混沌里。衣服对李白是无所谓的。李白把心脏挂在胸膛外面，挂在咸阳树上，挂在月亮上，挂在宇宙里，挂在他爱挂的一切地方，就是不挂在别人看不到的地方，不挂在经过伪装改造的地方，更不挂出一张好脸在世上冠冕堂皇字正腔圆，而留下一张真脸在皮下窥视算计或进行慎独不慎独的所谓思想斗争。

人性的弱点，决定了人会把掌握巨大权力者奉为神，奉极权者为神更像宿命一般难以避免。诗神当然清楚“人神”的鬼祟本质。诗神的自由自然秉性决不向“人神”屈服，所以诗神总是远离权力，游荡旷野。没有一部真正的好诗是在与权力媾和中产生的。造物主就给了我们这样一个诗人：生命情调放旷浪漫、个性鲜亮又混沌。

拿不出第二张脸的李白，并不能永远豪放。披起这件谪仙斗篷，在大唐江山飞来飞去。以谪仙派头混个吃喝不难，想斩获功名高位实在是妄想。“寻寻觅觅，冷冷清清”的日子多着呢。

君王虽爱蛾眉好

李白说：皇上是喜欢我的，只是工于谗妒的小人太多太坏。“君王虽爱蛾眉好，无奈宫中妒杀人！”（《玉壶吟》）该诗写于出宫之前。李白既发出这一呐喊了，被逐出宫则属必然。

要么不知本质，要么回避本质。李白的生存往往是这种状态。李白书剑飘零，悲歌轻狂，生存常陷入极难堪境地。李白从无像样的政治行动，最常见的困境并非政治困境，而是他所说的“谗妒困境”。

李白常常愤怒倾诉自己陷入了谗妒包围，似乎一生总是为谗妒所苦。当世其他诗人亦会有诗文涉及谗妒，但其频率其强度远远低于李白。这个谪仙人，怎么一点也拉不开与俗人俗士的距离？好像李白走到哪里，谗妒之风便刮到哪里。怀才不遇、屡遭谗妒，是李白诗文所表达的最醒目主题。自古至今，特别是现当代读者、学者主流，皆认可并同情李白这一表达。还不断有人极力要把谗妒李白的一小撮势利小人揪出来。这一认识是有问题的。人云亦云千百年之后，竟就成了难以打破的思维定势了。

李白遭受过谗毁是可能的，却一件也难以落实。

某方面的翘楚者易被妒。这是规律。翘楚者若伴随某种性格弱点，可能更易招致或陷入谗妒环境。这亦是规律。其人并非翘楚者，却感觉自己饱受谗妒。这亦是一种常见的心理病态现象。

李白当然是翘楚者。而大唐可能是谗妒最少的皇权时代。这亦是大唐之大。李白的超人光彩是诗才，不但无人嫉妒，还得到了无与伦比的尊崇。最有资格嫉妒李白诗才的杜甫，不但绝无嫉妒，还成为天下最赏识最牵挂李白的人。魏颢为了见李白一面，竟然跋山涉水三千里。仅因有诗名即被召进宫，数千年皇权历史里能找出第二例否？李隆基、高力士等皆写诗，却绝无嫉妒李白诗才的理由与可能。

李白以自己为政治神话。这一神话无人认可。玄宗试用之后，更不可能有人认可了。再说，翰林待诏，并非官阶，人微言轻，政治“嫉妒价值”实在不高。其他翰林待诏及地位再低些的集贤院学士，倒可能会有嫉妒李白者。但他们亦是人微言轻，想左右皇上实在难度太大，亦太危险。略具生存智慧者，不会蹈此险地。李隆基尚未昏聩，对李白作出“非廊庙才”的判断不难。大言不惭纵酒轻狂的李白，必定动辄破绽百出，毛病一抓一大把。若有人对李白心生嫉妒或不满，根本用不着鬼鬼祟祟搞什么小动作，正常“汇报工作”就可以了。

李白出宫后，一是老说在宫中被群小“妒杀”了，二是始终强烈回味美好的荣耀至极的宫廷及宫中生活。这看上去很矛盾、很荒诞。

出宫漂荡多年后，李白五十岁时，又陷入了极大麻烦。难知是何事。李白此时并未参与政治活动，只是漂泊，还能有何大事？为求从麻烦中解脱，李白写下《雪谗诗赠友人》，长达七十句，四字一句，句短气粗，声嘶力竭。“嗟予沉迷，猖獗已久，五十知非，古人常有。”“白璧何辜，青蝇屡前。”“积毁销金，沉忧作歌。”“辞殚意穷，心切理直。如或妄谈，昊天是殛。”李白竟发出天打雷劈这种毒咒，看来处境相当险恶，“谗妒泥淖”相当深。作于同期的《答王十二寒夜独酌有怀》，句子长短错落，长达五十一句。“骅骝拳跼不能食，蹇驴得志鸣春风。”“一谈一笑失颜色，苍蝇贝锦喧谤声。曾参岂是杀人者，谗言三及慈母惊。”当李白要写长诗了，常常是陷入愤激状态，火山非喷发不可了。

对陷入此等境地，李白不是绝无反省。《雪谗诗赠友人》已流露此意。李白感觉到疼了。但彻底反省是不可能的。“世人见我恒殊调，闻余大言皆冷笑。”（《上李邕》）李白从青春时代就知自己的大言爱好，会惹麻烦会招人冷笑，但李白却告诫权贵：大鹏之言，岂能不大？我李白岂是可以轻忽之人！“苦笑我夸诞，知音安在哉？”（《赠王判官》）五十六岁的李白只抱怨无知音。李白自青年时代就常陷入他感觉中的谗毁境地了。《上安州裴长史书》写作目的之一，就是因陷入他感觉中的谗毁困境，求裴长史解脱。

不论年少年长，不论宫里宫外，不论诗长诗短，李白对谗妒的控诉声讨比比皆是。

美人出南国，灼灼芙蓉姿。
皓齿终不发，芳心空自持。
由来紫宫女，共妒青蛾眉。

——《古风》四九

楚国青蝇何太多？连城白璧遭谗毁。

——《鞠歌行》

青蝇易相点，白雪难同调。

——《翰林读书言怀呈集贤诸学士》

鸡聚族以争食，凤孤飞而无邻。

蝘蜓嘲龙，鱼目混珍。

——《鸣皋歌送岑征君》

诗皆作于出宫前后。超人李白自比为极品美人，总是遭“众女”嫉妒。这一群讨厌的“青蝇”，永远如影随形，不弄脏李白这块极品美玉绝不罢休。李白这阳春白雪找到知音真是太难了。读这等诗句，后世读者只觉好玩，李白当时同僚是何观感？

每个人都会遭受谗言，而每个人又都可能是形成“谗言环境”的因子。李白遭受过程度不同的谗毁是完全可能的。李白个性易惹是非，这才是谗毁困境特别多的决定性因素。作为天才诗人，李白有极强感受能力。当他那傲骨一挺再挺，大言一喷再喷，“预防蔑视”的措施一用再用，必会招致冷笑或其他更猛烈反击。在李白的感受中，就是谗毁来了。并且，李白会将那感受放大再放大。一接到宣召进宫的诏书，扭头就骂身边“愚妇”，仰天大笑而去，你可以想象李白是何种应世待人状况。李白的一生就是麻烦不断的一生。麻烦制造者，可以肯定基本就是李白自己。当然，李白绝不会这样看。抱怨环境太差、势利小人太多，是李白的心理常态。

人有忧谗畏讥之心属正常，但若过分则属心态不健康。若李白说什么，我们就信什么，并企图去证明正确，那其实不必读李白。李白将失败归结为外在邪恶作祟，这是简单省事又能为自己开脱的说法。对自己的失败，李白不这样说能怎么说呢。李白是不可能找内因的。李白既有强烈的“预防蔑视”心理，必然常感时时被蔑视的痛苦。

与此相关，李白常表达为权贵所抛弃之感。最大的权贵是皇上。皇上不能骂。这点起码的边界意识李白还是有的。“奈何青云士，弃我如尘埃。珠玉买歌笑，糟糠养贤才。”（《古风》十五）我李白只应永远以“高宴”“御宴”养着，却被以糟糠养了。李白类似诗句不少。当代各种解说除了说李白怀才不遇，还目之为这是李白批判现实。这实在是过高评价李白了。窃以为，这不过是以“革命教条”解说历史的余绪。李白的批判性其实极其有限。李白的价值所在，绝非社会批判。这所谓的批判，只是痛快诗句、高级牢骚、优美诗句而已。

皇宫、皇上以及天下不会呼应心血来潮的李白。御宴只能一次两次，不会有千次万次。李白不会理性观察思考贺知章、高适等诗人，是如何获得世俗成功的。李白感性很强，理性很弱，更无系统思维可言，所以他不可能表达出深度的社会批判。李白在很大程度上是不认识自己的，这又决定了他对社会对他人的认识深度亦有限。有价值的社会批判，亦需建立在自我认识基础上。李白对自己“大唐一人”的超群诗才不太在意，却顽固地认为自己是不世出的政治天才。近似妄想症。不论怎样的挫折，都不能使李白在自我认识上产生飞跃。好像冥冥中有一种力量，把李白包裹起来，让他遍尝人生苦难，却不让他生机心、长世俗生存智慧，以免那颗纯洁诗魂遭受污染。李白心理具有某种天才式的异常，是完全可能的。

李白能纯以诗名入宫，可证此时宫廷生活当然不乏浪漫风流气息，宫廷政治亦不会太堕落糟糕，做英主数十年的玄宗其判断力尚正常。范传正《李公新墓碑》说，玄宗对李白“虑乘醉出入省中，不能不言温室树（指宫室机密），恐掇后患，惜而逐之”。玄宗担心大言不惭的李白酒后泄露宫室秘密。把这看作李白出宫原因之一，那是较为可信的。

玄宗对李白始而赏识，继而放弃。他人对李白的看法（或谗毁），影响玄宗是可能的，但决定权在玄宗。社会摧残天才是常态。屈原、司马迁、陶渊明、苏轼等，其一生基本就是被摧残的一生。但无证据证明，李白受到了有针对性的特别的政治摧残迫害。说得再彻底些，处宫中却无政治权力的李白，实在没有多大“政治迫害”价值。

李白仰天大笑亢奋至极地迈出第一步，他以为从此会平步青云，其实下一步就无处放脚了。李白的大脑指挥部，调遣丽句大言游刃有余，却难以发出有价值的政治指令。这个长不大、拒绝成熟的赤子，在政治上只能茫然复茫然。

浪费掉千载难逢的大机遇，深层次主因只能在李白自身。

芙蓉花与断根草

我对李白似乎越来越刻薄。没想到会将李白读成这样。读来读去，却非这样不可了。怎么全成了李白的错？宫中难道会无谗妒？

宫廷当然是上演宫斗、宫妒的地方。权力巅峰，必为世故渊薮。何况是家国连体皇权。所有宫廷本质都是一样的，只是宫斗宫妒的内容及惨烈程度会有所不同。不否认李白遭受过谗毁，但不认可将李白政治失败的主因归结为谗妒。

宫中不止宫女善妒，宫中男人似乎亦易化身为善思、善感、善妒的“疑似宫女”。推而广之，宫廷之外的广大士人，只要他不忘功名，便皆有一颗朝向宫廷、思恋皇上的玲珑剔透之心。所谓“心存魏阙”，就是念念不忘皇上是也。换言之，面对皇上，天下士人皆有可能化身为“疑似宫女”。

先把放旷傲岸的李白放下，去认识一个幽怨的李白。“昔日芙蓉花，今成断根草。”（《妾薄命》）身处宫中，李白总是极易想到宫中那些可怜女人，极易生“闺思闺怨”。你是金枝玉叶的“芙蓉花”，还是卑贱遭弃的“断根草”，完全系于皇上一念之间。

“谗妒”成为皇权时代士人通用语言，李白特别念念不忘的“谗妒”，实际关联另一种更加隐秘幽微的士人心态。

不得不进入这样一个不无荒诞感的问题：李白的“婢妾心态”。

做伟丈夫，真英雄，独对八荒，活得坦荡硬气豪气，士人谁无此念？这亦根源于人性之正。李白就是这样向往的。可是，当另一种远比你强大的力量悬置于顶，你便不能不有“举头三尺有神明”的重压及紧箍咒。你的灵魂将发生不可思议的异变。

古今读者心目中的李白形象，几乎全被《蜀道难》《将进酒》等放旷代表作以及“力士脱靴”等传说故事所定格。其实，《蜀道难》这类情绪激昂的作品，其数量连李白全部作品的十之一二都占不到。李白作品大部分还是相对平静的，缱绻之情、游戏之笔亦甚多。我们记着的总是激动起来、咆哮起来的李白。一个安静幽怨、隐秘细腻的李白似乎是陌生的。

先看这首李白特色闺怨诗。

白马金羁辽海东，罗帷绣被卧春风。
落月低轩窥烛尽，飞花入户笑床空。
——《春怨》

丈夫出征，少妇寂寞，闺怨的寻常主题。只是这首闺怨诗，谐谑、放旷，且不无色情。其他古诗人笔下难见这等“闺怨”。不是花在笑，是李白的坏笑。

再看下面这首闺怨诗。

美人卷珠帘，深坐颦蛾眉。
但见泪痕湿，不知心恨谁。
——《怨情》
燕草如碧丝，秦桑低绿枝。
当君怀归日，是妾断肠时。
——《春思》

还能看出李白特色否？珠帘寂寞，颦眉垂泪，贱妾断肠，深情婉转，无言、无助、无力。所代言者皆为常规怨妇思妇之情。怨妇思妇，是古士人笔下通用符号。放旷李白竟变得心眼比针尖还细，情思比牛毛更软。大鹏、超人缩得很小很小了，进入纤弱柔媚女人行列了。这与我们所熟悉的咆哮旷野、豪歌大道的李白，差距是多么巨大呀。李白大多数闺怨诗正是此类。

不只李白这样。这类情调闺怨，可以出现在任何一位士人笔下。

古代所有这类诗，情感倾向皆是下沉的、幽怨的、冷色调的、无奈的。

皇权社会是彻底男权社会，女人无独立人格。三纲之“夫为妻纲”，对应“君为臣纲”。夫妻亦是一个微型君臣格局，一个最无权男人亦有可能在一个女人那里略微体验点皇帝之尊之威。君恩似流水，妾命若落花。她们是永远沉默的人，实际上连闺怨也发不出来。以“修齐治平”为己任、信奉“唯女子与小人难养也”的须眉，却从中发现了“诗意”宝藏。他们人人乐于为这些可怜女人“代言”。无穷无尽的闺怨诗，几乎全出自男人笔下。并非女子求其代言，而是须眉大士乐此不疲。代言目的，又并非解救怨女。所有代言诗，既不会为所有女人亦不会为某个女人解决一丝一毫问题。为怨女代言，纯粹出于男人的表达需要和抒情需要。代来代去，没把女人心声代出来，只是把自己代进去了。就像梅兰芳化装扮演女人，进入角色了，观众亦把舞台上那人当作女人了。代言，正是一种化装抒情、化装演出。可见，士人有种隐性心理需求，非经化身为婉转婢妾这一途径，不能获得满足。古士人有婢妾心态是普遍现象，而非个别现象。这是皇权时代文学史文化史上一道特色景观。

李白闺怨代言诗如此之多，令人瞠目。

由来紫宫女，共妒青蛾眉。

——《古风》四九

君子恩已毕，贱妾将何为。

——《古风》四四

失宠于玄宗，是对李白人生的首次沉重打击。玄宗以赐金放还方式作了淡化处理。李白回避“失宠”实质，只说遭谗妒。借代言去“讨好”皇上事实上已是鞭长莫及，本质上只剩下抚摸自己的痛苦了。安旗等主编的《李白全集编年笺注》，将李白大量闺怨代言诗系于翰林待诏期间，符合这一事实：身处宫中最易生婢妾之思。其实，很可能，这些诗未必皆写于宫中。古士人一生任何时候都可能写此等诗。只是身处宫中，会特别热衷一些，因为宫廷是一个最完整的婢妾环境。

陈阿娇在汉武帝那里得宠又失宠的遭遇，成为后世一再吟咏的母题。李白就反复吟及，且从中得出不无“哲思”的结论。“昔日芙蓉花，今成断根草。以色事他人，能得几时好？”（《妾薄命》）“以色事他人”好景不长，以文事君又如何？《妾薄命》为曹植创立乐府杂曲，李白这是依题立意：君恩无常，妾妇薄命。曹植作为帝王之家的大才子，一旦处臣子位，照样婢妾心态昭然。“愿为西南风，长逝入君怀。君怀良不开，贱妾当何依？”（曹植《七哀诗》）“君”不敞开怀抱，“妾”空有投怀送抱之愿也。艺术的华美帷幕下，是朝向权力的委婉道情。

相对于卑弱女人，男人总把自己视作大丈夫。而面对皇权，大丈夫又成非独立人，亦处依从依赖的偏位贱位。纲举目张，“纲”在皇帝手里攥着。正如每位女子是潜在弃妇一样，每位臣子亦是潜在弃臣。

这样，须眉变身为幽怨依附的温顺婢妾，就非不可思议之事了。就像婢妾惯于以柔媚卑弱示人，士人亦惯于以柔雌示君。“伴君若如伴虎”，需小心谨慎，动作温柔。一头猛兽若屈服于另一头猛兽，就用压低身段缩头缩脑这一躯体语言示弱。当你化装或化身为婢妾时，对方即使不是愉悦的，也是感觉安全的。怨妇固然会唤起士人怜香惜玉之情，更易唤起的却是一己身世之难言之隐。旷男怨女之情，对应的是孤臣孽子之心。

李白又有代言长诗《白头吟》，将陈阿娇、卓文君放在一起玩味。“此时阿娇正娇妒，独坐长门愁日暮。但愿君恩顾妾深，岂惜黄金买词赋。”“东流不作西归水，落花辞条羞故林。”“覆水再收岂满杯，弃妾已去难重回。”缠绵婉转，力不能支。

每个怨妇都有具体的无情郎，皇上却是臣下共有的“无情郎”。皇上，掌握最大权力的人，自然成人间最大情种，只有他能拥有对他人的绝对施宠权与无情权。既然集赐恩、赐宠、赐死诸权于一体，臣下以婢妾心态款待皇上就是必然。皇上的喜怒哀乐，就是臣子的荣辱升沉。龙颜一怒，谁不丧魂落魄。在代言诗中，士人有意无意间挑开了皇权政治与人性、性别交织而成的秘境。心有怨恨委屈，与皇帝威权展开对话却无可能，借卑弱姿态的代言，既向君王抛去一个幽怨的媚眼，又对政治与人生挫败进行一番咀嚼与宣泄。

宫廷类似一个争风吃醋的情场。失宠或得宠，是宫女与士人共同的刻骨铭心体验。失宠极似失恋，得宠极似获得“爱情”。绝对权力导致绝对腐败。皇上当然是一个绝对腐败的情种。他喜欢谁都是赐宠，抛弃谁都无罪错。

“臣”字的古义为奴，先秦已有“臣妾”并称先例——可是，我非奴，绝不为奴，我是大臣、重臣、名臣、帝王师。屈原、李白等历代伟丈夫无不这样想。人性求超越，生命要尊严。这是人性的伟岸所在。可是，怀揣帝师梦、名臣梦的臣子，若进入宫廷，往往不得不以妾妇之道侍君。若实际成了帝王师，亦必须以“奴在师前”为处君之道，否则，十之八九要遭殃。

士人的心理空间，就在帝师心态与婢妾心态之间展开。不能不再说一说屈原。“乘骐骥以驰骋兮，来吾道夫先路。”（屈原《离骚》）屈子流放途中，还在做君师梦，不是传授知识之师，而是政治导师。忠君如用情的屈子，所向往君臣关系类似“情人”关系。屈子既把自己想象为美人，又把怀王想象为美人，展开他上天入地“求女”的征程。我在《屈原：第一个独唱的灵魂》一文中说过：“后世文人臣子，特别乐于营造‘求女’这一借喻意象的传统，不能简单以为是对屈原‘求女’意象的效法。以婢妾心态对君王绝非屈原发明。”只要有宫廷、有宫廷政治，有绝对权力，就必有宫妒，有婢妾心态。屈子作为历史上第一位独立诗人，环境心境迫使他把这一隐秘情愫表达了出来。

中国诗歌源头经典《诗经》中，有不少天籁般美好的爱情诗。孔子并未将其解读为那是隐喻“臣思君”，后世“大儒”却这样读了，且成为标准“正能量”读本，通行上千年。对实在无法那样读的，就以“淫诗”待之。对质朴自然人性的围剿历史已很久了。除了民歌中的，古代极少真正的爱情诗了，多的是大男人的代言闺怨，且主流是以变态隐喻形式指向君王，妄想自己出现在皇上的春梦里。或相反。皇上永远不是你抗衡的对象。你对皇上的恨怒只能表达为爱恋幽怨。你并没有另一个可以奉献自己的对象，去重新布置你的生命格局，你只能不断“梦日边”，爱恋那个抛弃你的人。

李白与屈子皆堪称千古伟丈夫。李白有婢妾心态，却绝无可能做“言行一致”之婢妾。要是那样，行走宫廷亦不难。

一位心雄万夫、浪迹天涯、大言夸诞的天才诗人，却同时拥有缠绵悱恻幽隐哀婉的婢妾心态，这真是戏剧性极强的心灵奇观。“安能摧眉折腰事权贵……”这是诗人“蔑视权贵”的最强烈呐喊。李白在“蔑视权贵”与巴结权贵之间有很大的振幅，但蔑视是主流，巴结总有权宜之计的味道。——我要功名要地位，却做不来“摧眉折腰”这一婢妾之行。

与李白不同，有人能成功地将婢妾心态运用于生存。

唐人参加科举考试前，常以诗游说干谒权贵，期求考场之外的荐举，这种诗称“行卷诗”。行卷诗本质就是干谒诗。有一首中唐年间的行卷诗极有名。

洞房昨夜停红烛，待晓堂前拜舅姑。

妆罢低声问夫婿，画眉深浅入时无？

——朱庆馀《闺意献张水部》

朱庆馀向时任水部郎中的诗人张籍行卷，自比新妇，张籍则为夫婿。这不是代言了，这是活生生婢妾心态的呈示，易性化装表演，可谓毫发毕现。一位须眉化装成酥软可人的新娘，柔情万分地向另一位须眉大士献上缱绻“闺意”，皇权特色的士人“闺意”。

表达什么，有何要求，细腻柔媚，妙合无垠，双方完全不存表达与理解上的困难。能将婢妾心态收拾得如此精致乖巧，令人叹为观止。“女为悦己者容”巧妙转化为“士为悦己者容”。这诗呈给哪位上司都会令其愉悦。张籍享受到了被抚摸的愉悦，果然乐于为“新娘”游说，且长久关注朱庆馀。短短四句诗为朱庆馀的仕途经营立了一功。

反观李白那张牙舞爪的干谒诗文，就可看出，李白差不多只求自己痛快了，违背“上司愉悦优先”原则。猛兽对你不喜欢不放心，你想要的那块肉还不得越追越远啊。

朱庆馀一生只有两首诗名气较大，皆与隐秘“闺意”有关。另一首亦妙得很。

寂寂花时闭院门，美人相并立琼轩。

含情欲说宫中事，鹦鹉前头不敢言。

——朱庆馀《宫词》

宫女除了“含情”，一无所有。受宠是含情，失宠还是必须含情，“不敢言”则是永恒命运。不敢言者岂止宫女。诗人凭此两诗，竟亦产生了不朽效果，名传青史了。写出这等诗来的须眉大士，不知平时是怎么喘气的。嘴巴张多大，眼神怎么放，面对权贵或皇上该拿捏出何种表情？

皇权时代，不用想到君主，一念及上级，男人就会主动给自己装扮，把自己想象成急欲邀宠的新嫁娘。位在下者对位在上者示以婢妾之情，已具备政治正确作用了。视“每饭不忘君”为最动人道德的社会，婢妾心态、婢妾表情已是普适的、通用的。婢妾土壤生婢妾心态，婢妾心态生婢妾诗意，婢妾诗意流行于人际交往中，再自然不过。皇权天空下有多么浓厚的婢妾诗意啊。旧体诗词赋能表达许多东西，表达婢妾诗意似乎特别容易、特别来劲。

古士人，少有一对一爱情体验及表达。多情如李白，亦难觅此种消息。李白对女性，是欲多于情。柳永等放浪江湖文人，只与妓女之间才能呈现某种“疑似爱情”。若有士人张扬自己的爱情，反而可能是“政治不正确”。相反，你若将卑弱女子思恋情郎或无情郎的婢妾之情，化装移用于臣下思恋皇上，反而是稳当的“政治正确”。

有学者说闺怨代言诗出于诗人对女性命运的同情。这无异于隔靴搔痒。同情或许有，但极其稀薄寡淡。古士人普遍有写诗癖，他们的命运及心态决定他们必定会发现、会利用“闺怨”这片诗意沃土。这一因素远大于同情弱者因素。同时，窃以为，更本质原因在于，这是大男子主义的男权意识，对完全无权女性的进一步侵犯。无力、无胆反抗头顶强权，就以更弱的弱者为铺垫向强权婉曲“道情”，摇尾乞怜。数千年来，在从未把平等人权等价值观确立为社会追求目标的皇权社会，弱者仰视强者，更弱者匍匐于地，是普适规则。李白追求自由平等，只是追求权贵平等待他，让他过自由放旷的生活。李白注定失败。

皇权社会不少道德准则有违人性，但狎妓、买妾等行为却会受到极大的宽容。在歧视妇女为常态的社会，这好理解。只要坚守一颗“忠君”之心，就政治成熟，就犯不了大错。东方朔悟透了，用给武帝做弄臣换来的资金，一年一换妻，却赢得“大隐金门”的美名。这样三个词忽然在我脑海排成一行：牧民、御用、驭女。三个词皆表示上对下单向施加行动。好像在下者不是人，是某种物。皇上工作与放牧者工作近似，叫“牧民”，皇上使用人、使用物是同一件事，都是“御用”，皇上做那事叫“御女”，其他男人降格一等叫“驭女”，当然皇上做那事还有更光荣的专名叫“幸”。在皇权男权的天下，这些字眼间的内在联系太好明白了。社会从顶层到底层，只有单向行动，没有互动，不需要讲理的空间。以现代人类平等自由观念来对照，感到这三个字眼是多么丑陋可耻呀。道德及体制设计上把某个人、一小撮人捧到天上，实际上就必然导致所有人都难逃卑下龌龊，必然导致在下者向在上者奉献婢妾心态。

李白的婢妾心态不是最重的，朱庆馀也不是。若已成彻头彻尾的奴才，直接吮痈舐痔就可以了，不必费神写诗了。

在这片精心抚养皇上两千多年的土地上，皇上大多很悲惨——享乐着享乐着忽然就大难临头；皇臣喘气很小心——一心想做名臣重臣，最后往往成一心求御用的弄臣婢妾；皇民活得很纳闷——皇上除了收税，不让俺知道一点点事。

从谪仙人、放旷诗人李白身上竟读出婢妾心态。

无意作践李白。读屈原时，对士人婢妾心态已有强烈感受。反复研读李白，又得到进一步明确与印证。李白那些闺怨代言诗将我带入了一方秘境，由此想到更多诗及更多古人的复杂命运，产生了一种原来如此的感觉。李白将婢妾心态限于君臣之间，其实早就普适于天下了。李白对皇帝之外的权贵，绝对贯彻他“预防蔑视”原则。众多士人则远远做不到。

张炜在《也说李白与杜甫》一书中有此趣言：“今天我们不难看到这样的情形：有人一见到位置较高的领导，不知不觉眼泪就出来了。这在人世间是一种莫名的感动和依恋，似乎多少有点类似于接近异性的情愫。”这眼泪是否可说有当代闺怨诗的一点美妙诗意呢？张炜所说事例，一定有根据。在平等观念已经普及的当代社会，这种事例肯定不多。我就没见过。我见过另一事例。我村一朴实老妇人，面对电视屏幕感慨又忧心：“领导啊，您天天太忙了啊，别累坏了身子呀。”

读出李白的婢妾心态，并未影响我对李白的喜欢。在婢妾心态与伟丈夫之间，我看到了一个多色谱的不无恢宏的精神世界。婢妾心态不是屈子的错，不是李白的错。婢妾心态是专制皇权强加给他们的精神耻辱，亦是人性适应环境的异变。他们在那么艰难的环境里，写下了人性极其丰富辉煌的诗篇，那无疑主要根源于他们伟丈夫气魄的支撑。

心花怒放读李白

李白一个人，就是一个喧嚣的宇宙。我读李白的过程，就是李白在我灵魂里喧嚣不已的过程。对这喧嚣感受越深，读李白我越是心花怒放。

李白当世，最爱怜李白最清楚李白的人是杜甫。杜甫眼中的李白，却极可能是李白不认可的李白。

若能将杜甫、贺知章、宋若思、李阳冰、高适、元丹丘、高力士、杨玉环、李林甫、李隆基等最熟悉李白或与李白有过纠葛的几位大唐名人召集在一起，大家在平等自由气氛下谈一谈不在场的李白，或许能接近李白人性、个性的真相。

我就幻想读出、写出这样一个非李白眼中的李白。若李白忽然自盛唐到达这里，这君不君臣不臣的场面，会不会令李白遭电击雷劈一般晕死过去？

概括一下对李白的几项“结论”：1. 李白有强烈的“预防蔑视”心理。2. 李白是三重孤儿：政治孤儿，人伦孤儿，美学孤儿。3. 李白有婢妾心态。4. 李白认识自我的程度甚低。

我所谓的“结论”，并非从学理、学术角度言之。我重感觉，重表达，只追求在我自己这里通“情理”而已。

若把这个李白献给大唐李白，大唐李白必会大怒：李太白岂能如此不堪也？

李白属于“易激惹型”气质。激怒李白太容易了。李白不用“拔剑四顾心茫然”了，而是拔剑直指老夏了：我杀了你这个不通情理、大言不惭、猖獗欠揍的鄙陋后生！

我不用害怕。不论秦皇汉武，还是曹操李白，皆无杀死一个千年后鄙陋后生的能力。将古人颠来倒去翻来覆去打量，却成为后生的自由。“不恨古人吾不见，恨古人不见吾狂耳。”（辛弃疾语）对古衔有此恨者，不仅辛弃疾这一位后生也。想不到做个“后生”竟有此等好处。可是“后后生”亦会照此办理啊。看来，想赚古人便宜没那么容易。“后之视今，亦犹今之视昔。”王羲之从兰亭集会的一时热闹里，看到的却是永恒悲凉。天才正是易于预感到悲凉的人。李白最易于从热闹里瞬间坠入悲凉。

我有这样的看法与自信：社会形态、生活方式虽已天翻地覆，但人性古今无本质性改变。解读古人，需先存“知人论世”与“知世论人”的视野，避开“盲人摸象”的状态。没有哪个生命不是一定时空、一定环境里的生命。他们和我们是一样的人，一样伟岸或鄙陋。大诗人、大作家必有大时空。若不能在时代强加的时空里，创造出带有自己印记的精神文化时空，必非大诗人、大作家。

能把纯洁自然表达得如此强烈、醒目，史上很难找出第二人。读李白，若无进入“李白时空”的感觉，就不能说是读懂了。李白的视、听、思，格外生动、敏感、辽阔。

大道如青天，我独不得出。

——《行路难》其二

抽刀断水水更流，举杯消愁愁更愁。

——《宣州谢朓楼饯别校书叔云》

君不见黄河之水天上来，奔流到海不复回。
君不见高堂明镜悲白发，朝如青丝暮成雪。

——《将进酒》

安能摧眉折腰事权贵，使我不得开心颜。

——《梦游天姥吟留别》

李白打动人、征服人的首先是这类作品，这类诗句。我们何曾见过这样的诗？这能叫诗吗？诗韵、诗趣何在？意境、空灵何在？“温柔敦厚”诗教何在？似乎在赌气、在吵架、在骂街。忍无可忍，愤激至极，心乱如麻，怒火中烧。李白把自己喷出来，抛出来，扔到大街上，冲进宇宙里。不曾见过这样的咆哮。可是，这诗句到达我这里，却只有强烈的谐谑之趣了——你看看这个李白呀，真有趣呀，白发三千丈啊！李白在时光深处愤懑不已，我读来只有心花怒放了。我把李白“浅薄消费”了。我感觉，李白写完这等诗句，他实际就差不多是心花怒放状态了。

把李白气昏，气得写不出诗，没人能办得到。屈原的痛苦会部分化为我的痛苦，陶渊明的澄明会部分化为我的澄明，李白的痛苦却很难到达我这儿。李白你那份痛苦，也就三分钟热度。李白要求给他单独准备一份功名地位，一份人人皆享受不到的自由平等，权贵齿冷，皇上办不到。对总想搞点特权、特殊的这一李白特色，我也甚少同情。或者说，我看你，李白呀，你那些痛苦基本都是活该都是应该。

语言粗犷到似乎可称之为简陋。可是气象多么雄伟。像《将进酒》《行路难》《蜀道难》等最具豪放色彩的诗，在诗人的恣意驱遣之下，一场暴风骤雨式的语言运动会正在举行。李白把漂泊之美、江山之美表达到极致，把痛苦全变成诗。李白，这是一个时时蠢蠢欲动的谪仙人。每个字似都在蠢蠢欲动，都鲜活生猛，天昏地暗，荡气回肠。诗句长短错落，跳跃性极大，随手起灭，如触天机，诗笔落处，坠石滚雷，郁怒峥嵘，细审似语无伦次，齐观则气势雄浑。切出一句半句，亦能力抵千钧。

李白是怎么做到的？

这是李白的生命气象化合成的艺术气象。"太白纯以气象胜。"（王国维《人间词话》）一语中的。李白的灵魂波涛，发而为气象万千的美学宇宙。李白之前之后，无人成此气象。李白的"气象台"总是风云变幻。豪中隐悲，虽悲亦豪，输肝剖胆，惊世骇俗。说李白是"美学孤儿"，是强调其风格的难以重复。

李白的生命就是李白的痛苦。李白把他的生命打开。

心爱名山游，身随名山远。

——《金陵江上遇蓬池隐者》

燕山雪花大如席，片片吹落轩辕台。

——《北风行》

明月出天山，苍茫云海间。

长风几万里，吹度玉门关。

——《关山月》

这是一组相对平静的诗句，光风霁月与诗人个体精神在嬉戏，是壮美、优美相融、相洽的雄伟气象。李白所到之处，山水醒来，宇宙情深。

李白笔下常出现百尺、千尺、三千丈、千里、万里、几万里、九万里、九天、万古愁、万古情等词语，又常出现大鹏、长鲸、大江大河、雪山沧海等巨大意象，李白挥动诗笔，有似重新排布宇宙。“阳春召我以烟景，大块假我以文章。”（《春夜宴从弟桃花园序》）李白与大自然似能互相唤醒、点醒对方。大自然与李白相得益彰，李白陶醉于大自然时，两者便似都拥有了自由和力量。没有漂泊者、旅行家李白，必无诗人李白。李白会很快厌倦身边的人与景，李白一生都处在不断告别与接见状态。没有新人、新景、新经历，李白的“自我”立即就陈旧了。心血来潮的李白，总易遭遇大自然突如其来的召唤。李白似有天眼、天耳、天心。《蜀道难》《梦游天姥吟留别》等诗，是一种搅动宇宙般的强烈表达，惝恍迷离，纵横变幻，诗人生命与某种难以言说的异己力量在对峙。《关山月》《登太白峰》等诗，则似乎进入洪荒之境，抵达神话源头，宇宙边缘。

人来自大自然。人性越自由纯洁，越易与大自然共鸣。李白与大自然似有天然联系与信息交换。李白得江山之助，江山因李白而奇。李白将皇上江山化为他的美学江山。对诗人来讲，山水又是无数历史幽灵的承载者。古人凝望地理，常常就是凝视历史。李白不少山水诗，就是会晤山水里的那些“历史幽灵”。“携妓东土山，怅然悲谢安。我妓今朝如花月，他妓古坟荒草寒。”（《东山吟》）这是其中极特殊的一首。来到晋人谢安故地东山，在携妓纵酒的李白眼里，如花美妓，荒冢枯骨，不时幻化变灭。这是在会晤幽灵，更是叩问一己生存。明艳与枯萎，热闹与悲凉，既存在于一己生命，亦遍布历史与现实。

这是一个吞吐山河、包蕴日月的李白，又是一个细腻传神的李白。

花间一壶酒，独酌无相亲。
举杯邀明月，对影成三人。

——《月下独酌》

仰天大笑出门去，我辈岂是蓬蒿人。

——《南陵别儿童入京》

人生得意须尽欢，莫使金樽空对月。
天生我材必有用，千金散尽还复来。

——《将进酒》

小妓金陵歌楚声，家僮丹砂学凤鸣。
我亦为君饮清酒，君心不肯向人倾。

——《出妓金陵子呈卢六》

不论激越还是安静，忧伤还是喜悦，李白都是透明的。“对影成三人”，月光似能透视李白了。“仰天大笑出门去”，李白连庸俗都是纯洁透明的。

唐人有较高透明度，较易袒露自己，乃至不怕露丑。“朝扣富儿门，暮随肥马尘。残杯与冷炙，到处潜悲辛。”（杜甫《奉赠韦左丞丈二十二韵》）杜甫毫不讳言奔走权门的辛酸与狼狈。韩愈坦言，与孟郊相比，自己黠滑，混世能力强。李白当然更典型。李白对不透明，怀有天然的敌视。在《出妓金陵子呈卢六》这首诗里，不论李白怎么努力，这个卢六就是不肯对李白敞开心扉。李白大为扫兴：这酒白喝了，这歌白唱了，这美妓白出场了。不欢而散。在李白面前，如果坚持做一个不好捉摸的“闷葫芦”，是对李白的最沉重蔑视与打击。面对一个把心脏挂在胸膛外面的人，却把自己搞成一个别人猜不透的闷葫芦，是不是有点不道德？谁知道你葫芦里卖的什么药。

喜欢李白，是喜欢他的纯洁自然。李白的纯洁是混沌式的纯洁，是生命本来就有的样子。可是，应世的结果，人们往往不得不放弃纯洁。人们基本把那样的生命忘了。

我在“十年浩劫”时代度过小学及中学的大部分。那时，老师及各种读物总忘不了告诫你警惕一个消极颓废的李白，就怕祖国花朵中李白的“毒”。李白有何毒？当时就想：是不是让人快乐，让人情不自禁就是中毒呢？那我可中毒不轻。

从李白诗里，我从没读出通常意义上的消极颓废。相反，李白是我医治消极的良药。李白那颓废就是怪，我从中就是感受不到消极的影子，不但不让你消极，还让你跃跃欲试，心花怒放。道理何在？

“白发三千丈，缘愁似个长。”诗句如此狂放，这还是愁吗？这是愁的赞美诗了。“白头搔更短，浑欲不胜簪。”（杜甫《春望》）这才是真发愁啊，头发都快愁没了。“我且为君槌碎黄鹤楼，君亦为吾倒却鹦鹉洲。”（《江夏赠韦南陵冰》）李白写此诗时已六十岁了，病体支离，英雄末路，落入人生最低谷，愤激颓废之情昭然，却英风豪气逼人，风流倜傥依旧。

说李白消极颓废并非瞎说，李白许多话的意思明明就是颓废。可是，李白的消极颓废，气势非但不是下沉的、灰色的，而是昂扬的、明亮的。李白诗给我的主体感受永远是积极，是解放。李白的消极十分积极，李白的颓废生机勃勃。“天生我材必有用……”这咆哮十分浅白，却被人们喜爱了上千年。深邃之人、单纯之人皆喜随口诵之。诗句蕴含着永远为我们所需的东西。人活着，该有一份自信，哪怕是有些盲目的自信。“李白的价值是给人以解放。”（李长之语）古人是认识不到这一点的。有欢乐时，李白自然能欢乐，没有欢乐时，创造欢乐也要欢乐。不得不颓废时，他甚至以颓废为乐。这么说吧，李白的魅力在于，他的颓废堕落十分真诚。李白向这个世界贡献他摧枯拉朽般的宣泄，我以李白的宣泄为宣泄。

李白无屈原的道德高度，无陶渊明的澄明隐逸，无苏轼的洞察浑厚。李白的伟大，在于他的纯洁简单。他的纯洁之所以动人，是因为那不是打扮修饰出来的。

李白是长江水，李白是宇宙月，李白是一棵树，李白是一朵花，李白是一场豪雨，李白是一阵天风。

读李白我心花怒放。

有关或无关李白

儿时即喜欢李白，可是迟至五十开外才能拿出较多时间系统研读李白。对具体作品的喜欢状态，发生了不小变化。儿时喜欢的一些作品，现在可能不太喜欢了。或者相反。我不能肯定自己是否老了，可以肯定的是，一千多岁的李白未老。若把人类看成是成长的，我只能承认，古人比我们年轻。对我感兴趣的一些历史人物，进行略显深入的研读之后，我确实感到：屈原、司马迁、陶渊明、辛弃疾等都比我们年轻。曹操诡计多端，却亦不比我们老。李白可算是最具青春气息的古人。

我们似乎很容易忘掉自己的青春、青春梦想。

对规划已久的研读古人系列，终于可以沉潜其中了。自以为勉强算是个读书人，却一生缺少系统深入的研读，需要补课。列入读写规划的首批古人有十多位，拟半年左右读写一位，所写文章长度每篇在两万字上下。对我来说，悬一个写作任务，方能使读书深入下去。

读写李白达半年时，感觉该结束了。按写前几位人物的习惯，将初稿放一放沉淀一段时间再作修订。开始研读下一位历史人物了，却无论读啥都想到李白。这个李白真不是好惹的。李白把他在大唐的喧嚣强行施加给了我。我只好回头。时至今日，纠缠于李白竟然已达一年，文章字数亦远远超出规划。

读李白陷入欲罢不能境地，这大约可以归因于个人文学趣味。似乎又不尽然。透明的李白，在他活蹦乱跳的一生里，把自己与世界的关系，搞得相当独特又复杂。千余年后，他与这个世界的关联仍然一言难尽。

李白当世及后来，杜甫对李白所产生的理解与投入的情感，再也无人能仿佛一二。我却生此妄想：我笔下的李白，应当要近似杜甫眼里的李白。担荷道德人伦重负的杜甫，激赏并深刻同情放旷飘逸的李白。我却无任何负累，只求能尽量体会古人之心，只求能享受读书之乐。

对这期间围绕李白涉猎的有些著作或人物，择重要者略作梳理。

李杜关系是千年话题。当然亦是此文话题。1971 年，在出版物极少的大环境中，先后有两部书隆重出版。一部是郭沫若著《李白与杜甫》，一部是章士钊著《柳文指要》。后者在领袖一再关照下，才得以出版。李白与柳宗元，都是领袖喜欢研读的古人。领袖喜欢的古代作家，一般都极具个性。两书的写作与出版，都深度关联领袖思想与读书趣味。近年，作家张炜有《也说李白与杜甫》出版。这书纯是出于个人趣味喜好了。显然，书名是对郭氏著作的照应与区分。

《李白与杜甫》是特殊时代特殊作家的特殊作品。因读物极匮乏，该书成为当时不少人的精神食粮。不愧为天才学者、诗人，郭氏提出的不少观点至今仍为众学者所认可。我在“文革”结束之际，2000年前后及现在，已屡次阅读使用该书。第一次读，懵懵懂懂；第二次读，颇觉滑稽；这次读，滑稽之外，酸酸辣辣。作者一反千年抑李扬杜的传统，极力扬李抑杜。说杜甫是反动地主，证据竟是杜甫“卷我屋上三重茅”“恶竹应须斩万竿”等诗句。郭氏说，杜甫家茅草要盖三层之多，冬暖夏凉，那多豪华，生长万竿竹子少说需土地百亩——杜甫的诗就证明杜甫必为地主。一个学养深厚且极聪明的人，这是怎么了？是不是暗含期待“后生”能够读懂的反讽、抗争或言外之意？

细审作品，并联系郭氏晚年其他作品及言行，只能作出否定回答。不必苛求郭氏，更不应贴标签谩骂。这是人类的一个非常时代。众“士人”早已魂飞魄散了，郭氏等身居高位的“士人”更不必说，不主动自觉进入什么都可放弃的状态，断无生存的立足之地。一个人，一个曾狂放、曾明朗的人，把青春梦想等全都放弃了。基本只能被彻底改造为“政治动物”了。现代人，展示了比古人更大的人格振幅。

张炜的《也说李白与杜甫》系演讲整理稿，带有娓娓道来的口语特点。这是一种不可多得的作家视野与感受，开阔自由与细腻诗意俱备，能给我学术著作不能有的触发。有大量篇幅谈及《李白与杜甫》，对郭沫若尽可能付出“同情的理解”。张炜另有同类著作《陶渊明的遗产》《楚辞笔记》，皆达有识有趣之境。以小说创作为主的作家，有此系列作品，令人称奇。张炜不愧为大读者大作者。张炜、莫言是从齐鲁土壤走出来的大作家，他们以不同的文化神色面对世界。

《道教徒的诗人李白及其痛苦》是学者李长之（1910—1978）一本仅有数万字的小册子，初版于1939年，系作者青年时代的创作。该著有学术质地又弥漫着青春诗意，视为文学作品似更合适。李长之读出了一个现代青年、现代思想文化视野下的青春李白。将此作看作对李白展开现代解读的开山之作，似不为过。从人性、青春、生命角度入手的解读，对古人那种灵感式的零星解读形成非凡超越。20世纪末，我在西域喀什噶尔度过三年时光，此书陪我跋涉过千山万水。我十八年前旧作《在西域读李白》，受此著启发最大。

谁能感觉古人疼痛？谁会感到愧对古人？

当代李白研究专家或兼及李白研究的学者，数不胜数，著作极多。罗宗强、裴斐、杨义、查屏球、袁行霈等学者著作，都能给我或轻或重的刺激。无感情，不学问。真学者、大学者，其学术必能突破"学术套子"，打通诗意。终身潦倒的李白遗泽于千年"后生"，为成百上千人提供了工作岗位乃至某种社会地位，亦为更多人提供了大放厥词的机会。不容讳言，有大量论文或著作味同嚼蜡。对李白的戏说消遣类作品，当然更不必提了。

我依赖这三种基础性著作：当代学者安旗主编《李白全集编年笺注》，裴斐、刘善良编中华书局版《李白资料汇编》，清人王琦著《李太白全集》。李白不少诗系年困难，安旗编年本填补了空白，对我这种水平有限的读者帮助不小。

日本学者松浦友久《李白——诗歌及其内在心象》（张守惠译）及《李白的客寓意识及其诗思——李白评传》（刘维治等译），能提供近邻域外学者的李白观感。松浦友久对李白的温馨亲切感是强烈的。

福柯《不正常的人》（钱翰译）和马斯洛《存在心理学探索》（李文湉译）等西方哲学、心理学著作，对我理解李白产生了意想不到的触发。李白是国际性最强的中国古诗人，其个性置于西方文化视野下似更易理解。李白个性可为现代心理学、心理分析提供研究样本。

李白文学传记极多。浏览了一些，未发现有能与李白个性光彩相匹配的作品。不论我参考著作为何，我只追求文学解读与表达。本人无意亦无能于学术。

说李白之前之后皆无李白式人物，是极而言之。条件宽些，还是有的。唐寅、龚自珍等就有李白影子，只是个性、才气强度弱于李白。当然，人都是时代大环境限制的结果。想到《红楼梦》里的贾宝玉。在颟顸、痴情与纯洁这方面，李白与贾宝玉有较多相似之处。贾政不喜欢这个儿子，一心盼顽劣儿子转变。贾政代表社会主流，贾宝玉是异常或异端。贾宝玉很清楚这一点，他从不冒犯“光荣正确”的父亲。他清楚父亲想改造他，而他知自己不可改造。他比父亲高明之处是，他完全不存改造父亲之念。贾政来了，他百依百顺，贾政离开，他立即回复原形。

当代有无李白式作家诗人？若勉强找一个，只好把莫言拽出来。莫言是有些混沌气象的，是可以在名字前加上几个形容词的。

一个饱受饥饿之苦、潦草粗粝的乡巴佬胃口，竟神奇变化成强悍的文学胃口。莫言这代作家基本是“饿”出来的。李白“哆如饿虎”，令人想象不已。天才似乎往往呈现某种饥饿之状。梵高、尼采、普希金等天才即如此。莫言那吞天吐地般的叙述洪流，那饕餮般的声色感觉组合，总令我想到他对儿时忍受的饥饿耿耿于怀。莫言进入了对这一文化传统来说相当陌生的叙述世界，生猛、狂野、恣肆、泥沙俱下，令人瞠目。生机与污秽同在，陌生转化为鲜明。许多人对莫言的“污秽”不适应。事物正是如此——诞生的东西越多，污秽越多。莫言似打开了一个别开生面的感觉系统，多少有点“天外来客”的味道。他其实就是从我熟悉的土坷垃缝隙里爬出来的。

将莫言“抚养”成人的因素有哪些？似乎一言难尽。《百年孤独》的那一点点养分，分明就是将莫言点铁成金的魔棒。乡巴佬顽劣天赋一下子开窍了。若说“李白的价值是给人以解放”，我以为，莫言多少也具备点“解放”味道，起码有点“文学解放”功能。

余风激兮万世

读安旗编年本至李白暮年，我的心悬了起来。明知李白已弃世千年，却感觉李白将重新死一回。

面对亢奋不已，却不知已近生命终点的李白，不禁替他着急。

看了数十年月亮的“炯然眸子”，即将无可奈何熄灭了。我在心里说——李太白呀，不要瞎折腾了，你的时间已不多了。旁观或俯视古人——这是一种不无残酷的阅读体验。不过，我已说过，“后生”的这一时空优越感是虚妄的。

让李白不折腾是不可能的。

755年底，安史之乱爆发。光鲜盛唐瞬间成为腥风血雨的战场，万家灯火转入凄惨暗淡。大唐浪漫气息虽未一扫而空，皇权神经却已变得极度敏感紧张。那些面临权力洗牌的群体，当然会首先骚动起来。宫廷更是核心。历代皇室每届此时，除了面对无穷挑战，自相倾轧残杀往往不可避免。

乱世来了。李白一面忧心如焚，一面又精神大振。自四十四岁至今，漂泊江湖又十余年，妄想中的宏伟政治抱负始终未获施展。从前，以皇上赏识为开端，尚不能有所作为，应对乱世，李白有何高明手段?

李白终身持舍我其谁气魄。将此用于写诗或许有益无害，李白却迫切地用于政治。这是李白式悲哀。最悲哀的是，晚年李白竟有了将这气魄狠狠使用一回的机会。等待他的只能是政治上的灭顶之灾。

756年底，隐居庐山以观时变的李白应召加入永王李璘幕。

三川北虏乱如麻，四海南奔似永嘉。

但用东山谢安石，为君谈笑静胡沙。

——《永王东巡歌》其二

试借君王玉马鞭，指挥戎虏坐琼筵。

南风一扫胡尘静，西入长安到日边。

——《永王东巡歌》其十一

李白感觉在政治上沉沦实在太久了。这位五十六岁的“老兵”，一入幕即吟咏不绝，斗志昂扬。李白以为“天降大任于斯人”的时机来了，终于可以做谢安、诸葛亮了，终于可以发挥他那“挽狂澜于既倒”的不凡能量了。

可是，就在此时前后，不少人审时度势，选择脱离永王或直接拒绝其征召，还有不少人起兵反抗永王。

乱世必催生投机心理。权力核心的皇子皇孙更难免。穷乡僻壤亦不乏做皇位大梦者。大乱始发，玄宗仓皇南逃成都。玄宗第三子太子李亨、第十六子永王李璘奉命分别平叛。756年七月，李亨在灵武即位，是为肃宗，玄宗无奈成为太上皇。该年十一月，李亨诏命李璘赴蜀见玄宗，李璘抗命，擅自率军东巡。李白这组《永王东巡歌》就写于途中。这时李璘已被新朝廷下旨废为庶人。新朝廷组织力量讨伐李璘。不知李白知还是不知，讨伐李璘的主帅竟然就是李白的老朋友大诗人高适。此时高适身份为淮南节度使。第二年二月，李璘兵败被杀。仅数月，李白即由云端跌入泥潭。李白入李璘幕之际，正好是李璘被宣布为“叛逆”之时。

李白昧于天下大势，再加上信息传递速度等原因，直到最后关头，也未有脱离李璘、挽救自己之举动。李白天真，世界却不天真。

李璘在大溃败中为人所杀，肃宗李亨事后却追究杀掉李璘的人。后来，皇室又为李璘昭雪，并抚恤其后裔。想到李白亢奋成那样，的确有些可笑。李白“没头脑至于此地”（朱熹语）。指责李白政治糊涂甚容易。我亦如此。试说句公道话。暗箱政治面前，透明李白必无能，必屡遭失败。说李白政治智商低，应联系皇权政治环境。若有公开透明政治，李白或许未必不堪一击。

皇权面临大乱或改朝换代时，众皇子皇孙生投机心理不奇怪。士人生某种投机心理，亦属正常现象。李白有无投机心理？掂量李白一生、反复研读李白从璘前后作品，结论难下。现当代人往往把李白从璘说成出于“爱国热情”，太苍白太轻巧了。古代少有人持此说。大多如朱熹将李白此举看作“没头脑”。说李白有投机心理似太冷酷，说绝无投机心理也乏说服力。这样说吧，李白即使有投机心理，也只能是最天真、最拙劣的投机者，是绝无成功可能的投机者。透明单纯的李白，因浑浊皇室斗争而受累，这应是基本事实。

李白被囚浔阳狱，绝望中幻想老友高适援手。高适小李白数岁，是公认的边塞诗高手，诗风骨气峥嵘，风靡当世。狱中李白数次辗转献诗高适，不惜吹捧对方。高适不予理会。高适读老友李白献诗时的心情怎样，难以揣测。曾任讨璘主帅已为朝廷重臣的高适，取如此态度在情理之中。对李白的打击却无疑极为沉重。“好我者恤我，不好我者何忍临危而相挤？”（《万愤词投魏郎中》）李白狱中这一咆哮，必定亦指向高适。“预防蔑视”心理极重的李白，这回在已成权贵的老友这里，彻底体会到了被抛弃被蔑视的痛苦。李白与他人形成政治分野，真是太容易了。

李白入狱半年多后，被行军至此的中丞宋若思解救出狱。乍脱牢笼，又思功名。撰写《为宋中丞自荐表》，幻想新皇上给他点功名。李白为宋若思想出了这样的话："岂使此人名扬宇宙而枯槁当年？"皇上不给我李白这样的天才功名无道理呀。他不知，新皇上现在只是把他放在是杀还是留、是系狱还是流放之间来掂量了。出狱不久，李白又被重新定罪长流夜郎。"枯槁当年"的命运看来难以改变。757 年底，李白踏上流放之途。759 年初，因天下长久大旱，朝廷精神紧张，特赦天下。走了一年多，还没走到夜郎的李白，侥幸遇赦。流放途中，李白吟咏不绝。流放，那似乎是李白的另一种漂泊方式。

李白自由了，生命终点却就在眼前了。李白好像在抓紧使用他的最后时光，继续漂泊不止。看一看李白最后这几年的心情。

> 苟非其时，贤圣低眉。况仆之不肖者，而迁逐枯槁，固非其宜。
>
> ——《与诸公送陈郎将归衡阳并序》

> 天地再新法令宽，夜郎迁客带霜寒。
> ……
> 我且为君槌碎黄鹤楼，君亦为吾倒却鹦鹉洲。
> 赤壁争雄如梦里，且须歌舞宽离忧。
>
> ——《江夏赠韦南陵冰》

在过山车般地激烈跌宕中，李白十分惊险地来到了六十岁。能活下来，已属侥幸。诗才、诗名该能起到一定地救命作用。欲对李白动刀俎者，不能不掂量此人诗名之大。“世人皆欲杀，我意独怜才。”杜甫感慨的就是李白此时境况。这一年，李白写诗甚多。李白极罕见地显露出反省意识，有认命味道了。“夜郎迁客带霜寒”，可是，即使“霜寒”在身，创伤沉重且无法疗救，诗人却雄心犹在，放旷依然。破碎的雄心仍是雄心啊。

予非《怀沙》客，但美《采菱曲》。
所愿归东山，寸心于此足。
——《春滞沅湘有怀山中》

梦见五柳枝，已堪挂马鞭。
何日到彭泽，狂歌陶令前？
——《寄韦南陵冰》

屈平辞赋悬日月，楚王台榭空山丘。
……
功名富贵若长在，汉水亦应西北流。
——《江上吟》

我李太白不愿成为赋《怀沙》而自沉汨罗的屈原。我愿追随谢东山（谢安）、陶渊明那样的隐士。

从功名角度看，“枯槁”此生，已成定局。兼济无望，独善成空，作为追求目标的人，李白一个目标也未能实现。折翅大鹏怀着巨大缺失感面对末日。那么，以何为终极安慰？“万言不值一杯水”悄然转化为“屈平辞赋悬日月”，从前不以为然的诗才诗名，成为抗衡权贵抗衡生存虚无的唯一砝码。拒绝屈原那样的宿命，却不能不以屈原名贯宇宙为安慰、为标杆。对一直期待却始终不能兑现的世俗功名富贵，只好再彻底蔑视一回。

愿雪会稽耻，将期报恩荣。
半道谢病还，无因东南征。
天夺壮士心，长吁别吴京。
——《闻李太尉大举秦兵百万出征东南懦夫
请缨冀申一割之用留别金陵崔侍御十九韵》

762年秋，闻太尉李光弼出征东南消息，六十二岁的李白竟不顾老迈，强行上路，无奈半道病还。全诗三十八句，标题竟长达三十八个字。一个病体支离的诗人，一个长得令人惊心的标题。这标题宛如一根长鞭，悬在现实与历史里。李白知已届残生，欲把自己最后狠狠地使用一次，不惧死在征途。却不知此生只余数月光阴了。

我一直不用爱国与否来评说李白。对广大士人来说，爱国情感是不必讨论的。拿爱国标签一贴了之，实在是过于省事的解读。皇权之国爱起来不是那么容易的。所谓“忠君爱国”，“爱国”的结果却可能是犯下“不忠君”的死罪。这样的例子太多太多。涂炭生灵的大动乱还在持续。李白以刑余之身，负无法洗雪的耻辱，一颗执着的心冒出的却只能是虚火了。这首长诗里，李白不再说功名，不再说仙、道、侠、隐，只说他对天下的忧虑，只说对不能再使用自己的终天抱恨。李白这是纯爱国了，而爱国又是为“报恩荣”。一无所有的李白仍然以为，皇室、国家对他是有恩的。“天夺壮士心，长吁别吴京。”可怜“谪仙人”，只余一声长叹。

一声长叹，再接一声长叹。数月后，到达终点的李白，以《临路歌》诀别此生此世。《临路歌》是李白特色的遗言与叹息。李白的终点那里，无仙、无道、无侠、无隐，只有一只中天折翅的大鹏。

我就担忧，到达人生终点的李白，仍用成仙成道之类妄想来逃避他的“自我”。若那样，我这“后生”会为之生更多悲凉。感谢李白，他虽没有活出他向往的活，总算基本活明白了。

> 大鹏飞兮振八裔，中天摧兮力不济。
> 余风激兮万世，游扶桑兮挂左袂。
> 后人得之传此，仲尼亡兮谁为出涕？
> ——《临路歌》

大鹏、八裔、中天、力不济、激万世、游扶桑、挂左袂、孔仲尼、眼泪……

大鹏中天折翅了，李白把那骨头一根一根扔出来，扔给当世，扔给千年之后，扔给我。我捡起一块，嗅到了大鹏的生机与气息。多么生动多么传神，多么雄伟又多么苍凉啊！

李白出蜀后，以《大鹏赋》作为他的青春宣言，从此始终以大鹏姿态傲岸地且行且吟走过此生。李白在《临路歌》里说：大鹏不是老了，是中天摧折了，大鹏永远是青春大鹏，我李白永远是青春李白。

呐喊过“我本楚狂人，凤歌笑孔丘”的李白，临终却以孔丘映衬自己，寻求最后安慰。李白走得那么远，仍回归孔儒——当世无“泣麟”孔子，也就无人为我李太白流泪了。可见，放旷如李白，基本人格仍是“儒家人格”。李白承认自己失败了，但自负自豪依然。折翅的大鹏仍是大鹏，失败的英雄仍是英雄。李白的震撼力、伟力在此。“余风激兮万世”，失败的李白却相信自己必进入不朽行列。“千秋万岁名，寂寞身后事。”（杜甫《梦李白》）杜甫早就看清了李白这一宿命。这是天才们的共同宿命。

项羽自刎前，绝唱《垓下歌》。项羽、李白，两个失败又单纯猛烈的英雄。项羽给我们送来远古英雄的气息。李白则是中古时代最具浪漫英雄气息的大诗人。这种气息哪里去了？为何世上再无李白？

司马迁退却至幽深历史里，以史笔实现其看上去几乎不可能实现的人格尊严；陶渊明退却至田园，以寂寞田园隔开无道人世对他人格的无情伤害。李白不知退却，亦不能“进步”。李白将自己放大再放大，放大成磅礴云天的大鹏。这大鹏却永远笼罩在一面广漠虚无之网里。生存总是用琐屑、萎靡、渺小来折辱他，消耗他。他在这个地方咆哮一阵，到另一地咆哮一阵，一直咆哮至人生终点。在终点处，李白以折翅大鹏的低沉咆哮，宣告他结束演出。

李白这一颗心，无人能照顾。他人能安抚、照顾的心不是大心。大心谁也不能照顾。司马迁、陶渊明等只有自己照顾自己。李白有颗大心，只是他照顾自己的能力太差了。

李白呀，你这一生，就是“无用”的一生——你不堪为人所用。从来是这样：一些人渴望被使用，一些人不能不被使用，极少有人能恰当地使用自己、完成自己。一切皆成空的李白，最终勉强把写诗当成一件有点价值的事了。仅就写诗这一点来说，李白呀，你就算是个稀有的使用自己并完成了自己的人吧。你对自己此生很不满意，我替你感到基本满意。李太白，你没再多费一点力气，仅以你的作品就陪我走了很长的人生之路了。我念叨你可不少。别老觉得吃亏，别老觉得遭嫉恨。

出发点是大鹏，终点是大鹏。李白是不改初衷的典型。这初衷里有人性的纯洁，有赤子的透明。中国文化史中，庄子的哲学大鹏化为李白的诗性大鹏。

尾声是漫长的传奇

李白之后数十年，中唐大诗人白居易来到李白墓前。

采石江边李白坟，绕田无限草连云。
可怜荒垄穷泉骨，曾有惊天动地文。
但是诗人多薄命，就中沦落不过君。
——白居易《李白墓》

李白的命运，令有点功名有些世俗福气的白居易大发感慨。

除了高官厚禄，大唐人间所能经历的生活，李白都经历了。非凡诗才，傲岸人格，漂泊天下，携妓纵酒，千金骏马换小妾，黄金散尽交不成，纸醉金迷梦一场，快感痛感的极致，江湖宫阙的跌宕，等等，李白都近乎自然地去经历了。皇帝视为家业的无限江山，成为承载李白惊世骇俗诗文的容器，成为供李白双脚驱遣的浩荡精神马队。没有比李白游历更广的诗人。李白把一辈子活成了几辈子。

李白始终拒绝生存所需要的成熟。妄想，失败，再妄想，再失败；狂热，虚无，再狂热，再虚无。李白如此走至生命终点——这样概括李白一生有点冷酷。斗志昂扬的一生，猖狂荒诞的一生，沮丧不已的一生，丰富多彩的一生——这样概括可能比较周到。李白与我等庸人一样，亦清楚人前显赫当世富贵是好事。但若需付出太多，需自我折辱或忍受他人折辱太多，那好事你要还是不要？这是个问题。司马迁、陶渊明等自觉不要了。李白终身都想要那好事，但不能改造、不能折辱的人格、个性决定，他就是要不到。

权力，皇权时代极具魅惑力的权力，既是李白无法进入的堡垒，亦是终生无法走出的围城。大约正因如此，李白的其他各项表演才达到极致。

在其当世被人蔑视或被人同情的李白，却很快成为“传奇李白”。李白之后，关于李白的传奇，比李白的人生长十倍百倍。李白的尾声，是绵绵不绝的传奇。在传奇里，权贵们甚至皇上，竟然都充当了为李白喝彩的看客、观众。

李白已离去的世界，人们让李白一再复活。各地不断有仙人李白出没的消息。李白足迹到过的地方是这样，没到过的地方也这样。这类似西方关于神的传奇。李白生时传奇色彩已甚浓，人们却嫌不够，非让李白比他真实的人生更加传奇。人们无视李白终生沦落这一事实，传说里的李白总是光鲜无比。李白已经很极端了，人们却让他更极端。力士脱靴、贵妃捧墨、御手调羹等，不但成了真事，还不断变得更丰富更生动。高力士、杨贵妃这等权势人物，在李白面前一再颜面扫地。连皇上在李白面前都乐不可支、嗫嚅失态，几近小丑。在极端潦倒中弃世的李白，传说中却成了入水捉月而去的李白。

在传奇里，人们让“幽默权”倒过来了。人们为何需要这样一个李白？

李白之前无李白式人物，之后亦难觅踪影。原因可列出很多。李白式极端个性不利于现实生存，人们会自觉抑制性格中的“李白因素”。这或许可看作主因。我们都明白，不能把自己心中的“李白”放出去捣乱惹事。动物都知采用或隐蔽或佯攻或迂回等策略，去捕食或躲避敌人，李白就知一个劲大喊：你快给我，你应该给我，你必须给我。这样的“李白”确实不能轻易放出去。“就质论，他其实是和一般人的要求无殊的，就量论，一般人却不如他要求得那样强大。”（李长之语）我极认同此观点。每一个正常人，性格中皆有或轻或重的“李白因素”，人人精神深处都有一个李白在。李长之又说：“李白的价值是给人以解放。”我们仅仅朗诵一下“天生我材必有用”等李白那些直白诗句，即使没有获得自信，也能得到宣泄。为了生存，为了利益，我们总是选择放弃傻劲、放弃痴情，乃至不惜放弃更多。

喜欢李白，就是喜欢一个活生生的人，就是喜欢你自己。

权势的威压是实实在在的。时时感受着权势威压的士人，会产生蔑视权势的心理需求。距离权贵遥远的芸芸众生，亦无法拒绝无远弗届的权力压迫。借神化李白、让李白代替自己去折辱戏弄权贵，便成为一种共通的心理需求。自怜又自重的士人，很容易相信并渲染李白传奇。李白越狂放越傲慢，我才越解恨，越痛快。这对士人的“婢妾心态”，可算是一种矫正与缓释。聪明如苏轼，竟亦相信力士脱靴等传奇是真事。

效法杜甫较安全，效法李白较不安全。皇权时代，抑李扬杜一直是主流。到了现当代，喜欢李白的多了。这与现代社会人性得到较多解放尊重是一致的。中国古代难觅李白式人物，雪莱、拜伦、惠特曼、尼采等西方天才人物所表达出来的魅力，给人的透明感，却似乎能与李白相通。人类一定有一把可以共用的尺子。

人在本性上是不愿透明的。遮掩、粉饰是常态。今世所谓隐私权，就是对此本性的保护或屈从。有人借隐私权，掩盖其肮脏勾当，这是开放社会不得不付出的代价。李白的丑陋，我们不但难以避免，甚至有可能比李白更丑陋。李白的纯洁，却往往难以成为我们的纯洁。李白的纯洁是不自觉的纯洁，混沌的纯洁，赤子的纯洁。任何社会形态似乎都不缺复杂、不缺肮脏，却极可能缺纯洁、缺透明。

李白是西方译介作品最多、知名度最高的中国古诗人。李白是能通向现代、通向未来的。李白现象，首先是一种生命现象、艺术现象。李白在中国皇权时代罕见地张扬了个性奇迹。李白并无为众人争自由平等之念，他只求一己的自由，只妄想权贵平等待他。这已经是了不起的伟大。可以说李白的德性境界不高，但李白的宝贵价值没有任何一位古人能够替代。

不能不再说龚自珍。已痛切感受到现代文明冲击的龚自珍，却天才地意识到了李白身上的先秦气息。“庄屈实二，不可以并，并之以为心，自白始。”（龚自珍《最录李白集》）庄子倡自然天性，屈原则奇丽诡谲。在李白那里，他们统一了。

李白以一个赤子形象，十分顽劣十分鲜明地站在中国历史的中间地带。似乎在完成一种提醒。中国不能无李白。世界看到了李白。千年李白仍是当代新星。

李白来过了，中国就成了李白来过的中国。李白似乎可以启示或证明，老迈皇权的中国之外，还应有且会有一个青春中华。

司马迁：在肉身与灵魂之间

中国历史上有两个受了大委屈的男人——屈原、司马迁。

“魂一夕而九逝。”（屈原《九章·抽思》）屈原始终有强烈的被抛弃感，一夜之间离开躯壳九次的灵魂要到哪儿去？到楚国国都郢都去了。屈原投水自尽是绝望后的自我抛弃，也是对被抛弃命运的无奈反抗。

“是以肠一日而九回……”（司马迁《报任安书》）是何缘故使司马迁陷入肝肠寸断、痛不欲生之境地？是耻辱，是撕裂躯体、深入灵魂的耻辱。以受宫刑为标志，司马迁的人生判然分为两截。司马迁亦被抛弃了，且是更彻底地抛弃——他成了“非人”。一把耻辱之锯，拉扯着他的肉身和灵魂。他晃荡着残躯，带着一个难以安抚的巨大创伤，激愤又冷酷地登场。

司马迁把自己活埋在那个张牙舞爪的盛世，《史记》就是他的坟，他的墓志铭。司马迁以超常心力，突入历史的纵深地带，亦突入人性的纵深地带。

宫刑，是活人所能经受的最沉重身体创伤和精神镇压。恶心，不仅仅是对自己残躯的恶心。历史与现实的令人恶心之处，亦正是令司马迁恶心之处。他怀着这样的恶心感度过残生。

义气深重的司马迁，义气深重的《史记》，不仅能触动你的心灵，甚至能触动你的生理。

他本在盛世跑龙套

不知其人，视其友。

——《史记·张释之冯唐列传》

历史一直在说汉武帝时代是一个非凡盛世。司马迁的奇崛人生历程，基本与这个时代相始终。

人是历史动物。把自己安顿在历史里，是人类由来已久的精神需求。汉武帝时代，中华民族已积累了丰富的历史经历。而历史文化最丰富的家族，就是司马迁家族——司马氏世代为史官。

汉初崇尚道家的无为而治，饱经战乱的社会得到休养生息。第五位皇帝汉武帝刘彻接手的是一个富于生机、野心勃勃的庞大帝国。这个帝国，差不多可说就是从前士人所说的“天下”。先秦时代诸子百家所向往的天下一统局面，似乎是实现了。

看看这样一个时代，容纳了些什么人物。

一号人物当然是刘彻（公元前156—前87）。刘彻十六岁登基，在位逾半个世纪，将汉朝推至鼎盛，寿命长，威势重，能量大，阴影亦大。元鼎四年（公元前113年），刘彻出巡至河东郡（今山西夏县），郡太守想不到皇上突然来了，供给保障措手不及，急得以自杀来逃避。司马迁以十一个字实录此事：“河东守不意行至，不办，自杀。”（《史记·平准书》）第二年，同样原因，陇西郡守自杀。皇上——这个权力恐龙，影子就能吓死人。刘彻热衷于武功与出巡，是古代走得最远出巡次数最多的皇帝。他对女人的热衷亦甚有名。“用剑犹如用情，用情犹如用兵。”（蒴伯赞语）

卫青、霍去病、李广等，在其所在时代与历史记载中，他们皆赫赫有名。他们一次又一次远征漠北、西域。他们是武帝性格的延伸，是帝国挥出的铁拳。对内集权与对外征伐，是刘彻的力量来源。他对卫青说：一不出师征伐，天下不安。武帝一朝，是中国古代进攻型将领最多的朝代。靠蛮力挑战汉朝的匈奴，在武帝铁拳不断打击之下，不得不一再远遁。

张骞，中国古代走得最远、出使时间最长的外交家、旅行家之一。军事将领向远方伸出铁拳，大汉使者则向远方传布帝国消息。

董仲舒，首次确立儒学至尊地位的思想家。天下一统了，也必然要求“软件”一统。帝国到了从容建设“软件”的时候，董仲舒应运而生。他将儒学世俗化、实用化兼神学化，殚精竭虑从天上到人间为体制寻找自圆其说的合法性。

……

这些人与司马迁同代，在同一个舞台上演人生大剧。只是他们大多不会留意、在意人微言轻从事文字工作的司马迁，而史学使命在肩的司马迁，却不会不留意他们。

大文明需要大时空。汉朝人不论走多远，都没有发现文明高于自己的地方，更不会发现比自己还要庞大的帝国。在这一大背景下，刘彻追求好马的热情极为高涨，为此他不惜耗费巨大人力物力，派将士一次又一次深入西域。后世不断有人诟病刘彻此举。其实，这类似当今追求尖端武器。刘彻有理由认为，他最有资格拥有尖端武器，世间最好的战马，应该为他的帝国驰骋。

司马迁（约公元前 145—前 87）面对的就是这样一个时代。他的命运，他的才华，在此时空下展开。比生活在这个时代更加幸运的或许是：司马迁有一位了不起的父亲——史学家司马谈，一个有能力有条件站在时代文化巅峰的人物。司马谈任太史令，太史令掌文史星历。“天下遗文古事，无不毕集太史公。”（《史记·太史公自序》）司马迁的读书条件当世无人能比。司马谈服膺道家精神，却让儿子师从当世大儒孔安国、董仲舒等人习儒。这显然是为儿子规划现实人生。崇儒大局已定，只有习儒才能走上仕途，进入社会主流。这类似今日的接受应试教育。司马迁十岁时，父亲就将他从家乡夏阳（今陕西韩城）带到京城长安。二十岁时，司马迁迎来了他一生至关重要的首次壮游。这时的司马迁无公职，出游必出于父亲的安排。由此可见司马谈对儿子的期待之深、谋划之远。司马谈的影响及有意识的培养，必使司马迁的文化自觉、史学胆识发育极早，为他成长为精神更雄伟、文采更丰富的人，奠定了重要基础。

司马迁在《太史公自序》中高度概括了二十四岁前的人生：

> 迁生龙门，耕牧河山之阳。年十岁则诵古文。二十而南游江、淮，上会稽，探禹穴，窥九嶷，浮于沅、湘；北涉汶、泗，讲业齐、鲁之都，观孔子之遗风，乡射邹、峄；厄困鄱、薛、彭城，过梁、楚以归。

司马迁对自己的游历甚为得意。这的确值得得意。首次壮游持续了约三年时间，再次出游则已是奉使青年朝官身份。这些游历可视为司马迁所进行的史学“田野调查”。一个学养非凡的青年，又及时进行了浪漫长旅，胆识、文气得到有力淬炼，以广阔的地理为他的史学家人生奠基，其重要性怎么评价都不过分。正当多情易感的青春时代，走出书斋，面对大地山河，胸中典籍掌故在游历中一一被指认，书生心窍豁然开朗。如此时空的长旅，在汉代之前是不可想象的。国家大，心脏亦大。帝国的强大心脏，能把志向坚定的司马迁送到很远的地方。司马迁深知这个时代，并喜欢这个时代。当然这并不妨碍他后来的激烈批判这个时代。在此后二十多年时间里，他又不断随侍热衷于出巡的皇帝刘彻，遍行大汉江山。后世的史学家，在脚力与心力两方面皆无人能及司马迁。超凡的游历考察，使他对历史特别是现当代史具备了鲜明的在场感，历史的大局与细节了然于胸。他把游历化为《史记》的一条脉络，其深沉的脉动不时在各篇中呈现。《史记》的文气义气的流动感，作者的在场感，与此紧密关联。

司马迁已把自己确立为这样一个人物：中国古代游历最为深广、文化准备最为充分的史学家。到司马迁以深邃眼光打量历史的时候，中华民族极其宏富的历史经历，亦在呼唤一位大史学家、一部宏伟史学著作的出现。

在这个大时代，司马迁却一直是一个小人物。司马迁二十四岁左右始为郎官。此后二十余年，他几乎随侍了刘彻所有出巡行动，虽自视为莫大殊荣，但他无疑是一个无足轻重的旁观者、记录者。与众不同的是，职业敏感、知识修为使这位记录者，自觉不自觉地同时成为一位沉默的洞察者、思考者，而不是像许多人物只能做一个附和者。司马迁能看到并经历他人看不到的历史活剧。在那些活剧中，他只是一个跑龙套的角色，对剧情却可能比主角、比导演看得更清楚，并深知产生那剧情的背景。元封元年（公元前 110 年），刘彻举行汉朝首次登泰山封禅大典，司马谈却突然在周南（洛阳）病危，不能随侍封禅，临终遗命司马迁完成《史记》。司马迁垂泣受命。按汉制，儿子可继父职。三年后，三十八岁的司马迁继任太史令。此后至四十八岁遭受宫刑前，司马迁除应对本职事务外，集中精力撰述《史记》。

司马迁或许自信已具备洞察历史的能力了，但对自己的命运却完全无能为力。他深知历史，在现实中却一派天真。

他要为自己的天真付出“意外”代价了。

李陵案的一个意外事件

千人之诺诺，不如一士之谔谔。

——《史记·商君列传》

士为知己者死，女为悦己者容。

——《史记·刺客列传》

不管投降及投降后的遭际多么曲折，李陵是叛徒这是历史事实。吊诡的是，一代又一代后人一直同情乃至喜欢这个叛徒。历史的可畏与有趣，在李陵身上得到了充分体现。

人们对李陵的这份历史情感，较大程度上是司马迁给奠定的，是他抚哭叛徒情怀的濡染和发酵。

司马迁朋友很少，撰写《史记》这一浩大工程要求他必须心无旁骛，家族、职位亦决定他不会成为朝廷股肱之臣，无巴结权贵的必要。虽然如此，皇帝刘彻的身影却不能不深深笼罩着他。宫刑之前，他是这种心态：“绝宾客之知，忘室家之业，日夜思竭其不肖之材力，务一心营职，以求亲媚于主上。”（《报任安书》）谁都可以不必巴结，皇帝却是生存意义所在。青年郎官司马迁小心翼翼，让皇帝满意，讨皇帝欢心是最高行为准则。与皇权下的许多臣子近侍一样，司马迁亦具“婢妾心态”。

任安是他少数几个朋友之一。公元前98年司马迁入狱并受宫刑，次年出狱，且意外地尊崇任职——任中书令（皇室机要秘书）。七年后，任安因“巫蛊案”下狱，论腰斩之罪。任安下狱前数年，曾致信已任中书令的司马迁，希望他“尽推贤进士之义”，就是利用职务之便向刘彻推荐自己。司马迁竟数年未复此信，直至任安死到眼前才复信。两千多年后一读再读《报任安书》，司马迁那颗流血的心仍会令人心惊胆战：老朋友任安啊，你太不理解我的心事了。

刘彻对司马迁施以宫刑，皇帝心事依旧，司马迁心事已非。

司马迁对李陵家族的敬仰和同情由来已久，而他与这个家族向来毫无瓜葛。“夫仆与李陵俱居门下，素非相善也，趣舍异路，未尝衔杯酒接殷勤之欢。”（《报任安书》）与李陵连一杯酒的交情都没有，却为他蒙受奇耻大辱。

李陵像他的祖父李广一样急于立功。公元前99年秋天，李陵主动要求率五千步卒出击匈奴。进入漠北已是寒风吹彻的冬天。这注定是一个与他过不去的冬天。在浚稽山一带，李陵部众与单于三万骑兵展开了遭遇战。单于很快发现他这三万骑兵竟不能制服李陵五千步卒。单于又调集八万余骑，对李陵摆成合围之势。李陵部众的五十万支箭，全飞向了匈奴人。部队损失惨重，且成了一支赤手张空弓的部队。他下令部众解散，各自突围。单于太想活捉李陵了。李陵未能冲出重围，最终为单于活捉。

李陵投降了。

李陵投降前二十年（公元前119年），其年过六十的祖父李广最后一次出击匈奴。李广已转战疆场四十余载，匈奴人都惊呼他为“汉之飞将军”。时乖命蹇的李广始终未能封侯。他想用战功说话。可是，部队却因迷路而贻误战机。为向皇上谢罪，亦为本人和家族免受羞辱乃至屠杀，李广果断自杀于阵前。

李陵却陷入了复杂的选择。

李陵全军覆没的消息掀起轩然大波。刘彻一开始得到的消息是说李陵阵亡了，接着又有消息说李陵投降了。他便让相师给李陵母妻相面。相师说李陵母妻脸上皆无死丧之色。独裁者往往乐见他人的牺牲，牺牲愈壮烈，独裁者心境愈欣慰：他们乐意为我一死，这样是好的。一将功成万骨枯。李陵阵亡或自杀，他这当皇帝的才有面子：可恶，李陵竟不肯为我一死，他至少应该和他祖父李广一样啊。

名将阵前降敌，深深刺激了朝廷心脏。事件中心不是李陵，而是皇帝。刘彻的心情，才是“臣妾们”最关心的。他们在揣度此时刘彻爱听什么话。从前赞扬李陵的人都说李陵坏话了。司马迁对无人为李陵说句公道话甚为不满，婢妾心态又使他牵挂刘彻，希望皇上能把心放宽一些。适逢皇上召问，小臣司马迁发言了：

> 仆观其（指李陵）为人自奇士，事亲孝，与士信，临财廉，取予义，分别有让，恭俭下人，常思奋不顾身以徇国家之急。其素所畜积也，仆以为有国士之风。……且李陵提步卒不满五千，深践戎马之地，足历王庭，垂饵虎口，

横挑强胡，仰亿万之师，与单于连战十有余日，所杀过当。……转斗千里，矢尽道穷，救兵不至，士卒死伤如积。然李陵一呼劳军，士无不起，躬流涕，沫血饮泣，张空拳，冒白刃，北首争死敌。……身虽陷败，彼观其意，且欲得其当而报汉。事已无可奈何，其所摧败，功亦足以暴于天下。

——《报任安书》

司马迁对任安说，他就用这些话去应对皇上。可是，秀才心事对帝王心事，真是南辕北辙。刘彻龙颜大怒：你这是借为李陵摆功，攻击贰师将军李广利屡次劳师远征却损兵折将！李广利是谁？——刘彻宠妃李夫人之兄。国家，国家，国就是人家刘彻的家呀。对多疑忌刻、心理又遭重创的刘彻这样说话，可视为司马迁之不智。独裁者有翻脸不认人的强大优势，闷棍的这个打法当然是臣奴无法也不可能招架的。

司马迁下狱。司马迁成了李陵事件中的一个意外“事件”。

这完全出乎司马迁意料——微臣可是一片忠心啊！

更大的不幸还在后面。第二年，刘彻对李陵之事有所悔悟，派公孙敖深入匈奴，企图寻机接回李陵。公孙敖未能见到李陵，却传给刘彻如此消息：李陵正为匈奴练兵，准备与汉朝对垒。

刘彻心灵再次遭受重创。皇帝总有迁怒的办法：李陵被灭族，狱中司马迁论死罪。

司马迁在武帝面前开口为李陵辩解时，内心既有书生的正直天真，又有婢妾般的绝对忠诚。几句话惹出杀身之祸，令司马迁一下子明白：帝王心事与臣妾心事，实有天壤之别。司马迁当时大约连咬碎舌头的心都有了。可是，宫刑七年之后，在那封著名的《报任安书》里，仍情不自禁盛赞李陵。可以后悔当时那样说话，但一旦白纸黑字却还是要那样说话。

司马迁的悲剧是偶然中的必然。驰骋疆场的将领，或胜或败或死或降，乃正常命运，因将领正常命运而致司马迁无妄之灾，又属非常事件，非常事件落在司马迁身上又有必然性。如他不在场，或在场不说话，或察言观色随大流说话，都可免祸。他在场了，他说话了，他说话必发自肺腑，发自肺腑就要惹祸，就要触犯宫廷丛林法则。这是性格决定命运的古代版本。彻底的恐怖效果来源于绝对惩罚权力，独裁者需要不讲理就能做到绝不讲理。

按汉律，死罪可拿五十万钱赎罪，或以宫刑免死。司马迁家无余财，朝中也无人为他说话，他只能面临三种选择：自杀、处死、宫刑。自杀是最能保持一点尊严的死法，司马迁也最想自杀。读《史记》，你看到自杀是如此普遍，伍子胥、田横及五百士、李广、屈原、蒙恬等等，皆自杀。自杀是有用的，或明志，或避辱，或解脱……可是，父嘱未实现，《史记》未完成，我司马迁不能死、不敢死。是斩首还是去势，他只能在身体的两头之间选择。——他选择了宫刑。当朝当代不许他发自肺腑说话，他对历史、对后人发自肺腑说话的愿望，就变得格外强烈。司马迁坚定地想：我必须活下去，把该说的话用笔说完。他决定接受一具荒谬的肉身，在荒谬中活下去。从此，他终生视自己为该自杀而未自杀的人。

人是唯一为了自身利益，而对同类或其他动物实施阉割术的动物。比身体阉割更加普遍的是精神阉割。能决定现实秩序者，必追求决定心理精神秩序。在宫刑之前，司马迁虽学识超人，却亦自觉走在精神阉割的路上了："以求亲媚于主上。"婢妾心态在皇权体制下是常态，而非异态。大环境足以使你自觉养成"婢妾自律"。宫廷之内，大约只有皇帝一人无"太监表情"。从被阉者身体和精神里，皇权可以得到所需要的最"纯正"奴性。

敏感自尊、学识超人的老男人司马迁，被处以宫刑了。少小时遭阉割，会自然养成阉者人格，可司马迁已经做男人四十八年了。

宫刑，这真是一种令人发指的酷刑，一种最具中国特色的摧残术。文明进化的结果使男女性器成为最深忌讳最根本隐私，宫刑则把这一切一刀挑开。消逝的性器官，实际上可看作是被张挂在了受刑者脸上。司马迁将耻辱列为十等，"最下腐刑极矣"。腐刑（宫刑）是生人耻辱之极。"仆以口语遇遭此祸……污辱先人，亦何面目复上父母之丘墓乎？虽累百世，垢弥甚耳！是以肠一日而九回……每念斯耻，汗未尝不发背沾衣也！"（《报任安书》）七年两千多个日夜未能使耻辱感稍有缓释。他时时感受着身体上的那片虚空。阉人，皇权体制里不可或缺的蛆虫。司马迁的残生里，时时有蛆虫在身的恶心。

一刀下去，司马迁终于窥破帝王心事了。他坚定地想：刘彻，这回我不跟你玩了，不给你为婢为妾了。

在与刘彻的短兵相接中，司马迁看见刘彻并不高大，他看见了刘彻脸上的毛孔和眼中的血丝。匍匐的他站了起来，站立成大丈夫，站立成一心可对八荒的大丈夫。对司马迁来说，现世已成“荒原”。现在，《史记》成为他生命中第一位的事物，它不应是一件献给皇帝的礼物。

中书令向来由宦官担任。对司马迁宫刑后任此职，不断有人说这是刘彻羞辱司马迁，有意提醒他的宦竖身份。从前我亦认同这一说法。今日看来，这是高估了刘彻的情商。对下级，没什么奖赏比官帽更重要，这是皇帝和各级首长的共同思维。司马迁出狱时，李陵事件已尘埃落定。公孙敖传回的消息有误：为匈奴练兵者不是李陵，而是另一位降将李绪。李陵得知被灭族后，怒而杀掉李绪。“大势已去”的司马迁出狱后竟升了官，参与皇家机密，这很大程度上是刘彻的悔过表示。杀人不眨眼的皇帝，犯不上用一顶级别更高一些的官帽子去羞辱一个人，也于情理不通。

对皇帝心事，司马迁已洞若观火。对司马迁心事，皇帝完全无知。刘彻完全不知眼前这个无根男人在精神上已走得多远。处司马迁宫刑这年，刘彻是六十岁老人了。这个老英雄，这个把权力使用到极致的帝王，他不会去判断也无兴趣判断身边这个小人物的雄心壮志及情感风暴。

当世荣辱、皇帝恩宠对司马迁已完全无意义。他虽被置于权力系统中，但精神上绝对是“局外人”了。皇帝亦不过是

“荒原”的组成部分而已。宫刑无异于一场精神淬火。司马迁在精神上已彻底抛弃了当代，抛弃了皇帝。

司马迁要在历史里无所依傍地站着。

> 至莫（幕）府，广谓其麾下曰：“广结发与匈奴大小七十余战，今幸从大将军（指卫青）出接单于兵，而大将军又徙广部行回远，而又迷失道，岂非天哉！且广年六十余矣，终不能复对刀笔之吏。”遂引刀自刭。广军士大夫一军皆哭。百姓闻之，知与不知，无老壮皆为垂涕。
>
> ——《史记·李将军列传》

《李将军列传》是唱给李陵祖父李广及李陵家族的深情挽歌。司马迁的深情，化为历史的深情。李陵案为《史记》增加了最深重的义气。

李陵案意外地改写了司马迁的命运，被改写命运的司马迁重写了中国历史。中国历史多了一种“意外”的表情——司马迁表情。

把名字擦亮

> 立名者，行之极也。
>
> ——《报任安书》

规小节者不能成荣名，恶小耻者不能立大功。

——《史记·鲁仲连邹阳列传》

司马迁成了一个自觉的悲剧人物。荒谬的身体，悲怆的精神，无情的世界，不能不令司马迁瞪大眼睛，他抛弃了灵魂里的最后一丝虚伪。司马迁裸体面对历史。他自觉地在荒谬中度过余生。他使用着这具无根躯体，直面并超越这个给了他巨大耻辱的当代世界。司马迁以惊人的意志、卓越的才华、坚忍的人格，将自己送入历史。

与通常的阉割摧折人格作用相反，司马迁涌起的是反精神阉割的狂潮，是人格旗帜的高扬。

司马迁有哪些思想精神资源？

司马迁之世去先秦不远。他不难感受先秦那思想自由文化繁荣的气息。同时，汉武帝时代大一统气象又令其振奋。他认可自己欣逢盛世，一直取“紧跟”时代态度。

靠铁血政策完成统一大业的秦朝，还没来得及为帝国安装“软件”，就土崩瓦解了。秦创立的国家体制却基本由新兴的汉朝继承了下来。秦帝国企图用绝对权力绝对控制每一个人，建立一个传之万世的超稳定结构，不料迎来的却是昙花一现的宿命。“传之万世”又何尝不是后世帝王的心事呢。只是秦之忽兴忽亡的惨烈事实活生生摆在面前，牧民之术再也不能像暴秦那样蛮横露骨了。

董仲舒极力将儒教加以神化和世俗化，贴近皇权，贴近政治，贴近现实。他提出的天人感应、天不变道亦不变等主张，被确立为时代命题。这种貌似不容置辩的理论，很合统治者胃口。秦朝“以吏为师”求思想统一归于失败，武帝“独尊儒术”却大获成功。好在短命的秦朝难以完全阻断先秦那伟大的气息，百家争鸣的历史局面虽难以再现，司马迁时代却无疑尚能感受诸子的流风余韵。

道家人物司马谈却让儿子习儒。这是很耐人寻味的。司马谈晚年，崇儒已成大势，他当然希望儿子瞩目于时代显学。司马迁没有辜负父亲期望。对孔子的倾心仰慕赞美，是弥漫整部《史记》的。司马迁要求自己做孔学衣钵传人，他自觉“折中于夫子”，即以孔子为判断是非的标准。

司马迁对道家又深情喜爱。《史记》许多篇章对此都有流露。后世有个性的士人，往往都表现为尊儒而喜老庄。所谓儒道互补，是士人精神张力所在。司马迁可称为这方面的开先河者。有趣的人，不论在儒在道皆有趣，反之则皆无趣。

司马迁这样确立创作目标：“欲以究天人之际，通古今之变，成一家之言。”（《报任安书》）司马迁并无系统异端思想，但对儒学神化迷雾，却有独持异见的勇气，不时冲破当代儒术的羁绊。虽然我们从《史记》中得不出“究天人之际”后的明确答案，但司马迁之天不等于董仲舒之天，是可以肯定的。司马迁对孔子止于“圣化”，董仲舒则将儒教“神化”。董之天不可究，迁则究之。《史记·伯夷列传》中写到伯夷、叔齐品性高洁而饿死，盗跖暴戾以寿终，司马迁不禁感慨：“余甚惑焉。

傥所谓天道，是邪，非邪？”司马迁的思想不时旁逸斜出，超越正统儒家规范，对汉代儒术更是颇有微词，其思想又体现出多元混沌乃至矛盾状态。

司马迁之魂，正是混沌又清澈、坚定又怀疑之魂。这是司马迁的深邃所在。

多元混沌的司马迁，最坚定明确的精神追求是把自己的名字擦亮。只有把名字擦亮，才能对得起自己经受的苦难，才能对得起列祖列宗、天地宇宙，才能对得起手中的“史笔”。他是以悲壮之情对待这一点的。

重名是儒家传统。“君子疾没世而名不称焉。”（《论语》）司马迁视孔子此语为座右铭。“立名者，行之极也。”（《报任安书》）司马迁视确立名节为人生终极目标。在《史记》中，他常常用名不虚立、名冠诸侯、名垂后世、名重泰山等语深情赞颂所述及的杰出人物。“壮士不死即已，死即举大名耳！”（《史记·陈涉世家》）这是起义草民陈涉的豪言壮语。“所以隐忍苟活，幽于粪土之中而不辞者，恨私心有所不尽，鄙陋没世而文采不表于后也。”（《报任安书》）司马迁对自己的文采早有自觉，他认为如不把才华表达出来并传之后世，那是可耻的。

司马迁重名，亦出于儒家世俗伦理责任。“且夫孝始于事亲，中于事君，终于立身。扬名于后世，以显父母，此孝之大者。”（《史记·太史公自序》）把自己的名字擦亮，是为包括父母在内的列祖列宗尽孝。由此可见，儒家立德、立功、立言的“三不朽”精神在司马迁生命意识中的地位。在司马迁看来，立德、立功与他无缘，唯立言是他可以把握追求的。

后世不断有人指责司马迁“急于求名”，这是不能仰见其伟岸人格之故。不可否认，宫刑使他的立名冲动更加紧迫强烈。可是，司马迁立名的首要目的是洗刷人生奇耻大辱，并且不是在当代洗刷，而是在历史里洗刷，在历史里为蒙羞的灵魂正名。司马迁之名，是名节、气节，是贯通古今、顶天立地的判断与正义担当，舍此则断无可能确立司马迁心目中之大名。从来都是名利相随，追名逐利必立足眼前当下，必巴结权贵。司马迁之立名却以彻底剔除眼前功利、抛弃当代为前提，完全不存以著述求当世功名之念。司马迁比孔子所要求的立名境界，可说是更彻底更纯粹。“四十五十而无闻焉，斯亦不足畏也已！”（《论语》）孔子把功名完全当作今生今世之追求，并且有年龄限度，越早越好。

体会一下司马迁这些话：“述往事，思来者。”“仆诚已著此书，藏之名山，传之其人……”（《报任安书》）“后有君子，得以览焉。”（《史记·封禅书》）“藏之名山，副在京师，俟后世圣人君子。”（《史记·太史公自序》）这一口吻，这一情怀，弥漫整部《史记》。这极重要。隔着两千多年的时空距离，更有利于我们体会这些话的伟岸与深情。司马迁是以未来意识去审视历史的。他把立名冲动放在一个巨大的历史坐标上。他判断历史，并自信其判断能经受住时间的考验。司马迁重名，在某种意义上与追求真理同义。

创作却绝无眼前名利企图，不唯人欲横流的当今无人企及，古代亦罕有其匹。重名的司马迁，却取消了当代，取消了汉武帝评判他的资格。你割我的卵，我灭你的胆。眼前江山是你皇家的，我要打扫清理出一片“历史江山”。“历史江山”，我来判断。这是何等胸襟。谁能有此胸襟？谁曾有此胸襟？

司马迁在精神上彻底从现实退却，在历史里纵横驰骋。他要在未来、在历史里为自己正名。他竟然做到了。

天下大势在我胸

人穷则反本。

——《史记·屈原贾生列传》

天下熙熙，皆为利来，天下攘攘，皆为利往。

——《史记·货殖列传》

司马迁单人独骑，一往情深，一意孤行，突入历史的纵深地带。

《史记》就记录的深度广度、思想情感的高度强度而言，不仅前无古人，亦堪称后无来者。从哲学或人类学角度看，《史记》就是一部人性史，人性的秘密被展现得淋漓尽致。司马迁之后，修史之责被统治者强调得愈来愈重，修史路径却愈来愈窄，以重臣监修史书成为常态，史书越来越无趣，个性光彩、人性深度、批判锋芒从史书中全面退却，再也难见丰沛文气、卓越识见。

司马迁看到这是一个势利世界，又是一个悲剧世界。无数人受利益的驱使，而陷入各种各样的悲剧。可是，还有无数人为了正义、情义、信念、国家，或仅仅为保持人格尊严，而自觉选择悲剧命运。《史记》全书一百三十篇，一百一十二篇写人物，人物多数为悲剧人物。其悲剧人物之众，悲剧氛围之浓，悲剧性质之彻底，中国古代史学、文学著作皆无出其右。悲剧意识是司马迁的精神本质。“太史公曰”是司马迁独创的叹息形式，《史记》就是一声深长的叹息，众多篇章皆以悲夫、乎哉、矣、乎、哉等叹词来结尾。《史记》充满了郁结、苦闷、寂寞、激越、沉吟，可视为一篇淋漓着司马迁心灵苦汁的自传。

商鞅、荆轲、项羽、蒙恬、白起、吴起、屈原、贾谊、李斯、李广、李陵、张汤、主父偃等等，从市井细民到宫廷权要，他们的人生无不以悲剧收场。

李斯：出卖良知、精神自宫者的典型。精神自宫者死于阉人赵高之手。这是个掀动司马迁复杂情感的人物，恶心、痛惜、怜悯，皆有之。《史记·李斯列传》中，司马迁开篇就让李斯面对老鼠——蝇营狗苟的老鼠。这是一位身体被阉割者，给一位精神自宫者的定位。李斯作为一个携有巨量信息的人物，出现在司马迁笔下。

张汤：一个“模范”酷吏而最终不得不自杀。《酷吏列传》中，司马迁亦开篇就让张汤面对老鼠。张汤儿时，家中肉为鼠偷吃，张汤因看家不力遭父殴打，张汤怒而掘穴捕鼠，煞有介事布置场面，传布文书庄严“审鼠”，当堂处鼠以“磔刑”。审鼠的孩子后来成长为酷吏。这个盛世看上去光鲜异常，却需要大量酷吏来维稳。《酷吏列传》所描绘的恐怖世界是皇权的投影。纣只有一个，助纣为虐者却必是一群。张汤审鼠，庄严往往就是滑稽。

张汤、李斯与鼠之关系这种细节，极具黑色幽默味道了。

主父偃：一个皇权时代庸常官僚的庸常悲剧。司马迁却对之寄慨遥深。《平津侯主父列传》写至主父偃被灭族，司马迁悲情又起：“主父偃当路，诸公皆誉之。及名败身诛，士争言其恶。悲夫！”这一徽记，如伏流千里，贯穿《史记》全书。

司马迁以文学笔法入史，后世对此争议不断。司马迁之所以首创纪传体修史体例，既决定于他的实录精神，亦决定于他将文采“表于后”的决心。这一体例最有利于塑造人物，铺陈文采。李斯面对厕中鼠与官仓鼠的心理活动，小儿张汤一人在家中审鼠的场景，鸿门宴上的勾心斗角，项羽乌江自刎时的言行……《史记》中遍布此类私密性极强的细节。这类细节是怎么来的？我倒宁愿相信，有些细节干脆就来自司马迁的超人文学才能。这违背历史真实了吗？司马迁追求的是另一个层面上的真实，更本质的真实。把历史场面生动地布置在你眼前，这是司马迁突出的本领。一个无史识史才的人，给他再多史料也无意义。《史记》是史诗，亦是诗史。它同时具备杰出诗篇的美学意义。

司马迁笔下的现当代人与古人，味道完全不一样。写古人，虽也有激情澎湃之时，但以求证、概括、理性为主。写现当代人，司马迁可就放开手脚了。你看，陈胜、吴广、项羽、樊哙、刘邦等等，一个个活灵活现，像极了小说中的人物。司马迁既是一个有强烈还原历史真实愿望的史学家，又是一个具有非凡创作能力的文学家。“正是作为小说家的柏拉图的优异性，才使人要怀疑作为历史学家的柏拉图。”（罗素《西方哲学史》）我们当然亦可对司马迁持此态度。可是具体到《史记》中的历史事实与细节，相信还是怀疑，是一个难以解决的问题，并且也不再是重要问题。以情感入史，是司马迁的缺陷，也是他的伟大之处。去掉司马迁情感的《史记》，绝不会是伟大作品。司马迁对距他不远的现代人物，敢于进行创造、塑造，大肆张扬文采，那是他自信已充分占有材料，对人物具有本质性把握。他在记录历史，同时实现了艺术真实。

司马迁所创制体例为后世继承，其著史的本质精神却难以为继。幸运的是，司马迁的文学精神却哺育了一代又一代文学家，韩愈、柳宗元、苏东坡等无不以《史记》为准绳。当文风颓靡时，真正的文学家就到司马迁那里寻找生机和力量。从《红楼梦》的浓厚悲剧氛围里，亦可探得《史记》消息。真正的文化创造必息息相通。

司马迁职掌文史星历，著史却是私人撰述。至东汉班固时，已是奉旨修史了。私著未必能超越精神阉割，奉旨却是必须先行精神阉割的。相对于《史记》，《汉书》是规矩的皇家史册。《汉书》主旨或许可如此概括：明天人感应，固皇权一统，成官史规范。核心是“以求亲媚于主上”。班固判断《史记》，就完全是以“真理在握”的态度了：“其是非颇谬于圣人，论大道而先黄、老而后六经，序游侠则退处士而进奸雄，述货殖则崇势利而羞贱贫，此其所蔽也。”(《汉书·司马迁传》)在班固眼里，司马迁俨然异端了。大师往往充满矛盾，精神阉割者却最易以立场坚定、真理在握的面目出现。班固肯定《史记》实录精神，却难以接受其思想锋芒。班固的话对皇权后世影响甚大。汉末，司徒王允欲诛蔡邕，蔡邕上书请求毁容刖足，留下一条命，以著成汉史。这显然是要效法司马迁了。王允说：“昔武帝不杀司马迁，使作谤书，流于后世。”(《后汉书·蔡邕列传》)蔡邕难逃一死。《史记》为谤书说在两汉甚为流行，这是将司马迁发愤著书降低为“泄愤著书”了。司马迁不论是否心存诽谤，只要他贯彻实录精神，其当代及后世必有人视之为诽谤。司马迁恪守实录，但又有强烈的主观性、个性。终身抱持婢妾心态的大小班固，必然不能仰见司马迁的瑰异光彩。与《史记》相比，后来二十余史无不热衷于为皇权“资治”，少有社会经济大局的揭示，更乏对人性的深度探究，显然气量狭窄，局促矮小。无主观性、个性之史学家，竟亦难以实现深邃的客观性。

针对班固贬斥司马迁之言，明代思想家李贽说：“不是非谬于圣人，何足以为迁乎？”“《史记》者，迁发愤之所为作也。”“其为一人之独见也者，信非班氏所能窥也欤。”(李贽《藏书》卷四十《司马谈 司马迁》)可谓一语中的。班固眼中的“蔽”，正是《史记》光辉所在。汉武帝及其时代，无疑是司马迁暗讽的主箭靶。刘彻创造了一个无人敢判断他的时代，司马迁却给他一个判断。从维护统治者光荣形象的立场来说，《史记》为谤书说当然是成立的。对以天生正确自居的人或事物来说，你只要讲真话就完全有可能被视为诽谤。写刘彻父亲的《孝景本纪》、写刘彻的《今上本纪》，被从《史记》中删除，亦可证此点。睥睨千古易，判断当代难。古代专制统治者对当代史的忌讳，几乎是天然的。更有甚者，对古代史都是如此。

深情的司马迁“绝情”于其所处的时代，不如此，他不会走向雄伟开阔。

有此绝情，方有绝唱。有此绝唱，方能称为“独断历史”（章学诚语）。

“太史公胸中固有一天下大势，非后代书生所能几也。”（顾炎武语）有天下大势，有细节，有深情，这就是司马迁。

读《史记》，我时常恍然感到，司马迁就站在我的身旁。

一个穿过了精神炼狱的人

> 人固有一死，或重于泰山，或轻于鸿毛，用之所趋异也。
>
> ——《报任安书》

“史家之绝唱，无韵之《离骚》。”当代人普遍接受鲁迅对

《史记》的这一评价。《离骚》标志独立诗人的登场，《史记》则标志独立史学家、文学家的横空出世。屈、迁同历极端精神痛苦，但屈原之痛可由外因而得到缓释或解除（如楚王重新起用他），司马迁之痛却是无解的。司马迁激越感情与强大理性并存，屈原则理性相对匮乏。史学家为历史正义而选择忍辱偷生，诗人因无力扭转楚国命运、自身命运而投水自尽。同为悲剧，司马迁的悲剧更具精神彻底性。

“士可杀不可辱”这一儒家人格观，在受宫刑后的司马迁那里变得如雷贯耳。司马迁却选择受辱偷生，选择让肉身在卑贱荒谬中活下去。这不是司马迁的分裂，而是社会的分裂。

“诞生到一个荒谬的世界上来的人，唯一真正的职责就是活下去，并意识到自己的生命、自己的反抗、自己的自由。”（加缪语）加缪的立论前提为“世界荒谬”。对司马迁来说，屈辱、痛苦、荒谬被植入身体深处。司马迁选择在荒谬中活下去，并在荒谬中证明自己。

本文或许过于突出宫刑对司马迁、对《史记》的作用，大约难免会犯顾此失彼的错误。以司马迁之才识，没有宫刑，《史记》亦会完成，或许亦能成为里程碑式的伟大作品。但他或许难以告别“以求亲媚于主上”的心态，那注定是一部为了献给皇上而创作的书。宫刑彻底改变了这一心理。宫刑使司马迁进入“发愤著书”状态。怀抱如此大的心事，这是养尊处优的遵命史官难以体会的。从挑战程度、受迫害程度上讲，司马迁远超孔丘、屈原、左丘明等。司马迁为中国史学、文学确立了一脉反阉割、反柔懦的阳刚之气。

汉武帝不会想到，他宏伟一生里这个微不足道的细节——对司马迁处以宫刑，竟深深影响了中华文明。

司马迁走过了灵肉之间的荒原。随着历史的演进，他的创作产生了极为广阔深厚的意义领域，远远超出了他本人的感觉与想象。两千年来，司马迁和《史记》的遭遇似乎告诉我们，文化或文明就是一棵大树，它知道该吸收哪些养料。

一个穿过了精神炼狱的人，自然会看见他人看不见的风光。

李斯：失落的家园

司马迁在李斯之后约百年著史。擅长以穷形尽相笔法塑造人物的司马迁，思量着近世这个稀有独特士人，颇费踌躇。

别具一格的李斯（约公元前284—前208），别具一格的《史记·李斯列传》。《史记·李斯列传》的开篇如此直白：

> 李斯者，楚上蔡人也。年少时，为郡小吏，见吏舍厕中鼠食不洁，近人犬，数惊恐之。斯入仓，观仓中鼠，食积粟，居大庑之下，不见人犬之忧。于是李斯乃叹曰："人之贤不肖譬如鼠矣，在所自处耳！"

一场大剧就要上演，被司马迁派出与李斯这个未来的非凡人物一起亮相的，却是几只窸窸窣窣寻寻觅觅的老鼠。

司马迁掂量楚国上蔡小吏李斯，给了他一个很低的人格门槛——不择手段成为安全又光荣的官仓鼠。

李斯创造了奇迹，他竟然成功了——丑小鸭变成了白天鹅，厕中鼠勇猛晋级为官仓鼠。可是，当理想中的生活化成真实的生存，旁观成为亲历，竟然滋味大变——官仓里不止有鼠，还有猫头鹰及其他猛禽野兽。这是一个按丛林法则运作的世界，在那里，你是一只什么鼠实在是无所谓的。

《史记·李斯列传》结尾处如此写李斯之死：

> 二世二年七月，具斯五刑，论腰斩咸阳市。斯出狱，与其中子俱执，顾谓其中子曰："吾欲与若复牵黄犬，俱出上蔡东门逐狡兔，岂可得乎！"遂父子相哭，而夷三族。

秦朝是没有诗意的，秦人是反抒情的。所有诗意都已被始皇、李斯们取消。而深情的司马迁还是给李斯保留了一点诗意，悲惨的诗意——成功后又彻底失败的李斯，不能对人生作出任何肯定的李斯，曾经的帝国文胆李斯，死到临头的官仓鼠李斯，唯一可再说一说的，就是无法回去的田园生活。

李斯面对宫廷里一幕一幕兔起鹘落的惊险，有时会涌起故园之思，念起率领小儿、黄犬出上蔡东门逐狡兔的情景。

回望来路，是如此清晰，但李斯明白，此生是回不去了。

那是一个取消一切回旋余地、回头可能的时代，不仅有形的田园被取消，无形的精神田园也被彻底取消了。老鼠与黄犬，以它们灵敏的趾爪，抓挠过李斯的一生。使尽了鼠辈伎俩的李斯，最终却连黄犬田园也成妄想。李斯的人生，以思考老鼠始，以想念黄犬终。

李斯与他的“同路人”，那些精神上一再自我简化或被简化的人，意志即使曾坚如铁石，生存却无非灰飞烟灭，一枕黄粱。

李斯与荀子

那个时代，老师对学生的引导作用是很强大的。孔子门徒众多，却几乎无人能越出孔子划定的思想视野。

在荀子（约公元前 313—前 238）那里，这一规定似乎失灵了。

荀子有三个著名学生：李斯、韩非、张苍。张苍侥幸活到了汉代，主要政治活动在汉初，不多说他。李斯、韩非皆活跃于战国末期及秦朝。李斯助嬴政完成统一大业，成为千古一相。韩非将法家学说推向极端，在秦朝几乎被奉为圣人。荀子的这两个弟子，能量大、能折腾。荀子以高寿善终，两个弟子却皆以惨烈方式为生命谢幕。

李斯面对老鼠自省过人生之后，就外出拜师学习：拜荀子为师，学帝王之术。帝王之术即牧民之术、统驭天下之术。

作为先秦最后一位文化巨人，荀子以孔子继承人自居，对孔儒之外各家学说均予以激烈批评，已显露出独尊孔儒、统一思想之先声。在孔孟那里特别是孟子那里，义利对立，荀子则强调义而兼顾利。荀子文章寓雄辩于温厚，有锋芒，有力量，有道德尺度。荀子以人性恶为立论出发点。“人之性恶，其善者伪也。”(《荀子·性恶》) 又说“涂（途）之人皆可为禹”。只要设计好制恶路径，人性虽恶，而善是可以期待的。荀子比主张性善的孟子多些对人性的洞察，却仍然信任人。读《荀子》，其开阔胸襟、温馨情怀是颇能感人的。

李斯、韩非那里，显然把老师支撑门户的某种东西弄丢了。

李斯那颗雄心，时时呼应着骚动不安的战国天下。生死存亡是逼到列国眼前的现实，并化为思想文化的激烈交锋。荀子坚持他的温厚言辞，李斯心灵里却早已戈戟森严。李斯感到学得差不多了，学以致用的冲动便格外强烈。他觉得祖国的楚王不值得侍奉，包括楚国在内的东方六国都非理想建功之地。他把目光投向西部那个强悍无匹的秦国，断定只有秦国能匹配自己鹰隼般的雄心。李斯辞别荀子时的话，简直有些不客气了：“斯闻‘得时无怠’。今万乘方争时，游者主事。今秦王欲吞天下，称帝而治，此布衣驰骛之时而游说者之秋也。……故诟莫大于卑贱，而悲莫甚于穷困。久处卑贱之位，困苦之地，非世而恶利，自托于无为，此非士之情也。故斯将西说秦王矣。”(《史记·李斯列传》) 李斯已是满腹焦虑：不抓住此千载难逢布衣翻身的机遇，却堂而皇之以“不好利”“无为”粉饰自己，那算什么“士”啊。李斯要做的士，已大不同于荀子之士、诸子百家之士。这个一无所有只有一颗雄心的士，念叨着“得时无怠、得时无怠”，急吼吼地奔赴秦国去了。

荀子对这个弟子早就心存忧虑。《荀子·议兵》篇记载这样一段师徒论辩。李斯说："秦四世有胜，兵强海内，威行诸侯，非以仁义为之也，以便从事而已。"李斯把秦朝累世强盛原因，归结为秦能做到"以便从事"（即怎么有利就怎么做），为达目的，不择手段。荀子生气了："汝所谓便者，不便之便也。……秦四世有胜，然常恐天下之一合而轧己也，此所谓末世之兵，未有本统也。……今汝不求之于本而索之于末，此世之所以乱也。"荀子明言李斯重利轻义是本末倒置，尖锐指出不可一世的秦兵其实是"末世之兵"。荀子已经看出，这个吱吱嘎嘎张牙舞爪的强国，缺少支撑其远行的"软件"。荀子能想到的软件当然只能是孔儒。联系后来李斯及秦帝国的命运，不能不感叹思想家的温厚与深刻。空喊仁义的确常常无用，但将其公然抛弃践踏羞辱，却可能导致灾难性后果。

李斯、韩非正好就是这么干的。与追求天下一统的愿望一致，他们激烈地追求思想一统。这个喧嚣的世界需要简化再简化。这一愿望竟然在秦朝实现了。后世不断有人因这两个能折腾的弟子而指责荀子。"荀卿明王道，述礼乐，而李斯以其学乱天下，其高谈异论有以激之也。"（苏轼《荀卿论》）苏轼以为，是荀子的"高谈异论"激发了李斯。或许有道理。但李斯之所以成为李斯，原因不会这么单一。

形势比人强，有奶就是娘。你听，时代在喧嚣，功名在召唤，国家机器在轰鸣！这可远比任何人的喋喋不休管用。有些人，不陷入抓狂状态是不可能的。

李斯与嬴政

国家机器轰鸣声最为强劲的是秦国。

经商鞅变法，文化落后的秦国迅速崛起。这是一个敢于做梦的国家，它的梦就是统一梦、帝国梦。李斯是一个敢于做梦的人，他的梦是事业梦、功名梦。秦国梦与李斯梦的交合，堪称一场世纪大梦，一场空前绝后的宏大演出。千古一帝，千古一相，千古大惨剧，角色、剧情与场面，都足够震撼。在历史这个关节点上，一些人物不但获得了尽情表演的机会，还被安排必须表演到底，娱乐至死。

男主角当然是嬴政（公元前259—前210年），男二号则非李斯莫属。李斯长嬴政二十五岁，是两代人。李斯三十八岁赴秦，正好秦庄襄王死，自出生即饱受屈辱的十三岁少年嬴政侥幸即位。强秦这个乳臭未干的“小王”，给了李斯很大想入非非的空间。世上最大的事业在哪里？在君王那里。君王的事业是什么？是江山是天下。可是这时李斯实在太卑微了，与王者的距离甚远。李斯毕竟是有备而来。他首先谋得秦相吕不韦门客角色，没用几年就获得面见那位梦寐中“小王”的机会了。据记载，嬴政形象不佳。秦军事家尉缭如此描述嬴政：“秦王为人，蜂准，长目，鸷鸟膺，豺声，少恩而虎狼心，居约易出人下，得志亦轻食人。”（《史记·秦始皇本纪》）嬴政形象及品性给尉缭相当不妙的感觉，尉缭因此打定主意欲从秦国逃掉。嬴政可能有鸡胸、气管炎之类毛病。但他能屈能伸，这可是大英雄必备素质。李斯以政治家胸襟打量揣摩这位小王，开口道："……秦之乘胜役诸侯，盖六世矣。今诸侯服秦，譬若郡县。夫以秦之强，大王之贤，由灶上骚（扫）除，足以灭诸侯，成帝业，为天下一统，此万世之一时也。今怠而不急就，诸侯复强，相聚约从，虽有黄帝之贤，不能并也。"（《史记·李斯列传》）李斯的话只有一个中心：你嬴政一定要做并且必定能做空前大帝国的缔造者，这是秦的国家使命，此时此刻化为你的伟大使命。还有什么比这更能打动嬴政呢？与从前的卑微生存相比，这个梦多么宏大辉煌啊。重要的是，这个梦有极强的现实性，可以说此时此刻就是梦的一部分。

嬴政的儿童少年时代迥异于常人。他以人质之子身份出生于赵国，在寄人篱下的状态中度过童年，大人的功利残忍化为他少年时代的耻辱，宫廷丛林深处的尔虞我诈、危机四伏，又刺激强化他关于人性恶的生存感受。父为活命可弃他而去，母为淫乐可毫无廉耻，小嬴政眼里的生存从来没有温情脉脉过。嬴政那颗心，很早就如冰似铁。他知道自己需要什么。嬴政幼年即位，国政长期由吕不韦把持。二十二岁亲政后，他施展铁腕逐步清除给他带来巨大耻辱的嫪毐集团、吕不韦集团。他将嫪毐与其母后所生二子装入囊中捶杀，并软禁母后。

嬴政极易倾向刻薄残忍，亦可视为列祖列宗的"造化"。秦人有刻薄传统。"商君，其天资刻薄人也。"（《史记·商君列传》）刻薄的商鞅战死后仍受车裂族灭之刑，其带有强烈刻薄色彩的变法主张却一直为秦奉行。韩非为嬴政所杀，比商鞅思想更加刻薄的韩氏理论，却被秦廷奉为圭臬。秦朝一路刻薄下来，文化始终落后，六国始终视之为虎狼之国，但国家确实强大了。形势比人强。拳头大好说话。战国战国，不把国家锤炼为一只无情的拳头，那就等着挨其他拳头的揍吧。“国际社会”惊恐无奈地观望着西北方向这只虎、这匹狼。嬴政身段固然不怎么健美，那鸡胸里却是一颗虎狼般足够有力的心脏。

秦廷需要刻薄，李斯就会奉献足够水平的刻薄。在秦朝，如说谁政治上不成熟，大约就是指他不够刻薄或刻薄得没水平。在除嫪毐、灭吕不韦、杀韩非等等大动作中，李斯积极配合嬴政，足够刻薄。当然，李斯是“士”，需要担当时他亦有足够的担当胸襟。经过多年打拼，李斯由私人门客起步，一路晋升为长史（类似秘书长）、客卿（以外客身份居卿位）、廷尉（最高司法长官）。靠才干识见，在秦朝这架钢筋铁骨的大机器里纵横捭阖，大展拳脚。李斯与国家都在迅猛成长。就在这时，发生了郑国（人名）间谍案。郑国受韩王派遣赴秦，游说秦王上马大型水利工程，目的却是为了延缓秦国东进步伐。七国中，秦国最重视延揽外客，对外客夙怀怨恨的秦宗室，借此撺掇秦王“逐客”，包括李斯在内的大批外客皆列入被逐名单。李斯的过人之处又有了表现机会，他不但没有卷铺盖走人，反而上了一封气势恢宏、酣畅淋漓的《谏逐客书》。他的国家立场、国际眼光，辅之以浩瀚激越的政治情怀，打动了硬心肠的嬴政。形势逆转，“逐客令”撤销。《谏逐客书》或许可称是对中国政治、历史影响最大的古文。时至今日，揣摩《谏逐客书》，我们仍能感受到那个将一己功业与国家追求高度融合的灵魂，感受到这个灵魂面对巨大挑战时反败为胜的胆识豪气。

才华横溢的李斯完全无意于做“知识分子”。他一生写文章甚少，且文章的目标读者只有一个：帝王。得意时一文撼动历史，失意时每个字都是哀鸣。

有了李斯这颗“文胆”之助，嬴政对“武功”也更具信心，统一天下的步伐大大加快了。嬴政听李斯计——悄悄遣谋士持贵重金玉游说诸侯，诸侯名士可用贿赂手段拿下的就贿赂之，不受贿赂拒绝合作的，就利剑刺之。设法先离间诸侯君臣，随后发兵攻打。不管黄犬黑犬，逮住兔子就是好犬。果然见效。扮演法家实用主义实践家的角色，李斯太称职了。从公元前 230 年灭韩，至公元前 221 年灭齐，十年灭六国，灭人之国浑如探囊取物。一个空前的大帝国从六国废墟上挺立了起来。王侯专政的王国时代结束，皇权专制的帝国时代开始。作为历史新纪元标志的秦朝，钢筋铁骨，寒光凛凛，威风八面，总是直奔主题。可是，这是一个缺少润滑剂的帝国，一个没有掌握“软硬兼施”本领的帝国，一迈步便吱吱嘎嘎。

天下人期盼了数百年的统一，竟然就在嬴政手里实现了。他自以为“功盖五帝，泽及牛马”，羞与古帝先王同列，自名为“皇帝”。嬴政以为“历史终结了”，终结于他一家一族。他让“时间”重新开始，他是始皇，为秦帝国一世，子孙为二世三世以至万世无穷。正当生命盛年的始皇，有声有色导演推动着五大运动：造陵、修长城、修阿房宫、巡游、成仙。每一项运动都登峰造极。推求始皇动机，他想的不过是：只有空前巨陵才能与千古一帝身份相称；修长城保卫家业，保卫税收；建起古今无匹阿房宫，极尽人生之繁华；巡游天下既是享用江山，又是震慑天下；此生已达人世极致，只有长生或成仙，才能进入永远占有完全享乐的境界。

能简化统一的都简化统一了，各项“事业”都在向始皇所追求的目标推进。可是有多少个人，就有多少张嘴巴。嘴巴除了吃饭，还能说话。这是个问题。始皇的帝国迫切需要一条“舆论长城”。文胆李斯适时登场了。

> 臣请史官非秦记皆烧之。非博士官所职，天下敢有藏诗书百家语者，悉诣守尉杂烧之。有敢偶语诗书者弃市。以古非今者族。……若欲有学法，令以吏为师。
>
> ——《史记·秦始皇本纪》

与《谏逐客书》为外客、为士人张目的伟岸姿态相反，此“奏折”呈现的完全是刀笔吏嘴脸。作为实现舆论一律的根本措施，黑暗的“焚书坑儒”事件出现了。从此，“豺声”虽刺耳，开口却即为法律。当条件具备后，独裁者很容易接受以屠刀对付嘴巴的策略。李斯清楚始皇想要什么。士人李斯明白怎样才能最有效地向士人、向文化开刀，他主动推进一场满足始皇政治需要的“文化革命”。

统一不久，李斯晋升为丞相。历史机遇难得，李斯却似得到了上苍的格外垂青。在统一前后这几十年间，李斯与嬴政君臣相得，立功至巨。秦国梦化为大地上的现实，李斯梦竟也梦想成真，他所恐惧的卑贱之位被彻底摆脱。长子李由任三川郡守，儿子们皆娶公主，女儿们皆嫁皇族。李由回咸阳度假，前来拜门子的车马数以千计。面对烈火烹油场面，李斯却有悲凉一叹：“嗟乎！吾闻之荀卿曰‘物禁太盛’。夫斯乃上蔡布衣，闾巷之黔首，上不知其驽下，遂擢至此。当今人臣之位无居臣上者，可谓富贵极矣。物极则衰，吾未知所税驾也！”（《史记·李斯列传》）税驾，意为解驾、休息。位极人臣，此生归宿却仍是个问号。李斯竟也有念及老师荀子之时。生存焦虑如影随形：事情是不是做过了头啊？我不知今生在何时何处以何种方式了结呀！李斯梦，生存大梦，又似一个进行时中的噩梦。

始皇巡幸梁山宫，远远望见众多车马簇拥李斯经过山脚，不高兴了。宫中有人通风报信给李斯，李斯立即减少了车马数量。自然又有人向始皇打小报告。始皇追查泄密者，查来查去无结果，便杀掉了当时所有在场近侍。帝国文胆受到了一次极大的震撼。他亲手打造的体制巨轮飞转，满耳是国家机器的轰鸣。始皇无惧鬼神，唯迷信暴力。暴力暴力，一用就灵。他需要的是一个高压下超稳定能传之万世的帝国。在这个血腥淋漓的帝国里，碾碎谁，留下谁，看上去实在是一件平常又偶然的事。

李斯终于知道自己这个帝国二号人物是多么渺小了。

焚书坑儒“革命”之后，文化已极简的帝国，实际上已不太需要老文胆李斯了。始皇意外早逝，更使文胆魂飞魄散的时刻提前到来。

李斯与赵高

若论胆量大小，刻薄狡诈程度，李斯显然逊色于赵高。

赵高被后世贴上皇权史上第一大奸宦标签，具有很强的象征意义。帝国与宦阉一开始就建立了深度关系。帝国天生就具有阉割天下的冲动。“焚书坑儒”就是对天下的一场精神阉割。赵高是否为阉人，历来有争议。这里不作判断。秦朝宫廷里，不是身体阉人，就是精神阉人，健全人难以“存在”。

赵高身世有些特别。“赵高者，诸赵疏远属也。赵高昆弟数人，皆生隐宫，其母被刑戮，世世卑贱。”（《史记·蒙恬列传》）秦、赵两国同宗，赵国人赵高系嬴姓赵氏，父辈是秦王远房本家。赵高自觉担当起摆脱家族“世世卑贱”处境的重任，所下力气大约不逊于李斯。赵高为人聪明又勤奋，精通时代显学“狱法”。嬴政喜欢他，任他为中车府令，兼掌符玺，宫中行走二十余年。地位不是特别尊贵，却是嬴政最信任的近侍。这期间，赵高为人生预置了一大伏笔：担任公子胡亥狱法老师，教胡亥决狱。赵高可称为“卑贱者最聪明”的典型。他的生存别无凭借，“学问”加心术是其最大资本，必用此资本完成阿附极权这一初级阶段，才能伺机晋升到操纵极权之高级阶段。

机会来了。

始皇热烈地追求长生、追求成仙。始皇目睹了太多的死，而死去的总是别人。在死面前，他以为自己应当是个例外。自己即使不能成仙，死亡也应是件非常遥远的事。但死神不这么看。公元前 210 年七月，热情万丈的始皇，巡游求仙途中突患重疾。死到临头，才仓促遗令随蒙恬督军的长子扶苏回咸阳主持葬仪。此遗令只有赵高、李斯、胡亥等数人知晓。始皇僵尸仍置车中，秘不发丧，百官奏事、上食如故。僵尸是有用的。怕死的始皇，要传之万世的始皇，想不到有人会以他的僵尸做一篇大文章，一篇灭其帝国屠其子孙的大文章。

“接班人”问题永远是皇权政治的核心，所有帝王无不提前甚至终身谋划。始皇对此却毫无准备。这很大程度上是由始皇对死亡的态度决定的。这无疑是个致命错误。巨大的权力一时出现真空地带。符玺是权力的象征，用与不用事关朝廷及天下，但掌管符玺也不过类似公务秘书一类差事。赵高却是个有天胆的人。始皇之死，竟然使赵高具备了亲自使用一回符玺的可能。隐秘、微妙、刺激、惊险，所有因素都具备了，就看潘多拉魔盒以何种方式打开。

赵高要以非凡胆量、非常手段“创造”历史：篡改诏书，逼杀扶苏，立胡亥为帝。赵高利用这一细节，扭转了历史巨轮的航向。

赵高说服胡亥的话，可谓推心置腹：“臣人与见臣于人，制人与见制于人，岂可同日道哉！”“断而敢行，鬼神避之……”（《史记·李斯列传》）

赵高灵魂之硬，真能令恶鬼退避三舍。

做皇帝是天大好事，所以说服胡亥不难。赵高懂得弟子。二比一是早就预料中的局面。可是，李斯是一个巨大的存在。

作为帝国丞相，久经磨砺的政治家，李斯自然具备森严深奥的胸襟，拉他下水并非易事。第一个回合，李斯严词拒绝：怎么能说这种大逆不道的话！这不是人臣应当说的！赵高却清楚李斯的软肋。始皇在时，帝国文胆就为归宿问题而焦虑了，却无人敢拿此问题威胁他。始皇死了，水落石出，鱼鳖亮相，大眼瞪小眼的时刻到了。赵高说：拿您的才能、功勋、威望等与蒙恬比，您掂量一下谁高谁低？扶苏是倚重您还是倚重蒙恬？这无疑击中了李斯的要害。赵高步步进逼：我们二人同计，即可创造“君听臣之计”的局面。这是世世享用荣华富贵的根本保证啊。经过多轮辩争，李斯屈服。

皇权史上第一个血腥大阴谋付诸实施。扶苏自杀，帝国倚重的将领蒙恬自杀，蒙毅被杀。阴谋如此巨大，必须让该流的血流尽。赵高再向胡亥献计道：“严法而刻刑，令有罪者相坐诛，致收族；灭大臣而远骨肉，贫者富之，贱者贵之；尽除去先帝之故臣，更置陛下所亲信者近之。……陛下则高枕肆志宠乐矣。”（《史记·李斯列传》）皇位性质，谋取皇位手段决定，越是有功旧臣，越该杀，与胡亥血缘越近，越是势不两立的敌人。于是，杀旧臣于朝廷内外，灭十二公子于咸阳，肢解十公主于杜。公子高为免合家覆灭，上书自请为先帝殉葬，胡亥见书甚为高兴。赵高说：看吧，臣子们顾命都顾不过来，哪有心思谋反啊，你尽情享乐吧！血腥已浸透宫廷的一砖一瓦，弥漫至每一颗心，皇位宝座下鲜血在汩汩流淌。这才仅仅是开始。一个恶需要更多的恶来掩盖来成全。胡亥在宝座上发问：怎样才能"穷心志之所乐"？

他要的不是常规的享乐，要的是"随心所欲"的享乐。始皇追求的主体可说是达到政治的随心所欲，并进而求长生，而二世胡亥追求的主流已堕落为肉身的随心所欲了。

这个无敌于天下的帝国正在自杀。

陈胜、吴广服徭役途中，因大雨阻隔不能按时到达目的地。按秦律，迟到就要砍头。韩非主张轻罪重治，以减少犯罪。与统治者愿望相反，既然轻罪重治，那我就干脆犯重罪吧。揭竿而起的人越来越多。胡亥将天下骚乱的罪过推到李斯身上。身在贼船，昔日的帝国文胆早就魂飞魄散了。李斯向胡亥献上臭名昭著的《上督责书》，与赵高展开面向胡亥献媚邀宠的比赛。《上督责书》教胡亥如何对臣下严督深责，追求毫无障碍的穷奢极欲："夫贤主者，必且能全道而行督责之术者也。督责之，则臣不敢不竭能以徇其主矣。……是故主独制于天下而无所制也，能穷乐之极矣……是以明君独断，故权不在臣也。然后能灭仁义之涂（途），掩驰说之口，困烈士之行，塞聪掩明，内独视听……故能荦然独行恣睢之心而莫之敢逆。"先帝故臣、年逾古稀的老人李斯，殚精竭虑创作此书的李斯，面目该是多么狰狞，心灵该是多么黑暗啊。他在精神上已陷入彻底抓狂状态，已不可能表达任何建设性了。为了苟活，他选择无条件助纣为虐。在无耻的赵高面前，他已无任何优势可言。《上督责书》是最无耻的文章，每个字都是李斯牺牲他人以求自保的哀鸣。

这个反道德、反人性、没有温情、不知去路的帝国，将良知正义砍杀殆尽之后，居于权力塔尖的三个人，展开了刻薄无止境只有更刻薄，阴狠无止境只有更阴狠的比赛。每一个人皆深不可测。可是，人在精神上一旦彻底陷入狡诈状态，做出极愚蠢之举的可能性反而更高。

独裁者有一种愚蠢是胡亥式愚蠢——听颂歌、遭蒙蔽、被架空、自大狂。秦朝一度强大的体制能量被迅速透支，国家机器很快漏风透气穿帮裂底。秦朝很快迎来了末世，末世朝廷必是负能量的渊薮。常规能量耗散净尽，最后只能以负能量的相互残忍湮灭来收场。

实际上，秦从实现统一的那一天起，世界就是一个风声鹤唳草木皆兵的世界了。庞大帝国的神经一天都没有放松过。一开始是不敢放松，后来是来不及放松、无法放松了。

赵高的下一步棋是除掉李斯。要除掉李斯，需强化对胡亥的控制。赵高向胡亥献计："天子所以贵者，但以闻声，群臣莫得见其面，故号曰'朕'。且陛下富于春秋，未必尽通诸事，今坐朝廷，谴举有不当者，则见短于大臣，非所以示神明于天下也……"（《史记·李斯列传》）胡亥采用赵高计，深居禁中，不见大臣，一味寻欢作乐。距离产生敬畏，产生恐怖，产生神秘，产生神。赵高动用一切力量制造并放大恶，让恶成为铺天盖地的雾霾，让秦二世成为雾霾里的大神巨魔。赵高则望着雾霾狞笑。

就献媚取宠的能力来讲，李斯显然比不过赵高。李斯一再堕落，自以为与赵高站到一条线上去了。可是，赵高是没有底线的。你站过来了，我再大踏步后撤。在这场无耻比赛中，李斯注定败北。——一国丞相竟无法见到皇上。李斯闻到了死神的气息。李斯放胆一搏，上胡亥书，言赵高短。可是，在胡亥眼里，赵高当然是更忠诚的人。胡亥不高兴，说与赵高，并让赵高案治李斯。其他人可以成批成群除掉，李斯太重要了，只好当作个案。狱中的李斯再次上书胡亥，幻想二世悔悟。赵高说：囚徒焉能上书！上书被扔掉。李斯让二世听一声他的哀鸣都不可能了。公元前208年，帝国统一后十三年，始皇死后二年，李斯被定为谋反大逆罪，腰斩于咸阳，夷三族。

从体制到个人，反省、自省是没有的。赵高已经不怀疑自己的能量了，却还亲自在胡亥和群臣面前导演一场“指鹿为马”的情景剧。众目睽睽之下，红口白牙，颠倒黑白。他要的就是这个效果。从前是参与游戏，现在是游戏规则由我定了。一个安全感极度匮乏却暂时掌控了极权的人，迫切需要验证他的生存安全系数有多高。赵高一手促成凶险的生存地狱，却幻想在此地狱获得生存的绝对安全。针对他的致命一击马上就会降临。

胡亥与赵高共治，诡诈愚暗登峰造极。

李斯死后第二年，赵高逼胡亥自杀。赵高仰仗自己嬴姓赵氏的血统，想篡登皇位。他取过玉玺佩在身上，迈步登殿，感到殿基摇动，再试，仍如此。为人性恶驱使的赵高，终于走到了心理承受能力极限。——他竟然也是有极限的人。他只好取下玉玺。他无法一人实现生存安全，嗜血的体制不可能单独对他温情脉脉。剧情实在太刺激太惊险了。不演了行不行？不行。中途退场的可能性是零。天下已是风雨飘摇。仓促中始皇后裔子婴即位。子婴即位后做的第一件事就是杀赵高，夷其三族。接着，刘邦、项羽入咸阳，子婴被杀。不可一世的庞大帝国至此崩溃。一个惯于压迫他人的体制或个人，那压迫他人的手段迟早会以更加无情的方式加在自己头上。“请君入瓮”这类剧情在历史上总是不乏再版机会。李斯、赵高、胡亥皆如此。始皇虽早死，这个亡国灭族的沉痛悲剧，他却必然仍是第一承受人。

摧毁自己寄身的体制和国家，看似毫无逻辑，实则正符合事物发展逻辑和人性人格逻辑。胡亥、赵高、李斯三人，让后人看到，体制之恶与人性之恶是怎样相互激发相辅相成的。靠邪恶而存在，便片刻都离不开邪恶。体制崩溃不是他们的本意，而是他们实在玩不下去了。自古就有这一说法：赵高为给祖国赵国复仇，自残身体来到秦宫，最终灭秦。这是戏说，毫无历史根据，也有违人格逻辑。祖国、家园、乡愁、牺牲这类温暖光明的事物与情感，离赵高之流实在太远太远。把权力使劲往黑暗里操纵的人，不配享有阳光命运。

帝国已成为一架血腥绞肉机，其强大嗜血的惯性，使之连控制它的人也绝不放过。这个体制的胃口太好，多么恶的东西都能吞下去。体制本身和体制里的核心人物，全都呈现出丧心病狂如鬼似魔的嘴脸。

体制和这些人吃错了什么药？——那药是士人韩非配制并提供的。

李斯与韩非

李斯为数不多的文章及一生行迹证明，他的精神导师不是老师荀子，也不是其他诸子，而是同窗韩非（约公元前 280—前 233）。

韩非，“韩之诸公子”，即韩王室近支。韩非有口吃之疾，却满腔思想激情，只好靠写文章来饶舌了。《韩非子》十余万言，是诸子中作品量特别大的。（本节中引《韩非子》，只注篇名。）

李斯一条道走到黑，几乎不提老师，相反屡屡提及的却是韩非。劝始皇焚书坑儒的奏折及丑恶的《上督责书》，其精神本质全来自韩非。李斯屡称韩非为“圣人”。据司马迁记载，韩非冤死的第一推手却是李斯。

读《韩非子》，总给人非人的感受。《孤愤》《说难》《奸劫弑臣》《备内》《诡使》《六反》《八奸》……先秦诸子文集皆不见类似标题。韩文峻急犀利，凝重苦涩，刻薄诡谲，同时文采斐然。一篇一篇读下去，读得人脊背生寒。

要判断一种学说的本质，应先理清其对人性的态度。人

“上不属天而下不著地，以肠胃为根本，不食则不能活，是以不免于欲利之心”(《解老》)。人“不免于欲利之心”，这一判断没有错。可是，韩非反复强调的是：人是一种“以肠胃为根本”、没心没肺的本恶式生存，仁义、慈爱、信任等道德说教全都是虚伪害人的。人性恶，人皆不可信；不要用道德论人，而应以利害察人。这是韩非立论元点。

韩非自称为“法术之士”，即以法术理论游说君王之士。与李斯一样，韩非文章只有一个目标读者：君王。他反复告诫君王：要放弃对人性的一切幻想，以法、术、势无情面对一切人、一切事。君王手中利器就是法术势。法要公开，让臣下知畏惧；术则为“暗器”，需深不可测。韩非堪称“法术实践家”。

法术势的施加对象自然首先是臣与近侍。韩非说，盼君王早死的人，正是后妃、夫人、太子之党。为何？“君不死则势不重。情非憎君也，利在君之死也。”(《备内》)只有君王死了，势与利才会转移到自己身上。“臣尽死力以与君市，君垂爵禄以与臣市。君臣之际，非父子之亲也，计数之所出也。”(《难一》)君臣“上下一日百战”(《扬权》)。君臣之间是买卖关系、虎狼关系，任何幻想都是有害的。所以“人主之患在于信人，信人则制于人”(《备内》)。韩非的结论就是：人皆逐利、无耻、无良知，君主只有首先抛弃仁义说教，才能在“上下一日百战”中稳操胜券。这些不给任何一方留情面的说教，对那些无时无刻不为险恶宫廷斗争所困的君王来说，或许无异于醍醐灌顶。可是，潜规则是一回事，把潜规则亮出来，加以肯定、予以推动，又是一回事。

取消了道德底线，才可以无所顾忌。“倒言反事以尝所疑。”（《内储说上》）只要需要，君王完全可以正话反说、正事反做以试探臣下。“故明主之行制也天，其用人也鬼。”（《八经》）用权要显得像天一样公正，役使臣下则要神妙莫测。到如此地步，君主如果愿意宣布某个“阴谋”为“阳谋”，那是他觉得好玩而已。包括儒家在内的诸子，大多有或显或隐限制君权思想，唯韩非主张绝对君权，且君主有无限纵欲权。

韩非的思想武库里，有最充足的毒汁，连自己都能毒死的毒汁。韩非之死比李斯之死更耐人寻味。韩非以文章咬牙切齿，却仅是纸上谈兵；帝王用刀剑发言，则招招见血。

在权力与命运之间，韩非颠簸于自信与不自信的两极。

韩非文章透露着这样一种自信：君王您只要听我的，不但您自身生存安全上可以高枕无忧，还能富国强兵称霸天下。他提供的君王实现安全的大方针就是：严刑峻法，轻罪重治，让人人惶恐不安。“群臣百姓救过不给，何变之敢图？”（李斯《上督责书》）李斯之言，完全源自韩非。韩非对君王安全细节都深思极虑。“同床”“在旁”“父兄”（《八奸》），也即妻妾、近侍、同宗被列入八奸中最需提防的前三名。为防有人下毒，要做到“不食非常之食”（《备内》）。韩非竟然担心君王不会杀人，需他来支招：“生害事，死伤名，则行饮食；不然，而与其仇……”（《八经》）对活着会坏事，杀掉又会有损君王名声的人，就在饮食中放入毒药毒死他，或交给其仇敌除掉他。

韩非对一己命运却完全没有自信。“阴用其言，显弃其身。”（《说难》）君王会暗地里采用我的话，却公开抛弃我。命运果然应验。嬴政看了《孤愤》《五蠹》，不胜感慨：“嗟呼，寡人得见此人与之游，死不恨矣！”（《史记·老子韩非列传》）下令进攻韩国，目的竟是为了得到韩非。韩王恐惧，将韩非送到秦。韩非到秦不久，嬴政却听信李斯、姚贾陷害韩非的话，下令除掉韩非。李斯派人给老同学韩非送去了毒药。喝着法家黑色乳汁长大的嬴政，心肠大约比韩非所希望的更硬，处死韩非想来并未担忧名声损失。以韩非为精神导师的同学李斯，看来也已养成足够的恶，不惜让同学踏上死路。不知韩非接到老同学送上的毒药后，是怎么想的。

韩非的死法，简直就像是他生前为自己量身定做的。在自己的理论里设计好取死之道，为生存打下一个死结，并且非常清醒地意识到这一点，人类历史上实在找不出第二人。他是聪明过头了，还是愚蠢过头了？他构思不出一个强者、士人、民众都能适当生存的世界，必然也想象不出一个自己能够坦然生存的世界。

李斯、韩非的思维就是斩草除根式思维。这是一个广泛阉割的时代。在极权统治者眼里，世界必须是一个阉割过的干干净净的世界，一张白纸式的世界。韩非就极力要成为帝王阉割天下的手术刀，他因此先把自己彻底阉割。李斯当然也成了这样一把手术刀。韩非之前，人是有逃避之路可走的。老庄是一种逃避，儒家独善其身是一种逃避，退处岩穴也是一种逃避。

贯彻韩非理论，进行“文化革命”，所有人便欲逃无地。韩非对岩穴之士（隐士）也大张挞伐，认为他们的存在是对君王权威的蔑视挑战。

韩非要为时代提供“一抓就灵”的妙方，时代强者竟也认为那就是妙方。好在猛药往往同时又是剧毒药，见效快，死得也快。韩非一条道走到黑。实际上，他的人生在半道上就天黑了。韩非的黑暗命运，本质上根源于自己的黑暗灵魂。

韩非提出“法不阿贵”，却又让君王超越一切法。他提出人性绝对恶，从《韩非子》里却读不出这样的自省：我韩非系一本恶之人，无良知，不可信……他把君王和自己置于不受其理论裁判的地位，其主张难脱虚伪。他的彻底类似精神癫狂。说韩非得了“失心疯”症，固然难以证实，说韩非思想是失心疯思想，则无大问题。这失心疯思想，李斯认为真伟大、真彻底，嬴政感到真管事，胡亥感到真受用，赵高则感到其毒性有待于升级换代。人创造的体制，却未被置入人性灵魂。短命秦朝呈现丧心病狂症候，合情合理。似乎可把“韩非思想”看作秦廷软件，只是这一软件一开始就带有致命病毒，连软件开发者亦能毒死的病毒。韩非至少是一个“不正常的人”。

从先秦诸子之文中，我们大多能感受到或深或浅的人文气息。唯韩非例外。韩非那里，无自省、无良知、无大体、无诗意、无恬淡、无温情、无生趣，唯阴鸷，唯诡诈，唯刻薄。汪洋恣肆开阔雄伟的先秦人文精神，陡然收束，钻入了狭隘紧张的韩非“黑洞”。高举韩非理论旗帜的秦朝和李斯，踏上的注定是不归路。

李斯、韩非，其生其死皆别具一格。李斯生存能力远超韩非，比韩非多活了二十余年。可是，最终死得比老同学“隆重”百倍。

李斯、韩非，最后的士人，终结先秦士人的士人。在他们之后的漫漫皇权历史中，再难觅真正的士人踪影，只有士大夫。李斯、韩非的生命终结在自己的“事业”里，却无法将其视为任何意义上的殉道者。

尾声：失落的家园

李斯是最能触动司马迁神经的现代人。在《史记·李斯列传》里，司马迁在道德上否定李斯，在情感上又极同情李斯。司马迁因身体的被阉割，而激起反精神阉割的怒火；李斯却因精神自我阉割与被阉割，再也发不出一丝人性光亮、文化光亮。

在李斯之后的一千六百年，出了个皇权历史中罕见的异端思想家李贽。李贽说，李斯“是圣是魔，未可轻易评说”（李贽《史纲评要》）。李贽体会到评价李斯的困难。李斯作为一个精神力量曾经强大的人，肯定有成圣的潜能和冲动，但事实是他未能成圣，而是以魔的面目出现。历史堪称一间巨细靡遗的人性实验室，什么样的人性不曾被检验过？有些人，注定要被放在冰中浸，放在火上烤。李斯被冰透了，又被烤焦了。

李斯死亡前后，是中国历史最黑暗的时期。秦式“黑暗”是一个系统工程。李斯自身就是黑暗系统的组成部分。

秦朝，没有人能把它当作家园，它也不许任何人有属于自己的家园。一个不许任何人有任何精神坚守的体制，竟然迅速挺立在大地上，寒光凛冽，巍然赫然。

统一固然是演绎了一出伟业正剧，至二世却完全是一派闹剧加惨剧景象了。李斯这只飞黄腾达的雄鹰，一下子成了断线风筝。

三族是一支浩浩荡荡的队伍，老老少少可能会有好几百人吧。李斯平时就没认真想过三族会有多少人，许多人他一生也未曾谋面。这么多无辜的人陪着他去死，不管他流泪还是流血，都变得毫无意义。为了功名，他背叛老师，辜负先帝，出卖同学。先帝、同学是什么人是一回事，背叛与否是另一回事。李斯幻想有一个举族和乐的大家园等着他的晚年，功成名就的老李斯在这个家园里光荣地寿终正寝，结局却是三族成灰。成功后又失败得如此彻底，今世之缘一齐斩断，斩草除根式的斩断啊，任何操心牵挂都不必有了。那是什么样的悲凉啊，连悲凉也不必有的悲凉啊！喧哗与骚动之后，是无边无际的死寂。眼泪是需要人性温度的。“老泪纵横”可看作一种境界。大悲无泪。人总是易见他人的无常，而难悟自己的幻灭。我怀疑老李斯还能否哭得出来。

“黄犬之叹”，那是司马迁想象中的李斯的家园之叹。家园？李斯的家园早就失落了。

没有家园，只有丛林。英国人托马斯·霍布斯于1651年出版的《利维坦》一书首次提出“丛林法则”概念。丛林法则下的社会，弱肉强食，赢者通吃，没有道德，没有怜悯，只有冷冰冰的食物链，所有人都不惜以他人为牺牲。在秦朝，有些人的确实现了通吃，但传之万世的通吃是不存在的。暂时拥有通吃能力的人很快就把天下人吃成了陈胜、吴广。强者、狠者并没有进天堂。贯彻丛林法则不走样的地方恰恰在宫廷，在强者的人际关系里。韩非之后一千七百年，约在1515年，意大利人马基雅维利将其丛林法则意味极浓的《君王论》一书献给佛罗伦萨的权贵。与韩非著述主旨近似，都是向统治者奉献“权术教科书”。为了能让统治者攫取、巩固权力，马氏可谓处心积虑。“为达目的可以不择手段”，成为“马基雅维利主义”核心。对比阅读，却不能不承认，《君王论》虽具无耻倾向，但其政治设计水准、人文色彩、人性温度远远高于“韩非思想”“李斯理论”。

人类社会来自丛林，走出丛林，大方向是丛林品质、丛林法则越来越弱化。这是人类的希望所在。李斯、商鞅、韩非及与之合谋的体制，却不择手段地将一切往丛林方向推进。体制与他们个人的悲剧，是他们努力避免却必定会降临的结局。

悲凉的李斯，短促又悲惨的秦朝，像个惊叹号一样矗立在数千年皇权历史的起点。接过皇帝称号、秦氏体制甚觉受用的历代帝王，却无人能正视始皇和他的功业，总是将他骂一骂、贬一贬以示自己道德正确、政治正确。皇帝动辄杀人，却不敢以君道同体自居，不敢宣布“朕即真理”，“道”必另有所属。至少，在表面上，“治统”要依附于“道统”。

李斯这人生，是怎样的一场喧哗与骚动呢？

黄犬，家园里的那条忠诚的狗，你还记得你那位年轻主人吗？黄犬，你知道吗？你的主子做了大秦帝国光荣的丞相，功勋卓著后，又极悲惨地死去了。

商鞅：历史深处的那块木头

一场史无前例大国崛起的宏伟演出，却有一个游戏味甚浓的序幕。这不能不令人想到那句话：儿童的游戏是庄严的，大人庄严之事却常似游戏。

> 令既具，未布，恐民之不信，已乃立三丈之木于国都市南门，募民有能徙置北门者予十金。民怪之，莫敢徙。复曰："能徙者予五十金。"有一人徙之，辄予五十金，以明不欺。卒下令。
>
> ——《史记·商君列传》

这个游戏，其规则制定者、幕后操控者只有一人。这人是商鞅（约公元前390—前338）。

一块耐人寻味的木头

商鞅布置在秦国都城栎阳南门的木头，看上去是块普通木头，分量亦不会太重，正常体力的人就能扛得动。可是，这块木头在历史里太不普通了，分量实在太重了。

公元前359年，商鞅成功说服急于强国称霸的秦孝公，接受并推动商鞅所设计的变法伟业。在商鞅的设计里，这堪称一场与“传统观念彻底决裂”的变法。商鞅预见到，这场深刻变法必将搅动秦国进而搅动天下。当然，不能不同时搅动“人心”。变法章程已齐备，却不公布，唯一原因是“恐民之不信”。

颁布新法前，需要营造一种氛围，产生一种效果。这块木头被商鞅赋予特殊“使命”：让天生具有怀疑功能的“人心”放弃怀疑，不假思索地付出“信”。史称“徙木立信”。

“民怪之，莫敢徙。”这种情形肯定会出现的。因为“设局”意味太浓了。

搬动一块木头并不难，难的是不知那木头背后有何玄机。会不会有人想用这块大木头“钓鱼”呀？果然，短时间里无人敢动那木头。这应在商鞅预料之中。看上去明明白白的一块木头，耐人寻味，甚至具有恐怖意味了。奖金高得离谱啊，这木头太神秘了啊。看上去是个大馅饼，会不会是个大陷阱呢？人心不能不打鼓。就在人们观望议论之际，奖金忽提高到原来的五倍。可以想见，围观者会越来越多。天上掉馅饼之事，或许人人想，但却是人人不曾遇。趋吉避凶及从众心理决定，普通人大多不敢做“第一个吃螃蟹的人”，却极乐于做看客：谁将是“第一个吃螃蟹的人”呢？吃了之后会怎样呢？围观者越多，幕后商鞅越有成就感——宣传效果太好了。这真是低成本、高效率的传播设计。

总会有人站出来的。奖金太有诱惑力了。有了第一个，就不愁没有第二个、第三个。只要有人搬木头，官府就一定给他五十金：“以明不欺。”不会一直给下去，火候到了就戛然而止。想象一下：此局面中敢于第一个站出者，该是何等品性之人呢？善良者，仁厚者，诚信者，明辨是非者？可能性皆不大。贪财重利者，胆大妄为者，智商欠佳者，或其他不太正常的人？可能性很大。类似游戏若出现在今日某个广场，对人心的搅动是否仍然会如此？常识告诉我们，心地光明之人，无须亦不会处心积虑“设局”让人“信”他。心地光明之体制，亦当如此。

商鞅变法的过程及秦国后来的历史会证明，在秦国，传统意义上的良民不但不会被褒奖，反而会遭受匪夷所思的清洗打击。

人心虑有诈，官府明“不欺”。这个“不欺”潜隐的恐怖气息是不难体会的。这是个无契约、不透明、唯诱饵的游戏。民众作为被动参与者，完全无知情权。这一点是清楚的：不论斗胆搬木头者，还是广大看客，本质上皆不能在这块哑巴木头前产生“自信”。你反复端详它、思考它都无用。让无自信的人，不怀疑，不开口，不假思索地付出“信”。这就是此游戏的本质及追求的目的。不是先颁布新法让人知、让人明、让人议，而是先搬出哑巴木头让人“信”。这个“信”是绝对单向的。

嗅出这个“信”的专制意味是不难的：官府不容怀疑，天然正确。它意外透露的信息是：官府为达目的，会不择手段。

在商鞅及后来的韩非等法家人物那里，对他人一以贯之的策略只有一条：对所有人都要持“不信”态度。以术、势控驭臣民，正是口口声声行“法制”的法家人物奉行的圭臬。

一场宏大变法的前奏，却是一个“徙木立信”的小伎俩。

一块意外承担了特殊“使命”的木头，一块以暗箱操作为前提的诡谲的“政治”木头，在历史里挤眉弄眼。

一块刻薄的木头

商鞅系“卫国公室诸公子”，称卫鞅或公孙鞅。曾供职于魏，入秦后变法立功，封为“商君”，史称商鞅。

商鞅学识家底是法术刑名之学，受李悝、吴起影响甚大，杂家人物尸佼是他老师。商鞅做过魏国国相公叔痤家臣，任中庶子。公叔痤病重时向魏惠王力荐商鞅，说商鞅之才足以担任国相。公叔痤又说，若不用他就一定要杀掉他。魏惠王并未采纳公叔痤之言，对商鞅既不用亦不杀。公叔痤转而向商鞅道以实情，让他离开魏国。商鞅却有充分自信，清楚魏惠王对他只能是“不用不杀”的态度。所以他仍盘桓魏国，观望天下。

《史记·商君列传》开篇这种叙述，不能不令人联想商鞅后来的命运。掂量历史又义气深重的司马迁，对笔下人物善用伏笔。商鞅与李斯、韩非等文人一样，是最能令司马迁深度感慨的人物。用与不用、杀与不杀，选择权不在商鞅等“主人公”这里。去哪国卖命，卖出什么价钱，商鞅们却有相当自由的选择权。这是列国竞争局面带来的。

像商鞅这类战国士人，少有祖国、家国情怀，功利在哪里，激情就在哪里。这个“邦无定交，士无定主”的“国际”环境，催生了大量以投机为事业的纵横家。商鞅非纵横家，却完全具备纵横家心态，甚至比一般纵横家更为彻底。文化落后、偏处一隅、戎狄环伺的秦国，曾长期以艳羡又复杂的眼神望向东方诸国。随着周王室权威一再衰落，历史进入了战国时代。

公元前364年，秦、魏石门大战，秦大胜，斩敌六万。戏剧性局面出现了：天下共主周天子竟“贺”秦大捷。秦国早已明白这样一个道理：拳头大，好说话。文化发达反而可能使国家陷入软懦无力状态。秦国望向天下的眼神已悄然换为“虎视眈眈”。尽快塑造“铁拳”称霸天下，被秦最高统治者视为历史使命。

秦孝公在石门大战三年后即位，他正好是一位称霸欲极强的年轻雄主，即位时二十一岁。

秦孝公即位之初，就下《求贤令》：

……三晋攻夺我先君河西地，诸侯卑秦，丑莫大焉。献公即位，镇抚边境，徙治栎阳，且欲东伐，复穆公之故地，修穆公之政令。寡人思念先君之意，常痛于心。宾客群臣有能出奇计强秦者，吾且尊官，与之分土。

孝公首要目标是恢复两百多年前秦穆公霸业。他对所求之贤只有一条标准：能出奇计强秦。承诺的奖赏规格没法再高了：尊官、分土。

轮着商鞅登场了。

历史总是呈现风云际会现象。极宝贵、极罕见的百家争鸣局面依旧持续，结束争鸣的力量却亦在潜滋暗长。商鞅带着法家先驱李悝的《法经》，在其老师尸佼陪同下来到秦国。秦国的国家性格越来越鲜明有力。这一性格早就对商鞅形成强烈的诱惑。从此之后二十年，秦国国家性格与商鞅性格相映生辉。

正像后来的少年秦王嬴政令初到秦国的李斯"想入非非"一样，年轻孝公亦令商鞅激动不已。孝公当然是国家性格的最主要体现者。在宠臣景监引荐下，商鞅迅速见到孝公。与孝公对谈，商鞅依次说之以帝道、王道、霸道。谈前两者时，孝公昏昏欲睡。谈霸道时，孝公瞪大了眼睛，不自觉地膝行靠近商鞅。他们之间从此开始了漫长的君臣相得生涯，足以将改革大剧演得淋漓尽致。商鞅知自己与孝公皆无帝道、王道之信，之所以先说之以帝道、王道，是为霸道主张做铺垫，追求游说效果而已。在商鞅的设计里，推动霸道的唯一途径就是采用法家路线，他的“法术”只有与霸道结合才能无敌于天下。

司马迁去商鞅二百年，《史记·商君列传》里人物的声气口吻却如在眼前。借助创造某个场景以深化其历史判断，是司马迁经常采用的方法。司马迁追求表达的东西不在历史表象。其笔下场景，并不等于历史上曾经实有的场景。“商鞅说孝公”场景，就应作如是观。

一场轰轰烈烈的变法、一场被历史视为成功的变法开始了。在秦孝公的强力保障推动下，数年之间，商鞅两次变法。变法核心是两个字：农、战。

商鞅的强国之术堪称严厉。这是一次激进冷酷的国家主义试验。所有妨碍提升战力、增加粮食的因素，都在打击之列。“行之十年，秦民大说（悦）。道不拾遗，山无盗贼，家给人足。民勇于公战，怯于私斗，乡邑大治。”（《史记·商君列传》）司马迁充分肯定商鞅变法的效果。底层民众在付出牺牲后，亦得到了一些从前不曾得到的好处。

秦国变成了一架更加纯粹的战车。从前的“夷狄之邦”迅速被改造升级成“虎狼之国”。公元前 343 年，周天子送给秦一块祭肉（“致胙”），给秦孝公加以“兴兵约盟，以信义矫世”之霸名。对秦国谈之色变的各国，却不得不前来祝贺。

伴随着秦国的崛起，商鞅正在迅速接近此生巅峰。但是，到达峰顶还需一场彻底出卖灵魂的战争。

秦国向来觊觎近邻魏国。魏、齐交战而魏败。商鞅感到这是天赐良机，便向孝公提出趁魏新败伐魏。公元前 340 年，商鞅亲任秦军统帅伐魏。魏国统帅是公子卬。商鞅供职魏国时，与卬交情不错。两军对垒之际，商鞅送信给公子卬："吾始与公子欢。今俱为两国将，不忍相攻，可与公子面相见，盟，乐饮而罢兵，以安秦、魏。"（《史记·商君列传》）朋友关系为商鞅拉低道德底线提供了方便。利用旧谊害老友，商鞅能做到心里无障碍。公子卬却未加怀疑。盟会饮宴过程中，公子卬被商鞅伏兵虏获。魏军大败。魏国不得不割河西地献秦求和。

我不怕有人捅我一刀，可怕的是回头一看，却见捅我的是兄弟。公子卬大约会有此等感觉。割地求和之后，魏惠王叹道："寡人恨不用公叔痤之言也。"

商鞅到达了人生巅峰。孝公兑现《求贤令》诺言：以商、於等十五邑封鞅，号为"商君"。差不多是"一人之下，万人之上"的尊荣。常常是这样：极端手段或不择手段往往是最见效手段。商鞅相信并证明了这一点。秦国作为体制亦如此。

巅峰却是一道悬崖。商君，刻薄的商君，心机用尽的商君，你不知道，你生存于世的时间已不多了。仅仅两年后，你将被车裂灭族。

生存是否快乐，只有商君自己知道。商君需要一支庞大的保镖队伍。每次出门，皆严密布置数以十计的车辆跟随，车上满载武士，持长矛、操短戟的保镖傍车而进。"此一物不具，君固不出。"（《史记·商君列传》）司马迁说了，秦国已经山无盗贼、乡邑大治，可为何商君的不安全感会如此强烈？变法成功了，生存却更危险了。得到了梦寐以求的东西，生存却一定再塞给他一些他不想要的东西。退一步不行吗？巅峰之上无退路。

变法设计师努力把人变成物，变成一块木头、一块石头、一件兵器。人越是无人的价值，对君王对国家越好用，且具备用过即扔的方便。民众无能力视商鞅为木头、石头，但有人有这样的能力。

公元前 338 年，一个人的死成为商鞅的灭顶之灾：商鞅想不到，小他十多岁的孝公突然死了。商鞅的最强大“保镖”其实是孝公。

现在的商鞅，其生存处境极似始皇暴死后的李斯。高呼君王万寿无疆，有些时候，有些人必定是出于真诚。越是权力核心层，人身依附关系越重。这是独裁体制的特色。

孝公儿子惠王即位。在变法中被打击的旧贵族疯狂反扑，顺手采用的就是商鞅所倡导的“告奸”策略：商鞅谋反。商鞅踏上逃亡之路。商鞅为减少民众交际活动，曾下令关闭国内大量旅店。好不容易跑到国境边，旅店店主却以无“验”（通行证之类）拒绝其入住。店主说：商君规定，收留无验者入住，要连坐店主。商鞅好不容易跑到魏国，魏国人把他撵了出来。魏国人忘不掉他对公子卬的欺骗。商鞅不得不返回封地，组织兵力作困兽之斗。这却只能证明“谋反”是真的。他承受的是堪称最悲惨的车裂族灭命运。

人生之悲凉，莫过于成功后又彻底失败。商鞅这一命运，与百年后法家信徒李斯的命运极为相似。老是读到当代人惋惜商鞅“为变法而牺牲”，不禁纳闷。“牺牲”这词真是太易被滥用了。商鞅既无丝毫牺牲自觉，亦不具备丝毫牺牲的壮烈。眼睁睁看着到手的功名富贵化为云烟，树倒猢狲散，身与家化为草芥土石。如此而已。

司马迁习惯在文章结尾申明其根本判断。《史记·商君列传》亦如此："商君，其天资刻薄人也。""余尝读商君《开塞》《耕战》书，与其人行事相类。卒受恶名于秦，有以也夫！"由"行之十年，秦民大悦"，竟迅速到"卒受恶名于秦"。有人说司马迁评价商鞅前后矛盾。不是矛盾，这正是司马迁的深邃之处。前者是对变法近期效果的认可，后者是基于人性、基于历史的根本判断。司马迁踏勘过无数历史废墟，构建了一个以数千年为尺度的历史大厦。他判断的商鞅，是变法成功的商鞅，亦是秦朝废墟上的商鞅。那废墟在成为废墟前，曾以商鞅的灵魂为灵魂。司马迁对商鞅人格与言行皆持严厉否定态度，说商鞅"文如其人"。这是不是中国古史中最早的"文如其人"的判断呢？司马迁的结论是：商鞅的悲惨命运根源于人格与言行的刻薄。这一看法并不孤立。商鞅"刻深寡恩"，"惠王车裂之，而秦人不怜"。这话见《战国策》。后世许多人眼里的所谓伟大改革家，在其当世、近世人眼里，却不过是个刻薄之徒、死不足惜之人。生而为人，首先是人，然后才是今人、古人、伟人、凡人、中国人、外国人等。以人性、道德来判断历史人物，理应是一种基本判断。这与把历史人物放到其生存环境里去判断并不矛盾。人是大环境里的人，人格也是大环境里的人格。

秦人不怜，司马迁不怜，有人怜。

那些广大而沉默的木头

不存在对人性不抱态度的学说。要判断一种学说本质，理应理清其对人性的态度。

围绕变法核心农、战，商鞅推动实施废井田、开阡陌、行县制等一系列开天辟地的措施。不能不承认商鞅变法的魄力。只是，达到目的的途径实在太血腥了。

要与人性对着干，与常识对着干。商鞅大讲特讲，毫不掩饰。

商鞅有一种独特的“输毒”理论。“国贫而务战，毒输于敌，无六虱（六种祸害），必强；国富而不战，偷生于内，有六虱，必弱。”（《商君书·靳令》）国穷会生内毒，富了会生偷惰之毒，通过战争能将毒输出施加于敌人，所以不论穷富都要打。这或许与现代所谓通过战争转移国内矛盾之说有点近似。国家作为战争机器，要纯粹再纯粹。这是商鞅的追求。

一切以有无军功与生产粮食多寡说话。“有军功者，各以率（标准）受上爵；为私斗者，各以轻重被刑大小；僇力本业，耕织致粟帛多者复其身；事末利及怠而贫者，举以为收孥（奴）。宗室非有军功论，不得为属籍。”（《史记·商君列传》）平民凭军功可赏以爵禄，贵族若无军功，连王室身份都难以保全。这在打击世袭贵族、促进社会重组方面，无疑会立竿见影。因从事工商（“事末利”）或因懒惰而导致贫困的，举家收为奴。这已相当残酷。而那军功，是以敌人头颅为计算单位的。“民之见战也，如饿狼之见肉。”“父遗其子，兄遗其弟，妻遗其夫，皆曰：不得，无反。”（《商君书·画策》）不论为父、为兄、为妻，皆对出征亲人说：多砍人头、多立战功，否则莫回家。

这令我想到侵华日军东史郎在《东史郎日记》中所写的场景。东史郎踏上屠杀中国人的征程之际，他母亲赠以匕首，嘱咐道：“这是一次千金难买的出征。你高高兴兴地去吧。如不幸被支那兵抓住，你就剖腹自杀。”相隔两千多年，国家主义（或曰军国主义）本质相同，对人性摧折相同。我又想到秦陵兵马俑。八千兵俑表情无一不是恭顺服从，且每人脸上皆挂着不可思议的微笑——手握冷兵器的微笑。如果说有不同，只是恭顺与恭顺的不同，微笑与微笑的不同，是刚强的顺从，是坚定的卑微——这才是秦国的军队。在专制又好战的统治者眼里，民众的最佳存在状态就是所有个体整齐划一，如一件兵器、一块木头。

商鞅敢于突破常规抛弃常识。违抗新法者，不论贵族还是平民，商鞅都予以无情打击。这好理解。从前曾说变法不好的人中，有人转变看法说变法好。按常理，这实在可喜可贺。荒诞的一幕发生了。“卫鞅曰：‘此皆乱化之民也。’尽迁之于边城。其后民莫敢议令。”（《史记·商君列传》）任何形式的批评都绝不允许。有人还在使用自己的大脑，这本身就是不能容忍的。由说不好变为说好是错上加错，因这中间有自己的观察判断。取消一切思想空间，就是“木头”的要义之一。

商鞅斗志昂扬、信心百倍去推行的价值，我勉强称之为

“普不世价值”。

传统价值观要推翻。“用善，则民亲其亲；任奸，则民亲其制。”（《商君书·说民》）信任利用善民，民众就亲近亲人；信任利用奸民，民众就亲近依附国家体制。“国为善，奸必多。”“国以奸民治善民者，必治至强。”（《商君书·去强》）君子斗不过小人，是常有的现象。若国家以体制为小人、奸人做后盾，小人、奸人当然会如虎添翼，加倍心黑胆横。在商鞅的设计里，这样做才能实现国家、君主及他本人的最大利益。“国用《诗》、《书》、礼、乐、孝、弟、善、修治者，敌至，必削国，不至，必贫。”（《商君书·去强》）一切都要反着来。既然要反传统乃至反常识，统治者就需要一个反常的环境。历史的冷酷之处在于，在一定时空下，在统治者配套措施的推动下，其反人性价值观常常得以确立，符合统治者需要的某种“大治”局面是能够出现的。

配套措施要到位。“令民为什伍，而相牧司连坐。不告奸者腰斩，告奸者与斩敌首同赏，匿奸者与降敌同罚。”（《史记·商君列传》）“告奸”“连坐”作为统治术由来已久，但商鞅首次将其制度化、系统化、严密化。对告奸、匿奸的奖罚措施相当血腥。公然奖励告奸的时代，一定是最黑暗悲惨的时代。这已为历史一再证明。“有奸必告之，则民断于心。”（《商君书·弱民》）“赏施于告奸，则细过不失。”（《商君书·开塞》）持续的告密奖励，会使人心形成“自律”“自断”，无人敢越雷池一步。恐怖政策既能改变人的行为，亦能改变人的心理。人性无疑有其稳定性，但人性一定程度上又是动态或液态的。久处非人体制容器内，人性发生变异扭曲亦属正常。告密等反人性行为被鼓励的时代，社会意识、社会生态及文化，被强力重组重建，“他人即地狱”极易化为普遍现实。或者说，国家有多大，监狱就有多大。极权统治者强烈感觉到他们需要这么大的地狱与监狱。

对如此赤裸裸的反人性逻辑，商鞅并不担心民众反弹。一是商鞅的目标读者只有一个——君王，只要君王欣赏并实践他的理论就可以了。二是他有空前严格的愚民措施。愚民是古老传统，反传统的商鞅在这方面不但不反传统，还将其推至极端。

在商鞅那里，愚民有“釜底抽薪”之效。“民愚，则易治也。”(《商君书·定分》)《商君书》大量使用“壹”字——壹言、壹教、壹民、壹刑、壹赏、壹山泽等等。“利出一孔，则国多物。出十孔，则国少物。”(《商君书·弱民》)通过将从精神到物质的一切加以统一、划一，彻底掌控在国家与君主手里，就能愚民、弱民、制民、强国。商鞅一再强调民与国的对立，唯恐君主心慈手软。“民弱国强，民强国弱”“故有国之道，务在弱民。”(《商君书·弱民》)“能胜强敌，必先制其民者也。”(《商君书·画策》)商鞅以为，民“强”而不驯服的原因是好知好学、有智有思。所以，一切言路都要杜绝，一切文化知识都要反对。商鞅将“礼、乐、《诗》、《书》、修善、孝弟、诚信、贞廉、仁、义、非兵、羞战”等说成是危害国家的“六虱”(六害)，皆在打击取消之列。“民不贵学则愚，愚则无外交，无外交则勉农不偷。”(《商君书·垦令》)商鞅主张禁止大臣、诸大夫等人的一切游学、游仕活动，以切断民众获取知识信息的通道，甚至提出禁歌舞娱乐、废旅馆，以最大限度减少民众的交际活动。

商鞅曾有焚书之举。韩非就赞赏过商鞅“燔《诗》《书》而明法令”的行动。像商鞅这样处心积虑的极端愚民举措，实属罕见。

与愚民措施呼应，施政措施亦必须“反其道而行之”。“政民之所恶，民弱；政民之所乐，民强。”(《商君书·弱民》)施政从民众憎恶之处入手，能削弱民众，反之就会使民众强大。“重罚轻赏，则上爱民，民死上；重赏轻罚，则上不爱民，民不死上。”(《商君书·去强》)重罚轻赏能令民众甘心为君主、国家出“死力”。“吾所谓刑者，义之本也；而世所谓义者，暴之道也。”(《商君书·开塞》)《商君书》还提出要防止民众富裕，发现他们富了就要设法让其穷下来。这样才能培养并保持国家“杀力”(类似“战斗力”)。穷一些比富一些更令统治者放心、更有用。似曾相识，耐人寻味。“工具”处在半饥饿状态，则更能吃苦，更愿上战场。人的工具性越彻底，专制者越成功。类似匪夷所思的极端主张，《商君书》中比比皆是。

与专制体制下高层政治黑幕化景观不同，处在高压及互相监视下生存高度透明无任何隐私可言的民众，甚至会呈现出不无可爱的“愚朴”形象。商鞅之后约百年，思想家荀子来到一直贯彻商法的秦国，他对秦地民风不无赞赏：“其百姓朴，声乐不流污，其服不挑（佻），甚畏有司而顺。”（《荀子·强国》）“甚畏有司而顺”，这是最令专制者向往的。“我的人民多么好啊！”最高统治者或许会发出这种感慨。“霸道”之“霸”，当然会首先施加在本国民众身上，“工具”们会体现出体制所需要的统一，甚至会呈现万众一心的局面。牧者一人能放牧一群牲畜，把牲畜撵到有水草的地方就是对牲畜的最大恩惠。专制者羡慕牧人在一群牲畜中的至尊地位，称自己的工作为“牧民”。牧者当然希望牲畜只具备听懂口令与弄清哪种草可吃的智商。被纳粹德国剥夺了公民权的作家托马斯·曼，说纳粹德国不配称作“国家”，而应称为“白痴野战营地”，白痴们“甚至会比在共和国环境中，还要感觉良好和幸福”。某些场景，并不会因相隔数千年而有什么本质不同。

在环境条件具备之后，思想越粗糙、越简陋、越极端，往往越管用、越有效。在商鞅的设计里，民众及人性最好变成一块笔直的木头，或一条直线。私人空间、私人时间被压缩得越少，依赖性、依附性就越强。若独裁者感慨“我的人民是多么好啊”，那民众一定已被塑造成依赖性极强的民众。口号治国、标语治国是可能的。

《商君书》内容复杂，除了商鞅的作品，还有不少商派人物的作品。本文选录片段当然大多可视为极端之言。极端之言却又是本质之言。读《商君书》，联系那个时代，不禁要问：难道就无牵制平衡力量吗？

已持续了数百年，为中华民族文化思想奠基的百家争鸣余绪犹在。可是，以商鞅入秦为标志，百家争鸣在秦国提前结束了。长期文化落后的秦国从商鞅那里获得自信：我不跟你们比文化比开明，我跟你们比拳头。秦国踏上了反智、反文化乃至反文明之路。在秦国，有可能平衡牵制法家的力量，全被无情取消了。

国家是强大了，民众却不得不以愚朴形象把自己缩得很小很小。国家让他们成为鞭影下的牛羊之群，成为广大而沉默的木头之群。

一块生根发芽的木头

荀子赞扬了秦国之民，却在另一篇文章中彻底否定“秦兵”。《荀子·议兵》篇有段荀子与弟子李斯的论辩。李斯把秦国强大的原因，归结为秦能做到“以便从事”（怎么有利怎么做）。李斯对“为达目的，不择手段”的做法是相当赞赏的。荀子生气了：“汝所谓便者，不便之便也。……此所谓末世之兵，未有本统也。”荀子说秦兵是“末世之兵”。荀子已经看出，这个张牙舞爪的强国，缺少支撑其远行的“软件”。这好像是为秦国的未来把脉。这个时候，秦国统一天下的步伐正在提速。荀子那深邃的目光，似乎看到了繁华反面的荒凉，秩序背后的无序。在同一文中，荀子还追溯历史，说百年前商鞅所统秦兵是“盗兵”。秦国能取消国内言论自由，却无法取消天下言论自由。

商鞅之后，遵奉商鞅路线的秦国，在残酷的战国环境中，基本一直立于不败之地。嬴政时代，秦国又来了一位精神导师韩非，而韩非与商鞅思想一脉相承。

韩非理论比商鞅理论更彻底更反人性。韩非告诫君王不要相信任何一个人，对“同床”“在旁”等最亲近之人首先要提防。韩非与商鞅一样一面鼓吹“法制”，一面把君王凌驾于法律之上。这还不够，韩非还主张君王享有无限纵欲权。

无法无天的暴君已经呼之欲出了。

雅斯贝尔斯把公元前 800 年至前 200 年命名为人类“轴心时代”。人类古老文明以及至今支配人类的思想全在此时期生长繁荣。

这真是一个伟大又温馨的时代。老、庄、孔、孟、墨诸子及商、韩都在这时代。读商、韩之外的诸子文章，不管其主张为何，皆具或浓或淡的人文精神。“远人不服，则修文德以来之……”（《论语・季氏》）这是理想，亦是现实。文化发达之域感召文化落后之域，人类文明发展主流至今如此。老、庄似取一种水底下望人望社会的视角，略显冷淡与诡谲，但其出世之飘逸正建立于入世之牵念上，并无反人性主张。没有谁对人与人之间的精神呼应是完全排斥或绝望的。“远人不服，重拳击之；国人不服，重刑加之；人心不服，告奸摧之。”我这样概括商、韩理论，是否有点刻薄呢？

商、韩那里，无自省、无良知、无诗意，唯阴狠、唯诡诈、唯刻薄，他们打造的是一个狭隘紧张的反对一切知识的“知识体系”，反对一切思想的“思想黑洞”。知识思想体系无疑是任何文明的核心，没有哪种文明无此核心而能发育成长。文化落后又急欲称霸的秦国，绝无接纳文明程度较高的知识思想体系的耐心与眼界，吞下“商韩体系”这剂见效快的猛药，是其必然选择。

人性是生物性、社会性和精神性的统一这一现代观念，在诸子那里是同样成立的。而在商、韩那里，人的生物性被无限放大，社会性、精神性则被一笔抹杀。从信仰角度讲，商、韩及法家信徒李斯等皆无信。但他们又极为坚定地信强权、信功利、信诈、信术。他们的言论只有一个目标听众：君王。他们把灵魂卖给君王，同时追求自己的及身显荣。商鞅、李斯创造了奇迹，一度享受了成功。

嬴政在成为始皇之前，就借韩非的同学李斯之手，随便把韩非处理掉了。嬴政只要韩非思想，不要韩非这个人。李斯比韩非轰轰烈烈多活了数十年，最后与商鞅一样，不得不承受成功后彻底失败的命运。推动“法治”又主张绝对君权的法家这三位代表性人物，皆死于自己向往并亲手打造的体制。这体制的品质应当很符合他们的期待：钢筋铁骨、威风凛凛、无情无义。商、韩、李皆为士人或曾是士人，却不给其他士人留丝毫生存空间。只是他们大约不易想到：这体制吃掉他们比吃掉体制外的人更容易、更方便。作法自毙、作茧自缚用在他们身上再恰当不过。他们制造了一个令他们十分得意的“瓮”，却发现具备“请君入瓮”资格与能力的人马上就换成了别人。

商鞅变法，商、韩理论，人性稀缺，营养有限，毒性甚强。

顽强立国达七百年的秦国，完成统一、体制强大到登峰造极之日，竟就是其崩溃之时。强敌没有了，越积越多的“毒”往何处施？帝国机器迅速失灵，体制立即陷入疯狂自噬。始皇子孙之间、体制内高层之间，展开了消灭对方与求一己安全的比赛。以人人自危的铁血恐怖，追求想象中的安全，赢来的却是呼啦啦似大厦倾塌的湮灭。瓜瓞绵绵、传之万世的美妙设计，演绎成足够惨烈的第一场帝国噩梦。毒药猛药，见效快不容否认，死得快更是事实。专制者迷恋愚民高压政策的同时，不可能不同时积累深化自己的愚蠢与毒性。历史事实是，民众从愚蠢中明白过来只需瞬间，统治者则常常蠢梦难醒。陈胜、吴广发现他们只能踏上“斩木为兵，揭竿为旗”之路时，一下子就扔掉了“愚朴”外衣，千千万万根木头忽然打破了沉默。陈胜说：“王侯将相，宁有种乎？”接着项羽、刘邦登场了。

项羽遥望始皇出巡队伍，曾感慨“彼可取而代之”。取而代之的任务，却由流氓品性更胜一筹的刘邦完成了。大汉在秦朝废墟上投胎。汉武帝刘彻接受并实施“罢黜百家，独尊儒术”的主张，皇权有了支持其远行的“软件”。这是一种能让民众喘口气的“软件”。到实在无法喘气时，再上演新一轮取而代之大戏。

两千年皇权时代，所有皇帝都需面对始皇与商、韩。骂一骂暴君始皇，是皇帝们的共同选择。贬一贬商、韩，或起码不公开赞扬商、韩，也是大多数皇帝的态度。皇帝必须首先露出一张儒家所要求的“仁义道德”的嘴脸，而皇权“外儒内法”亦是古今共识。商、韩法术永远是皇权所依赖的暗器兼利器。

王朝取而代之的大戏虽一再上演，却永远是皇权克隆，只有旧灵魂没有新生命。

轴心时代的西方，并无与商、韩近似理论。柏拉图主张贤人政治即“人治”，体制上维护君主制。亚里士多德主张“法治”，体制上主张民主制、共和制。同时代的中国，儒、法两家皆拥护君主专制。儒家具备有限的限制君权思想，法家却每每痛惜君主不够狠、不够阴、不够毒。商、韩法家并未导向真正的“法治”，而是导向更极端的人治、酷吏治。他们自己的惨死，是最直接的证明。他们的理论养育出无法无天的暴君，毫不奇怪。商、韩式思维，古今皆有。在纳粹德国或与之近似的极权环境下，某种“普不世价值”，会被狂热地当作真理乃至终极真理。

商鞅命运是成功后又彻底失败，始皇命运、秦朝命运又何尝不如此呢？特别是，短命秦帝国导致了商周以来最大规模的生灵涂炭。谁赢了？司马迁没找出谁赢了。古人皆不明白谁赢了。古人眼里，从商鞅到秦帝国覆灭，没有赢家，只有惨绝人寰。这也是后世皇帝们对始皇，对商、韩，一般不能亦不敢持公开肯定态度的原因。历史及历史人物的戏剧性，实在不比任何舞台戏剧差。这令居于权力塔尖的帝王，都不能不眼花缭乱、心惊胆战。

将天下由蛮秦实现统一，视为顺应历史潮流等等，这并不比“成王败寇”观念更高明。齐、楚、赵等国皆曾拥有统一天下的实力与可能。在这场历史大戏中，天下统一或许是必然，由谁实现统一却是偶然，个人命运更是偶然中的偶然。现代的一些历史解说，常常不过是为历史既成事实进行辩护——对偶然的结果，进行必然的辩护。蛮性十足的商、韩理论，与耐苦战、少文化、乏理性的秦国国家性格一拍即合。秦之灭六国，与元灭宋、清灭明是本质近似的历史现象——较低文明对较高文明取得军事胜利。这一现象在人类文明史上并不罕见，却并不能改变较发达文明影响同化较落后文明这一主流走向。元朝实现的“统一”举世无双，文明进步的意义却谈不到。清灭明亦如此。近百年来，商鞅“推动历史进步”“为变法牺牲”之类说辞，不过是现代“历史进步主义”视野下的标签而已。我甚至觉得，这简直有拿商鞅悲惨命运“开涮”的味道。“十年浩劫”期间，人类所有思想成果几乎全被归入“封、资、修”的黑货，唯“法家”大放异彩，商、韩被捧到不可思议的高度。这可称得上是一个激情似火、无法无天的时代。

汉朝及以后，商、韩理论不得不退居幕后。汉代秦，是“硬件”上的继承，“软件”上的“抛弃”。儒教从汉代开始正式为统治者站台，竟站了两千多年。儒教让人能喘口气，而不是一味掐脖子。经过现当代百多年激烈现代化及革命摧折后，儒教差不多已成孤魂野鬼，却仍在中华大地徘徊。商、韩法术从秦亡之后，就陷入鬼鬼祟祟境地了。

商鞅、韩非、李斯在他们的现实中，非死不可且死得十分难看。在历史里，他们的“毒性”却一直有用。有些木头，生根发芽的能力很强。苏轼《商鞅论》有言：“自汉以来，学者耻言商鞅、桑弘羊，而世主独甘心焉，皆阳讳其名，而阴用其实，甚者则名实皆宗之……”苏轼之言不无偏颇，“耻言商鞅”自然是主流，肯定商鞅者亦代不乏人。苏轼说“世主”对商鞅“阳讳阴用”，则完全是历史事实。被视为儒臣典型的诸葛亮，教导后主刘禅好好读《商君书》。这位胸襟森严的政治家一定倍感遗憾：帝王不学自明之术，愚懦的刘禅却不懂。诸葛亮自然会遵奉儒家大道，法家作为不易张扬却管用的小道或潜规则，亦不可或缺。刘备活着时，就令其子多读《韩非子》《管子》《六韬》等书了。冠冕堂皇的皇权不能摆脱暗箱操作、阴鸷味道，是不用奇怪的。

商、韩理论能通向现代的因素微乎其微。

康德有此名言：“人性这根曲木，绝然造不出任何笔直的东西。”康德并非表示对人性的失望，而是承认人性复杂。商、韩那儿，总是蛮横地将人性简化再简化，简化成一条“恶”的直线。他们一定要造出简单笔直的东西，造出让君主使用起来得心应手的东西。

徙木立信被当作“取信”于民的典范，人云亦云数千年矣。这一游戏，立信其表，立威其里——我说一不二，我说到做到，我不容怀疑。想象一下“徙木立信”的场景，难道不能嗅出逼良为娼的味道吗？那“徙木立信”的场景，正含有通向“指鹿为马”场景的潜质。这两个场景在秦国土地先后上演，相距仅一百多年。现代人，若念念不忘玩“徙木立信”游戏，说不定，你可能有颗“商鞅之心”呢。若商、韩阴魂不散，现代法治必步履维艰。

读《商君书》与读《韩非子》感受近似：峻急，犀利，阴鸷，刻薄。人类有价值的思想都不是“官府”创造的，官府却能创造“以吏为师”的环境。商韩理论发扬光大，自然会导出爹亲娘亲不如君王亲这一反人性、反人伦逻辑。

李斯、韩非、商鞅，其著文共同特点是：将目标读者皆锁定为君王一人。马基雅维利以权术教科书《君王论》献给贵族，李、韩、商则只献给一个人。涉及一群人，其道德底线即使可以拉得很低，却必须有底线。献给一个人，便具有最高的隐秘性与彻底的暗箱品质，则完全可以取消底线。李、韩、商是“帝王师”的一种类型。怀有这一心态的“帝王师”在皇权后世一定不会绝种，大约皆进化至只需口授心传的境界，不需著述了。

现代政治经济的游戏规则，可说已非常简单明白：确立契约，公开契约，然后玩。“契约”可说是更简单、更基础的前提。没有这个前提，其他无从谈起。这个“简单”，与商、韩所追求的简单，本质完全相反。

李陵：冰雪里的灵魂

李陵尚在母腹中躁动的时候，年轻的父亲李当户就去世了，李当户来不及体验拥有血脉的快乐。为李陵降生从心底里爆发欢乐的，是李陵的祖父李广。

受武帝之命，飞将军李广一次又一次出征攻打北方的匈奴，每一次都要走千里万里的路。每次征战归来，他都看到他的孙子又长高了一些。也许，威震匈奴却沉默寡言的李广会这样想：人们说我是为武帝杀敌，我其实是为我的孙子杀敌啊。李广决心用战功说话，用战功提升家族的地位。李陵小时候，祖父李广或许与他一块诵读过《诗经》中那篇有名的《黍离》："彼黍离离，彼稷之苗。行迈靡靡，中心摇摇。知我者，谓我心忧；不知我者，谓我何求。悠悠苍天，此何人哉！"对诗意似懂非懂的李陵，看着祖父翕动的嘴唇，感到祖父的表情是那样深沉又奇怪，祖父好似看到了冲天血光，好似看见了无边雪原，好似看见了他留在苍茫大地上的无数脚印。李陵从祖父的声调里听出了这首诗的美。

李广对李陵说：从前有一个人，离开家非常久非常久，当他回来的时候，他发现他的家没有了，他的家已被人当作田地来耕种了，黍和稷都长得很高了。

小李陵似乎明白了：人不能离家太久，更不能一辈子不回家。

公元前99年秋天，李陵率五千步卒出击匈奴，出河西，临大漠。冬天很快降临了，寒潮一阵一阵从漠北扑来。这是一个与他过不去的冬天。至浚稽山一带，在两座峰峦之间，李陵部众与单于率领的三万匈奴骑兵遭遇。一场惨烈的厮杀之后，单于不得不承认：他这三万骑兵，竟不足以制服李陵那五千步卒。单于让部队后撤，很快又调来八万余骑，摆成合围之势，紧紧咬住李陵。突围，突围！李陵此时唯一的念头就是突围。英勇的将士击退了匈奴人一次又一次进攻。可是单于的包围圈越勒越紧。李陵抽出一支箭，又抽出一支箭。他的箭率领着千百支箭飞向敌阵。可是，忽然之间，他的箭袋空了。他高呼：箭，箭，给我箭！可是，几乎是在同时，将士们的箭袋全都空了。五千将士的五十万支箭，全飞向了匈奴人。从此，李陵一生都没有摆脱赤手张空弓的感觉。他下令解散部队，各自突围。匈奴将士簇拥着单于，来到了李陵跟前。李陵和单于互相看清了对方的面孔。李陵控住马，望一眼天空和大地，望一眼南方，深深叹息一声，下马，投降。

李陵全军覆没的消息传到朝廷。武帝一开始听说李陵阵亡了，接着又听说李陵投降了。他便让相师给李陵母亲和妻子相面，相师说李陵母、妻脸上都没有死丧之色。武帝听到这句话，像自己打了败仗一样心里很不痛快。李陵阵亡或自杀，他这当皇帝的才有面子。甘愿为皇上牺牲的臣民，才是好的臣民。牺牲越悲壮惨烈，越能安慰皇上那颗心。李陵竟不肯为我一死，他至少应该和他祖父李广一样——武帝应该会这样想。

二十年前，即公元前119年，李陵的祖父李广最后一次出击匈奴。他年已过六十，转战疆场四十余载，身经七十余战，匈奴人都惊呼他为“汉之飞将军”。但他虽屡立奇功，却始终未能封侯。他不是皇亲贵戚，没有任何可以攀缘的东西，他只想用战功来说话。他要做人生最后一搏。可是，想不到，这次出征却使他走到了人生的尽头。他的部队因迷路而贻误战机。他不忍回朝廷面对刀笔之吏，便拔剑自刎于阵前。全军将士洒泪如雨。

李广如此忠义，他的孙子李陵却投降了。武帝对此耿耿于怀。那些从前赞扬李陵的人现在都说李陵的坏话，他们知道皇帝愿意听什么。武帝问颇有些书生气的司马迁对此事有什么看法。司马迁说：李陵事亲极孝，与人交往恪守诚信，为国家奋不顾身。这次出征，虽身陷绝境，但杀敌数量巨大。他不死，可能是以求将来有机会报答陛下……武帝不喜欢这几句话，司马迁便受了宫刑。不久，李陵遭受灭族之祸，老母、娇妻、幼子、弱弟都被杀掉了。

北海（今贝加尔湖）一带的阳光，瀑布一样泻下，从南方来到北方的人，总感到这阳光在天空中走了更远的路。李陵和苏武都在这里。苏武手持汉朝的旄节牧羊。李陵则仍然带兵作战，不过现在他带的兵是匈奴兵。李陵娶了单于的女儿，他成了叛徒。汉朝这样说，史书上也这样说。李陵受单于命在北海边上劝苏武投降，与其说是劝降，不如说是倾诉。这是他们说一说汉朝说一说老家的唯一机会。他们其实分别都在自言自语。苏武念念不忘一个忠字。李陵的内心则如北海那汹涌的潮水——

“这个世界上该有两个李陵。一个李陵死了，一个李陵活着。一个李陵被钉在耻辱柱上，一个李陵在带兵作战。我的血脉、我的祖先留下的血脉已被武帝刘彻也可以说是被我自己彻底斩断。大树倒了，它的根在很远的地方又冒出芽来，但那只能看作是另一个生命。走过长城走过黄河，走过我祖父拔刃自刎的地方，从南方到北方，距离是多么遥远啊！我看见了多么广大的陆地。仇恨就在这广阔的地域里展开。世界到底有多么大，匈奴和汉朝之外，还有怎样的人类？所有的人类都在互相仇恨吗？有没有不互相仇恨的地方？如果有那样的地方，即使远在天边我也愿意去寻找。可是，我所有的体验就是仇恨。从前的李陵仇恨匈奴，现在的李陵不得不仇恨汉朝。凡死在我手下的人都是我的敌人，这就是战争的逻辑。祖父转战一生，杀人然后自杀，我没有像祖父那样自杀，便注定我必须继续杀人吗？人杀来杀去，是不是都是在杀自己呢？

“我的母亲、我的儿子、我的妻、我的弟、我的亲人们，是李陵杀了你们啊！皇帝不停地杀人，但他有办法记在别人的账上。匈奴人没有文字，没有史书，他们的话总是随风飘散。我不会被他们记载下来。而汉朝是要记载我的。好在这一切对我已无意义。那些支配了我大半生的文字，正在我头脑里慢慢死去，我正在变成一个不需要文字的人。人生的根已被从故土拔除，南方对我已是异域。北方的阳光、空气、风水、土地，正在改造我的心灵和面貌。我要在这北方扎根吗？匈奴人是不关心根的民族。他们自己也不去追究他们的根在哪里。或者说他们的根就拴在马蹄、挂在刀剑上。

“国家国家，国中已无家，国家已变成人家的国家。天下的勇士不是为皇帝作战就是为单于作战。为什么要这样呢？人为什么不能为自己作战为自己活呢？难道所有的人都是皇帝手里的筹码，他愿意抛出哪一个就抛出哪一个？祖父是那样纯粹的一个英雄，最后却只好自刎。那时候我年龄还小，当祖父自刎的消息传来，我从我家那小小的庭院里望向北方，我感受到了来自北方的凛冽之气。朝廷及周围的人都教导我仇恨匈奴，那时我常常把匈奴与一种凶猛的动物联系在一起。世界就这样仇恨下去吗？祖父把自己杀了，我把家杀没了。祖父说《黍离》中的那个人因看到自己的家被人当作田地耕种而无限悲伤。我当时就想，那人应该再建一个家呀。那时我不知道，家被连根拔除后是不会再生长的了。祖父自刎就是为了保卫自己的家呀。我活着，我的家就必须被消灭。这是皇帝消灭我的一个办法。

“我不知道未来的人类，将在怎样的天空下生活。我、我的祖父从很年轻就参与人类的互相追杀。人类难道需要这样的游戏？匈奴人已被追杀得非常悲惨了。剩下的匈奴人仍顽强地将目光投向南方。汉朝会永存吗？匈奴会永存吗？有没有高于汉朝和匈奴的神灵来判断这一切呢？……”

李陵之后，匈奴分裂为南北二部。南匈奴归附汉朝，后来便融入中原民族。不屈的北匈奴被追杀到遥远的西北，人口所剩无几。李陵去世一百多年后，这个称雄达三百年，唯一能和当时世界超级大国汉朝抗衡的民族，竟然从大地上消失了，历史竟无法说清汉民族第一个伟大对手的归宿和去向。只是千百年来，人们一直在说匈奴说李陵。

历史以奇怪的方式纪念有趣的人和事物。生活在新疆阿图什一带的柯尔克孜族人，坚称他们是李陵的后裔，一个民族竟甘愿做一个“叛徒”的后代。我从喀什去阿图什，面对李陵后裔们的面孔，总是浮想联翩。千古奇文《李陵答苏武书》，据说是伪作。流传到今天的李陵与苏武互相赠答的诗，我相信那一定也是伪作。越是伪作越能说明问题，越有意义。人们为何不停地替李陵创作诗文呢？读一读这些诗文吧。显然，在这些广为传诵的诗文中，李陵是远比苏武更生动有趣的人物。那是人们为李陵而作的悼词，是世上最真实深情的悼词。它源自人们的心灵。两千年来，面对李陵这个名字，人们一直是一咏三叹。人们在心灵里为李陵辟出了隐秘的一角。体制总是塑造适合它需要的偶像，而李陵在体制的冷硬面孔之外。

李陵在匈奴生活了约二十年，最后死在那里。匈奴人埋藏了他，匈奴人为他哭泣。他的躯体上一定覆盖着厚厚的冰雪。一个蒙羞的灵魂，一个堆积着厚厚冰雪的灵魂，一个插着无数把刀的灵魂，在两千多年前安息了。他的埋骨地在哪里谁也不知道。重视葬地是农耕民族的传统，他已融入了游牧民族。而他前半生所在的那个民族却无法忘记他。隔着两千多年岁月，一提到李陵这个名字，为什么总给人异样的感受？人们感受到了李陵灵魂里的冰雪。李陵似乎永远在历史深处沉思默想。

李陵是叛徒，这是没有异议的事。可是，人们并没有将他简单地钉在耻辱柱上。大地上找不到一通“李陵碑”，也不会有关于李陵的任何遗迹，人们却在心中建造了一通“李陵碑”。京剧《杨家将》里那位不得不接受悲剧命运的杨业（杨继业），决绝地将自己碰死在“李陵碑”上。杨业是《宋史》中有明确记载的英雄人物，碰碑纯粹是艺术家的虚构。时空相距遥远的两个人的悲剧，通过碰碑这一高度戏剧化的情节，融合在了一起。荒芜英雄路，千古共唏嘘。

历史一直在打扮李陵，但与打扮任何历史人物不同，人们念说着李陵时，总是颤动着那根敏感多情的神经。面对李陵这个叛徒，人们竟感到了羞愧。人们企图以个人的方式，以一己的情感，融化李陵灵魂里的冰雪。李陵在冰雪中远去，远去，人们却一直在遥望着他的背影。

读书人在幽暗的灯光下说：李陵……李陵……

种地人在晴朗的天空下说：李陵……李陵……

夏完淳：少年的绝唱

一

1647年（清顺治四年）九月十九日，夏完淳等四十三名抗清志士在南京同时遇难。此前，夏完淳的好友杜登春去南京打探消息，恰巧遇上清廷处决场面。杜登春得以目睹夏完淳就义过程。这成了杜登春一生刻骨铭心的记忆。遇难者中有夏完淳多位好友及岳父钱栴，行刑方式是斩首。

杜登春看到，夏完淳与好友刘曙携手昂然而出，拒绝下跪。

杜登春看到，刽子手因无法痛快地砍掉挺身而立者的首级，只好从颔下以刀抹向夏完淳喉部。

杜登春看到，夏完淳是平静地望着明亮的屠刀赴死的。

夏完淳（1631—1647），松江华亭（今上海松江区）人，生存于明清易代之际，殉难时虚岁十七，生存人间仅不足六千个日夜。

三百七十年，对时间对历史来说，可以说是漫长，也可以说是瞬间。不仅夏完淳为之尽忠的大明王朝远逝，他所誓死反抗的清朝也仅是一个渐行渐远的背影。

我自少年时代知有夏完淳，就一直向往能拥有一部《夏完淳集》，历几十年竟未得。21 世纪之初，借助喧嚣的因特网，终于搜求到了一部五十多万言的《夏完淳集》（白坚笺校本）及其他相关史料。我得以窥见这位少年文学创作全貌，并能对其精神世界有个略显深入的探察。

读《夏完淳集》，感受其悲壮文心，雄伟灵魂，感慨不已。在如此短暂的岁月里，经受如此激烈复杂的人生，爱恨情仇达于极端，十六七岁时所达到的精神高度、强度，古今中外，罕有其匹。这是一个人类精神奇迹。面对这位在历史和文学史上都刻下了独特印痕的少年，我产生了一个又一个疑问，似乎找到了答案，又似乎没有。

哪些因素促使夏完淳如此早熟？

人格在无情历史面前有没有独立价值？

如何评判儒家人格？

夏完淳仅仅是忠孝节义符号吗？

他的自觉献祭，有无意义？

……

夏完淳被捕时，以一首五律辞别故土，这就是有名的《别云间》（云间是松江县古称）：

三年羁旅客，今日又南冠。
无限山河泪，谁言天地宽！
已知泉路近，欲别故乡难。
毅魄归来日，灵旗空际看。

夏完淳知此行必蹈死地。首联高度概括了自1644年国变这三年来，湖海漂泊矢志抗清直至被俘的生存境况。中间两联剖示心际，有问天问地问山河的浩茫心事，有对人生对故土的留恋。尾联是面对死亡的誓词：我死后，不屈灵魂定要继续高举大旗。整首诗气概豪迈，浑厚。古往今来，谁在十七岁时面对死亡能有如此胸襟？谁在十七岁时能如此清楚明白自己的死亡？

《别云间》收入了中学语文课本，诵读者正好是十六七岁的少男少女。今天的少年，对这位三百七十年前的少年能理解多少？

这是一个解构主义盛行的时代，夏完淳式的崇高或许并不难被解构。假设夏完淳生存于清末，他会不会为保住辫子而勇于“牺牲”呢？可能会的。明朝需要忠，清朝似乎更需要忠。解构固然能提供新视野，但如果夏完淳一经解构，便只余一片废墟，那么你只好下此结论：历史无法保存任何崇高的东西。

二

夏完淳无疑天赋极高，五岁时就以神童而闻名。当地已七十八岁的名儒陈继儒面试完淳，连叹“不可思议”，作《童子赞》:“包身胆，过眼眉。谈精义，五岁儿。老讲师，是童儿……”陈继儒加上了这样的注释:“(五岁完淳)讲上下论语，宿儒弗及。”陈继儒如此迷恋这个神童，为之倾倒，他在给完淳父亲夏允彝的信中说:“儒七十八矣，不意见圣童、神童，昔得之于书，今日得遇之积善之家……”不仅陈继儒，师长辈的陈子龙、钱谦益、侯岐曾等都有诗文赞及神童完淳，并寄予厚望。陈继儒在完淳六岁时又赋一短文《题端哥六岁能文》(端哥系完淳乳名)，可知完淳六岁即能赋诗作文。《夏完淳集》收录诗文最早的即其八九岁时作品，虽大多系模拟之作，而文采可观。神童历代皆有，幼有神童之名而终成大器者，却很罕见。神童往往是昙花一现。王安石名作《伤仲永》，就是感慨一个神童的沦没。那个叫方仲永的孩子，五岁时指物作诗立就，其父经常领着他四处炫耀。待二十岁时，变成了和他父亲一样的农夫。王安石将这种变化，归结为方仲永没有得到及时的教育。王安石只说对了一半。方仲永没有得到及时教育是外在现象。没有养成对知识文化的自觉追求，没有人格精神的觉醒，没有内在动力，任何天才之苗停止生长，都是不奇怪的。

夏完淳在精神在人格上觉醒成熟之早，令人惊讶。

夏完淳受到了那个时代最好的教育。他有一个堪称人杰的父亲。夏允彝(1596—1645)，崇祯十年进士，与陈子龙同为晚明“几社”创始人，道德文章，秀出士林。夏允彝对独子完淳期望甚高，经常将其带在身边，中进士后赴福建长乐任知县五年，完淳从八岁至十三岁一直随从。完淳喜欢阅读邸报(朝廷下发的公文报）的习惯，就是在此期间养成。夏家有条件为完淳选择最优秀的老师，其中对完淳影响最大的是陈子龙、吴易、张溥。处明末乱局，这些人和夏允彝一样，皆为众望所归的人物。夏家与嘉善望族钱家，在完淳很小时就结为姻亲，完淳岳父钱栴以潇洒豪迈善结士而闻名。处此环境，完淳超人天赋得到了充分发挥。甲申（1644 年）前十岁左右所作《燕问》《周公论》等策论，侃侃而谈，纵论天下古今，其精神面貌俨然已是一个欲担荷重任的忠贞老臣。《大学》要求于士子“修齐治平”梯次中的修养任务，完淳似乎极早就完成了。

完淳没有普通意义上的童年，甚至也没有少年。家庭要求他早熟，文化促使他早熟，时代逼迫他早熟。中国传统文化是促人早熟的文化，孩子有貌似大人言行，是受到鼓励的。其利其弊，殊堪研究。夏完淳不是貌似大人，他实际就是一个满腔老臣情怀的少年。体制、文化要求于士子的忠孝节义，迅速融入他的血液骨髓，化为生命深处的自觉追求。

夏完淳如此迅速地成长成熟，似乎是在为一个非常时代做着准备。这个时代一到，他就把自己尚且稚嫩的躯体捧上了祭坛。

三

1644 年，一个天崩地解的时代来到了。

这年三月十九日，李自成攻入北京，崇祯帝自缢煤山（今景山），延祚三百年的大明王朝覆灭。原明将吴三桂以雪君父之仇（吴之父吴襄及三十余位家人为李自成所杀）的名义引清兵入关。清廷抓住有利时机，以吊民伐罪、为崇祯帝复仇为口号，招降吴三桂。李自成军迅速败亡。清兵入据北京。

明末，广大士民对以皇帝为代表的腐败统治集团早已绝望，但崇祯帝自缢对士民心理仍是一个重创。因此，清入关之初较为顺利，野心迅速膨大，跃马中原，吞并天下，征服一个庞大民族的决心渐趋坚定。

异族统治不论在中国还是在世界，都非罕见现象，甚至可说是历史的一种常态。异族统治常常是民族融合的原因。起初，皇太极对入据中原是深有顾虑的，怕重蹈辽、金、元覆辙，数世之后，皆成汉俗，本民族反而被淹没于汪洋大海。1642 年的松锦大战，明军大败，形势对清有利。明议和使者到达沈阳，皇太极在十月初八致朝鲜国王的一封征求意见信中说：

> 朕想今日我之番服不为不多，疆域不为不广，彼既请和，朕意欲成和事，共享太平之福。诸王贝勒或谓明朝时势已衰，正宜乘此机会，攻取北京，安用和为。但念征战不已，死伤必众，固有所不忍，纵蒙天眷，得成一统，世岂有长生之人，子子孙孙宁有世守不绝之理乎？昔大金曾亦一统，今安在哉？……

此信即使当外交辞令看，皇太极的胸怀亦颇有动人之处。

每当清廷贵族犹豫不决之际，明降将祖可法、张存仁等都坚决主张进军中原，灭明朝。易代之际，明降将往往是灭明急先锋，此现象成因颇为复杂，也令人深思。刚刚在松锦之战中被俘投降的洪承畴，在此后的明清生死搏斗中，奋勇争先，为清朝定鼎中原立下了汗马功劳。

对一些人来说，背叛并非难事。对另一些人来说，做叛徒绝无可能。深入历史的大局和细节，令人感慨之处正多。

甲申国变，神州陆沉，河山失色，日月无光，十四岁的完淳随同其父挺身站了出来。身赴国难，对他来说是理所当然。普通人还处在需要启蒙呵护的年龄，而完淳却已具备足够的力气。此后三年时间里，其极高的天赋和文化修养，在血与火的淬炼中，得到了飞跃式发展，其境界普通人即使经几十年历练也未必能达到。面对家国大难，夏完淳所呈现出的精神气象，比之指挥千军万马的将军亦毫不逊色。

夏允彝毁家纾难，带着他钟爱的独子出入军中，蹈险履危，积极抗清。父子俩已将身家性命置之度外。夏完淳赴死前数年之间，他最亲近最景仰的人相继罹难。

父亲夏允彝。1645 年，夏允彝与陈子龙在松江起兵，旋败，在家乡自沉于松塘。夏允彝寄望于南明朝廷，南明却腐败透顶，旋生旋灭。允彝殉国之心早定，曾屡次告诫家人："我若赴水，汝辈决不可救，救起必苏，苏而复死，是两次死也，非所以爱我。"池浅，不能没人，允彝伏水而死。

老师吴易（1612—1646）。崇祯十六年进士。夏允彝殉国后，完淳与陈子龙随吴易起兵，1646年农历八月兵败后吴易在嘉善被捕，数日后就义于杭州草桥门。完淳联络战友为吴易在其家乡筑衣冠冢。

老师陈子龙（1608—1647）。陈子龙与夏允彝为同年进士。陈子龙抗清屡败屡战。1647年五月被捕，押解途中，寻机投水而死。

伯父夏之旭（1591—1647）。1647年五月二十五日自缢于文庙（孔庙）颜子位前。起初，夏之旭遵弟夏允彝之嘱，遁入空门，暂求苟活，以照应支离破碎的家族。死时遗书云："呜呼！新朝之所谓叛，乃故国之所谓忠也。夫何伤哉！余读圣贤书，今死圣贤地，夫亦死于圣贤之教，非死于新朝之法也。"这是古士人中极罕见的对道德困境的表达，又是对决绝"殉道"的宣示。

最亲近的人，死难者还有很多。这些人不仅自己死难，其家族往往亦遭受极为惨烈的摧残。

以夏完淳姐姐夏淑吉所嫁嘉定望族侯家为例。夏淑吉十九岁嫁侯家，数年后其夫侯洵病逝。嘉定是易代之际江南遭受屠戮最惨重城市之一，因抗拒剃发被血洗三次，史称"嘉定三屠"。夏淑吉公公侯岐曾、叔公侯峒曾各有子三人，人称"嘉定六侯"。侯峒曾是嘉定抗清领袖，失败后与长子侯演和三子侯瀞同赴水而死，次子在逃亡途中亦死。侯岐曾之子侯涵死难，侯岐曾幸免于难，但亦因后来藏匿陈子龙，为清兵追索，自缢而死。侯家两代人，只剩下夏淑吉等四名寡妇，且大多削发为尼。目睹侯家悲惨遭遇，夏完淳在侯岐曾死难之前，曾给故旧李舒章（时已任清廷弘文院中书）一信（即《与李舒章求宽侯氏书》），企图为侯家谋求缓解。而此时，夏家亦早已因抗清而败落，父死后，嫡母盛氏弃家入道，生母陆氏投奔他人。夏完淳视自己为失国失家的湖海之士，其情怀之悲壮是可以想见的。

壮烈气氛笼罩在夏完淳等壮士的心头，也笼罩在众多普通士民的心头。

不能不说及清廷剃发制度。清王朝有一特殊政策：征服地的汉人必须照满人样式易服剃发，剃除头颅四周之发，留顶部之发结而为辫，汉人蔑称为“金钱鼠尾”。剃与不剃在当时是一重大政治选择，而非风俗习惯问题。对汉人来说，虽经易代，尚盼不改衣冠文物之旧。而剃发易冠，触及每个人身体，触及身体就是摧毁精神，就是“弃华变夷”，就无颜见列祖列宗，近似于亡种、灭族、灭文化。清初入关时，因汉人激烈反抗剃发，曾一度罢剃。据计六奇《明季北略》记载，随崇祯帝殉国的文臣仅二十一人，迎降大顺军的却数不胜数。可见，汉人对族群文化的认同远比对腐朽政权高。明亡固然是天崩地解的大事，但那毕竟首先是统治阶层的集体陷落，而剃发易服却落实于每个人的身体。这对社会特别是底层社会的触动，是空前激烈的。1645 年五月，清兵攻下南京，天下粗定，清廷又下严厉剃发令，违者杀无赦，所谓“留发不留头，留头不留发”。江阴城破时，清军下令屠城，无发者免死，唯僧徒幸免，城内外被杀近二十万人。城破，男女老少竞相投水、蹈火、自刎、自缢。“咸以先死为荣，无一顺从者。”（韩菼《江阴守城记》）中书舍人戚勋一家三十七口举火自焚，遗书云：“非敢殉难称大明忠臣，抑求完发为大明忠鬼。”（高承埏《崇祯忠节录》）异族人要来做皇帝，刀架在脖子上了，不得不接受，但发绝不可剃。可悯可叹。被屠城极烈者还有扬州，扬州死难达八十多万人。

中国历史上从无和平易代，而易代之惨，大约无过于明清易代。辫子在其中扮演了重要角色。

有史学家批判清廷剃发制为文化蒙昧主义，客观上造成不必要的大屠杀，也推迟了清统一全国进程。这话有道理。但文化蒙昧的清廷，其统治眼光、手腕却并不短视。他们不仅要占有土地山河，更根本更重要的是要求民众的彻底臣服。这才是长治久安之策。清廷不乏军事自信，却深深恐惧汉文化的同化力量，剃发易服就是要摧毁汉人的精神长城。为避免“以夏变夷”，我先来个“以夷变夏”。虽然汉人进行了比其他易代之际更为漫长激烈的抵抗，但清创造了非汉族政权统治时间之最。整个清代，除晚清外，可以说汉文化停止了生长，亦极少有价值的思想产生。从清廷贵族立场上来说，统治是成功的。辛亥革命起，兴剪辫运动，要丢掉清廷强加给汉人的这截“鼠尾”，竟又需一场艰难革命。

围绕头发，清史的一首一尾，颇可玩味。改造人非易事，从文化上改造人更难，而人一旦被从文化上改造了，要改造回来，却也非易事。

在清廷的屠刀之下，绝大多数人最终还是不得不接受“改造”。苟活也好，屈辱也罢，时间一久，就淡漠了，许多人又可以把“奴才”做得有滋有味了。

夏完淳从容就戮，他把自己的死看作殉国、殉君、殉父。和文化联系起来，就能明白，归根结底，是殉文化、殉道，是用生命践行忠义，亦是为自己文化身份而死。

完淳伯父夏之旭就公开宣示是为“圣贤之教”而死。台湾学者孙慧敏在《夏允彝夏完淳父子殉节故事的流传与形成》一文中指出：“夏之旭的自缢孔庙，彻底否定了政权对忠这项道德的诠释权，他将自己的死亡，从枉法提高到殉道的层次。”儒教的教化力量实在可畏。

四

诗，可以说是中国古士人的精神寓所，是他们生活不可或缺的组成部分。夏完淳的诗文是他精神的最好诠释。

完淳这个早慧天才，九岁即印行《代乳集》。1644 年国变之前，不乏公子风流、诗酒唱和之作，免不了“为赋新词强说愁”。国变后，精金美玉般的天才少年夏完淳似被一下子投入烈火，激情沛然而生，磅礴而出，不可遏抑。在晚明文学史上，完淳之诗文比之众多老臣名家毫不逊色，感人力量则名家弗及。

聆听一下历史深处这位独特中华少年的苍凉歌哭吧。

《大哀赋》《六哀》《军中有作》《哀燕京》《野哭》《细林野哭》《吴江野哭》《哭吴都督》《别云间》《土室余论》《狱中上

母书》《遗夫人书》……眼前河山，已成故国，剧痛深悲，茫茫大恨，一齐压在这个少年心头，化为一行行血性文字。

万言长文《大哀赋》作于1646年秋。数月前，完淳倚重甚深的吴易兵败殉难，复国雄图又成幻梦，完淳情怀悲怆。赋中痛陈明末历史教训，描绘江南特别是南京沦亡的惨景，自誓抗清复国心志。经两年血火洗礼，完淳已完全是一位饱经沧桑、洞察时事的“老臣”。据记载，大诗人吴梅村（1609—1672）自明入清后，读到《大哀赋》，愧敬交加，大哭三日。

完淳是真正的长歌当哭。《细林野哭》哭老师陈子龙，完淳被捕后押解途中经陈子龙旧居细林山，因有此作。《吴江野哭》哭老师吴易，押解途中过吴易家乡吴江，因有此作。山河恨重，师友情深，两诗皆浑厚顿挫，一咏三叹。从史料及有关诗文看，与完淳关系最密切的师友，不论比完淳年长多少，都无人把他当小孩子看待，而是当作寄予厚望的战友，陈子龙、吴易对完淳更是如此，完淳参与了他们最重要的军事策划和行动。

完淳从夏天被捕到秋天就义，数月之间，情思慷慨，吟咏不绝。最感人者莫过于其遗书《狱中上母书》和《遗夫人书》。《狱中上母书》全文八百字，谨录其一部分。

不孝完淳，今日死矣。以身殉父，不得以身报母矣。痛自严君见背，两易春秋，冤酷日深，艰辛历尽。……一门漂泊，生不得相依，死不得相问。淳今日又溘然先从九京，不孝之罪，上通于天。

淳死之后，新妇遗腹得雄，便以为家门之幸；如其不然，万勿置后。……大造茫茫，终归无后。

大道本无生，视身若敝屣，但为气所激，缘悟天人理。恶梦十七年，报仇在来世。神游天地间，可以无愧矣！

“大造茫茫，终归无后。”十七岁少年竟作此语。这一点，与普通的中国古人是多么不同啊！

“传后”可称为古人头等大事，夏家独子完淳弃世前不能不对此有所交代。1645 年夏秋之交，天下动荡之际，夏完淳遵父母之命与钱秦篆匆匆完婚，夏允彝此举大约有急于留后之意。完淳就义前，已有一女，就义后，生一遗腹子，夭折。在古代，无子嗣者常取过继等方法立后，夏完淳知道他死后，有人可能会进行类似安排，他在上母书中明确反对。狱中完淳，俯仰天地，遥想古今，把一己生命放在自然大块、天地宇宙背景上来对待了。有生之留恋，有深深的牵挂，但无对死的恐惧。似可这样推测夏完淳就义前对留后与否的态度：若有遗腹子，很好；若没有，亦很好；我不盼望有后代苟活在清朝的天空下……

五

完淳因谢尧文通海案而被捕。清兵攻破南京后，抗清势力大多转移到东南，依托湖海进行抵抗。南明鲁王遥封夏完淳为中书舍人。谢尧文携带夏完淳等人上书鲁王的表疏，赴舟山一带联络，为清逻卒俘获，疏中所列夏完淳等二十三人被一一逮捕。

已为清廷效命六年的洪承畴亲自审问此案。洪承畴显然低估了这个少年的精神力量。他对完淳说：你如此年幼，不懂什么事，只要归顺大清，不但可以活命，还有官职，有功名。完淳将洪承畴狠狠地奚落羞辱了一顿。这是一段有名的历史佳话，不再赘述。

就像岳飞对面是秦桧一样，完淳对面是洪承畴。

洪承畴（1593—1665），二十四岁中进士，降清之前，无疑是大明帝国顶梁柱，支撑捍卫着帝国西北和东北边疆。1642年，松锦之战，明军大败，洪已五十岁，为大明冲锋陷阵几十年，投降也是难的。刚被俘时一度绝食求死，尔后，求生欲望逐渐增强，两个月后，在皇太极面前跪地称罪臣。洪承畴是明降清最高级将领。洪承畴一生分为对比鲜明的阴阳两半。易代之际，明朝降清而复叛清的人物不少，而洪承畴降清后，不管清廷对其态度如何，他对清廷始终忠心耿耿。洪承畴对清廷彻底粉碎南明政权重新整合天下，立下了绝大功劳。没有他的投降，明清之际的历史肯定是另一种面貌。

夏完淳十七岁就已参透生死关，洪承畴五十岁上因贪生怕死而投降。1663年（康熙二年），为清廷效命二十余年的洪承畴寿终正寝。直到第三年，清廷才拖拖拉拉给他立一碑，碑文满汉合璧，颇可玩味，录其少许如下：

……尔洪承畴，才能敏练，器宇渊宏。我朝平定锦州、松山等处，破明兵十三万时获尔。蒙太宗皇帝宽恩抚育。迨克取京城，大兵南下，尔图报豢养之恩，督理绿旗官兵，协同大兵歼逆，首擒伪王，发获奸细，招徕叛党，除暴安民，所在著绩……

对这个功臣与奴才，清廷所下评语颇费踌躇：承认你有才能有功绩，却又辅之以居高临下呵犬呼奴口吻。清廷对洪承畴人格上取完全蔑视态度。看来，臣民的道德困境，并非就不是统治者的道德困境。为洪承畴树碑立传是难的。1776 年（乾隆四十一年），乾隆皇帝下旨在《明史》中专修《贰臣传》，将易代之际的降清者列入该传，以此风励臣节，为万世臣子植纲常。承认你为清朝定鼎天下立有大功，而始终不渝地忠于自己的君主才是首位的。洪承畴是《贰臣传》的当然人选。活着时挺不起脊梁，身后也只能是一副阴阳脸。易代已过去一百多年，尘埃落定，统治者不但追求江山稳固，还要踏上道德高地。羞辱死去百年的洪承畴们，是有现实价值的。这一最具皇权特色的道德评判模式，骨子里当然是追求臣民的“愚忠”。

易代，皇权时代一再上演的惨烈大剧，是时间与人生的一场彻底断裂。而明清易代不同于其他易代，臣民从上一个朝代的黑暗里，被强行纳入另一种更加沉重的黑暗。有当代学者认为，洪承畴是清开国重臣，是历史上具文韬武略的杰出人物。这是拿洪承畴有历史贡献说事了。所谓历史贡献亦是一张可疑标签。促成文化落后族群对文化先进族群的残酷统治，靠使父母之邦血流成河来建立功勋，求取富贵，苟活性命，可真需要一场脱胎换骨的“改造”。

在下旨修《贰臣传》的前一年（乾隆四十年），清廷统治信心达到巅峰，已采取大肆表彰殉明人士措施。夏完淳等八百八十二人被通谥为“节悯”。两项行动，本质同构。

专制总是渴望忠，清廷渴望臣民能像夏完淳等义士忠于明一样忠于清。这是理解的一个层次。还有另一个层次：清统治者超出了朝代视野，认可天下、人类应有共同遵守的道德价值观。当然，专制者自私本质及统治策略决定，他们必然要将忠狭隘化，导向一人一姓。越腐朽脆弱，越渴望依赖“愚忠”。

晚完淳几十年的同乡姚弘绪，在其《松风余韵》中评及夏完淳，其态度在后人对完淳的评价中极为少见。节录于下：

> ……时逢乱世，年未成童，矢口冲喉，忧生叹世，惜别伤离，非凶终之兆而亡国之音乎！……而功名无所建竖，著述未有成书，既厄于年，又酷其祸，天生奇才，果何为哉？

姚弘绪是康熙三十年进士，任《明史》纂修官。在他看来，完淳情怀慷慨是亡国之音，完淳之死毫无价值，是虚掷生命与才华。这是卑贱的奴才思想，庸俗的顺民意识。对这些人来说，只要有奴才可当，有功名可取就行了。这种精神侏儒，与完淳的英灵有天壤之别。清朝时的国人堪称奴性最足，是双重奴性，没有哪个朝代比之更甚。清朝文字狱之频繁与惨烈，亦是皇权史之最。文字狱在强化士人奴性上，作用无疑是巨大的。

完淳的言行，决非修养未足的一时冲动，而是素所蓄积的必然结果。儒学的教化，父师的激励，时代的磨难，使他极早就养成力任艰巨的胆识、义无反顾的气节。完淳是应运而生的杰出人物。处天崩地解时节，他难以改变什么，但他无疑肯定了什么。若无人作出这种肯定，恐怕文化、民族之类，都将难以立足。

六

清代学者朱彝尊高度称扬夏完淳。他指出：同时具备年少、忠烈、文采三项者，亘古以来，唯完淳一人。夏完淳一直较易令人萦怀伤感，原因在此。

数年之间，一部《夏完淳集》在案头打开又合上，合上又打开。一个中年人试图理解三百多年前的这位少年。

看看身边十六七岁少男少女那灿烂天真的笑脸，再回想我十六七岁时（“文化大革命”结束之际）“青春白痴”式的精神虚妄，不禁怀疑夏完淳的真实性。他丰富、激烈、爆发般的人生，如一道闪电。十七，十七，十七，你怎么才十七岁呢？这真是一把不停砍斫我灵魂的刀哇。生命实在太过短促了啊。任何一个人在此年龄死去，都将被视为无奈夭折。而完淳不是，他已成就了人生奇观。

一个世纪前，梁启超作呐喊般《少年中国说》，要从老大帝国里呼唤起一个“少年中国”。自辛亥革命至抗战，中华民族又面临比明清易代更为复杂的变局，夏完淳青春悲壮的身影，从历史深处再次浮现，无数仁人义士从他身上汲取面对空前危局的力量。柳亚子在此期间作盛赞完淳诗文竟达数十首（篇）。“悲歌慷慨千秋血，文采风流一世宗。我亦年华垂二九，头颅如许负英雄。”（《题夏内史集》）柳氏十八岁时此作，表达了一位少年对另一位少年的无限崇敬。郭沫若据完淳事迹所作《南冠草》一剧，一时上演不衰。家国有难，需要挺直腰杆时，人们会想起这位少年。

忠在易代之际夏完淳那样的士人身上，是一种联系深广的信仰，近似宗教情怀，绝非仅指向君主。完淳诗文愤激又清醒，充满了对昏君误国的指斥。文化落后却精神强悍的清廷，实际上深深折服于夏完淳所代表的文明精神。把愚忠从士人身上完全剥离，是不现实不可能的。“家国忠孝”是士人无法推卸的重担，无法超越的罗网。仅以愚忠愚孝视之是不公正的，不可轻看夏完淳文化上的早熟、个性的刚烈有力与人格的纯粹坚贞。

由明入清的大儒黄宗羲、顾炎武等人，痛感于易代的惨烈、人性的被摧残，对皇帝、皇权、皇权道德皆进行了前所未有的深刻批判，许多思想主张已能通向现代。他们已具备彻底否定愚忠视野了，更不用说现当代人。否定愚忠是一回事，认识皇权时代的伟岸人格又是一回事。任何时代，都有血性汉子，亦不乏败类。这就是人类。夏完淳正如鲁迅所说，是“中国的脊梁”式人物。

七

夏完淳志坚如铁，情深似海，知其不可为而为之。只有大胸襟，方能达此大境界。一个有无限发展可能的天才，其青春生命却戛然而止。这是完淳自己的选择。往深处看，则是文化的主导与决定。时代不给夏完淳时间了。若给他时间，他有往任何方面发展的可能，他有成为苏轼、张岱、曹雪芹等任何人物的可能。

试将夏完淳放入一个更大些的视角。

若取宽泛一些的尺度，屈原、司马迁、曹操、陶渊明、苏轼等古人，其人格却皆可视为儒家人格，连以反孔面目出现的思想家李贽亦不例外。现代社会来临，古老中华文明陷入低谷，国将不国之时，儒家人格似乎不是人格了，国人似不能作为人立足了。可是，屈原、司马迁等古人的人格何等雄伟激越，陶渊明、苏轼的人格何等优美浑厚，曹操人格何等复杂有趣。还有一个曹雪芹。曹雪芹在文化蒙昧极深重的乾隆年间，竟写出了似能参透人间与宇宙奥秘的《红楼梦》，其人格之丰富更令人生发无限想象。试想，曹雪芹若重生，有什么现代哲学、现代人格，是他所不能理解的呢？从西方寻找类似苏轼、曹雪芹这等人性、人格极丰富人物并不易，寻找夏完淳这等雄伟少年似更难。能造就如此人物的文明，其生命力难道会突然化为乌有？其缺陷难道是致命的？儒学无内生的否定性，难以产生新事物。这是事实。儒学能包容消化外来新事物，亦是事实。

腐儒、陋儒不论，健康的儒家人格是联系深广的人格，亦是能兼容现代人格的人格。新旧交替之际晚清民国年间一些人物，何等有趣有力。那正是异质文化在具体人身上交融的结果。若认可古老文明在二十世纪“触底反弹”这一说法，这个“底”可具体落实为哪个“时间单元”？只能是“十年浩劫”。传统遭受了最沉重彻底的摧残。近几十年来，传统在一点一点回归反弹。时至今日，让古老文明体系中何种能量反弹，这无疑是时代大课题。比如，忠诚是人类公认美德，将忠诚导向一人一姓之“忠”，则是皇权时代与一切专制时代的渴望与操作。而所有正直雄伟人格，一定会对所有值得忠诚的事物和人，都恪守忠诚。夏完淳就是典型。

当此太平之世，人们对夏完淳这名字大多渐趋陌生。不用再迫切地想起夏完淳，可视为时代之幸吗？就这么看吧。英雄不怕寂寞。而我是怕寂寞的。完淳诗文安慰了我的寂寞，完淳向我展示了灵魂可能有的雄伟景象。如此年纪，即深刻地知人、知世、自知，并决绝地以生命献祭。每思及此，难抑伤感之情。“生年不满百，常怀千岁忧。昼短苦夜长，何不秉烛游。”人生苦短，是人类的千古之叹。发此感慨者，必定皆已比夏完淳消耗了更多的时间。这少年使用的时间实在太少了。他不仅以短促生命为明王朝吟唱了一首凄美挽歌，也安慰了数百年来的世道人心。他以少年生命完成一曲千古绝唱。他是一条正宗的中华汉子。

一个比英雄晚生三百多年，却已比英雄多活了数倍的人，谨以此文表达对这位少年的崇高敬意。今天的少年差不多天然具有国际视野了。这自然是人类的进步。夏完淳更微不足道了吗？从物质主义的汪洋大海里，望一望大地，望一望星空，望一望历史，望一望未来吧。

丝路说

雪泥鸿爪

仲夏，在豫西渑池县。

渑池，一个古老的地名，一个留下了遥远文明痕迹的地方，仰韶文化遗址所在地。在渑池，自然会想起苏轼《和子由渑池怀旧》一诗：

人生到处知何似，应似飞鸿踏雪泥。
泥上偶然留指爪，鸿飞那复计东西。
……

嘉祐六年（1061 年），二十五岁的苏轼赴任陕西，途经渑池，因其弟苏辙有诗寄赠，便作此诗和之。诗中既有对人生来去无定的怅惘与往事旧迹的眷念，又透着不必过分执着的豁达。其亦庄亦禅意味，乃士大夫较普遍情怀。古人到二十五岁，一般就视为已经不太年轻了。这个年纪的苏轼，朝气锐气之上，又不乏对人生的透彻。源自此诗的“雪泥鸿爪”，成为今人感慨人生遭际况味时，常用的典故。

又想到另一个词：惊鸿一瞥。鸿雁飞过天空时，总是排成一字或人字长阵。你若盯着这长阵仔细看一会儿，就能发现雁阵中的领头雁会不时回头顾盼，大约是观察它的队伍是不是跟上来了。无意间一瞥而留下深刻印象，就是惊鸿一瞥。苏轼以为鸿雁飞行时，是不计东西方向的，只管飞来飞去。古人的动物学知识很少。苏轼并不知道，鸿雁是方向意识极强的鸟，会成千上万里坚韧不拔地朝一个方向，朝终极目的地飞去。当然，从较小时空看鸿雁的活动轨迹，苏轼的话也是对的。比喻真是建立联系的好途径。雪泥鸿爪、惊鸿一瞥两个词，皆关联鸿雁，亦关联苍茫时空。

人是有痕迹意识的动物，既在意整体痕迹（人类历史），又在意个体痕迹（个人履历功过等）。又可说人是唯一有意义意识的动物。不少作家、艺术家存有靠作品产生意义、留下痕迹的冲动，可是能被证明具备痕迹价值的作品实在太少。哪怕一时洛阳纸贵，往往也很快了无痕迹。

雪泥鸿爪、惊鸿一瞥，被赋予微妙的感情色彩、美学意蕴。人类一旦开始对自然作艺术美学的思考、比拟与把握，“痕迹意识”就产生了。艺术就是形而上的牵挂，形而下的表达。

飞鸿如有回顾雪泥上爪痕的意识，它就是诗人艺术家了。

始皇陵上

喧嚣的呼吸之后，一具沉默的遗体突然降临。这具遗体还能喘气时，它的胸膛是个鸡胸，比较难看。可是，一旦成为遗体，却必须以人间最高礼仪进行供奉。

巨大权力已交出。所有继承依附这一权力的活人，不约而同地需要一座收敛遗体的巨陵。祖先崇拜与权力崇拜相结合，坟墓迷恋尸身迷恋就是必然。要掌控权力并期待权力永恒，活人必须与死者共谋。一座巨陵，是对权力奠基者的致敬，又是对权力合法性的复制、阐释与象征。

这里是人世间凭人工堆砌的最高土陵。土性永远是谦逊的，它们丝毫不以能成为始皇陵而自豪，相反，从陵筑成的第一天起，它们就低头弯腰，一个劲地往低处走，似乎一定要走回它们从前所在的地方。时间证明，无数土粒获得了成功。

据记载，始皇陵原高五十丈（按秦朝制长度单位，约折合一百一十五米），现测得陵高五十五米。平均一年下降高度竟近三厘米。这多少有点令人惊讶。照此下去，再过两千年，始皇陵就会成为平地。如不加人为干预，一定会的。

似乎自然和人间的一切力量都在与始皇作对。

我首次登上始皇陵，是在上世纪末的一个初秋。但见遍陵通红的石榴开口而笑（多年后再去，已不许游客登上陵顶了）。石榴植于人民公社时期，现在则由始皇陵附近村民分片承包。红绿相间的石榴树，从陵外沃野牵牵连连一直生长到陵顶，卖石榴的村民也由陵底一字儿摆到陵顶。他们在始皇陵上、在始皇头顶上种石榴、卖石榴，形成一派热闹景象，全然不顾脚底下寂寞千载的始皇大帝。

在始皇陵，在兵马俑博物馆，面对举世无双的遗迹，想象那历史上曾有的宏大场景，曾有的悲惨和苦难，你只能承认：始皇是历史上贪欲最深又最能满足贪欲的男人。

一具得到特殊对待的遗体，就是一个能进入现实生活的幽灵。用一座陵墓向现世与未来进行强烈表达，始皇是个典型。始皇十三岁登基，二十二岁亲政，三十九岁统一天下，四十九岁暴死于巡游途中，以半个世纪长的生命，竟然决定了二十多个世纪的历史趋向。他死去之后的每页历史都与他相关。

令人难以置信的是，始皇十三岁登基即开始为自己掘墓，掘了三十七年，直到他死时尚未竣工，比埃及胡夫金字塔建造时间还长八年，动用人数也远远超出建造胡夫金字塔的人数。处在人生蒙昧阶段的少年始皇，面对将要埋掉自己的大坑，面对数万乃至几十万（最高时达七十二万）筑陵大军，他想到了什么？十三岁的人不可能有深刻的理性，也想不明白死亡是怎么一回事。但是他不用思考就能明白的问题大约是：我是人世间最重要的一个人；除我之外，其他人都不过是些泥土和虫子；我死之后，必将仍是人世间最大的存在。少年始皇有肥沃的土壤可以生长雄心与贪欲。

统一天下后的始皇正当生命的盛年，他有声有色地导演推动着三大运动：修长城、造陵、成仙。每一种运动都登峰造极、空前绝后。始皇头上有各种各样的现代光环，而推求始皇的动机，他想的不过是：修长城保卫自己的坟、祖先的坟、子子孙孙的坟，保卫税收，将家业一代一代传下去；造巨陵是为了与千古一帝身份相称，江山亦需要这座巨陵的镇压；人世的荣华富贵不过如此了，只有成仙才能进入无痛苦、无疾病、无死亡，却能完全彻底享乐的境界。他一面督促着长城、皇陵的修造，一面热火朝天地追求成仙。他派出一批又一批方士寻找仙药，并因此杀掉了许多不能自圆其说的方士。他送徐福率领的寻觅仙药的大队人马一直送到成山头（今山东半岛成山角），眼睁睁地看着楼船消失于万顷烟波之中。做了皇帝想成仙。成仙是始皇的终极欲望。可是这样的欲望注定要落空。正是人性中的贪欲拨弄着已达权力巅峰的人。

始皇以为他与神仙已经有了某种联系。作为人间的帝王，“功盖五帝，泽及牛马”，虽然目前还不是神仙，但也只比神仙低一个等级，对一般小神也敢加以蔑视。始皇出游到洞庭，遇大风，无法渡水，他以为这是湘水神戏弄他。他不是震慑于超自然力，而是一怒之下，派三千刑徒将湘山上的树砍个精光——小神，竟敢与我作对，给你点颜色瞧瞧！这是他与超自然力量的交流方式。这真是始皇才有的气度和幽默。

在司马迁笔下，始皇面对世界始终是一种咄咄逼人姿态，一直到死。帝国梦实现了，长城修得很长了，成仙梦却只好无奈破灭，巨陵工程一直在马不停蹄地进行。不但他难逃一死，连担负传之万世重任的子孙也都死了。他的暴死形成权力上的巨大落差，王朝立即分崩离析，家族遭受灭顶之灾，真可说是惨绝人寰。对照一下始皇的理想，这该是一个多么彻底的人生悲剧。这样的结局可不是他想要的。被以最隆重仪式埋葬了两千二百年的那具始皇遗体，现在是什么形态呢？只能是没有任何意识的形态了。

有些人是创造历史的动物；

秦始皇是历史中的恐龙。

从始皇陵的这一面登上去，从另一面走下来。红榴开口而笑，卖石榴者亦朝你开口而笑。我嚼着石榴子朝陵外走去，忽然想到，人们为了验证《史记》中记载的始皇陵地宫中“以水银为百川江河大海”的说法，对陵土做了检测，发现陵中部黄土汞含量是陵外黄土汞含量的八倍，证明司马迁所言不虚。那么，我手中的石榴，其汞含量该会超标吧？吃了会不会汞中毒呢？念及此，不禁哑然失笑。作为中国人，中点始皇的毒实在情有可原。

黄帝跟前

来到陕北黄陵县桥山，你才知什么叫皇天后土。

轩辕黄帝陵不在桥山之巅，而在山顶稍靠下的一片地势开敞之处。桥山海拔 1021 米，黄陵位于海拔 944 米之处。桥山与山下平地相对高度不大，看上去似山东半岛随处可见的一段丘陵，但当你亲眼看到这山整体是由纤细黄土构成，又坐落在厚实的黄土高原上，人的情绪就不能不有所触动。厚土载物。华夏民族是个信任黄土的民族。在黄陵周围盘桓良久，浑身沾满了细密黄土。黄陵上黄土的颜色与我们皮肤的颜色似乎完全相同，二者之间该是有渊源的。水土之养必有润物无声的力量。

黄陵有一种令人心惊的高度。不是惊讶于它的高，而是惊讶于它的矮：3.6 米高。这与普通人的坟墓并无大区别。我记住了三个数字：1021，944，3.6。黄陵本身皆为黄土，又隐身于厚重的黄土里，数万株古柏环护着它。与其说黄帝是始祖，不如说他是一位恬然入梦的孩童。他代表着一个民族的孩童时代。我刚从始皇陵上下来，刚离开兵马俑，面对如此谦逊的黄陵，有了一些新的联想：始皇陵产生于始皇深刻的贪欲，黄帝陵产生于民众、民族的需要和愿望；始皇陵宣示着一人一家镇压天下的嚣张野心，黄陵是关于祖先传说与偶像的集体想象与创作。你到非洲仍然实行部落制的地域去，看一看部落酋长的生活，就约略可推知轩辕黄帝的生存状态。

黄帝约生存于公元前 27—26 世纪，正当原始公社进入军事部落联盟时代。相传黄帝草创国家，是有熊国的国君。那是一个处于图腾崇拜阶段的大部落，部落图腾是熊。春秋时代就有祭黄陵的确切记载，那时黄帝只是小范围的当地人（秦人）的至上神，随着祖先崇拜意识的加强，黄帝由至上神变为祖先神。《吕氏春秋》《山海经》等先秦著作大多把黄帝加以神化，比如说黄帝一百五十二岁时在桥山驾黄龙升天等。司马迁在《史记·五帝本纪》中则说："黄帝崩，葬桥山。"不言其成仙。天下统一了，神也要统一，祖先也要统一。

需要这样的祖先，便有了这样的祖先。

从此祭陵活动无代无之。每当皇帝登基、太后寿辰、王朝庆典、大功告成，或国家面临巨大危险，往往就举行祭黄陵仪式。我读历代皇帝或官员平民的祭陵辞，深深感到他们是把冥冥中的黄帝，当作最可信赖的倾诉对象。反复玩味没什么文化的朱元璋亲自创作的祭陵辞，仿佛触摸到了一个贱民成为皇帝后心中所产生的巨大波澜。饶有趣味的另一种现象是，曾经不共戴天的异族，一旦入主中原，便立即加入祭黄陵的行列。在轩辕庙碑廊，我见到那块刻有保护黄陵法令的碑石，这条法令是元朝泰定皇帝也孙铁木儿颁布的，以蒙、汉两种文字刻于碑上。清朝祭黄陵的次数和规模更是空前。文化落后、人口又很少的游牧民族，很清楚统治这个文化先进、人口众多的民族该有多么艰难，他们不得不作出俯就和认同的姿态。拥有了江山，就拥有了江山上的百姓，就拥有了百姓所提供的税收，就拥有了三宫六院，为了这些，承认你的祖宗就是我的祖宗，拖着辫子去黄土堆上做虔诚状叩头作揖有何不可。祖先崇拜正可为家长式专制助一臂之力。

祖先崇拜产生于先人的需要。这样的祖先是有用的。

黄陵是中国人公开的情感。

1997年初秋的这个傍晚，游客大多已离去，黄帝陵上斜晖脉脉，八万株松柏覆盖山、陵、庙，微风习习，松涛阵阵。我独自在山上游荡，脚踏黄土，目接青翠，不禁感叹：真美呀。

当地政府已把桥山黄陵当作最重要的旅游资源加以开发。黄陵进入被商业操作的时代。这虽然有些令人厌恶，但却不能不承认是历史的巨大进步。

轩辕庙内有一块脚印石，那脚印足有常人脚三四倍大，据说是黄帝的足迹。只要是人的祖先，就不可能有这么大的脚印。从物种进化角度讲，四五千年、数万年只是一瞬，一个物种的身体不可能发生本质的变化。面对脚印石，我产生的第一个念头就是：何朝何代何人出于何种心理为了何种目的而制造了它？首要目的应是神化。而神化的目的往往与哄骗、震慑相关联。

想到杜甫的两句诗："少陵月夜祭黄陵，双手空空无祭品。"杜甫在流亡途中来到黄陵，夜宿桥山。这位可怜的诗人，一生总是处于忠诚无处表达，表达了也无人接纳的痛苦之中。面对祖先偶像，他有满腹委屈要倾诉。在这片土地上，总有太多巨大的人物、事物索取人们的忠诚。

黄陵前有一块碑，上书：

第一批全国重点文物保护单位　　黄帝陵

国务院总编号第126号

古墓葬分类号第1号

十分留恋这片由逝者和生者、历史和现实共同创造的氛围。暮色苍茫，天地沉寂，似乎只剩下我一人在此了。我面向中华第一陵，默哀数分钟。有幸能在这样的地方走一走，求得片刻的安宁，独自想一想祖先，想一想生命长河中一己蝼蚁般的存在，不禁产生了满足和感动。

我亦是双手空空无祭品，但我竟可以不必生杜甫式的愧怍。这可真要感谢点什么了。

麦积山

仲夏上午九点钟的阳光，打在麦积山那面形态怪异的崖壁上，正是上演光影游戏最佳时刻。麦积山实在符合“深山藏古寺”这一审美意蕴。藏得越深，其诱惑力越大。佛眼永远蒙蒙眬眬，似视非视，念念不忘的却无非众生。没有众生前来，佛也会寂寞的。为了实现收服震慑人心这一目的，常常需设计诱惑。

麦积山位于天水东南小陇山群峰中，相对高度只有一百多米，孤峰兀起，犹如一个麦秸垛，得名麦积山。中国佛教名窟大多在殊胜之地，论周围自然风光之优美，则非麦积山莫属。以方位论，此处可看作中国一个地理中心。在河西走廊无边荒凉到来之前，大自然在这里尽情地繁华一回。麦积山周边多为低矮山阜，林木荫翳，空气湿润，清幽深静，想象中的世外桃源就该如此。十几年前的那个仲夏，我一人首度来此，在麦积山及周边盘桓整整一天，日落时分始依依不舍离去。当时就把麦积山列入今生应再来之所。来到麦积山，深入一下麦积山周边，你会理解怎样的地方才能称作“造化钟神秀”。

麦积山窟群密集在此一山一壁。崖壁皆陡峭。踏上连接窟群的栈道，便有凌空蹈步之感了。敦煌莫高窟是一座大壁画馆，洛阳龙门石窟是一座大石雕馆，麦积山则是一座大泥塑馆。笑，含蓄的笑，温厚的笑，神秘的笑，是麦积山造像留给我的深刻印象。高贵从容是贵妇的笑，朴实无华是田夫村姑的笑，暗藏天机是佛、菩萨的笑。最为人称道的 133 窟深处那位小沙弥的笑，是神圣、神秘世界里天真顽皮的笑。在儿童时代，每个人或许都曾这样笑过。后来，就笑不出来了。

佛是干什么的？佛要收拾的事物很多，第一件事物当然是人心。佛总是设计路径诱惑你前来，或许最渴念的就是把你的童贞之笑召唤出来呢。你如果还能那样笑，你就离佛近了。

“胡搅蛮缠”

失我祁连山，
使我六畜不蕃息；
失我焉支山，
使我妇女无颜色。
——《匈奴歌》

匈奴歌，匈奴人之歌，一个剽悍民族惨败后的深长叹息。唱这首歌时的匈奴正如一头遭受重创的猛兽，再难发出雄壮的吼声。它跑到遥远的地方，舔舐着一再流血的伤口。一个曾经威震四方、令汉武帝不能安枕的民族，后来从大地上消逝了。历史竟无法说清这个大英雄的归宿。

在漫长的历史里，人类常常互为异族和敌人，那可能是人类前行不得不付出的代价。只要是人，就有相同的血液和情感。这就是《匈奴歌》动人的理由。失败了的英雄，他的哀叹也是纯粹的：失去祁连山，我们没地方放牧牛羊了；失去焉支山（即胭脂山，在甘肃山丹县，出产胭脂），我们的女人也不漂亮了。生存竞争是多么具体，具体到贡献皮毛的牛羊与化妆用的胭脂。无处放牧牛羊，怎么活命呀？女人不好看了，活着该多么乏味呀？

河西走廊一带是中原民族与西北各古老民族反复较量的地方。匈奴应当算是中原民族第一个强大对手。汉王朝与之进行了几十年生死搏斗，最终毫不留情地赶跑了它。还有更多的民族曾经在这儿厮杀过。历史的结局便是，互相征伐越多的民族，融合的程度便越高，文化、人种便越接近。文明需要对手，人不会跟猴子去作战。

从中原望向四方，我们曾有东夷、西胡、北狄、南蛮之称，最早与中原实现融合的是东夷。东夷人没地方跑，往东一跑就到海里去了，所以最好的办法是尽快与华夏融合。在很长时间里，华夏文明深感来自西北“胡搅”与南方“蛮缠”之苦，华夏“巨人”甚至屡次被打倒在地。可是，结局总是更深更广的融合，是文明体量的再次放大。文明一定程度上是“胡搅蛮缠”的结果，深厚的文明必定容纳消化了最多的“胡搅蛮缠”。与空气隔绝的纯之又纯的文明是不存在的。

我们是不是早就处在另一种局面的“胡搅蛮缠”中了？只是今日的对手，对其无法像从前那样以胡蛮视之了。相反，一百多年来他们却偏要视我们为某种程度上的胡蛮。汉武帝无情“亮剑”，很有效。乾隆大帝对来自异域的威胁继续以胡蛮视之，结果是自己做了回鸵鸟。

胡搅蛮缠，胡搅蛮缠……我的大脑里，我的灵魂里，哪天不在胡搅蛮缠呢？谁的心会像镜子一样明亮纯粹呢？一个人与一群人，一个民族与其他民族，一种文明与其他文明，该遵循怎样的相处之道呢？

《匈奴歌》是单纯的，却有难言的悲壮苍凉之美。《匈奴歌》是在历史中失踪的匈奴人的痕迹。无数失踪的人与事物，却没留下任何痕迹。

敦煌飞天

有些地方，仅仅那个地名就能引起你对光色氛围的联想，比如敦煌。2011 年 6 月 18 日，第三次来到敦煌莫高窟。

在莫高窟窟洞之外，你什么也看不到。只有进到洞内，才能感知莫高窟的神妙。你的身体移进这方空间时，会发现上下左右全是神，或与神同在的众生，你就处在以神为中心的一个鲜活场景之中。丝路花雨，明媚山河，莫名险恶，不同种族的面孔，相似或相异的梦想、回忆、沉思，一同在你面前呈现。无名工匠的情感和智慧，化为佛的尊容，魔鬼的狰狞，教徒的虔诚，俗客的浅笑，商人算计的眼神，指尖的微颤，思想的紧张。宗教所能有的力量都被纳入进来了。不难想象，在古代，信众与俗客走入这一方一方空间时，身心的沉重和颤抖。

莫高窟那众多飞天被称为“敦煌飞天”，一身或数身飞天，一下子就令沉重的窟洞生动飞扬起来。不生翅膀，没有羽毛，裙带凌空，漫游太空，不着痕迹，想飞就飞，千姿百态，千变万化，自由欢乐。这多像每个人童年时代的一个幻想一个梦。人性神化，神性亦人化。震慑、说服、诱惑、抚慰、娱悦，人心各各不同，收拾人心的途径却是近似的。

莫高窟壁画被视为具有无与伦比的艺术价值。所谓艺术、艺术价值，是偶然，还是必然？古人不是为了创造艺术作品才进行这些创作的，他们创作时的虔诚说不上是对艺术的虔诚。是对信仰、对精神的虔诚吗？亦未必。那些长年累月劳作不止的画工，或许仅仅是为了生计。眼前的生计，不就是最需要认真对付的事吗？

人类遗留的某些痕迹，会被视为伟大艺术品。越是伟大的艺术品，往往越是并非有意为之。那曼妙的飞天，不是为了艺术才那样飞的。

慕士塔格

在新疆，不论去哪儿，我都是从喀什出发。

喀什地区最南端是塔什库尔干塔吉克族自治县（简称塔县），面积五万多平方公里，人口不足三万。塔吉克族是中国境内唯一的欧罗巴人种。塔县位于帕米尔高原。从喀什经塔县，到达与巴基斯坦接壤的红其拉甫口岸有四百多公里远，每公里海拔升高七米。在奔驰的汽车里，面对大地高天，山河表里，你清楚地感到你的肉身被一点一点抬升。

出喀什城南去，很快就离开绿洲进入戈壁滩。接着进入盖孜峡谷。唐朝大将高仙芝、高僧玄奘等都曾穿越过这条峡谷。你似乎在接近世界的边缘。在喀什城抬头即见的慕士塔格峰，随着道路的变化而时隐时现。但它那严峻、平静、优美又壮美的面孔，无疑在一步步向你逼近。雪峰是你目力所及广大范围的制高点，一切都在它俯视之下。雪峰之外，是其他一些高高低低形态怪异的峰峦，它们变幻的颜色会给你强烈的刺激。眼前的山褐黄色，走着走着就变成了苍白，再走又成了黑红。有一片面积广大通体鲜红的峰峦令我惊叹不已。人们把吐鲁番一带的一些略显红色的峰峦附会为与玄奘取经有关的火焰山，而这里的山才更像火焰山。火焰山的确应当在这里。你看，火刚刚熄灭，有些地方似还隐匿着活火。

这里好似是上帝的草稿，一块块骨头都安排好了，但血肉皮毛却忘了长。大地的骨头裸露着，大自然在向你呈现它的原版。人们常用芳草萋萋形容荒凉，而从这里的峰峦上你却找不到一棵树一根草。在新疆南部大地上行走，如果你来到了芳草萋萋的地方，那就是来到了繁华世界呀。盖孜峡谷在这样的峰峦间穿行。道路是凶险的，许多地方深深凹进岩壁，成了巨岩盖顶的走廊。盖孜河就紧傍着凶险的道路。

走了大半天，仍然在慕士塔格峰的视野里，上路前他看着你，在路上他看着你，到了跟前他看着你，你走远了他还看着你。车从慕士塔格身边走过。我们急着赶路，顾不上停留。

离开安静的塔县县城，沿中巴公路继续南去。好像是忽然之间，在完全无知的情况下，一下子就进入了大自然的深闺洞府。这里离全世界海拔最高的口岸红其拉甫，还有一百多公里。好像为了与盖孜峡谷对比，大自然在这里安排了一条绿色走廊。在两面峰峦的夹峙下，狭窄却平坦的山谷里黄花照眼，绿草芊芊。你的心眼为之一亮。有着金黄色皮毛的旱獭越来越多，它们都蹲在山坡上自家门口观景。距离这样近，你甚至能看清它们眼睛的转动。它们对从身边飞驰而过的大家伙毫不畏惧，但当大家伙停下，从里面钻出直立行走的小家伙，它们便倏地缩进洞里。它们早就知道大家伙不可怕，小家伙很可怕。

在这样美好纯洁的地方，一条河流奔跑着来到了路边。她的好心情一望而知。我跑了这么遥远的路程，终于摆脱掉大自然被亵渎的部分。最不辜负大自然美好的事物一定是那些河流，在美好的地方河流不会不美好。山水不只有情，也有义有节。她是塔什库尔干河。这大约是世上最为清澈的河流。她来自雪山，她刚刚上路，她是从天堂下来的，她一尘不染。我终于阅读到了大自然的原典。她是残存的大自然原典中的一节。很不幸，大自然原典已经消失殆尽了。

这条河伴我到达红其拉甫。一天的时间，四百公里路程，海拔从一千多米上升到五千米。几名士兵分别站在自己国家的那边。他们站在雪峰之下，站在积雪边上，站在五千米海拔线上。偶尔有货车或客车从这儿通过。现在是夏天，温度却在零度以下，没有鸟，没有花。这就是国与国之间的一段界线。在巴基斯坦士兵的注视并允许下，我往人家的国土那边走了十几步，那个地方有雪，我抓了一把雪，这就是另一个国家的雪了。

第二天，返回的路上，特意到慕士塔格峰下停留。雪峰北麓有一个高山湖，名卡拉力湖（简称卡湖）。它有蓝墨水一样深邃的颜色。卡湖是慕士塔格的镜子。望一眼湖中雪峰的倒影，人的灵魂就掉了进去。在颠簸的汽车里，我感到慕士塔格峰一直没有确定的面孔，我以为那是因为人在行走。现在我停下了，我站在了它的身边，它近在眼前，却又似远在天边。你看着看着它就变了。它是那样巨大的事物，人这么小，怎么会看清它呢。它的雪层冰川有几百米厚，那些冰雪是有历史的。雪山上有什么事情发生呢，大约只有阳光不停地在那儿攀登吧。雪山把天空照亮了。据说，慕士塔格的准确意思是“冰山神父”。是啊，在这方圆几百公里上千公里内，人们不崇拜它，崇拜谁呢。

慕士塔格站在那儿，站在有“万山之源”之称的帕米尔高原上。它是这样一件大器，使得它周围的事物不得不都对它做出避让之态。大自然在向你呈现它的原貌。雪峰布置起一个静谧、隆重、庄严的大自然教堂，不动声色地表达它的慈悲，宣示它的原教旨。

在中国西域，你能领受极致的雪峰之美、地理之美。

这儿很安静。卡湖边只有几个人，几头骆驼，几匹马，几顶帐篷。空气忽然之间有了某种变化，好像有什么事情要发生。几片云在天空迅速移动，一阵风又一阵风，骆驼把头扭向一边，帐篷啪啪作响，湖面动荡不已。一名塔吉克汉子骑着毛驴，率领着好几头毛驴向这边走来。驴被风刮得一歪一歪的。一头毛驴忽然大叫了起来。另几头也跟着叫起来。慕士塔格峰下一时驴鸣阵阵。勤奋的驴子，在这样的地方，你们深情呼唤什么，你们对这高天大地有什么意见要发表呢？真该发生点什么事情了。这儿太适合“大鸣大放”了。赶快叫吧。我不能自已地模仿驴鸣大叫了起来。

咴哈——咴哈——咴哈——咴——咴——哈——。

真驴鸣与假驴鸣，在慕士塔格峰下回荡。我的突然而至的仿驴鸣叫，不知是把那些真驴吓得不轻，还是逗得不轻，它们竟然集体停止鸣叫，让我一个人叫。骑驴的汉子，帐篷边的塔吉克妇女，牵马的塔吉克儿童，一齐对着我笑了起来。

想不到，此生竟有可以学驴叫的环境。一生就学了这一回驴叫。我常常回味这次“大鸣大放”的经历。当时纯是自然而然。后来，在别的地方，驴鸣声从身边骤然而起的情况又有很多次，我却再也没有一作驴鸣的可能。想起《世说新语》中那件逸事。王粲喜欢学驴叫。王粲死了，曹丕与王粲的昔日同游一起去吊唁。曹丕倡议道：王粲生前喜欢学驴叫，诸位就各自学一声驴叫来为他送行吧。于是，墓地上就传出一阵驴鸣。曹氏父子可算皇权史上最有趣的帝王。带头学驴叫时的曹丕，人性表达得差不多像驴子鸣叫一样自然而然了。

笔下的文字能像驴鸣一样自然就好了。

慕士塔格，我在你身边真实地叫了一回。

废墟说

废墟，一个适合默念与回味的词，一个不需大声说出的词。时间已判断过，光阴已浸淫过。废墟，它在时光深处很久了。

废墟有统一的表情：陈旧的温馨，若有所思的沉默。另一种更漫长的旅行开始了，抵达可能的废墟美学或废墟哲学，抵达一场又一场空旷或寥落。

扬扬得意，扬扬得意，人及一切事物，看上去总有一种永生永在的神情。而在看不见的内部，宿命的废墟在绝对生长。植物在植物的废墟上，虫子在虫子的废墟上，人在一切的废墟上，废墟亦在废墟上。所有投胎无不新鲜，却无一不是废墟上的投胎。不是废墟，就是在去往废墟的路上。

“一粒沙，再加一粒沙，不停地加下去，就成了沙漠。沙漠是一粒沙的分裂或繁殖。”二十余年前，世纪末的那一天，首次沿塔中公路穿越塔克拉玛干沙漠，面对无边无际的魔幻沙峦巨阵，心头就冒出这话。这里是世界第二大流动沙漠，流沙面积却是世界第一。就是说，这里是全球运动能力、运动波及面最强最大的沙漠。有一位全能运动员：风。沙漠的风，风的沙漠。那一天，正好有不大不小的风。风柔和地搬运着沙粒，布置起由沙粒组织起来的沙雾、沙帐、沙漠军团，沿沙漠公路优美悠闲地游戏或游行。运动啦，运动啦，似乎有声音。阵容整齐，阵势浩大，似乎有目的。

世上其他地方的风，有无数的事物可以吹，吹牛，吹骡马鸡虫，吹草木，吹鱼虾云烟，吹每一只猴子，吹每一个人，吹每个人的每一根头发，吹落在地上的每一根头发。这里的风只能吹沙，对一粒沙一吹再吹，对所有沙一吹再吹。吹走一个军团，又吹来一个更大的军团。吹走一个旧世界，又吹来一个新的旧世界。只有一种事物可以吹，就变得特别能吹。这不难理解。换了你，你也这样。如果有其他事物偶然进来，风不是吹那事物，而是要吹来足够多的沙将其埋葬。与沙粒、沙漠不一样的事物，当然就应该埋葬。时间富有又漫长，沙粒人多势众肆无忌惮，埋葬的事物可以无穷多，有时，连活人都不放过呢。沙的意志就是沙漠化，以创造一个沙的统一世界为天职。沙峦的形态，如熄灭的火，如火的燃烧，如火山爆发，如火山死灭。模棱两可的风，又是有超凡意志与能量的风，风的意志就是风化。风总是在重新安排一切，让凝固的火移动，让熄灭的火重新燃烧，不可阻挡地风化一切，在一切事物上留下风的波纹，如一支回环不已的小夜曲，如一片喧嚣不已的大海。你意识到窒息时就晚了。你想逃走时却已丧失了力量。你处在了一个无力的梦中。风与沙的感知与判断总是很准。若有一具汁液丰沛的肉身，正适合在此时此地制成一个完美的废墟。风与沙立即试探贴近这具肉身，判断可能性。你不会感觉不到，无穷的风的吹散与流转。风的意志裹挟沙漠的意志，或者相反。它们的意志，好像本质上就是一个意志。一个意志与表象的世界。世界就这样在聚聚散散中高度统一。

沙漠，自然的一部分，又是自然的一个大废墟，一个似乎富贵无边雍容自在的大废墟。有个异常事物悄然出现。漠虎，一只漠虎（沙漠地区一种蜥蜴），这个异常事物夸张又细腻地摇动四肢，驾驭着肉身与最底层的风，在沙漠废墟里摆渡它自己。遇到人，亦必是它生存里的一场异常。它警觉地昂起头，驻步观察了我数秒或更长时间，好像在追问：你是谁，你从哪里来，要到哪里去？此处是你可待的地方吗？它大约是失望的，它或许已经有一个结论：这是个散发着浓烈味道的动物，可是实在无法让这个庞然大物成为一种食物。在难觅任何生灵踪迹的此境，它的现身无疑是一个奇迹。这只与沙粒颜色高度一致的漠虎，快速运送着自己，沿沙丘索索而行。身材真好，修长，精致，灵动，无一丝一毫多余之物，比起其他地域所见蜥蜴，它体现的生灵之美更加纯粹。它是我目力范围内唯一的生动鲜活。对生存来说，它选择的是一个无比贫乏的世界，它必须足够勇敢果断。它与风沙共存，独行沙海沙雾，生之苦与生之乐，自作自受。它拼死拼活地活着。它以一股又一股小规模的呼吸，与宏大冷酷的世界对峙。规模再小的呼吸也是呼吸。呼吸造成它腹部的涨落，好像它体内拥有一汤匙海浪，一座约一立方厘米大小的泳池。与我短暂对峙后，它果断从我眼前失踪。不是被风沙埋葬了，是到远处散步了。风沙是如此广袤，却无法埋葬活着的漠虎。风对它无奈，它本身就是一小撮风。沙对它无奈，它本身就是一小撮沙。不这样不行。这里的生灵极稀少，它们皆知选择最管用的策略，去对付一份来之不易的生存。有些生灵，在此传宗接代久了，干脆进化出独特的夏眠习性。这里的夏天既然如此不美妙，就用来睡懒觉吧。睡个长觉，做一做“仲夏夜之梦”。大自然乐意这样安排，沙漠深处的仲夏夜亦需有生灵来消受。

那些早就没有了季节的事物，那些被埋葬于沙漠大废墟已千年万年的事物，大废墟里那些长眠的小废墟，如果有谁忽然结束长眠，意外来到人间，有可能是一件很轰动的事呢。比如“楼兰美女”。

沙漠这座大废墟喜欢制造现代人类珍视的一种废墟：人类的身体废墟，干尸。

塔克拉玛干沙漠周边地区，各个博物馆几乎都辟有干尸陈列室，有些干尸会被视为镇馆之宝。乌鲁木齐新疆博物馆“楼兰美女”即是。巴州博物馆、吐鲁番博物馆、和田博物馆、若羌楼兰博物馆等，全都藏有丰富的干尸。大沙漠东南角的且末县扎滚鲁克古墓群，年代约在距今三千年至一千五百年前，仅其中一座墓就发现大小干尸十四具，是一项比较重要的考古发现，相关部门直接在其上建一处干尸陈列室。有名的“且末宝宝”即发现于该古墓群。它是一具两千八百年前的婴儿干尸，一件人形事物。再小的婴儿亦必有一份人间经历，享受过人类之爱。此婴儿在人间不足十二个月，被发掘发现后即成为全球最古老婴儿干尸。亲人将其包裹得认真仔细的程度，足以震撼面对它的每一位活人：两千八百年前的绿洲人，就能将一具婴儿尸体照顾得这么周到完美了。它仅露面孔，以精心制作的石片护住眼眶，以毛线塞住鼻腔。专家们对古人在遗体上如此使用石片和毛线，作了宗教的、民俗的等各种猜测判断，莫衷一是。我这样想：那位伤心不已的母亲，这样做不过就是为了阻断无孔不入的沙粒进入孩子体内吧？这具肉身实在娇嫩啊，沙太多了，太易进入人体了啊，眼里容不得沙子啊。在沙漠环伺的绿洲里，沙粒与空气同在。这是两千八百年前的一个伤心事件，那位母亲实在伤心极了。对那具肉身，母亲想尽了所有办法去保护它，保护它在世界反面的存在。我这观点大约太简陋太感性了。“且末宝宝”名声仅次于“楼兰美女”，曾出境巡展，仅在台湾就待了三个月，轰动的场面上演了一场又一场。从沙漠瀚海的一角，来到汪洋大海里的一座岛屿，这具对一切无感无知的婴儿干尸享受了非凡殊荣。

人性还是那个人性，人类的游戏方式却一直在花样翻新。

一具人形干尸，被供在博物馆，被安排亲自体现出活人所需要的一些意义，被视为著名干尸、无价之宝，类似活人中的名人。这只是人类这几十年最多这一两百年内发展出的爱好。这干尸如不在博物馆，而是处在人间其他任何地方，必定仍会被视为恐怖、不吉、不洁。世上的各类宝贝，人人想见到，乃至想占有。若有人送你一具干尸宝贝，你是何感想？显而易见，人类个体是拒绝干尸的，人类只能以群体方式接受欣赏干尸。干尸呈现在人间皆为偶然，而人类有朝一日重视干尸却是必然，是现当代才会产生的“必然”。我们发展出如此嗜好，根源何在？我们选择集体面对干尸，是面对什么？有可能面对什么？

我大约算是拜访干尸比较多的一个活人。不是因为我对它们多么热衷，而是因为在我的三年西域生活及后来的屡次西部之行中，它们总是分布在我的必经之路上。

20世纪末的那个暑假，再次踏上从我支教所在地的喀什噶尔返山东半岛的路途。独自一人来到乌鲁木齐新疆博物馆，那里有一具著名的“楼兰美女”及其他众干尸。馆员热心推荐讲解服务，我谢绝了。我自己能看出来的东西，你未必能讲出来；你讲出来的东西，我未必爱听。馆员问我就你一个人，我点头。我一直拼死拼活地活着，亦喜欢自作自受。看了一楼各展厅，来到了二楼，众干尸在二楼耐心等候。它们最不缺的就是耐心。千年等一回万年等一回都无妨。一个游客都不见。我将一具肉身移入那间古尸横陈的庞大陈列室。除了一个人的脚步声，没有其他声音。它们来自不同时空，堪称仪态万方，却不会制造任何一点声音。先将陈列室扫视一遍，心里忽然犯了嘀咕：光线咋这么暗？大夏天，咋冷飕飕的？如身处地窖或墓穴。大概人家博物馆要的就是这种效果吧？不少人专门花钱看恐怖片呢。什么恐怖片也比不上这个真实高级。寒气，另一个世界的寒气，从地下从天上，从四面八方向我压来。这可是平生第一次观赏干尸，感觉需先干点与干尸无关之事。停下脚步，定定神，朝众干尸喊一声："我来啦，我是动物，我是活人！"忆起儿时走夜路吹口哨的情景。制造声音以求壮胆或威慑，是动物通用法则。似乎有嗡嗡的回音，回音又戛然而止。就在这时，所有男女老少干尸，不约而同嘎吱嘎吱地鼓起掌来，干燥的掌声在大厅里嗡嗡回荡。据说，人类的鼓掌习惯源于对权力的恐惧与尊崇，两手举到胸前，拍击手掌：请看，我两手空空，人畜无害，掌声是最好的证明与表白。恍惚中我亦举手拍了一下掌。我的掌声唤醒了我，马上明白干尸的掌声纯属我的妄想或自作多情。干尸怎么可能鼓掌呢？它们的手掌固然皆十分完整，可是，再完整也不可能鼓掌了。干尸手掌有血有肉时，可能为国王或酋长或小组长鼓过掌，现在是绝无可能鼓掌了，面对再大的首长也不可能了，更不用说面对我这等小人物了。此方时空里，只有我这样一个普通看客，独自嘎吱嘎吱地走在干尸陈列室。

众干尸虽形态各异，但皆完整有序。身为干尸，越完整有序，是不是越像造物主的一个噩梦？这又是我自作多情了。造物主从时间开始的那一刻，就一直在造物，后来开始造众生，造一生，送一死，有始有终，至今一次错都没犯呢。造物主不会有例外更不会有噩梦，有噩梦的只能是人。秦始皇成为皇帝后，就在他那个小小的人间帝国里给予自己无数的例外，追求彻底满足此生。他最终却不得不承认一个道理：彻底满足自己，是一件无法完成的任务。始皇想让天帝（约等于造物主）对他来一次例外，让他成仙永生，等待他的却是一场规模巨大的噩梦。修改废墟必然降临这一宿命，造物主无此设计。

干尸废墟是一些无忧无乐的结构（组织），每一具却皆能令人心动。它们曾经是人，是各种各样的人。我拼死拼活地活着，知道自己每分每秒都在向废墟迈进，可是绝没有成为宝贝废墟的可能，除非忽然失踪于沙漠。不过，还是暂时不失踪为好。还要赏鉴干尸及其他一些事物呢。活下去的理由最易找，必然成为废墟的宿命却总想回避。

看完了第一具干尸。这么宝贵的事物，可得好好看。真是生动完美的废墟。肉身的所有细节，皆凝固为干尸的无限狰狞。衣物，饰品，各式各样的头发，脸庞，躯干，皮肤组织，胳膊，睫毛，眼睛，手背，手指，指甲，指甲纹路，个别指甲上竟然还有指甲油怪异的颜色……遗憾，看不见干尸手掌是何模样。不但看不见这具干尸的手掌，其他所有干尸的手掌也都看不见。没有哪个死人会将手掌向外显露。逝者拒绝鼓掌，干尸拒绝鼓掌。抬头转身再看下一具干尸的工夫，感觉空气又有点不大对劲，头皮似乎在与空气紧张商量事情，头发似乎竖了起来，似乎还发出呼啸。我伸出自己的手掌摸了摸自己的头皮——那软不邋遢的头发，仍老老实实地待在我的头皮上，并没有变成干尸头顶上的宝贝发绺。再看，必须看，坚决看。看了一具又一具。同活人与活人的区别相比，干尸与干尸的区别更大更彻底。它们曾活在不同时空，呼吸过不同时空里的空气，披挂着不同时空的衣饰，带着不同时空的印记，活着时谁也没见过谁，现在被活人安排同居一室，表演于一室，却老死不相往来。统一的狰狞前提下，一具有一具的个性。这具是嘲弄的表情，下一具是荒诞的表情，再一具还相当幽默呢……干尸，实话实说，虽然根源于人类，却与活人无半点同情、同理心，半点不照顾活人的脆弱，就是直接体现具体的恐怖。体现，体现，亲自体现，集中体现，一具具干尸，充分体现了……身为干尸，形态无不狰狞，而体现无不具体。它们是人类的狰狞宝贝。

陈列室核心位置，那位“楼兰美女”好像在迎接我呢。

精心制作的巨幅“楼兰美女”画像，笑吟吟地竖立在“楼兰美女”干尸陈列柜旁。端详一阵美女画像，再端详一阵美女干尸，只能感慨画像制作者想象力的丰富。他奉命制作美女画像时，一定是一面驰骋其想象力，一面乐不可支。馆内众干尸，只“楼兰美女”享用了展示生前美貌的特权。

1900 年 3 月 28 日，一个令瑞典探险家斯文 · 赫定激动不已的日子——在以罗布泊为探险考察对象的行动中，梦幻般意外发现了已被流沙掩埋一千五百年的楼兰古国。他感到自己真是太幸运了。试探性发掘后，确定这里就是楼兰古国，中亚史里一直谜一样飘忽不定的楼兰古国，被异国他乡的这个幸运儿发现了。这是他一生中最重大的发现。一所房子清理出来了，简陋却完整的木门朝外敞开着，这一敞开姿势已保持了一千五百年。“这一定是一千五百年前，这座古城里的最后一个居民在离开家时所开的门。”（斯文·赫定《亚洲腹地旅行记》）那个人离家却不关门，不是忘了关，而是因为他知道自己永远不会再回来了。流水枯竭了或改道了，这片绿洲被抛弃了，楼兰人只好放弃它，任它死去。但大沙漠有最好的记性，它会收藏一切，记住一切。

八十年后，1980 年的一天，“楼兰美女”在古楼兰国遗址被发掘出来，经碳–14 测定，它已有三千八百年历史。一千五百年前，楼兰人无奈离去时，“楼兰美女”已掩埋在此约两千三百年。

新疆博物馆古尸陈列室展出的干尸中，“楼兰美女”最为有名。美女照样是一具狰狞废墟，只是它更加完整清晰。它的重量是 10.5 公斤。它曾经活色生香，水分充足。展室中唯一有名有姓的干尸，是古高昌国将军张雄，重量是 17 公斤——所有成年人干尸，都是十多公斤。还是毛重呢。我们总是水分充足流水潺潺地活着。把水分还给大自然之后，就剩了这么点分量。

“楼兰美女”的形态证明，它经历了精心的修饰埋葬过程。一具人类遗体，偶然逃避了时间的寻常规定，化为一座袖珍废墟，成为一件展览品，成为一件现代人眼中的“宝贝”。它那黑洞洞的眼眶，似乎正在呼喊什么似的嘴巴，扭曲的肌肉，绝对是一种黑色幽默。庄重对待同类遗体，并对之进行特殊处理，这是人类进化到较高程度后才有的文明行为。人类进化史上的其他重要文明事件，应该大多发生于有这一行为之后。即使最初的极简陋掩埋，也必定伴随这一心理：期盼这具遗体不被活人及各种动物打扰。一直虔诚对待同类遗体的一代又一代先人，做梦也想不到，有朝一日竟然有热衷于欣赏干尸这一骇人爱好的现代人诞生出来，打扰干尸无商量。

欢迎打扰，我有很高的打扰价值，我能赚来人气赚来……干尸废墟意外地来到人间来到现代，它必须亲自体现并生成一些现代人所需要的意义与价值。体现，多么生动的体现啊。发掘，研究，研讨会，评估，保护，特展，巡回展，人类学，社会学，考古学，考古人类学，相关活动不少。“楼兰美女”是个名人（名尸），过着“行尸走肉”“行尸走肉干”的生活。活人不断地围绕它及众干尸动心思，不断推出新成果。吐鲁番博物馆曾利用馆藏干尸推出一项创意活动：在干尸馆扎帐篷过夜。据称，活动吸引来不少远方的客人。创意真是不错。现代人殚思竭虑设计出一条又一条游戏路径，而无聊寂寞永远是包围着人类的汪洋大海。

“楼兰美女”是一种不怕任何打扰的事物。它摆出的应当是彻底嘲弄的姿态：我已穷形尽相，了无挂碍，你劈我一斧头与献给我一首赞美诗，都没有意义。我是废墟我怕谁。你们，潮水一般来而复往的活人们，所有得意扬扬眉眼生动的活人们，实际上无不对我怀畏惧之心。你胆大，你不怕？那好办，我赏你单独在我身边睡一夜，免费，条件是博物馆深夜关灯之后，漆黑一团之后，你必须老老实实，不许动手动脚，心脏也不许乱动，不能乱想象。还不许动嘴，不许张开臭嘴说什么我喜欢你等恶心我们干尸的话。我们是睡眠极好的事物，睡到永远，不论永远有多远，我们都不怕。作为干尸，与我们相处最久、我们对之理解最深的事物就是黑暗。活人，常常看不到或不理解他自己的黑暗，就知道嘻嘻哈哈地活着。与我、与我们共享一夜黑暗，我觉得这件事很有必要。我建议，博物馆要是以我为主题搞类似活动，那标语应该是这样：只有与“楼兰美女”共享一夜黑暗，你才知什么是真正的光明。

有一种幽默是“楼兰美女”式的幽默。

我这个煞有介事的打扰者，终于被“楼兰美女”逗笑了。刚进门时的不适烟消云散，感觉灯光似乎变亮了，对干尸废墟有点亲切感了。

现在，每时每刻，笑意盈盈的“楼兰美女”复原图，与似乎十分放肆的身体废墟摆在一起。不论白天还是黑夜，它们该一直在互相嘲讽，一直在嘲笑对方太荒诞了。涅槃，重生，实在，虚无，荒诞，生与死的界限在哪里？

这真是个难得的可以保持沉默的好地方好机会。沉默，一直沉默到生存的暗影里去，察知自己的黑暗，将黑暗举到有光的头顶，并与之和解。

就在我一心一意独自体会干尸、展望人生可能的意义时，忽然来了一大群看客。男女老少，大呼小叫，指指点点，得意扬扬。我这个煞有介事的打扰者，感觉到立即被更大的打扰所覆盖淹没。同样一件事，一个人做，两个人做，一群人做，境界味道就会完全不一样。独行一段路，群游一条街，有天壤之别。我匆匆看完余下的干尸废墟，走出干尸陈列室，走出博物馆，来到正午的阳光之下。我深深体会到，我只能活在阳光之下。

在欣赏干尸的这一小段时间里，我的生命又消逝一截，与命定废墟的距离又近了几尺几寸。一呼一吸间的生命，比琴弦更脆弱。我拼死拼活地活着，一刻也不曾松懈。据说，废墟亦需要呼吸，保存干尸废墟，要特别注意干湿度。

世纪末十多年后的2011年仲夏，到新疆去，我又见到了“楼兰美女”。这回不是离我命定的废墟又近了几尺几寸，而是我已由青年进入中年，我又经历了好多场肉身与人生的本质性变化。而它还是那样。它当然还是那样。看来，它的呼吸比我稳定多了。存在于季节之外，它不需任何伪装与表达。它体现一切，亦无所体现。看样子，它并不知道：它的知名度更高了，地位更显赫了，期待看一看它的人越来越多了。

“楼兰美女”是印欧人种（一般指白色人种），去世时很年轻。三千八百年前，正当中原夏商之际，中华文明的半信史时代。楼兰距印欧、距华夏中原都十分遥远。她因何在这里？她，她所在的族群，有怎样的经历？这是永恒的谜。

塔克拉玛干大沙漠周边的干尸，它们死亡时大多很年轻或年幼，以今日标准看，少有年长者。年代越远越是如此。世上所有地方发现的所有人类遗骨，都能证明这一点。这无疑会粉碎越是远古越美好的幻想。我们的祖先就这样幻想了数千年，在幻想里打发着克隆轮回一般的岁月。年代越久远，人类的生存越是残酷艰难。一代一代古人，在他们的时空里度过了艰难的日子。实质上，那也是替我们过的。我们没理由不敬重他们。古今人性亦是同一个人性，没有第二种人性。本质上，我们与他们的日子是一个日子，人类的日子是同一个日子。干尸曾短暂拥有人格、人性，但很快就没有了，永远没有了。干尸废墟，是死亡的呈现或证据。我们亦必将如此。这才是它们有能力让我恐惧，又能令我产生探究亲近愿望的根本原因。

世界很多地方发现过古人制作的干尸，以古埃及木乃伊最为典型。木乃伊皆经历过规模不等的隆重仪式。这一仪式密切关联权力与统治。时光深处，总是不断有遗体必须被隆重对待。个别人甚至还很年轻时，就精心布置未来的那一隆重仪式了。秦始皇遗体是古中国被空前重视的遗体。始皇取得了无人能匹敌的打江山的成绩，他以为他必须享用江山上一座空前的巨陵，那巨陵承载着幻想中的震慑天下、延续权力的重任。遗体关联权力，是人类源远流长不绝如缕的现象，是一个可以以之检验文明程度的指标。怎样对待遗体，永远是人类的一个问题。我所见沙漠干尸皆为自然环境造成，它们本身亦化为自然的一部分。是现代人类的异常需要，让它们重新不自然起来。

有一种“事物”历史极悠久，但没有一件这种事物会化为废墟，这种事物就是鬼神。我是个不信鬼神的东西，自儿时就不信。可是，生而为人，就是做不到对鬼神无所畏惧。人创造了鬼神，人又将鬼神形象化、偶像化。其目的显然就是以鬼神为依托，生动形象地震慑控制人心。这是神庙佛殿广泛存在的根据。若有人煞有介事装神弄鬼，我亦可能情不自禁地滋生出将其奉为神明的冲动。

一生从未面对过同类遗体的人可能并不多。那一年那一天，高寿母亲无疾而终。夜晚，兄弟姐妹七人为母亲守灵。夜深了，表达悲伤最激烈的三姐妹被我们劝走。到了下半夜凌晨三四点钟，大哥二哥先后出去忙活与丧葬有关的事务了。一个人去世，会一下子产生出很多事务。又过了一会儿，四弟也需出去。四弟说三哥你害怕吧，我说怕啥！正是黎明前最黑暗的时刻。死寂。一大团死寂。恐惧忽然降临。我望向娘的遗体。几炷香的细烟在袅袅升腾，似乎试图接近冥冥中的某种力量，空气咝咝有声。我走到娘跟前，端详着娘那张仍然慈祥的脸，握住娘那冰凉的手，求娘原谅老三的不孝——我不该恐惧。娘去世前头脑还明白的时候，对围在身边的七子女留下她最终的嘱咐：我死了，你们（娘抬手朝我们划了一圈）都别害怕，娘不吓唬你们；二妮胆最小，二妮你别害怕（娘抬手指指二姐）。二姐流着泪说：娘，您放心，俺不害怕。我一直握着娘的手，另一个世界的凉意渗入了我的骨头。直至有人进来。我亲眼看到了娘咽气的那一刻。那一刻之后，娘已变成另一件事物，一座废墟，略作停放后即去火化。但对我来说，这是人间最有力量的一座废墟。数十年前，刚推广火化时，阻力很大，乡间老年人普遍这样想：这辈子咋这么背运啊，死了连个完整尸身也留不下。竟然发生过这样的事：听闻火化厂烟囱倒塌谣言，竟有老人欣然自尽。在幻想中，其尸身趁机安然入土了。母亲对火化亦相当排斥恐惧，常常念叨这样，并指望子女像个别人家那样，能抗命将亲人尸身偷偷掩埋。好在这种念叨越来越少，去世前没有再提火化这事。不信鬼神的父亲，当初这样哄劝被火化吓慌了的我娘：人家说了，上天堂不干净可不行，在火炉里炼得干干净净的，光剩下白骨头，神仙给换上新衣，就能进天堂了。娘说：你这是哄我的吧？

尸身作为一种事物，注定以尘埃形式，回归无穷的物质世界。而活人却总是对尸身或想象中的尸身，念念不忘。“楼兰美女”没有化为尘埃，而是以干尸形式存在，重返人间对它来说纯属意外事件。

背负着孤注一掷的生命，不远万里来博物馆赏鉴身体废墟。它们无意中把更本质的存在形式，暴露给了我。废墟似乎更容易抵达真相或真理。生动鲜亮的一切，总是疑似谎言。

人可以在活着时就已经是废墟，年轻的或年老的废墟，移动的活的废墟，时时散发着真正废墟散发不出的浓烈腐败气息的废墟。一万具“楼兰美女”不会改变空气，一具活废墟却可能具备足以令人窒息的力量。身体会产生腐败，废墟已结束腐败。

华莱士·史蒂文斯把这样几句话放在一起：“每个诗人都有点儿像农民。亚里士多德是一具骷髅。身体是伟大的诗篇。”

我颠覆一下或变相抄袭一下：“优秀的农民就是诗人。亚里士多德的骷髅一直在追问亚里士多德。每个废墟都是一场黑色幽默。”

人类的干尸废墟，不过是一件人形物品，可是它们与石头、木头、牛干尸、马干尸等物品就是不一样，它们向我施加特别信息的目的，总是能够得逞。唯一原因就是：我是人，我活着，我呼吸。废墟是有力量的。将悬置于未来却随时会到达的死亡，视为生存与存在的最深刻动力，是人类不能回避并必须去做的事。

在山东半岛海滨，在二十二楼，在阁楼，面朝大海，2024年的第一场秋雨如一位不速之客，正洒向目力所及的一切大地、一切海水、一切风，沙，沙，沙，沙，沙，沙……语言是一件贫乏的事物，我只能用这个无一点水分的词，模拟无边秋雨声。一种渗透感、穿越感极强的声音，来到了我人生的秋冬时节。雨丝落进大海，一如落进大沙漠。面朝大海，春暖花开；映日荷花，暴雨如注。春天夏天，皆为昔日景象，已成他人的季节。我煞有介事地写作一番，打量打理一下我在这个时空里的心情。心情是有颜色的。我大体看清了我心情的颜色。我的心情布置在沙漠与大海之间，人与物之间，新生与废墟之间。废墟不用期待，它一定在。

一匹受伤的马

一匹马在时空深处受伤了。不是皮肉受伤，是骨头受伤，而这伤竟是水造成的。

饮马长城窟，水寒伤马骨。

——陈琳《饮马长城窟行》

这匹马一下子站在了人的心头。

长城与马骨在互相敲打。陈琳说：长城把人心冻透了，把马骨也冻透了。这匹马，是马中的战士，长得瘦硬有骨气。来到长城边上的马，已走了很远的路，已吃尽了苦头，它用骨头敲打着长城，直到把自己的骨头敲碎。在那时光深处，不论是人还是马，只要来到了长城，就很难完整地赎回自己。

我来长城，没有那匹马、那饮马人的沉重。我来长城，登至高处，在山脊上走一走，观城墙在大地山岭间蜿蜒行进，它们是如此飘忽轻盈，往昔的苦难似没有了一丝痕迹。眼下的长城，似已成这样的事物：它们是与那些树木山石一起从所在之地生长出来的，时间在它们身上销蚀雕刻出宁静纯粹的废墟之美，车马萧萧的光阴已隐遁，亦没有人骨与马骨。它们正是它们所应该是的样子。寂静的大地，愉悦地负载着人世间这一座规模巨大的废墟。它们早已化为一张布景、一道风景。

可是，以徭役的血汗与骨头建造的长城，本质上却是秦始皇所规划的作品。一开始，它们就是大地与人间的重负。见过它的人，没见过它的人，都不会忽视它的存在。始皇的家业是如此庞大，到处都是皇上的江山，到处都是皇上的敌人，帝国需要最大程度的保卫与防御。长城一开始就是边塞，它遥远冷硬，不讲道理，但它影响乃至决定着众多人的生活与心理。你赞美它、骂它、恨它，却不会比掠过它的一阵风、照在它身上的一缕阳光更有意义。它显然比你更坚韧、更长久。再硬的骨头，都要在它身边碎裂烂掉。

秦朝北方边塞由秦始皇划定了“初稿”，标志就是长城。秦始皇使尽全力划了这条线，然后对线内的人说：你们，我的子民，好好在里面待着，按时给我纳税。对线外的人说：你们，不要进来，不要来抢掠我的东西与人口，不要用人头与马蹄来碰我的墙。面对这么广大的山河，秦始皇有点手足无措，还想不出更好的办法来保卫他的家业。

在自己的江山上，他是寡人，是个大号的寡人。

始皇之前，朕是所有人皆可使用的第一人称，始皇规定只有他一人可称朕。这比从前的君王自称寡人厉害多了。

一百多年前，一个叫卡夫卡的，竟然替秦始皇操心着急起来，一本正经地琢磨开了中国长城，并且一下子就想到了长城初创时。1917 年，卡夫卡创作了小说《万里长城建造时》，以卡夫卡式的玄思，安排小说中的主人公，一位二十岁的青年去为帝国修长城。小说以第一人称叙述，这注定是一场比较诡异的叙事，第一人称是那个时代的敏感问题呢。这场叙事，不可能不怪腔怪调。“团结！团结！心贴着心，跳起欢乐的舞蹈，热血，不再囿于单个的体内作小小的循环，而是甜甜地奔流，翻滚在广袤的中国大地上。”两千多年前的青年征伕，行文的口气有点像当代中学生呢。主人公的思想越来越活跃：“我们——我在这里是以许多人的名义说话——实际上是在一一研究了最高领导的命令之后才认识自己本身的，并且发现，没有上级的领导，无论是学校教的知识还是人类的理智，对于伟大整体中人们占有的小小的职务是不够用的。”显然，主人公在努力理解他那个时代，并要求自己尽量成为大帝国的一位合格臣民。顺着这一思路，主人公接着展开思考。“在上司的办公室里——它在何处，谁在那里，我问过的人中，过去和现在都没有人知道——人类的一切思想和愿望都在转动，而一切人类的目标和成功都在向相反的方向转动。但透过窗子，神的世界的光辉正降落在上司的手所描画的那些计划之上。”修长城的苦力是这样一面思考一面搬砖吗？搬砖时这样三心二意，能保证效率与质量吗？这真是卡夫卡式的荒诞。以这种思想状态搬砖，那是始皇大帝绝不允许的。搬砖就是搬砖，搬更多的砖，砌更长更高的墙，搬砖者不能有砖头以外的思想，眼里只能有砖头，心里只能想着一件事：抓紧搬下一块砖。明摆着，卡夫卡不是在赞美，而是在讥讽。

江山越广袤，寡人的不安全感就越强，长城就不得不越来越长。长城越长，可能的缺口就越多，寡人需要的搬砖者就得越来越多。

主人公的思考有些越界了，甚至接近事物的危险本质了，他亦意识到了这一点。“……今天谈论这些事也许没什么危险了。当时这是许多人的，甚至优秀人物的秘密原则：设法竭尽你的全力去理解上边的指示，但是有一定的限度，到了这个限度你就别思考啦。”

给思考设定边界，是那个时代的生存法则。而始皇的边界可说无限大，只有他有那样的权力与能力。他一会儿伸出左胳膊，修长城这项伟大工程立即就热火朝天地进行，这是给空间划定界限；他一会儿伸出右胳膊，焚书坑儒这件无人敢干的事马上就干好了，这是给时间划定界限。既然空间属于寡人，时间亦应该完全属于他。他规定时间从他重新开始，一世二世以至万世。焚书，就是取消历史取消他人拥有时间的权利，从此无人敢以知识与往昔人类生活来批评现实与皇上。

始皇不但建造物质长城，还建造精神长城。为了保证物质长城的质量，始皇在为他建造长城的民众的心头，首先建造了精神长城。精神长城看不见摸不着，但重要程度一点不比物质长城低。你所有的精神必须端正地生长在城墙里头，不能长歪了，更不能爬到墙外面去，探头探脑也不行。焚书坑儒的效果是显著的，这样是好的：世界被简化浓缩为寡人的一间办公室，一个大脑；取消所有活泼精神的精神长城，才是可靠的精神长城。可是，不知不觉中，事情悄悄起了变化。修整人的大脑不像修整一段城墙一样容易。不久之后，山野里的城墙还很新呢，秦始皇的子孙与家却没了，家成了别人的家。别人只需把屁股坐在他家的遗址上，继承他使用过的所有空间，起用始皇欲赶尽杀绝的儒生，让他们调试软件，让软件足够软，就十分容易地一次又一次地克隆同一个游戏：家天下。始皇的空间与时间，仅维持了一会儿，就烟消云散。

这搬砖者不是个好的砌墙工，他的思考越来越危险。“我们的国家是如此之大，任何童话也想象不出她的广大，苍穹几乎遮盖不了她——而京城不过是一个点，皇宫则仅是点中之点。作为皇帝却自然又是很大，大得凌驾于一切之上。可是，那活着的皇帝跟我们一样是一个人，跟我们一样躺在一张卧榻上……”卡夫卡借主人公之口，拆解宏大叙事、嘲笑这位不可一世的皇上的企图，至此已昭然若揭。

饮马长城窟，水寒伤马骨。那些来到长城边的人总是感到冷，从心里往外冷。没有来自最高当局办公室的命令，谁愿意到长城来呢？孟姜女来了。没有人命令她来，是她自己想来，命运驱使她必须来。她不怕路途远，她相信自己的命足够长。她不是来修长城的，她是在长城修好之后才来的。她亲爱的丈夫名叫万喜良，万喜良无法拒绝那道征用他去修长城的命令，累死、病死或其他原因死了，尸身被砌进城墙里了。对孟姜女来说，这件事可比修长城那件事大多了。修长城是件艰难的大事业，为修长城死去的人越来越多。皇帝的事业总是需要有人去牺牲，可是若牺牲太多，皇帝的心里又会感觉慌乱没底。皇帝的眼里，人是第一财富，并且是能生产财富的财富。有一位足智多谋的人物，向最高当局报告：有个叫万喜良的人，他一人能顶万人，他一个人死就是替一万个人死。一个人死一次，就能免掉一万个人每人都死一次，这可真是一笔很有赚头的大买卖，也是一件极为高尚的事。万喜良很快被从民间找到，加入修长城的队伍。虽然万喜良看到不断有人死去，但他并不认为自己一定会死。可是，皇帝已经安排好了，万喜良必须死。他不死，就得多死一万个人。这好像是一个隐喻。在皇帝的事业里，一个人不重要，一万个人才重要。万喜良能这样死，本来是一件十分荣耀的事，这叫赐死，如果是大臣，还得朝皇上叩头谢恩。他是小民，他的理解能力有限，就没必要告诉他皇上的这一安排了。

孟姜女面对长城开始哭泣。据说，她来自齐国临淄，那里的女人以擅长哭、哭调特别动听而闻名于世。她的哭声很大，眼泪很多，哭调不但动人，还感天动地，那绵亘坚固的长城很快就撑不住了，呼啦啦倒了三百里。她的哭调，没有一个人不愿意听，不少人模仿她那哭调，从模仿里就能得到安慰。万喜良的遗骨从废墟里蹦了出来。你说孟姜女那泪有多厉害。孟姜女相信亲人血可渗亲人骨这一说法，就咬破手指，滴血认亲。那骨头果然承认孟姜女是它的妻子。孟姜女就将丈夫安顿在一个比长城一带温暖的地方。

长城被一位寡妇哭倒这件大事，很快报告到了寡人办公室。始皇听了报告，受打击不小：孟姜女不但哭倒了他的长城，还将拥有无限江山的大号寡人狠狠羞辱了一顿又一顿。始皇本来就是鸡胸，很难看，这一下子腰就更弯了，江山变得更不牢固了。这只是孟姜女故事无穷版本中的一个。这故事比卡夫卡们那扭扭捏捏的文人操作，高级有趣多了。民间故事家在皇上的江山上讲故事，虚构一个弱者来对付曾经的真实强者。咸阳宫不相信眼泪，但讲故事听故事的人却信。孟姜女的命很长，比长城还长，孟姜女的骨头很硬，比砖头比石头还硬。所以，长城需要经常修修补补，还动不动就被游牧铁骑掠过。一直是帝国的大麻烦呢。

著名的民间故事，往往有漫长的生成历史，就像一棵大树，总是由小树长成的一样。孟姜女故事的源头在始皇之前三百年，是《左传》中关于“杞梁妻哭夫”的记载。孟姜女的原型杞梁妻既没哭城墙，丈夫也不是修长城而死，而是作战而死。后来，就变成孟姜女哭倒了其丈夫战死所在地的城池之墙。再后来，就变成哭倒秦始皇的长城之城墙了，越来越具体生动了，针对性越来越强了。民间不论讲故事还是听故事，根本不在意那些经典的记载。修长城最多、相关征调徭役最狠的明朝，也是各种样式的孟姜女故事流传最广的时期。皇权时代，骂秦始皇一直是政治正确。皇帝骂，小民也骂，不过常常是本质不同的骂。所有皇帝都要骂一骂暴君，以示自己不但不做暴君，还努力追求做个爱民如子的好皇帝，一定要把“牧民”这项工作做好。小民不敢骂当朝皇上，就骂骂秦始皇来象征一下。无权者对抗有权者，会自然生成相应的迂回艺术。迂回能衍生新意义。到了皇权末世，孟姜女故事已成庞大系统。不同地域的人，会发展出适合那方水土的孟姜女故事。在哪个地域流传，就必然沾染附会上哪个地域的风情民俗。现代社会到来之前，村妇野老说到孟姜女这名字时，声气口吻可不一般呢，她似乎是所有底层民众的一位亲人。你念念支付宝、肯德基、特朗普等现代词试试，色彩是不是有天壤之别？与孟姜女有关的纪念性建筑很早就有，明中期以来，各地孟姜女祠、孟姜女庙等如雨后春笋。当代有个地方还建了“孟姜女故居纪念馆”呢，这与古人为孟姜女建祠建庙的动机可有天壤之别。这是现代特色的扯淡或荒诞了。孟姜女故事正在试图生发现代意义，生发什么样的现代意义却是个不好说的问题。

我有一口冤气，长城不倒冤气不出；我有几滴泪，是能冲垮长城的泪。在这个著名的中国民间故事里，爱情、悲情、忠诚、凄美、壮烈、反抗等等，都不缺，有趣又解恨，具备慰安贫乏小民的力量。民众创造了孟姜女，就是为了用她来安慰自己的。

写到这儿，多年前的一个情景及更多年前的一些情景，又浮现眼前。得知大舅病了，我回沂蒙山区黄山沟村看望他。七十多岁重病在床花光了所有积蓄的大舅，瞅着屋檐幽幽地感慨道：“穷猴子，瞎蹦跶，瞎蹦跶呀。”大舅承认自己是穷猴子，认命了，不再生半点改变人生的企图。床头那台我表弟淘汰下来的旧电视里，正播一个以秦始皇为主人公的电影。屏幕里的那个寡人，胸膛饱满，肌肉发达，十分孔武有力。虽然违背历史真实，却符合当代人对大英雄的想象。我说：“大舅，你说得很对，不过，瞎蹦跶的可不光你一个。人基本上都是瞎蹦跶。你看，秦始皇怪能吧，他觉得他置办下了万世家业，实质上也不过是瞎蹦跶一场，把家把江山很快给蹦跶没了。”大舅被我逗笑了：“三外甥，你拿我跟谁比不好，单跟秦始皇比。你文化高，你说说，自老辈子起，拉呱（讲故事）的都说孟姜女把秦始皇的长城哭倒了三百里，拉呱的人这是转弯抹角骂秦始皇吧？”应该是呀。我也笑了。我想，大舅这是明知故问。长城这道大废墟横亘在每个人心头，把孟姜女故事讲来讲去听来听去的人们，没有几个见过长城的，但在他们心里，长城却是一道比长城还长的影子。我的大舅很聪明，一天学没捞着上，就靠长年坚持看村里村外街上墙上的标语，靠听一听、问一问，竟然能读懂报纸。一条标语，只要他认得其中一两个字，就能把标语全读出来，并把那些字全记住。大约在 1970 年，我已八九岁了，上一年级了，那一天，在姥爷家黄山沟大队（公社时期，村改成大队）的主街上，与大舅一起观赏全大队文化最高的那个小知识分子刷标语。我觉得，刷标语真是一件极威风极带劲的活，有资格刷标语，并能把标语刷好的人是极少的，一个村里不一定有一个。这个刷标语的，就常被请到其他大队刷。我的第一个理想，就是好好学习，好好写字，将来也刷标语。有一条标语很长，每个字笔画都不少，大舅一个也不认识，刷标语的那人很得意，一声不吭，望着大舅笑。大舅数了数那条标语的字数，扳了扳手指头，竟把那条标语念出来了。通过广播、大会小会、口口相传等途径，对大舅来说，一条又一条标语早就如雷贯耳了，只要字数对上，基本就错不了。刷在墙上的一个一个或红或黑的大字，很像一块又一块城砖，这砖贴在墙上真带劲。一刷上这标语，那一面又一面几十年上百年没捞着光鲜过一回的破土墙，一下子就精神抖擞起来，就貌似一道道精神长城呢。标语的威力是巨大的，标语一上墙，标语之下的人们就知道什么事物重要，什么事物会犯忌讳。刷标语，不断更新标语，是从前过日子的一种方式。大舅以会过日子能精打细算而闻名黄山沟，通过墙上标语提高自己的文化水平，也是他会过日子的一种证明。我那时太小，不考虑过日子的事，只记住了大舅学习标语的情景，并记住了那个时代人们的表情。

在漫长的岁月之后，在众多马骨和人骨烂掉之后，长城还在。几十年来，我一次又一次来到远远近近的长城。那些进行了无数次修补的长城，那些山野深处一直荒芜着的长城，以不同的表情与腔调，向我讲述着它们的故事。从第一代修长城的人，到最后一代修长城的人，他们全都与我隔着遥远的时空，是我无法与之建立联系的祖先。他们以及那位寡人及后来的众多寡人，谁也无法突破时间的高墙而永在。那位寡人四十九岁那年暴死于求仙求长生的路上，他坚定地以为，他是最应该从时间高墙里突围而出的人。他不得不成为一位死不瞑目的寡人。那些寡人，与受他们逼迫去修长城的人及为他们纳税的更多的人——全都化为废墟或尘埃。而长城却关联着我一息尚存的存在。侥幸活在这样一个时候，可以不管任何命令，自由地来到长城。由东至西，或由西至东，屡次去过山海关、八达岭、嘉峪关等处，这些地方的长城是成了精的长城，亦是被过分修饰、过分利用的长城。它们已沦为商业运作的道具，不可避免地丧失掉时光深处山野长城的真味。

有真味的地方是有的。那是荒郊野岭的断壁残垣，戈壁荒漠中的台、墩、烽、燧。我一次又一次跑到那样的地方。在那样的地方，一个人静静地待一会儿，听一听风声、虫声、树叶声、草叶声，听一听时间流逝之声，摸一摸残砖，踢一踢乱石，不再感到冷。天若冷了，就设法让自己暖和一点，不像古代光阴里那一匹毫无办法的马。

饮马长城窟，水寒伤马骨。

诗人陈琳，借助这诗句，你已抵达时光深处了。你这诗写得真好，把诗的骨头写出来了。马靠骨头站着，人靠骨头站着，诗也得有骨头才行啊。那匹马受伤了，它要是懂诗，能读懂你这诗，或许能把伤治好。

一个人的仪式

2008年深秋，结束在广西柳州的会议，返回山东的路上，特意绕道上海。目的很明确，就是拜谒夏允彝、夏完淳父子墓和陈子龙墓。这几乎是一个“不可告人”的目的了。知道这三人特别是前两人的人，已是少之又少。拜谒他们墓地的计划，干脆不跟任何人提及，起码能免掉解释的麻烦。

来到上海松江区小昆山镇、佘山镇一带。到过上海很多次，到此地却是平生第一次。三百年前相继捐躯的三位英雄都葬在这里。

多年了，明清朝代更迭之际的历史与人物深深吸引着我，夏氏父子特别是少年夏完淳尤其令我难以释怀。晚明志士诗人陈子龙，与夏允彝是至交，与夏完淳则是师生兼战友，三人相继赴死。

这里是大都市的安静远郊。放眼望去，是一派低海拔平原景象，蒲苇青青、阡陌纵横的田野里，远远近近穿插着整齐的楼房。远处有低矮的山阜，近处则河渠交织，流水皆舒缓。难以将眼前的山水，与陈子龙、夏完淳诗文中常提到的山水对应。

一个人悠然走在路上。手持地图，见人就问。后来的事实证明，即使墓地已近在咫尺了，知道的人仍是少之又少。

先到达佘山镇广富林村。陈子龙墓在此。

村庄已拆迁，村庄旧址是一片断壁残垣，村民已迁到现代化小区里去了。断壁残垣与一片湿地、一条小河相连，周边疯长着水葫芦、蓑衣草一类的水草，陈子龙墓就在湿地中间一块略高的台地上，墓地与陆路之间有小路相通。一圈围墙围成一个数亩大小的墓园，园内生满翠竹绿树，坟丘很低，几与地平，几方石碑立在周围。这是隔着高高的铁栅栏门看到的景象。我进不去墓园，门上挂着锁。铁栅栏是能够翻越过去的，但不可以那么做啊。让陈子龙笑话啊。不到墓前凭吊一下，不读一读那些碑文，怎能甘心？辗转找到了村委。村委办公室工作人员打通了钥匙保管人的电话，对方说有事来不了。

工作人员对我说："没什么看头，一点看头都没有。"隔着门看看就得了，进去看也就那个样。

我不自觉地大声答复说"好"。心中一个主意已定。

我又返回墓园，独立栅栏门外。铁栅栏很高，顶部较锋利。我决定翻过去。我望了望周围，一个人影都没有。陈子龙啊，你虽是大英雄，却不能为当代人带来钞票，所以注定要寂寞了。好在真英雄不怕寂寞。我打量着这道门，心里说：只好做一回"鸡鸣狗盗"之徒了。背包太大了，就放在门外，相机从栅栏间隙塞进去，外套鞋子脱下来塞进去，然后手脚并用，小心翼翼，翻过了栅栏。这一回能把该看清的都看清了。墓前有石柱方亭沉江亭，已非乾隆年间原物，系 20 世纪 80 年代复建。墓碑为清乾隆五十一年（1786 年）之原物。另有石碑四方，分别刻有陈子龙生平事迹及其雕像。绕坟一周，揣摩碑文，拍照，默哀数分钟。再绕墓一周，原路退出。

大英雄陈子龙，你就义时虚岁四十，我已虚岁近五十了。你就义时还是个青年啊。你看我老夫身手如何？就以你的大英雄襟怀，对我这“鸡鸣狗盗”之行付之一笑吧。

离开佘山镇，来到了小昆山镇荡湾村。那个令人惊心的少年夏完淳葬在此。

三百年前就有此村，三百年后这个村仍不大。我转了转，村里极安静，所见多为老幼，没见到一个年轻人，大约都出去工作了。

1644 年国变后，夏家由松江府避居小昆山脚下曹溪村，距荡湾村仅数里。在那个时代，亲友之所以选择将夏完淳葬在这里，应当是出于安全考虑。夏氏父子墓坐落在村北开阔的田野中，墓园围墙很新，想必修竣不久。门是规整木门，加着锁。幸好，守墓人在村里。

守墓人是个五十岁左右的中年人，打开门后就漠然地走了。夏氏父子墓与陈子龙墓格局近似，只是墓园要大些，有五六亩地样子。石基围成一块平台，墓呈半月形，高约两米，面宽约三十米。没有古碑，现有墓碑的碑题“夏允彝夏完淳父子之墓”

是陈毅 1961 年题写的。墓丘上遍覆翠竹，墓前有九株合抱粗香樟树，枝繁叶茂，颇具蓊郁之象。父子俩葬于此已有三百多年了。父殉国时虚岁五十，子就义时虚岁十七，他们以近似宗教的虔诚先后献出自己的生命。生命成了他们向故国山河所能奉献的唯一祭品。

1645 年（清顺治二年，乙酉年）九月十七日，夏允彝抗清失败后在家乡自沉于松塘。允彝殉国之心由来已久，曾屡次告诫家人："我若赴水，汝辈决不可救……"投水时，家人环立池边。池浅，不能没人，允彝伏水而死。

父亲死后，夏完淳又坚持抗清两年。1647 年（丁亥年）九月十一日，夏完淳等四十三名抗清义士在南京同时遇难。行刑方式是斩首。夏完淳与同时被捕的好友刘曙携手昂然而出，拒绝下跪，刽子手只好从颔下以刀抹其喉。一个数岁即被视为神童，十多岁时所赋诗文就惊动世人的少年，一个有无限发展可能的天才，以十七岁的年龄被定格在历史深处。生命实在是过于短暂了啊。

这一老一少，处此天崩地解变局，从容面对命运悲歌。他们的死近似一种仪式，一种献祭仪式。

我盘桓良久，不忍离去。

这里和陈子龙墓园一样，一片寂静，在我到来和离去的全过程，除了守墓人，再未见一人。能够独自凭吊英雄，应算是难得的人生际遇。

在墓碑前站好。垂手。合目。默哀。举行这只有一个人的仪式。不用费劲清理杂念，杂念已无影无踪。

默哀进行了多长时间，不知。反正时间较长，不止常规的三分钟。我从未进行过这种默哀。我在享受这一默哀。情绪、思绪渐渐如潮涌浪突，使我难以从这场默哀中自拔。一阵风来，似从空中压到脚底，香樟树叶、竹叶及墓园内所有植物叶片飒然作声，仿佛三百年前凄风苦雨骤然而至。我忽然悲从中来，禁不住喉头哽咽，难以自抑。这爷俩的死法，他们的家族、亲族以及师友的壮烈，特别是夏完淳这位集年少、审美、壮烈于一身的奇特英雄，反复研读过的他的遗作、他的死及他的一切，此时此刻给我以反复撞击。冥冥之中似有一股力量命令我：你就放声一哭吧。

我张开了喉咙，放声大哭，热泪长流。哭了一场，累了，停了下来。片刻之后，那命令又来了，又哭了一场。哭得很累，躯体很想在墓前趴下去。我理解了，那些号啕大哭的妇人为何会不顾一切趴在地上。仿佛被一股大浪推拥着，我不能自已。我似乎成了一只受伤的野狼。不知发出的哭声是何声，不知我热泪横流是何种样子。

人生中有这场深长的痛哭，是我想不到的。据母亲讲，儿时的我以能哭而闻名左邻右舍，能连哭半日或半夜，特讨人厌。哭因是饥饿还是病痛，就不得而知了。成年后，虽亦流过泪，但未曾这样痛哭过。

流泪不少，头昏脑涨，四肢尤其是手指发烧发麻。这才知道，人在痛哭之后会有此症状。最后，我俯身于墓碑，双手抚摸着冰凉的碑身，过了好久，才让自己平静下来。我又累又渴，从包中取出一瓶水打开，洒一点在墓前。算是和这爷俩同饮一杯水。

无限的伤感，似乎还有深深的欣慰。

这场痛哭，是否亦有自恋成分？不得而知。一位诗人面海而泣，有人评说：这人有病了。我有病否？我不能回答。

守墓人不知何时回来了。他是个形象敦厚诚恳的人。他可能听到了我的哭声。我非常感激，他不但没把我当作怪物，还对我露出了有些异样又尊敬的神色。

他望着我，问道："您贵姓？"

我答复后，他有些吃惊，朝墓丘挥了挥手说：您是他们的后人吗？

我说："不是。夏完淳没有兄弟，也没有男性后代。这您知道吧？"

他说："这个我知道。我以为您是他们大家族的后人呢。"

我说："不是。"

守墓人不再多问。

最近几年，我集中研读了《夏完淳集》及其他一些相关史料。我感到，明末士子可说皆具一往情深的精神风貌。夏完淳在短暂的人生里，是一哭再哭。为故国哭，为君哭，为父哭，为师哭，为友哭。夏完淳喜诵《老子》、《庄子》、六朝诗文，应是一个浪漫而又忘情的人。可是，他非但没有忘情，反而是极执着——他是忘情之上的深情。"传后"可谓中国古人所关心的头等大事，夏完淳在遗言中严厉声明决不许任何人为他"立后"。"大造茫茫，终归无后。"遗言中的这话说得何等透彻决绝呀。你才十七岁呀。

大英雄夏完淳，三百年后我这场哭，能算还你一哭否？望能接纳。

夏完淳是人类历史上少见的伟大少年。纵观横览古今中外，很难再举出第二例。“忠”是他及他同代士子的宗教。“忠”是个复杂的问题。他为之尽忠的特定对象，也许并不值得称道，但这不应埋没他的伟大。他的伟大是人性、人格的伟大。他的文章对包括皇上在内的当道者的批判，不能说不深刻。他的“忠”有极深广的文化社会关联。这个少年仅存世五千八百四十天，却能大义凛然清楚明白地死去，古今中外，罕有其匹。这一天才少年，来不及展开更广阔的成长可能，就夭折了。特别令人伤感之处在于，这一夭折亦是自主、主动夭折。人生实在太过短暂了啊！他才十七岁呀。仅以少年英雄视之是不够的。夏完淳的生与死皆有丰富的人性和人文内涵。有人拿后来民族融合的事实，来否定夏完淳这类人的伟大。这是麻木的实用主义。历史与人性的价值，不能以实用主义来抹平。

整个清代，对夏氏父子墓一直是保护的。乾隆时，还对这些抗清义士予以表彰。清朝统治者有些方面并不麻木。后来，极麻木的事竟让新时代汉人做了。1955 年 4 月，荡湾村民潘某、诸某盗掘立在他们村边已达数百年的夏墓。打开夏允彝棺椁，掘出墓志铭一方、印章二枚、松江布数匹，还有折扇、扇坠等物，大多被村民分抢。极为宝贵的手稿一卷、线装书十余册，当场损毁！一座墓，立在身边数百年，不论所埋何人，人们一般都会自然对它产生某种敬畏。对夏完淳父子墓尚不能生敬畏之心，这不是一般的麻木了。

又回到小昆山镇住地。忽见一个路标，指明前方是“二陆读书台遗址”。二陆是谁？陆机、陆云兄弟。二陆是小昆山人，皆为晋代大才子。二陆在“八王之乱”中，因未能及时从仕途退却，皆死于魏晋特色的惨烈权斗，兄长陆机还被夷灭三族。当地与他们有关的景点有多个，都是较热闹处所。古才子虽死得悲惨，却无妨后人轻松“消费”他们。才子似总比英雄好玩。

忽然又想到夏氏墓园里的那些鸡鸭。守墓人在这里养了不少鸡鸭，它们在坟茔背面丛林里组成一个鸡鸭帝国，似一直在嘀嘀咕咕发议论。守墓人利用他的特权，追求一点经济利益，似无可厚非。

突然而至的哭声，只有那些鸡鸭听得最为真切。不知吓着了它们没有？它们会不会这样感慨：这人怎么了，这是干啥呀？我痛哭的时候，忘了天地宇宙，也忘了这个鸡鸭帝国，鸡虫得失。鸡虫有鸡虫的宇宙。对于英雄，它们倒的确是麻木的。

数年来，我有时会回味起这一经历。当时，我必有不自觉地借英灵之墓，一抒胸中块垒的冲动。块垒为何？我说不清。行为可以艺术，语言可资伪饰，哭的腔调难以复制。想再有那样一场痛哭，此生可得否？

溯流而上

关于古老汉字的片断思考及想象

与后来的模样相比，汉字的最初模样，更像一位农民或一群农民。

我从乡下来到城市之初，同任何一位进城的农民一样，不论心里有什么狡猾的念头，表情和眼神都是呆痴的。一位农民只有站在田间地头或他的庭院里才会变得满足生动起来。人以及一切生灵，都有属于自己的栖息处所。鬣狗用尿液和气味向世界宣告自己的领地，仰起头来也看不多远的蚂蚁一定要回到它的窝巢里去——那里有它的帝国和国王，有它劳作的意义。

在世纪末，因工作关系，我有机会在塔克拉玛干大沙漠周缘，不断作或长或短的漂泊。来自各个绿洲的居民，挤在了同一间破旧的车厢，常常只有我一人与他们面孔不同、语言相异。

他们从这一绿洲奔赴另一绿洲。绿洲之间是令人生畏的沙漠戈壁。一道道沙梁如大漠探出的饥渴长舌，以吞噬一切的姿态，悄悄接近并进入它能触及的一切——草地、庄稼、道路、河流。绿洲里的居民，如果听见一夜风声，清晨起来，他们会匆匆跑到自己的田园，看看那珍贵的禾苗是不是又被沙漠吞掉了几尺。在漫长岁月里，在这样的环境中，他们顽强地创造了属于自己的文化和生存方式。汉子们的表情大多质朴平静，女人则鲜亮生动。根据我对他们民族历史与文化的有限知识，一直企图更多理解他们的现实生存，理解那流动在他们喉头的或幽咽或欢快的歌声。不论生活在哪里，生命、生活信息的沟通愿望，是亘古主题。我只能用心体会绿洲人民在独特环境中的栖息。

我的所见无不陌生，但似又无不暗合于昔日的想象——我童年时代的想象。我总感到又返回了我的童年，我的乡野大地，我是在溯流而上，是在童年的曾经的精神状态中穿行。这时，我再次迷恋上了汉字的古老形体，陶醉于那植物根芽般的造型——那是汉字的童年时期。很久以前，我刚刚登上中学讲台，常常有意将某个汉字的甲骨文或篆书的模样在黑板上描画出来，学生觉得有趣，我也觉得有趣。那时对蕴含在初始汉字中的更多信息，还无力去感受与觉察。现在，我在细密的沙地上以手指描画出一串又一串古老汉字的形体，它们在沙地上的模样比在纸上或黑板上的模样应当更接近于它们的原初。肯定是这样：祖先在刻写甲骨文之前，早已习惯于首先在沙上土上或泥沙制作的陶器上画来画去，形成了各种符号及汉字的祖形。

一种文字在蹒跚学步，正如一个稚子在蹒跚学步。汉字、汉族，人群在一种文字里找到了栖息方式，形成了族类。这个民族一直在接受着这一古老文字的滋养与限制。汉字的古老形体，必定蕴藏着打动我们、规训我们的东西，并指向我们的宿命。祖先以为，汉字初制之时，鬼神都在哭泣。古人有将大事件、大人物加以神化再神化的习惯，何况是创造汉字这么大的事。符号一出，鬼神不能不惊恐——一种使用符号的生灵出现了。数千年后，玩味汉字从生根发芽到枝繁叶茂的过程，我从中听到了欢歌或呻吟。

在揣摩玩味古老汉字的同时，看见了我的童年，看到了我之为我的栖息地或原因。一些似乎已经隐没到时光深处的生活场景恍惚又呈现了一次。按照一种学说，个体的童年可以看作民族童年乃至人类童年的缩影，就像胚胎浓缩了数百万年的人类发展史及更漫长的生物发展史一样。合欢树那美丽的叶片在黄昏将临时闭合，黎明到来时又打开，叶片是在完成大树的呼吸，又是在参与宇宙的合唱。我的体验与一枚叶片对大树的印证相似。我翻动古老汉字中的几枚叶片，寻找它们潜隐的信息，看到了独特风景。或许因主观色彩的浓烈，而影响了表达的准确性，乃至歪曲了曾经赋予它们的内容。这并不重要。我的本意是为了表达，而不是为了准确。

A　众

① 　② 　③ 　④ 　⑤众

几十年前，十多岁的我就需经常和众人一起参加人民公社的艰苦劳动。那时的气氛，使我对所有劳动包括田间劳作抱有巨大敬意。在老师布置的作文中，我以那时少年特有的热情忠诚，赞颂了我和父母兄妹所在的那个生产队的队长。他是公社舆论所关注的人物。当村中央树杈上的高音喇叭播送公社（相当于后来的镇或乡）广播站表扬他的稿子时，他就满脸严肃，总是更加起劲地发号施令或更加有力地挥动手中的劳动工具。农忙时节，他总是最早起床，嘴里咬着一只铁皮哨，以尖锐的哨音将睡梦中的社员唤醒，然后带领他们到田里进行日复一日近乎原始的劳作。他那副苦巴唧唧勤勤恳恳的样子是很能打动大家的。田间小憩时，我拖着疲惫的双腿去远处的苇丛方便，却见一人躺在苇丛深处鼾声如雷——他是队长。我站了片刻，首次凝神看了看他的嘴脸，在距他一段距离的地方十分愉悦地方便之后悄然离去。社员们分散在相隔很远的数块田里劳作，队长是唯一有权睃巡各处监视他人的人。也就是说，他是众人头顶上的眼睛，众人却不是他头顶上的眼睛。艰苦劳作着的社员们人人都有这么一种心理：队长不定啥时就会出现。的确如此。我见酣睡过后的队长又精神抖擞地来到我们中间发号施令。他避开众人偷偷在苇丛里睡觉的秘密，我始终守口如瓶。这源自对他的畏惧。不但我每天干活多少、活的轻重、得几个工分由他说了算，甚至我能不能继续上学读书，他都有发言权。养成对权力的适应能力，不是一件难事，而是一件必须做到的事。

我在玩味“众”这个字的古老形体时，心头立即呈现了少年时代的这一幕。众人头顶上的眼睛不是一开始就有的，但一旦有了就顽固地笼罩着不肯离去。你看，甲骨文①，“众”字头顶上是一轮红日，不是眼睛。“众”的意思就是太阳底下有很多人。悬想我们那些聪明的祖先在创制这个字时一定考虑了许多，最后确定以这一形象表达“众”这一意思。太阳底下有很多人就是“众”。这是一种多么好的命意。他们很久以来就崇拜公平抚照万物的太阳。他们或许还没有多少思想，但已孕育萌生了丰富的良知和道德感。你听，他们边劳作边哼起了《击壤歌》：日出而作，日落而息，凿井而饮，耕田而食，帝力于我何有哉！统治的绳索勒得还不是太紧，他们还可以表达对王、对监视者的蔑视。可是，监视的眼睛不由分说降临到了他们的头顶。金文②，一只铜铃似的眼睛悄然代替了那轮温情的红日。统治者对汉字这一符号系统有可怕的自觉，他们不肯放过一个令人联想到平等的字眼，不惜野蛮地予以篡改。小篆③、繁体字④，众人之上仍是一横“目”。简化字⑤将头顶上的“目”轻轻抹去了，虽然那仅仅是为了书写时少写几笔，却无意中与现代潮流暗合。可是，让超出众人的监视眼神消逝谈何容易。

众人应在被赋予特权的眼睛的监视管制之下，这是很自然的统治逻辑。谁在监视我？谁派他来并给他这一权力？有没有采纳过我的意见？谁制定法律？谁执行？……众人心中可能有过类似的疑问，可是监视者监视之前采纳众人建议这一前提肯定是不存在的，单向监视的眼睛不可能经由协商契约的途径产生，单向监视之权一开始就同时也是镇压之权。

一只眼睛代替了太阳，可是太阳仍在天上。太阳崇拜是世界性的现象，许多民族童年期都曾有过。人们崇拜太阳的永恒的温暖和公正，可是监视的眼睛对众人宣布道：我是太阳。暴君夏桀以太阳自比，他将自己看作太阳神在大地上的对应物，为自己人间的统治寻找天上的根据。他宣布："日亡我乃亡也。"饱受夏桀蹂躏的夏人喊出了这样惊心的话："时日曷丧？予及汝偕亡！"——太阳你怎么不灭亡？我愿和你一同死去！既然连公正的太阳都会被人利用结出丑恶的果实，那就让我们一同灭亡吧。

我们常常希望自己能暂时处于无人地带，与所有目光隔绝。适当的私人生活空间是精神健康的保证。一位相貌姣好的女子，可能会乐于从他人的目光中获得对自身美好的印证，但有个前提：他人的目光必须是与她的目光平等的，能为她的目光所感知的。如果你告诉她，在她看不见的角落，有许多只眼睛在观察监视她，她的美丽及好心情将不复存在。如她必须处于这种监视之中，那绝对是一种精神酷刑。单向监视实施之时，就是人性扭曲之日。揣摩一下人们脸上经常呈现的表情，就知道他们时时处于趑趄不前嗫嚅又无言的状态。你为什么举手？众人举手我也举手。你为什么这样说？众人这样说我也这样说。聪明的人早已发现，无个性随大流不露锋芒不思考，是一种最安全的生存之道。你的行动的对错由头顶上的监视者说了算，监视者为了监视的容易和方便，不会培养你判断是非的能力。你害怕与监视者的意见不一致，便只剩下畏畏缩缩看他人脸色行事这一途了。你和大家一样举手和说话的时候，既不认为人家是对的，也不认为自己是对的。没有自我，上哪儿去找思想与行动的出发点？

B　卜

我的家乡有一条大河傍村流过。村中不少人家在河道里放养鹅鸭，丢失鹅鸭的事情常常发生。村民差不多一贫如洗，几只鹅鸭就是家庭的一笔重要财产，关联着全家的生计。我的一位同龄伙伴家又丢鹅鸭了，上一年他家已丢过一回，这一回丢得多，一只都不剩。我去找伙伴玩，见他母亲正用一点点油在锅里炸一个小面人。我需称呼她大婶子。大婶子看看我，笑一下，又用手中的筷子去翻动那个面人，嘴里念念有词，听不清说的什么。那小面人有头有身子，似乎有腿，其他的全都省略了。但毫无疑问，那确实是个用一点点和好的面泥，草率捏成的面人。许多事情都是如此——起到象征或符号作用就行了。草率的象征也是象征。那个面人大约有大人手指头那么大，颜色已经变黄。一股幽微的香味弥漫开来。我马上明白大婶子在干什么——炸面人不是为了吃，而是为了一件比吃更重大的事情。我早就知道村里从前就有类似的事，但这是第一回亲眼见到。一想到这个面人所承担的特殊使命，我就意识到天底下的人在不知不觉间就建立了某种无法拒绝的联系。面人被从油里捞出来，放到碗里，大婶子叫着我们的乳名，说："香味还不小嘞，你俩分开吃，一人不够一口，唉，要是知道三华来，俺就炸个大一点的。"她又朝我们笑了，是慈祥的笑。伙伴撕开面人，要将一半给我。虽然我是个有名的馋虫，还是不能不念及眼前这一仪式里所建立的"吃面人"与"吃人"之间的关联，感觉多少有点瘆人，就灵机一动说："别谦虚，你都吃了吧，两个人吃，那还不得把两个人的馋虫都勾出来呀。"大婶子仰天大笑了起来。笑过，骂开了："这天底下什么坏蛆都有，连个鹅鸭也养不住。"骂了又骂："这贼种心可够狠的，一只也没给俺留。"大婶用一种奇怪的法术，惩罚那个偷走她家鹅鸭的人。将面人放在油锅里炸，按巫术通行法则，偷走她家鹅鸭的人，就会遭受油炸般的痛苦，并得病甚至死去。有些村民对此深信不疑。我说："大婶子，不知这法管用不管用？"大婶子说："管用不管用的，我先解解这恨。"

生活里被强行塞入了一件不想要的事件（如被偷窃），便设计另一事件（如炸面人）来进行想象中的对抗或平衡。巫术作为现象，之所以不易完全消失，既有其心理根源，亦有其现实根源。一定时空下的现实，就是一定时空下的心理。反之亦然。

"炸面人"这一场景大约发生在我十二岁时。再小一些的时候，我对村妇的巫术或准巫术深信不疑，并常常担忧在我所不知的地方有人会以类似的法术加害于我。一生不曾走出那个闭塞村庄的母亲对我最初的教育，就是向我申明各种禁忌并要我严格遵守。雨后天空出现"虹"（山东沂蒙山区人将此字读作

jiang，轻声），母亲立即告诉我不要用手去指。以手指虹会有何后果她也不知道，但她接受了世代相传的禁忌，只能以敬畏的眼神注视虹。后来读到《诗经·鄘风》中的句子："蝃蝀在东，莫敢指之。"我才知道这一禁忌仅被形诸文字的时间，就已有大约三千年了。这真是一个十分漫长的禁忌。蝃蝀即虹。从字形可推知，祖先把虹看作上天借以对芸芸众生显示某种意志的可怕大虫，一种肩负天帝使命的动物神，类似"龙"。前面已提及，一个人的童年时代可看作民族或人类原始时代、童年时代的缩影。我相信，如果童年的生存环境不起变化，我没有被驱赶到文明的炼狱——学校，或许也会有实施某种巫术以达到某种目的或满足某种需要的行动。

由巫师统治人群是完全可能的，并且那是历史曾有的现实。

甲骨文①，就是龟甲上或横或纵的裂纹的形象，金文②、篆书③与之近似。

占卜是古代的未来学。产生占卜思想的根源在于，人已经知道了自己不但有过去、现在，还有未来，但却看不见未来的样子。窥知未来便成为人们的一种强烈冲动。动物没有过去、现在、未来的意识，所以它们不可能有占卜愿望。占卜是古人的宗教，他们将一切交付于占卜。他们钻灼龟甲察验其上裂纹时怀有的虔诚与神秘感情，是可以想见的。那是一个遍生禁忌的时代。看，龟甲在钻灼之下爆开了裂纹，主持占卜仪式的巫师将裂纹的意义予以揭明，人们便依之而行动。处在与自然若即若离状态的人类，其生存在意识上无法与神灵分割开来。人们以为与生命绝对无关的事物是不存在的，世上所有事物都被赋予了生命力和神性，各种神灵都有特定的形态、性能、生活方式和处所，天上地下、人的周围神灵无所不在。从神灵方面讲，无论其居于何方，都可以自由地毫无阻碍地降福或作祟于人类，就是说神灵不存在接触人类的困难，但人类却有接触神灵的困难。人若想逃避或解除神灵的惩罚或祸祟，获得福佑，就必须依赖巫师通过占卜等巫术形式去实现与神灵的沟通。巫师是最有权威的人，是唯一能请神下降到人们中间的人，是神意的宣示者。在古史及传说里，夏禹就是一位很有权威的巫师。王权和巫师的结合曾是较早的权力形式。

占卜，可看作古人对信仰的外在操作。信仰无不从灵魂出发而复归于灵魂。不论采取多么简陋的形式，其内容和情感都是庄严的。人的神性和愚昧性在信仰这一行动中结合为一体。人脱离动物的自然状态而为人，但为人的状态远不是自觉的、自由的。知道了自己有灵魂，却对这个神秘重要又看不见摸不着的东西无法处置，只有将其交付于更有力量的事物，这个事物必然是神。占卜的目的就是期冀以非逻辑的方式，通过仪式与手段，破译神灵的“密码”，以分享本应属于神灵的秘密和智慧。占卜行为以及针对占卜结果而采取的相应行动，可以看作这种干预愿望的反映。人交出了灵魂却仍想对神灵有所干预，以实现功利目的。

《史记·日者列传》载：“昔……产子必占吉凶，后乃有之。”意思是：从前，生孩子时必定要先占卜是吉是凶，然后才决定是否养育那个婴儿。那些刚刚脱离母体的婴儿，还要过一道更为凶险的门户。占卜者口中说出“吉”这个字，他（她）就有了生存于世的权利；占卜者口中说出“凶”这个字，他（她）就要被抛弃。脆弱的生命一来到世上就是前途未卜的。现在已没有占卜者站在母亲的门户之外决定我们的生或死，但我们的明天仍然是前途未卜的。除了人，谁有能力、有愿望去看顾人类呢？拥有无数河外星系的宇宙难道会留意渺小到无以复加的地球以及地球上的这些蚂蚁？或者，宇宙有没有一股力量像占卜者决定婴儿生死一样，用类似掷骰子的办法决定人类的命运？在许多发达的西方国家里，占卜算命行业竟会以某种“发达”的方式运作。可见，科技文明并不能必然地照亮人类灵魂的所有角落。

卜。前途未卜。可以断言，“卜”的意识在人类的未来中必定仍会有顽强的表现。

C　弃

① 　② 　③ 　④ 

它所指明的乃是一件从前常有的事实：将死婴抛弃。甲骨文①上部是“子”（婴孩）形，围绕“子”的三个点表示婴尸上残留的胎液，中间是“其”（簸箕之类）形，下面是两只朝上的手，表示两手端“其”将死婴抛弃。金文②、小篆③的形态与之类似。④是繁体楷书。老子曰：“出生入死。”意为出生即是踏上赴死之途。生存是生与死之间的一段距离，出生时即死亡的婴儿，则连这段距离也不存在，是真正的“出生入死”。

古人常采用从一个事件或故事中抽象出某种意义符号来造字，是一种形象化的抽象。人类理解把握世界的冲动达到某种程度时，符号的诞生便成为必然。人不可能将那至大至巨或至微至细的事物一一翻动指认，便只好借助抽象与符号。哲学家卡西尔提出了“人是符号动物”这一命题。符号使人类如虎添翼，思维从大地上起飞。古汉字就是中国古人对世界的一次巨大的符号化活动。一个民族就以这次符号化运动为凝聚的中心和源头，她的全部辉煌和重负都可从这一中心和源头上予以解说。“弃”这一符号在现代意义上常表示放弃、告别、摒弃或超越等意义。可是，数千年来，“弃”却不是一件轻松的事。从一开始“弃”就是一件悲伤无奈之事：扔掉死婴。这表明，在这一古老文化系统里，在其源头与漫长的流动中，“弃”与生机进取超越无关。

我现在回到故乡时，村民那很少变化的表情很容易将我引回到童年生活里去。那些村童的额头依然像我儿时一样布满皱纹，他们以一种陌生的眼神打量着我这个他们所不熟悉的人。我想，我儿时熟悉的那些故事，不知还在不在他们中间流传？

我再次走进那片村民墓地的那一特殊角落时，便一下子掉进了童年生活的氛围里去——那里曾经是个扔弃死婴的地方，叫“舍林子”。舍，即弃。在婴儿死亡率较高的时代，差不多村村都有这样的地方。在这个角落里，散乱的坟地中间有一个比其他坟高大得多的坟，大人总是严肃地告诫我们：“那是咱老祖的坟，谁要是敢到上面乱跑，老祖就伸手把谁拉进去。”数百年前或更早的时候，坟中的祖先第一个完成了在一片荒地“殖民”的任务，他把庄稼的种子播进泥土时，也把他和后裔的骨殖播进泥土。固定在一片土地上的人生就这样百年千年地延续着，一直到我来到世上，看见属于我的风景。从事简单艰苦劳作的父母到公社的田里去了，很放心地将我扔在街头。我便与其他村童和狗一同到处乱跑。我第一次看婴尸时是几岁已难以确定，反正是在村小学肯收留我以前。我们在这片墓地捉迷藏。数百年间排列在一起的众多大大小小的坟丘，差不多就组成了田野上的一个迷宫。我以那座祖坟为隐蔽所窥探四方时，猛然有一个重大发现：坟前有一具婴尸，一只狗正试探着想把它叼走。我的出现使狗不得不退却。我大呼：“快来呀，这里有死孩子！”那一刻，我本能的反应就是盯紧那具婴尸。我不能逃跑，我若逃跑，婴尸会轻易追上我，并攀到我背上。我做过这样的梦，还做过掉进墓穴里的梦。我、我们都知道这个地方是村民扔弃婴尸的地方，亲眼看见婴尸却是头一回。我的吆喝，令伙伴们立即忘掉正在进行的游戏，怀着只有我们才能有的心情，朝婴尸靠拢。一块破布包裹着它，脚和头顶露在外面，头发粘成一片——后来知道那是胎液的缘故。我们这些乡间孩子，每天能见到无数活物，也会见到许多尸体——鸟兽虫鱼的尸体。我们留在野地里的每个脚印中，可能都有尸体。可是，这是婴儿尸体。对我们来说，它自然具有不可思议的能量，给予我们面对任何尸体都没有的震动。我们敢于蔑视任何动物的尸体，就是不敢蔑视这具尸体。我们本能地理解了婴尸与我们的联系。我们离它越来越近。终于，一个大胆的伙伴用一根树枝挑开那块破布，在闻见一股怪异味道的同时，我们看见了婴尸的全貌，看清了它的满脸皱纹，变形的五官及腿间器官。那只狗在远处等候，它盼望我们快快离开。

古人给“弃”限定的本义就是抛婴尸于野而不加掩埋。即使时光已流逝数千年，村民仍恪守这一古老的规则。他们将婴尸弃于祖先的跟前，让祖先亲眼看见狗把婴尸吃掉。村民以为，只有这样处理婴尸，那个小小的灵魂才能及时地参与新一轮生死轮回，在祖先的安排下及早投胎转世——所有新生命都是旧灵魂。或者说在民众的观念里，生命从来就不是新的，它一落地就带着历史赋予它的所有皱纹。

看婴尸竟成了我们的一项充满恐怖刺激又富于诱惑的活动。我们相约主动寻找看婴尸的机会。有数年时间，看婴尸是我一再重复的精神历险。迷茫幼稚的童心，在人世与地狱之间往返。时常有婴尸出现的那个地方，亦时常出现在我的梦里。在梦里，有时我就成为一具卧于荒野的婴尸，有时被婴尸追赶。有一天，我的异常令母亲担忧：老三这样，八成是丢了魂。夜幕降临了，母亲与奶奶走出家门，走出胡同，走到那片墓地边，一路叫着我的乳名，呼唤道：“回家哟，回家，回家哟，回家，就沿着这路，别走岔路。”这是为我叫魂。回望这一系列童年往事时，我仿佛能回到祖先的岁月里去，似能看见祖先创制“弃”这一字时的情境。祖先是面对被弃的婴尸而创制这一符号的，婴尸上还淋漓着从母体带来的胎液。这几滴胎液浸染开去。我闻见了强烈的腐败气息。

古代典册里，触目皆是“弃市”这一概念。“弃市”，即将有罪之人处死后暴尸于街市，是一种很厉害的镇压。除了“弃婴尸”“弃市”，我们还弃过什么？“弃”这个字的古老形体以及以后历史所添加上去的内容，击中了我的灵魂。“弃”总是与死亡腐朽相联系，而与生机进取无关。一代又一代圣者或贤者，他们的智慧总是向后看，总是忽略所有曾经的血腥，看到一个美妙的不断向未来发出召唤的古代社会。圣者或贤者不认为这只是他一个人的幻想。他告诫人们不需抛弃、超越、进取，只需恢复古代就行了。走向未来不是个不断扬弃的过程，而是一个不断丧失的过程，未来不可能比古代更美好，我们追求的是尽量少丧失一点，如能将老祖宗的东西全背在背上，就是对古代的接近，就是完美社会的实现。在“古代美好”这一观念笼罩下，中庸保守成为信条，朝代的更替也不过形成又一个向内向古方向上的自相缠绕的圈，完全可以看作对上一朝代的“克隆”——没有新生命，只有旧灵魂。一代又一代人在对古代的仰望里原地踏步，乃至退向山谷。

没有一棵大树会将所有枯枝败叶全都背在背上。世界早已是打开的世界。“弃”这个汉字中所包含的“决绝”意义到了得到正确体现的时候了，它不应只与死亡腐朽相联系。“弃”烙印在我们灵魂里的伤痕理应得到抚慰与治愈。

D　牧

① 　　　　② 

甲骨文①“牧”字，其左是手执鞭子之形，其右是迎面而来的牛头之形。金文②与之类似，只将左右位置颠倒了一下。这个字的本意就是放牧。

这个字足以令人类骄傲。在远古，它是最能够体现人类力量的一种行动，它表明人类对自然的一次超越和把握。将野兽驯服并予以放牧这一事实，同时也证明人类对自己兽性的征服是一件更为久远的事。兽是不能驯服兽并放牧兽的。一个人，一条软软的鞭子，就可以对成百上千的牲畜实施绝对管制。具体的牧者可能从一开始就是低贱的，但在他放牧的牲畜中间却是至高无上的，甚至胜过王在人群之上的感受。牲畜们对他喉咙里的每声咕噜都要留意，它们怕他，却永远依附它，它们全都认为，离开他，它们自己不可能找到草地水源。它们很快就将天生具备的能力丢失了，并完全忘掉。牧者手提鞭子逡巡在它们中间，他可以将鞭子随便抽在它们任何一个身上。它们永远只有单个疼痛，不会有集体疼痛。它们只知觳觫躲闪，既不反抗，也不逃跑。牲畜是最完美的奴隶。它们的状态表明，它们需要这样一位在它们之中又凌驾于它们之上的王。

很多童话或民间故事与牧者有关。牧者的生活被认为最接近于真实与朴素的生活，人们赋予这种生活以优美的诗意。人们幻想能成为一个牧者那样的王，不接受来自更高的王的指令。

现实的发展令人绝望。君王从牧者的生活中发现的不是童话和诗意，而是凌驾之乐和统驭之术。他羡慕那牧者在牲畜中间所拥有的至尊，羡慕那卑贱者的高位，渴望复制那牧者与牲畜的关系。牲畜看上去没有什么东西非捍卫不可，它们只需要一点青草。这正是君王对臣民的希望。君王摇身一变，让自己成为那牧者，他放牧的是广大臣民。在此，不能不引出与牧这个字密切相关的另一个字：民。民，甲骨文写作。周代统治者或奴隶主，有权将奴隶的左眼刺瞎以作为奴隶身份的标记。民的本义就是奴隶。奴隶连保存自己眼睛的权利都没有。你看，锐器刺进去了，眼珠没有了，只剩下空洞洞的眼眶。在上古，"民"是被统治者，统治者才是"人"。统治者看中了"牧"和"民"这两个字所包含的居高临下以及镇压之意，堂而皇之地将它们放在一起，形成一个含有强烈行动趋向的词：牧民。统治者与民众的关系也就是人（牧者）与畜的关系。像真正的牧者要懂得放牧牲畜之术一样，历代君王都悉心思考"牧民"之术，他们幻想着能在牲畜一样的臣民之上建立至尊。我们的悲哀在于，君王公开宣布自己是牧者之时，我们并不知道他是企图让我们最好只有牲畜的智慧，或者直接就是牲畜。愚民政策为历代统治者所屡试不爽，他们的企图几乎总是能够实现。我们将至尊和光荣献给他，将卑贱和屈辱留给自己，默默地吃草，默默地献出皮毛和奶血。那牧者高举着权力的鞭子，望着他的畜群微笑。

马牛羊等牲畜在牧鞭的啸叫声里很快忘掉了自己的野性，忘掉了它们从前的自然状态。牧者宣布土地山河是他的，它们吃着草时就要这样想：这是在接受恩赐。它们窣窣地向前移动着，卷起弥漫的烟尘，形成壮观的景象。这是虚幻的，它们几乎没有什么力量，它们是一连串的零。荷马在《伊利亚特》第六章中这样说：“树叶，一些风在地上驱散的树叶——这就是人类。”君王是乐于这样看民众的，也希望民众实际上就是这样。王只需将手中的鞭子挥动几下，民众就会在鞭影里瑟瑟发抖。

接受着牧者的指令，我们将天赋的东西遗失于时光的深处，我们眼前再现的仅仅是牧者的辉煌，我们相信草和树叶是牧者的赐予。牧者宣布自己是救世主，我们就毫不怀疑地相信。我们仰望他时，确实感到他俯视我们的眼光是无所不在的威严和温柔，就像我们的父亲。我们哪里还有揭示自我、表达自我的愿望？将自己完全交给那至尊的牧者吧，只有他清楚哪里有我们赖以活命的草。牧者能让处在不幸之中的我们产生幸福的感觉，能让一无所有的我们产生无所不有的感觉。牧者反复对我们说：你们的王是最好的，你们的生活是最好的。牧者还说：我会把更加美好的生活赐予你们。牧者搅起满天的泡沫，被牧者因这泡沫而欣喜若狂。没有生活之绝望，也没有对生活的爱。

E　臣

① 　　　　② 

甲骨文①“臣”字是一只竖起来的眼睛，金文②与之类似，只是方向相反。眼睛为何违背自然状态而竖起来？原来，这个字是在描述奴隶的形象。眼睛竖着，也就是说，眼睛所在的头脸应是侧向一边低下去的。在古代，奴隶是不能抬头正面看主人的。奴隶主为了对奴隶实施最彻底的剥夺和镇压，连他们的正常视线也要予以扭曲。用扭曲的角度看世界，一切都立即改观。渺小的变高大，高大的变渺小。这正是奴隶主所期望的。

一个事实越来越突兀鲜明。在对有限的几个汉字的追溯中，我的笔常常无法摆脱“眼睛”的纠缠。“众”人在铜铃似的眼睛的监视之下，“民”的空洞的眼睛中刺进了一柄锐器，“臣”的视线被扭曲了。几个字的简单原始的形态无情地揭露了统治者的残忍和无耻。我们从中看见了鲜血，听见了呻吟，比历史更为真实。统治者为何总是尽力抹杀扭曲乃至摧毁臣民的眼睛呢？不得不去考察一下眼睛这一动物器官。

最原始的生命是没有眼睛的，现存的许多低等生命仍然如此。眼睛是光（可见光）创造的。没有太阳，没有光，就不会有大地上的所有眼睛。这是生物进化的一个简单事实。眼睛的产生是生物进化史上的飞跃，由动物的眼睛进化到人的眼睛，是又一次飞跃。眼睛是每个人的太阳。生与死的界限可说就是有光和没有光。眼睛的基本功能是观察判断周围环境，以决定自己的行动。它在各种器官中最灵活、最重要。人的眼睛还能表情达意，可进行审美活动，可对一切进行观察。在这个意义上，眼睛实际上是心灵的显影，是透视心灵信息的唯一隧道。生活经验告诉我们，眼神与眼神的对视只能是电光石火的一瞬，即使情人之间也是如此。人无法忍受灵魂长时间的裸露。对眼睛的摧残正好表明统治者对眼睛的恐惧。统治者不敢保证自己在与他人的平等对视中获胜。所以要实现统治，必须先取消平等，让自己的眼睛君临众人之上，让众人以低垂扭曲的眼神看自己。这样统治者就能以伟大的面目出现。

君王与臣民之间拉起了一道黑幕。君王的眼睛可以长期透过黑幕俯视我们，我们却不能，我们已被扭曲或摧毁了。一开始是被动的痛苦的，久而久之，眼睛、躯体、心灵取得了默契，我们自以为选准了角度，找到了最恰当的角色。我们努力去做的就是取消自己，抹杀自己，活着的目的就是把自己忘掉。一只戴着锁链的狗、一只眼睛被摧残的狗，会更无条件地服从主人。王之为王从未采纳过我们的意见。王在目光扭曲的臣民面前，对自己的力量必然产生放大的感受：他是唯一的和最重要的。他是世上最大的支配者，是正义、善恶、真理的仲裁者，赐福降祸者，他与神、太阳同等。他还让众人相信，除他有这种能力，任何人都不可能有也不会有这种能力。王很像一堆无序燃烧的火。我们小心翼翼地看顾这堆火，希望它能持续燃烧又不至于焚毁一切。但我们的努力常常如飞蛾扑火。那为王者确定我们的唯一优秀品质是忠，而做到忠就意味着我们思想行动的唯一方向是那为王者。但我们是忠的表达者而不是忠的判断者，判断者是王。盲目使我们狂热，我们一再上演竭诚尽忠的故事，君王却常常以不忠的名义拒绝我们的忠乃至将我们处死。高处不胜寒的处境决定王对忠的依赖。这种依赖造就出许多向极端方向发展的“忠臣”：吮痈舐痔之徒所在皆是。在这一权力关系的笼罩之下，牧者与被牧者，一个自然的自由的人都不可能存在。

当俄狄浦斯亲眼看到宿命里的悲剧一一应验时，他刺瞎了自己的双眼，以逃避本质上无法逃避的与世界的沟通。俄狄浦斯成为艺术史上的彻底悲剧典型。眼不见为净。这是一种幻想与自欺。它忽视了这一事实：眼是心灵的直接呈现。心眼，心眼，这个词意味深长。

脆弱的眼睛像一个微型的人，或者说是灵魂派到门口的哨兵。统治者选择它作为打击对象，无疑具有策略上的正确性。扭曲摧毁这扇窗口后，才能进而扭曲摧毁整个人。统治者的愿望总是能最堂皇地实现。

几个汉字的古老形体所透露出的历史内涵和血淋淋的事实是惊人的。我在玩味那些古老文字时，常感到它们是一些从东方泥土中生长出来的幼芽。它们一直在生长着，并成为后来诸多事物的源头。事实就是如此，一开始是流，后来便成为源。在现实中有顽强表现的现象一定不是临时产生的，稍一思索就会发现它由来已久，它的芽扎根于历史的幽深隧道里。

符号的指示作用一开始是明确简单的，后来便有了暗示和象征的力量，具有了生命力，具有了行动和表达的能力。几个关键的符号就足以给一个社会提供重要的规范。在适合这些符号生长的土壤上，它们一度变成了称霸的恐龙。在漫长的岁月中，我们被它们笼罩压迫却浑然不觉。

新的符号在纷纷出笼，旧的符号却还在远处张望。

后记

2017年，生活起了几点变化。

这一年下半年，读书创作拟告一段落，想尽快走出故纸堆。该换换空气了。

这一年，《钟山》再次以头条推出我的系列散文《时间的压力》续篇。上一年推出的第一组《时间的压力》，获《钟山》文学奖，接着又获林语堂散文奖。埋头读写是我追求的生活，获奖纯属意外。就把这当作划分个人“时间单元”的一个句号吧。

这一年，生活在海滨小城的我，搬入一临海小区的高层公寓。从六十米高空随心所欲“观沧海”，新鲜感自不待言。地球上这件永远喧嚣不已的大器，仅因相距数百米，就呈现出一派静谧：浪花无声，鸥鸟翔集，浑如幻影。这是黄海。面朝大海，不管是否春暖花开，我皆可随时随地“望洋兴叹”。

这一年，个人生活中最重要的事是，在北京读书七载的女儿，去大洋彼岸读博士了。女儿原读商科，大二时自作主张副修西方哲学。女儿说：“感觉哲学院的师生格外安静些。”这话对我管用。女儿的选择使我原有的哲学阅读兴趣更浓了些。女儿在京七年累积书籍无法带走，便托运回家。我将其整理到一书橱里，大多是西方哲学。这些书是花我的工资买的，我却感到赚了不小便宜。女儿常取笑老爸买书不重视版本。对照女儿的书，只好承认这一点。这中间的差距，亦有耐人寻味之处。我有向年轻人向孩子学习这一意识，但如此明白感觉到的时候并不多。我要好好改造自己，永远不以“老子”自居。

蒙时代之赐，孩子们已大多能自然具备某种国际视野了。

自信此后能不断写些新东西，自信不论写什么都应该能确立新视野、新高度。迟至五十多岁才能将主要精力投入写作。终于能自己支配大部分时间了，不出点像样产品对不住消耗掉的生命。碌碌半生，能落根于文学也算幸运。若再用五年、十年或更长时间，去做同一件事，难道不应将事情做得好些吗？

感谢生活的磨难。文学升华磨难。感谢给我帮助给我感召的人。写这个系列之初，想到求发表，目标杂志我主要瞄准《钟山》。《钟山》的气度容量，我心仪已久。我当然亦要求自己必须拿出对得住《钟山》的作品。后来，《钟山》对拙作的重视程度仍超出意料。与主编贾梦玮先生仅一面之识，多文字之交。梦玮文质彬彬，又高大敦实，汉子气十足，与我的单薄形体，恰成鲜明对照。《钟山》气度，我知矣。

感谢文学前辈梁衡先生、李存葆先生、韩小蕙先生，我铭记他们对我的关爱。感谢赵德发、丁建元、严春友、李木生、李登建、李应该、瞿旋等诸师友，他们是我身边或近距离内可触可感的成功作家或学者，是我成长中不可多得的资源。创作是一个人的奋斗，但也必须借重同气相求。还有不少我在心中默默感激的亲朋，在此就不一一提及他们的名字了。

2017 年 11 月 10 日

增订版后记：我见青山多妩媚

《时间的压力》初版（译林出版社，2017 年 12 月）版权到期之际，与出版社商定出增订版。正好需购进点书，出版社的朋友告知已无库存。到网上书店，发现大多已脱销，且价格飙升，有的标价是定价的两倍多，并声明是绝版书。竟然被宣布为绝版书了。经译林社授权，山东文艺出版社出限量版《时间的压力》（2019 年 3 月）。译林社又出了学生读本版（2020 年 6 月）。同年，韩国书坛子出版社出韩文版（2020 年 9 月）。这样说来，该书已有三个国内版，一个海外版。这个增订版，算是国内第四个版本。

该书销量不大，但较稳定。感觉这样就不错。我的第一本很不像样的书《心中的风景》，网店上偶有现身，标价竟达六七百元。这才是绝版书，是书的废墟。加入废墟是件不必着急的事，废墟的大门对书籍、对一切始终是敞开的。鲁迅说希望自己的文章速朽。这不是着急，是别有深意。我文当然无关什么深意。

增订部分三万多字，有新作，有旧作，皆关联古人古史。对几篇旧作，作了修订乃至重写。这是一场新我对旧我的访问。读旧作，我才更清楚我为何后来会写出《时间的压力》。我是我的历史，历史的我才是我。增订部分，皆与我三年新疆支边生活及后来的屡次西域之行有关，是行走大地、追问历史、睁眼看我之作，与写古人之作同质同气。生而为人，不管你自觉不自觉，不管你有无历史感，你的存在一定是历史的（与历史相关的），而非孤立的。

初版首篇文章《一个人的仪式》，在增订版中与新增部分放在一起。初版中的短文《诗人的时空》撤掉。增订的首要目的，应是让书再成长一下。

初版中所写及古人，从商鞅到夏完淳，时间跨度约两千年。时代、朝代颠覆更迭剧烈，但皆类似克隆（无性繁殖），“祖先细胞”很早就已备好。以现代视角看，可以说，他们皆生存在一个罐头里。罐头再大，也是罐头。不论儒家法家，只要有为统治者帮忙的机会，皆竭力导向集权。国家机器产生之后，人类大多时候生存在集权之下。现代政治，仅数百年，且在不断演进。

有一种说法：集权社会里的人无个性。此话与事实不符。确实，皇权体制及与之配套的礼教，所创造的愚忠愚孝环境，差不多已具备自动“吃人”之恶，压抑个性、人性，自不待言。但只要有一丝缝隙，人所固有的一切必定会顽强生长。人性若无此坚贞，或许人类文明亦恐难以为继，亦无法解释古中国为何会有那么多个性鲜明又关联深广的杰出人物。几十个世纪的大浪淘沙，将他们化为文化洪流里的中流砥柱。屈原、司马迁、曹操、陶渊明、辛弃疾、夏完淳……不论他们体现出怎样的人格矛盾与时代悲剧性，无一例外皆具深刻个性。法家人物商鞅、韩非利用人“畏死逐利”这一本性或弱点，与帝王合谋，沿着与人性对着干这一路径，将人彻底工具化，最终造成他们个人与所效忠体制的双重悲剧。我对之持较多批判态度。若换一个环境，他们焕发出另一种非凡个性与能量，当亦不难。一种能孕育丰富多彩人物的文化，才是有生命力的文化。文化自信，亦当从此角度去理解与实现。

“罐头”被打开，里面的人被逼睁眼看世界，必然导致睁眼看自己。改革开放，则是主动拥抱世界。儒教传统无内生的否定性，无否定性则必无再生性，不可能自动产生现代文明。但儒教有它独特的包容性。东亚这一文明圈里有多个国家或区域，仅仅数十年，最长一百多年，即成功进入现代社会，主动拥抱与被动接受成分都有。还是那些人那方土地，新文化环境一旦确立，个性即大放异彩，人之为人的能量与价值即迅速得到发挥与实现。就是说，儒教传统既能在历史里孕育杰出人物，又能融入接纳消化现代。若出现某类不能消化的现象，那一定是自身那部分“身体”的问题。作为儒教传统的核心区域，我们该有这份自省与自信。

个性、人格千差万别，人性却只有一种。政治普世似乎很难，人性却从来是普世的。这是今人能与古人共情的根源。我们能够也理应对古人付出同情的理解。

不经反省的传统不是传统。“一切已死先辈的传统像梦魇一样纠缠着活人的头脑。”（马克思语）此论断的批判性不言自明。传统是切近的，乃至是亲切的，但又是骇人的。它常常难以衍生新事物，却能自如地进入现实。传统起什么作用，有赖于“活人的头脑”的批判与选择，有赖于人的觉醒。还是那句旧话：若似曾相识的旧物又招摇过市，必是活人搞鬼。

“我见青山多妩媚，料青山见我应如是。”（辛弃疾《贺新郎》）这词句实在是好。物我之间，人之为人的主体意识何等柔韧有力。

辛弃疾是天才词人，更是洞察幽微果敢凌厉的政治家和军事家。他心中有一张完整的家国地图，眼前却只有残缺的半壁江山。他誓死主战，不惜一躯。可是，在热情似火的青壮年时期，竟被弃置乡野二十余年。眼前山河心中事，一触即发，不能自已。词人的一往情深，豪杰的如山块垒，有苏东坡所不及处。

“不恨古人吾不见，恨古人不见吾狂耳。”该词下阕此句，与上阕对举，由眼前物我之际，到时空长河的今昔之间，俯仰天地，物我交融，沟通古今，雄视古人。这一“个性”，诗意盎然，强大又关联深广。读写古人，就应有将古人拽出来与我对话之勇气。恨古人不见我，非稼轩一人有此恨也。

人只能活在有限的时间之内，必然随时随地感受着时间的压力。历史是曾有的现实，现实会迅速进入历史，未来正在张望。时间是同一个时间，古今的日子是同一个日子，全人类的日子本质上也是一个日子。古人把那么艰难的日子给过了，也应视为是替我们过的。那么多古人在多忌讳、多禁锢的时空里，能让自己活出价值，活出趣味，活出诗意，不容易，真可贵。我若只能冒出些傻气、废墟气，那可真是愧对先人了。

夏立君

2024 年 7 月 7 日